삼월은 붉은 구렁을

《SANGATSU WA FUKAKI KURENAI NO FUCHI WO》

© Riku ONDA 2001

All rights reserved.

Original Japanese edition published by KODANSHA LTD.

Korean translation rights arranged with KODANSHA LTD.

through JM Contents Agency Co.

이 책의 한국어판 저작권은 JM 콘텐츠 에이전시를 통한 저작권사와의 독점 계약으로 ㈜바이포엠 스튜디오에 있습니다.

저작권법에 의해 한국 내에서 보호를 받는 저작물이므로 무단전재와 복제를 금합니다.

삼월은 붉은 구렁을

온다 리쿠 장편소설

권영주 옮김

VANTA

차례

1장	기다리는 사람들	9
2장	이즈모 야상곡	123
3장	무지개와 구름과 새와	225
4장	회전목마	337
	역자 후기	440

일러두기

1. 단행본·신문·잡지는 겹화살괄호《 》, 단편·시·영화·음악은 홑화살괄호 〈 〉를 사용해 표시했습니다. 단 이 책《삼월은 붉은 구렁을》에 등장하는 **동명의 미지의 책**은 겹낫표(『 』)로, 각 부의 제목은 낫표(「 」)로 구분 지었습니다.
2. 본문의 각주는 옮긴이 주입니다.
3. 맞춤법은 국립국어원 표준국어대사전 및 외래어 표기법을 따랐으나 관용적으로 널리 쓰이는 표현은 입말을 살려 표기했습니다.

석간

지난 10년간 모습을 드러내지 않던 초콜릿계의 귀재, 윌리 웡커 씨는 오늘 다음과 같은 성명을 발표했다.

윌리 웡커는 올해 다섯 명의 어린이들(딱 다섯 명만이에요)에게 우리 공장 견학을 허가하기로 했습니다. 운 좋은 다섯 어린이는 특별히 내 안내로 공장의 온갖 비밀과 마술을 속속들이 견학하게 됩니다. 그뿐만이 아닙니다. 견학을 마치면 특별한 선물로 다섯 어린이가 한평생 먹고도 남을 양의 초콜릿과 과자가 증정됩니다! 금빛 딱지를 찾아주세요! 금빛 종이에 인쇄된 금빛 딱지가 평범한 다섯 개의 판때기 초콜릿의 포장지 속에 숨겨져 있습니다. 이 다섯 개의 판때기 초콜릿은 전 세계 어느 나라, 어느 도시, 어느 거리, 어느 과자 가게이든 웡커의 초콜릿을 팔고 있는 가게라면 어디에나 있을 수 있습니다. 다섯 장의 금빛 딱지에 당첨된 운 좋은 다섯 어린이는 우리 공장을 방문해서 최신식 공장 내부를 견학할 수 있는 선택된 사람들입니다. 당신의 앞날에 행운이 있기를!

윌리 웡커

-《찰리와 초콜릿 공장》, 로알드 달

1장

기다리는 사람들

집은 언덕 위에 있었다.

완만한 언덕길은 해묵은 회색 콘크리트에 둥근 고리 모양이 가득 씩혀 있었다. 사메시마 고이치는 무의식중에 둥근 고리 안을 골라 발을 디디며 완만한 언덕을 올랐다. 어렸을 적에는 언덕을 오를 때도, 길을 걸을 때도 규칙이 있었다. 횡단보도의 흰 선을 밟으면 안 된다. 계단을 올라갈 때에는 한 계단씩 건너뛰어야 한다. 교실 바닥의 검게 변한 마루 한 장을 밟은 녀석은 죽는다.

로알드 달의 단편이었을 것이다. 양탄자의 무늬 중에 밟아도 되는 부분과 밟으면 안 되는 부분을 정해놓은 아이가 있다. 그 아이는 검은 부분은 뱀 뭉텅이라 믿고 있다. 아이는 양탄자의 검은 부분을 밟지 않으려 애를 쓰며 걷지만, 잘못해서 검은 부분에 발을 올려놓고 만다. 그 순간 생물의 물컹

한 감촉이 느껴져 비명을 지르고…… 라는 이야기다.

톡, 하는 감촉이 머리카락에 느껴졌다. 비다. 아까부터 구름이 흘러가는 모양새가 수상하더니 결국 내리기 시작했다. 하여간 준비 한번 철저하군.

요즘 들어 주말마다 눈이 내린다. 이른 봄의 도쿄는 늘 이 모양이다. 지난주에는 20센티미터나 쌓이는 바람에 꼼짝없이 집에 갇혀 있었다.

처음에는 드문드문 떨어지던 빗방울이 순식간에 머리를 적시기 시작했다.

이렇게 되면 둥근 고리를 고르고 있을 때가 아니다. 고이치는 가방으로 머리를 가리고 종종걸음으로 언덕을 오르기 시작했다.

우울한 계절이다. 이른 봄, 차분함 없이 들뜨는 불안한 계절. 걸핏하면 변하는 날씨와 변덕스러운 눈이 인사이동 시기와 맞물려 직장인들을 초조하게 한다.

뼛속까지 냉기가 스며드는 축축한 바람이 언덕 밑에서 불어왔다. 이래서야 볼록하게 부풀어 오르던 벚꽃 봉오리도 분명히 도로 움츠러들 것이다.

제길. 모처럼의 연휴를 어째서 이런 곳까지 와서 사흘씩이나 썩혀야 하는 거냐. 이번 연휴는 밀려 있던 책을 읽고, CD를 듣고, 빌려온 새 게임 소프트를 플레이해 보면서 지내려고 했는데.

고이치는 비에 젖은 안경을 손가락으로 문지르면서 투덜거렸다. 이 근처 어디일 텐데. 미나토구 다카나와. 옛날 대부호로부터 불하받은 토지에 호텔이며 대기업 복지시설이 늘어서 있는 이곳은 낮에도 인적이 없이 한산하다. 그 한 모퉁이에 그가 다니는 회사의 회장이 토지를 소유하고 있다. 그것도 터무니없을 정도로 넓은 땅이다. 그냥 넓기만 한 게 아니라 비록 남의 토지라도 상속세가 걱정될 만큼 엄청나게 비싼 땅이다. 게다가 아깝게도 그곳에 있는 집에서는 1년에 겨우 몇 번 지낸다고 한다. 고이치는 그 집에 초대받은 것이다. 한 번도 만난 적이 없는 회장의 집에.

"사메시마 고이치 군이지? 자네 3월의 예정은?"

커프스가 참 화려하군. 그게 고이치가 받은 첫인상이었다.

비서과라는 데는 뭐라 말할 수 없는 축축한 공기로 가득 찬 곳이었다. 경제 잡지 표지나 권두 특집을 장식하는 노인네들의 스케줄을 정하는 남자들, 그리고 그들을 보좌하는 여자들이 틀어박혀 있는 방. 어딘지 모르게 여성적인 긴장감이 감돌았다.

에비사와라는 이름의 과장은 손동작이 요란한 남자였다. 이야기를 하면서 손짓 몸짓을 섞는 남자는 많지만 그 동작이 보통 사람보다 1할 정도는 과장됐다.

나중에 에비사와의 얼굴을 떠올려 보려고 했으나, 생각나는 것은 서툰 지휘자처럼 붕붕 휘저어 대는 손가락과 소맷부리에서 빛나던 기묘한 모양의 화려한 커프스뿐이었다.

"아니, 뭐 그렇게 깊이 생각하지 않아도 된다네. 지금까지도 매년 젊은 직원이 초대받았으니까. 평소처럼 지내면 돼. 회장님도 격식 차리는 걸 싫어하는 분이시라 말이야. 직접 만나보면 자네도 그분의 꾸밈없는 성격에 놀랄걸. 직원이라도 가네코 회장님과 이야기를 해볼 기회가 있는 사람은 많지 않지. 이야깃거리로 써먹을 수 있어. 회사 행사라 생각하고 참가하게나."

'참가하게나'라고? 그런 말투를 쓰는 사람이 정말 있군. 고이치는 신선한 놀라움을 느꼈다. 혹시 이 인간, 텔레비전 기업 드라마에 심취하기라도 한 거 아냐? 야마자키 쓰토무가 나오는, 회사의 운명과 자신의 윤리관 사이에서 갈등하는 남자의 드라마. 하긴 그런 걱정을 할 필요가 있는 남자 같지는 않지만.

"저어, 질문 하나 해도 됩니까."

고이치는 당혹감을 감추지 못한 표정으로 끼어들었다. 에비사와는 눈앞에 있는 햇병아리 직원이 말을 할 수 있다는 사실을 지금 처음으로 깨달았다는 듯이 고개를 들었다.

"암, 되고말고. 사양 말고 묻게나."

이번엔 '묻게나'야. 난 평생 가도 이런 말을 쓸 일이 없을걸.

"어째서 제가 선택된 겁니까? 솔직하게 말씀드려서, 회장님을 뵙고 친교를 다져야 할 직원은 저 말고도 얼마든지 있다고 생각됩니다만."

에비사와는 이거 놀랐는데, 하는 표정으로 고이치를 봤다. 이번에도 1할 더 큰 동작으로 책상 위에 올린 두 손을 깍지 끼더니 연극이라도 하는 듯한 표정으로 불쑥 몸을 내밀었다.

"자네는 선택된 거야."

"제가 말입니까?"

저도 모르게 의심스러운 목소리가 나왔다. 영어 학습 교재 광고 전화를 받았을 때 같은 기분이다.

"실은 여기서만 하는 이야기네만, 매년 이 '봄의 다과회'에 초대할 손님을 정하는 일이 여간 골치 아프지 않다네. 직원들 이력서를 모조리 뒤지는 데서부터 시작해야 하니 말이야."

이력서라. 고이치는 재빨리 입사 당시 자기가 썼던 이력서를 떠올렸다. 벌써 5년도 더 지난 일이다. 별문제 있는 이력서는 아닐 것 같은데. 연줄로 들어온 것도 아니고, 유별난 경력이 있는 것도 아니다. 고이치는 속으로 고개를 갸우뚱했다.

"내가 보는 건 취미뿐이네."

"취미?"

의아한 표정을 짓는 고이치에게 에비사와는 '그거 말이야, 그거' 하는 듯한 눈길을 던졌다. 고이치는 혼란에 빠져 눈을 껌뻑댈 뿐이다. 뭐라고 썼더라?

"회장님은 원래 문학청년이셨거든. 젊었을 때는 동인지

를 만들었을 정도로 상당한 독서가시라네. 사실은 작가가 되고 싶었다고도 하시더군. 회장님 가라사대, 인간은 두 가지 종류가 있다. 책을 읽는 인간과 읽지 않는 인간."

짚이는 데가 생각난 동시에 고이치는 파랗게 질렸다.

"잠깐만요. 분명히 독서가 취미이긴 합니다만, 기껏해야 추리소설 정도고 순수문학에 관해서는 무지하단 말입니다. 도저히 그런 교양 있는 분과 이야기를 할 만한 수준이……."

에비사와는 손을 저어 고이치의 이야기를 가로막았다. 이런 식의 반론에 익숙한 것 같다.

"상관없다네, 어떤 책을 읽어도. 아무튼 이력서에 쓰기 위한 독서만 아니라면 괜찮아. 게다가 회장님도 대단한 추리소설 팬이시라 하고. 요즘 같은 때는 젊은 직원들 중에서 독서를 좋아한다는 남자를 찾는 게 보통 일이 아니야. 게다가 회장님의 조건이 워낙 까다로워야지. 그 말이야, 소위 오타쿠라는 게 있잖나. 아무리 독서를 좋아해도 그런 녀석은 부르고 싶지 않다고 하시거든. 건전한 사회인이면서 독서를 좋아하는 사람. 이게 또 있을 것 같지만 잘 없어요. 내가 자네 평판을 듣고 얼마나 한시름 놨는지 모를 걸세."

후반부는 상당히 하소연 같은 데가 있었으나, 그보다 고이치는 제일 마지막의 '평판'이라는 부분이 몹시 마음에 걸렸다. 다시 말해 사내에서 내 평판을 조사했다는 말이지. 맨 먼저 러시아의 정치가 옐친에게서 투쟁심을 뺀 것 같은 얼굴의 상사(부하 직원들은 그를 '가짜 옐친'이라고 불렀다)가 생각났다.

이보다 더 월급쟁이의 표본 같은 사람이 있을까, 하고 모두가 경멸하다 못해 감탄할 정도로 책임 전가와 아첨, 사전 공작에 관해서는 가히 천재적인 남자다. 그런 상사가 자신에 대해 어떤 평가를 내렸을까는 매우 흥미로운 문제이지만, 아무튼 부하를 헐뜯지 않았다는 것만으로도 칭찬해 주어야 할 일인지도 모르겠다. 하지만 그 덕에 아무 관계도 없는 노인네와 단둘이 2박3일을 보낼 기회가 주어졌으니 역시 이것은 원망스러운 사태라 할 수 있었다.

"야아, 자네가 기꺼이 승낙해 줘서 정말 기쁘네. 회장님 댁 식사는 별미라고. 당장 회장님께 연락드리겠네. 회장님은 1년에 한 번 있는 이 행사를 큰 낙으로 삼고 계셔서 말이야. 친구분들과 함께 학수고대하고 계시거든. 자, 이게 주소와 약도. 아무쪼록 시간 엄수를 부탁하네. 내 연락처를 알려줄 테니 긴급 시에는 이쪽으로 연락하도록."

"네?"

메모를 건네고 자리에서 일어서려는 에비사와를 고이치는 눈을 둥그렇게 뜨고 올려다봤다.

"친구분들이라고요? 회장님 한 분이 아닙니까?"

"말 안 했던가?"

에비사와는 짐짓 딴청을 부렸다. 고이치는 말문이 막혔다. 노인네들이 모여 오호호 아하하 담소하는 사이에서 잔뜩 위축되어 있을 자기 모습이 눈에 선했다.

"아, 이거 하나만 말해둘까. 노파심이지만."

에비사와는 무슨 효과라도 노리는지 팔을 휙 저어 고이치의 눈앞에 검지를 들었다.

"속아서는 안 되네."

"네?"

"회장님은 남을 속이는 걸 아주 좋아하시거든. 그분 말씀을 곧이곧대로 받아들이면 안 돼. 지금까지 초대를 받은 직원들은 그것 때문에 다들 따끔한 맛을 봤어."

고이치의 눈은 에비사와의 커프스에 못 박혀 있었다. 그때 처음으로 커프스가 말의 눈동자 모양이라는 것을 깨달았던 것이다.

언덕을 다 올라 고개를 든 고이치는 아연했다.

울창한 숲이 펼쳐져 있었다. 어라? 길을 잘못 들었나?

문득 왼쪽을 바라보니 숲으로 보였던 곳은 기나긴 콘크리트 담장으로 둘러싸여 있었다. 아무리, 설마 그럴 리 있겠어?

보슬보슬 내리는 빗속에서 고이치는 불안한 발걸음으로 담이 끊기는 곳을 찾아 터벅터벅 걸었다. 점점 마음이 무거워졌다. 혹시 어느 기업의 부지일지도 모르지. 그런데 별안간 나타난 거대한 철문에는 무뚝뚝하게 '가네코'라고 쓴 타일 문패가 박혀 있었다.

진짜? 이 부지가 전부? 말도 안 돼. 이 근처 평당 단가가 얼마인 줄 알기나 해?

어마어마한 가격을 생각하니 고이치는 핏기가 가셨다. 페르시아풍의 아라베스크 문양을 새긴 검은 철문에는 세간의 상식을 초월한 위압감이 있었다. 폭만 해도 10미터가 넘었다. 고이치는 소공자라도 된 듯한 기분이 들었다. 어제까지만 해도 고아원에서 회초리를 맞고 있던 고아가 막대한 재산을 가진 친척에게 거두어진 것 같은.

그렇게 주눅이 들어 있던 것도 잠시뿐, 고이치는 퍼뜩 중요한 사실을 깨달았다.

대체 어떻게 사람을 부르는 거지?

철문은 굳게 닫혀 있었다. 밀어도 당겨도 꿈쩍도 하지 않았다. 게다가 어디를 봐도 초인종 같은 것은 없다.

고이치는 불안해졌다. 저도 모르게 덜컹덜컹 문을 흔들고 걷어차 봤다.

안은 어떻게 되어 있을까? 고이치는 문의 3분의 1 정도를 차지하는 위쪽 철창살 부분을 유심히 살펴봤다. 그러고는 조금 뒤로 물러났다가 도움닫기를 한 뒤 펄쩍 뛰어 철창살에 한 발을 걸쳤다.

철창살은 녹이 슬어 꺼끌꺼끌했고 차가운 비의 감촉이 불쾌했다. 그래도 이럭저럭 기어올라 밑을 내려다본 고이치는 자신을 올려다보는 노인과 눈이 마주쳤다.

"어라?"

검은 박쥐우산을 쓰고 백발을 단정하게 빗어 넘긴 조그만 노인이 게다를 신고 그를 올려다보고 있다. 일하는 사람인가?

"지금 열어주지. 사람이 참 성급하군. 2시에 문 앞에서라고 말했을 텐데. 아직 2분이나 남았어."

노인은 달각달각 잠금장치를 열고는 어리둥절한 고이치를 매단 채로 끼익 소리를 내며 문을 밖으로 밀었다. 고이치는 허겁지겁 뛰어내려서는 짐을 집어 들고 코트 매무새를 바로잡았다.

"아, 안녕하십니까. 사메시마입니다."

"가네코야. 기다렸네. 따라오게."

"네? 아, 네."

고이치는 점점 더 당황했다. 이 노인이 회장이라고? 아무리 봐도 길모퉁이 담배 가게 주인인데.

노인은 몸을 돌리고는 비에 젖은 검은 포장길 위를 달각달각 소리를 울리며 걷기 시작했다. 좌우로 나뉜 길에서 노인은 왼쪽으로 향했다.

"저……."

"뭔가."

"저쪽엔 뭐가 있습니까?"

"저쪽?"

"반대쪽 길로 가면요."

노인은 흘낏 그를 돌아봤다.

"아, 그쪽에는 봄이 있다네."

"봄이요?"

"그래, 봄."

노인은 다시 몸을 돌려 걸음을 재촉했다.

완만하게 경사진 포장길을 올라가자, 넓적하고 튼튼해 보이는 벽돌집이 나타났다. 작은 창 너머에 밝혀진 주황색 불빛이 따스한 분위기를 자아냈다. 짙은 갈색 집은 비 때문에 검게 젖은 탓도 있어 마치 귀 떨어진 판때기 초콜릿처럼 보였다. 창틀이나 조명 등은 전부 수입품인 것 같았지만 전체적으로는 일본풍인 취향이 멋스러웠다.

"멋진 집이군요."

무심코 말이 나왔다. 그 말에서 솔직한 칭찬을 느꼈는지 노인은 또다시 흘낏 돌아봤다.

"고맙네. 내 친구가 지은 집이야. 나도 마음에 든다네."

"어쩐지 프랭크 로이드 라이트풍이네요."

노인은 또다시 흘낏 고이치를 돌아봤다.

"그래. 그 친구는 라이트에 심취했으니까. 건축에 관심이 있나?"

"그냥 조금요. 아버지가 건축기사라서 어렸을 땐 휴일이면 건축물만 구경시켜 주셨거든요. 아버지가 라이트를 좋아해서 이런저런 사진을 보여주셨죠."

말을 하고 나서야 비로소 생각났다. 어딘가 친숙한 느낌이 드는 것은 그 때문인가.

노인은 다시 몸을 돌려 잠자코 걸었다. 걸음이 얼마나 빠른지 훨씬 키가 큰 고이치조차 종종걸음을 쳐야 했다.

포치를 지나 돌계단을 다섯 계단 정도 올라가자 집의 양감이 묵직하게 다가왔다. 대단한걸. 고이치는 가볍게 흥분했다. 이런 집에 들어갈 기회는 늘 있는 게 아니다. 하지만 동시에 뭔가 사나운 짐승의 숨결 같은 것을 느낀 것은 기분 탓이었을까? 키가 크고 거대한 뭔가가 배를 깔고 납작하게 엎드린 자세로 가만히 이쪽을 살피는 듯한 기척을 느낀 것은?

"자, 들어가지."

회장의 목소리에 흠칫 놀란 고이치는 간유리를 끼운 두터운 목제 문을 열었다. 보기와는 달리 문은 가볍게 움직였다.

발을 들여놓은 순간, 불현듯 현기증을 느꼈다. 초점이 흔들린 다른 차원 세계에 들어가는 것 같은, 현실과 약간 어긋난 공간에 들어선 것 같은 감각이었다.

그런 느낌도 오래가지 않았다. 따뜻한 집 안은 별세계였다. 세련된 취향의 가구가 자연스럽게 갖춰져 있어 고이치는 금세 넋을 잃고 주위를 둘러보기 시작했다.

현관 앞에 산뜻한 네 가지 색상의 슬리퍼가 나란히 놓여 있었다. 빨강과 주황과 초록과 노랑.

고이치는 그중에서 빨간색을 선택했다. 고이치가 슬리퍼를 신는 모습을 주시하던 회장은 씩 웃으며 고이치의 어깨를 툭툭 쳤다. 그러고는 어리둥절해하는 고이치를 응접실로 안내했다.

"손님이 도착했어."

그곳에는 뜻밖에 넓은 공간이 펼쳐져 있었다.

검은 철 창틀에 색유리를 끼운 복고적인 분위기의 창문. 쪽물로 염색한 한 쌍의 커다란 태피스트리. 큼직한 주황색 소파가 몇 개 놓여 있고, 커다란 하얀 개가 그 사이에 누워 있다. 커피테이블에는 산뜻한 빛깔의 아네모네가 꽂혀 있었다. 바닥에 깐 카펫은 에메랄드그린색이라 짙은 갈색 벽돌 벽에 잘 어울렸다.

세 사람이 일제히 일어섰다.

네모난 얼굴의 거한. 천진함과 만만치 않음을 동시에 느끼게 하는 초로의 남자다.

그와는 대조적으로 호리호리한 체격에 백발을 뒤로 묶은, 한눈에 학술 관계자임을 알 수 있는 담백한 인상의 남자.

그리고 반짝반짝 빛나는 눈으로 붙임성 있게 웃는 은발의 품위 있는 노부인.

"어서 와요."

세 사람이 입을 모아 말하고는 약속이라도 한 것처럼 고이치의 발을 보는 바람에, 그는 뭔가 밟았나 하고 엉겁결에 뒤로 펄쩍 물러났다.

"어머, 빨간색이네요."

"초장부터 이 모양이군."

"가네코 씨 운 좋은 건 못 당한다니까요."

회장은 기쁜 듯이 쿡쿡 웃은 다음 고이치를 그들에게 소개했다.

"이 친구가 사메시마 고이치 군이야. 이번에 낙점된 젊은 기대주지."

"처음 뵙겠습니다. 교양은 없지만 잘 부탁드립니다."

"아니, 자기가 아는 게 없다는 걸 알고 있는 사람은 많지 않죠. 좋은 마음가짐이에요. 난 잇시키라고 합니다."

호리호리한 남자가 악수를 청했다. 다른 사람이 자기에게 악수를 청하는 일이 좀처럼 없는 고이치는 머뭇머뭇 악수했다.

"체력도 있을 것 같군. 점점 더 마음에 드는데. 난 가모시다야. 잘 부탁해."

거대한 남자가 의외로 가벼운 몸놀림으로 양손을 덥석 움켜쥐는 바람에 고이치는 겁을 먹었다.

"당신의 그 괴력으로 덤벼들면 놀라잖아요. 그러다 도망가 버리면 어떻게 책임질 생각이유? 잘생기고 스마트한 사람이라 잘됐네요. 난 미즈코시라고 해요. 편히 지내다 가요."

생긋 웃는 노부인에게 고이치는 어색한 미소로 답했다.

"아, 그렇지. 저 녀석은 내 일행이고 이름은 '무능한 녀석'이야."

가모시다가 고이치의 발치를 가리켰다.

아까부터 발치에서 뭔가 기척이 느껴진다 했더니 하얀 개가 슬리퍼 냄새를 킁킁 맡고 있었다. 주인이 거대하면 개도 이렇게 거대하게 자라는 걸까.

"굉장한 이름이군요."

다리에 엉겨드는 개를 피하며 고이치는 감상을 말했다.

"이름 좋지? 난 무능한 직원 앞에서 이 녀석 이름을 부르는 걸 좋아해서 말이야."

가모시다는 호쾌하게 웃었다.

"자, 앉게. 커피를 끓일 테니까. 사메시마 군, 거기 사이드보드에서 마음에 드는 컵을 골라서 건네주겠나."

회장이 가리키는 곳에는 찬장이 놓여 있었다. 골동품인 듯 이 서양풍 방에 매우 잘 어울렸다. 좌우로 비끼는 이층 선반의 위쪽에는 이마리 자기와 쪽빛 도자기, 오리베 도기, 영국풍 찻잔 세트가 진열되어 있었다. 하나같이 값나가 보였다. 찻잔을 꺼내려는데 또다시 세 사람이 자신을 주목하는 게 느껴져 고이치는 께름한 기분이 들었다. 젊은 사람이 그렇게 신기한가? 고이치는 머뭇머뭇 검정과 금색 라인으로 테를 두른 심플한 영국식 찻잔을 꺼냈다. 등 뒤에서 한숨이 흘러나왔다.

"운이 안 따르네요."

"뭐, 그게 가장 배율이 낮았으니까."

소곤대는 목소리가 들렸다.

컵을 건네자 회장은 여전히 히죽히죽 웃으며 은제 포트에서 뜨거운 커피를 따랐다.

"훌륭해. 대단한 행운아로군. 유망한 친구야. 지금까지 여러 명을 초대했네만 문을 기어오르려고 한 사람은 처음이라고."

"뭐라고, 그 문을? 그건 정말 걸작인데."

"남자답네요."

"나도 보면 좋았을걸."

제각각 천연덕스럽게 감탄하는 네 사람을 앞에 두고 고이치는 마음이 불편해졌다.

기묘한 무리다. 천연덕스럽고 묘하게 척척 타이밍이 맞는 게 꼭 무슨 연극을 보는 것 같다.

"간식 시간이에요."

"그거 좋군."

미즈코시 부인이 바삭바삭 소리를 내며 비닐봉지를 꺼냈다. 거창한 프랑스 과자라도 등장하나 했더니, 하얀 비닐봉지에서 나온 과자들은 슈퍼에서 흔히 보는 것들뿐이었다.

"과자는 역시 소프트샐러드지."

"블랙커피엔 킷캣이야."

"난 구로보가 좋던데요."

커피테이블 위의 우묵한 나무 그릇에 비닐봉지에 들어 있던 과자가 놓였다.

가메다제과의 '소프트샐러드', 매킨토시의 '킷캣', 무인양품의 '구로보', 그리고 긴고도의 '아쓰야키 참깨맛'이다.

"자, 좋아하는 걸 골라봐요."

미즈코시 부인이 생긋 웃으며 그릇을 고이치 쪽으로 밀어주었다. 손을 뻗으려던 고이치는 또다시 네 사람의 시선이 자신의 손끝에 쏠린 것을 보고 주저했다. 이 인간들, 혹시.

고이치는 소프트샐러드를 집었다. 긴장이 후우 풀렸다.

"의외로 모험을 하지 않는 친구로군."

"아직 젊은 사람이."

"승부는 이제부터야."

고이치는 소금맛 쌀과자를 와삭와삭 소리 내어 먹으며 네 노인을 천천히 둘러봤다.

"……혹시 여러분은."

불쑥 말이 튀어나왔다. 네 사람이 고이치를 주목했다.

"저를 두고 내기를 하시는 겁니까? 그게 제가 초대받은 이유입니까?"

네 사람은 동작을 멈추었다. 고이치가 과자를 먹는 소리가 멍청하게 울렸다.

맨 먼저 쿡 웃은 사람은 역시 가네코 회장이었다.

"눈치가 빠르군. 뭐, 좀 노골적이었는지도 모르지만. 다들 너무 심했어. 하지만 직설적인 점이 점점 더 마음에 드는군. 좋아, 이걸로 우선 첫 번째 관문은 통과했네."

고이치의 맞은편 자리에서 회장은 아주 약간 자세를 고쳐 앉았다. 그러고는 고개를 들어 정면에서 작은 눈으로 고이치를 봤을 뿐인데도 고이치는 퍼뜩 긴장해 자세를 바로 했다.

그곳에는 아까 문간에서 만난 노인과는 전혀 다른 남자가 앉아 있었다. 니혼게이자이신문의 인터뷰 사진에서 본 남자, 입사식에서 신랄한 내용의 축사를 짤막하게 했던 남자가 그곳에 있었다.

"……우리 3월의 다과회에 잘 왔네."

재미있어하는 듯한 말투이면서도 한편으로는 몹시 진지하게 들렸다.

"인생은 내기다. 이건 진짜라네. 나이만은 먹을 만큼 먹은 우리가 하는 말이니까 틀림없어. 다소의 차는 있어도 나름대로 위기를 헤치고 나왔으니까. 인간은 매 순간 내기를 하면서 살고 있어. 순간순간을 선택하고 있다고 바꿔 말해도 되겠지. 자네는 소금맛 쌀과자를 골랐네. 가네코 신페이가 열두 배로 건 긴고도의 참깨맛 과자가 아니라, 잇시키 류세이가 세 배로 건 소프트샐러드를 집었어. 사메시마 고이치는 그걸 자기 의사로 골랐을까? 아니면 누군가가 고르게 했을까? 그건 오직 신만 아는 영역이네만, 자네는 그렇게 해서 흐르는 시간과 공간 속에서 죽음이 찾아오는 마지막 순간까지 선택을 계속하는 것이네. 그래, 우리는 자네의 일거수일투족에 내기를 걸고 있어. 그리고 자네도 우리 내기에 참가할 권리가 있어."

"내기라고요?"

"그래."

"무슨 내기입니까? 무슨 과자를 먹는지, 무슨 찻잔을 고르는지, 그런 겁니까?"

"지금까지는 놀이였어. 자네가 어느 정도 이야기가 통하는 인간인지 확인했을 뿐이지. 이제부터 할 내기에는 물론 우리도 동일한 조건으로 참가하네."

문득 주위를 보니 다른 세 사람도 표정이 진지했다.

"우리가 내기를 하고 있는 건 한 권의 책이라네."

"……책?"

고이치는 말했다.

회장은 힘주어 고개를 끄덕였다.

"그래, 책이야. 우리가 10년도 더 전부터 찾고 있는 책이지."

"어디서 찾는 겁니까?"

"이 집 안이네."

"이 집 안이라고요? 여기는 회장님 댁이잖습니까."

회장은 느닷없이 일어섰다.

"그렇지, 집을 구경시켜 줄까. 자네 방에 짐을 옮겨놓게나."

회장이 앞장서서 성큼성큼 방을 나갔다. 고이치는 허둥지둥 짐을 들고 뒤를 따랐다. 뭔가 기분을 상하게 하는 말을 했나?

방이 아주 많았다. 똑같아 보이는 방이 여러 개 나란히 늘어서 있다. 회장은 문을 열고 고이치에게 안을 들여다보게 했다.

책. 책, 책, 책. 방마다 천장까지 이어지는 붙박이 책장에 어마어마하게 많은 책이 무질서하게 꽂혀 있었다. 헌책, 새 책. 외국 서적에 잡지, 문고본. 바닥에도 책이 발 디딜 틈 없이 쌓여 있어 들어갈 수조차 없는 방이 한둘이 아니었다. 책 주인은 책을 꼼꼼하게 보존하는 타입도, 이른바 장서 수집가도 아닌 것 같았다. 오히려 어디까지나 난잡하게, 어디까지나 무질서하게 책을 모으는 타입이었던 모양이다.

"이런 방이 몇 개나 있습니까?"

"글쎄, 지하에도 서고가 있으니까 스무 개 정도 될까."

"이 중에서 책 한 권을 찾는 건가요?"

"그렇지."

"회장님은 그 책을 어디에 두었는지 기억이 안 나시는 겁니까?"

"……이 집을 지은 건 아쿠쓰 히로오라는 남자였다네. 건

실한 건축가였지. 좌우지간 중증의 활자중독증 환자란 말이야. 도면을 그리지 않을 때엔 책을 읽고 있었어. 게다가 남의 책을 빌려 읽지 못하는 성격이라 닥치는 대로 책을 사들여서 사는 족족 읽었네. 수입의 대부분은 책값으로 사라지고 인스턴트 라면과 식빵으로 연명하면서 오로지 독서만 하는 거야. 장르는 가리지 않았네만 그중에서도 본격 미스터리를 좋아해서 말이지. 내가 추리소설을 읽게 된 것도 그 친구 영향이 클 테지. 그런데 그 친구가 십몇 년 전에 책 한 권을 빌려줬어."

회장은 목각 가면이 죽 붙은 복도를 걸어갔다.

"그 책은 사가판私家版이었는데 소문으로는 200부밖에 만들지 않았다고 하네. 이상한 책이었어. 작가 이름이 없지 뭔가. 아쿠쓰 말로는 이미 이름이 널리 알려진 고명한 작가가 익명으로 쓴 소설이라고 하더군. 누구냐고 물었더니 자기도 모르지만 아무튼 소문이 그렇다고 하는 걸세."

"익명으로 썼다면…… 설마 그런 종류의 책입니까?"

고명한 작가가 익명으로 썼다면 생각할 수 있는 것은 포르노그래피뿐이다.

"그렇게 생각하게 되잖나? 그런데 그런 게 전혀 아니란 말이지. 보통 소설, 수수께끼 같은 4부작 소설이야. 추리소설이라 할 수 없는 것도 아니지만 다만 뭐랄까, 기묘한 인상을 주는 소설이라네. 여러 가지 소재의 조각들을 모아 모자이크한 것 같은 소설. 빈틈없이 꽉 짜인, 흠잡을 데 없는 걸작은 아니거든. 뭐지 이건, 하면서 읽다 보면 어느새 빠져들어서 시간이 지나도 소설의 편린이 머릿속 어딘가에 남아 있는 그런 소설이야."

"혹시 아쿠쓰 씨 작품인 건 아닐까요?"

"책을 돌려주고 나서 나도 잠시 그런 의심을 품었다네. 자기가 쓴 책을 읽힌 게 아닌가 하고 말이야. 그런데 얼마 지나서 책을 좋아하는 친구들에게 그 책 이야기를 계속 듣게 됐지 뭔가. 역시 그런, 이미 잘나가는 작가가 취미로 쓴 책을 낸 것 같다, 기묘한 매력이 있어 은밀하게 평판이 자자하다, 그런 소문이었지."

"그런가요. 그 책이 이 집에 있는 겁니까?"

"그래, 어딘가에 있어. 아쿠쓰가 숨겨놨다네."

"화창한 날 방을 하나씩 돌아가며 거풍이라도 시키는 게 제일 빠르지 않을까요?"

회장이 슬쩍 웃었다.

"그러면 재미가 전혀 없잖나. 그런 멋대가리 없는 일을 하려면 일부러 수고를 들여가며 사메시마 고이치를 초대할 필요도 없지 않겠나. 수수께끼의 책을 찾아 2박3일 동안 사색의 저녁을 펼치는 데에 이 집과 아쿠쓰가 남긴 유언의 가치가 있는 걸세."

"유언이라고요?"

"그래. 소위 다잉 메시지라고 하나? 나는 그 친구의 유언에 담긴 수수께끼를 풀기 위해 6년 전에 이 집을 그대로 이축했다네. 그때부터 우리들은 매년 여기에 모이고 있지."

히죽이는 회장의 얼굴을 보고 고이치는 약간 등골이 서늘해졌다.

고작 한 권의 책을 찾기 위해 집 한 채를 사들여 이축한다는 것은 정상이라 하기 어렵다. 가네코 신페이는 재계에서 상당히 이름이 알려진 명사인데, 역시 그 정도 인간이 되면 보통 사람 감각으로는 이해할 수 없는 부분이 있는 걸까.

"괜찮아, 정신은 멀쩡하네."

마음속을 꿰뚫어 본 것 같은 말이 날아와 고이치는 움찔했다.

"유별난 취미라는 자각은 니도 나름대로 있어. 어차피 난 그 정도밖에 안 되는 시시한 인간일세. 자, 여기가 자네 방. 일찍 저녁식사를 할 테니까 뜨거운 물로 샤워라도 하고 오게. 이야기는 저녁식사 때 마저 하도록 하지."

작은 문 안쪽은 아담한 방이었다. 난방이 들어와 있고 목제 침대에는 침구가 깔끔하게 정돈되어 있었다. 작은 창문 밖으로 차가운 비에 젖은 나뭇가지들이 보이니 머나먼 이국의 변두리 호텔에 도착한 듯한 기분이 들었다. 창밖의 굵은 나뭇가지에 왜 그런지 갑자기 불안이 치밀었다.

이거 혹시 터무니없는 곳에 온 게 아닐까.

코트를 벽에 걸고 가방을 바닥에 내려놓고 나서 고이치

는 침대에 털썩 걸터앉았다.

문득 침대 옆 작은 책꽂이가 눈에 띄었다. 그곳에도 책이 아무렇게나 빽빽이 꽂혀 있었다. 전부 원서다. 제목을 훑어봤다.

셜리 잭슨《힐 하우스의 유령》, 리처드 매시슨《지옥의 집》, 헨리 제임스《나사의 회전》, 빅토리아 홀트《비밀의 여자》, 대프니 듀 모리에《레베카》, 에드거 앨런 포《어셔가의 몰락》. 그렇군. 이 집의 원래 주인은 고전적인 고딕호러 소설까지 커버했던 모양이다. 다 읽어보지는 못했지만 하나같이 어떤 사연이 있는 큰 저택을 찾아온 사람이 봉변을 당하는 이야기들뿐이다. 지금 자기 상황에 딱 들어맞지 않나. 일부러 이 방에 갖다 놨을까? 만약 그렇다면 상당히 공들인 농담이다.

고이치는 고개를 내젓고는 회장이 권한 대로 우선 샤워를 하기로 했다. 기나긴 밤이 될 것 같은 예감이 들었기 때문이다. 한숨을 쉬면서 일어나 타월을 손에 들고 문을 찰칵 연 순간, 거대한 검은 그림자가 그에게 덤벼들었다.

"……그러니까 바야흐로 새로운 뮤지션이나 문화는 그런 여자들한테 일종의 투기란 말이죠. 잡지나 텔레비전에서 화제가 되기 전에 얼마나 빨리, 다른 사람들은 아무도 모르는 세련된 것을 먼저 점찍는가 하는 데에 최대의 노력을 기울이는 거지, 절대로 대상에 몰입하는 게 아닙니다. 그런 새로운 것을 발견한 자기 자신이 중심에 있어요. 영화나 음악 프로모션을 담당하는 친구들한테 듣자 하니, 아직 거의 소개도 되지 않은 외국의 마이너한 가수나 배우를 데려오면 맨 먼저 나타나는 게 그런 새로운 것을 좋아하는 여자들이라고 하더군요. 완전히 '상품'을 대하듯이 '이번엔 이게 뜰 것 같다' 하는 눈빛으로 나타나는 겁니다. 이렇게 해서 유행은 주기가 짧아지는 한편, 다들 점점 더 쉽게 싫증을 내게 됐어요. 그러니 히트 곡이란 점에서 보자면 옛날보다 더 쉽게 메가히트란 게 나올 수 있게 됐습니다. 다들 요새 잘나가는 건 이거라더라, 이건 노래방에서 써먹을 수 있겠다, 그런 시점에서 일제히 싱글을 사들이기 때문이에요. 하지만 그 아티스트를 좋아하는 게 아니거든요. 활용도가 높다는 기준으로 취사선택하는 것뿐이죠. 다들 맛있는 부분만 빼먹는 거예요. 자기가 원하는 부분만 골라서 그 부분만 파먹습니다."

"다양한 선택이 가능하다는 건 나쁜 일이 아니잖아."

"어머, 현대엔 오히려 선택의 여지가 줄어들지 않았을까요. 《피아》지가 등장했을 무렵부터 순식간에 문화의 획일화가 진전됐어요. 온갖 정보가 제공되기 시작하면서 다양한 정보를 손쉽게 접할 수 있게 된 건 확실하지만요. 예전엔 자기가 정말로 좋아하는 걸 파고들어서 정보를 얻었는데, 지금은 언더그라운드 문화란 게 없어졌어요. 다들 그저 호기심만 있는 사람들이 우르르 몰려들어서 뭐든 대중 소비 수준으로 끌어내려 놓고는 금세 등을 돌려버리죠. 일본인이 '민주주의'를 가장 잘못 이해하고 있는 부분이에요. 예전엔 '분수'란 말이 존재했지만 이젠 '우리는 평등하다. 그렇게 좋은 게 있으면 나도 보자, 나도 먹자, 나도 사자'라는 식이잖아요. 이해할 수 있는 눈도, 혀도, 배경도 없으면서 말이에요. 꼴불견도 그런 꼴불견이 없다니까요."

"그건 그렇지만 말이야, 맛있는 걸 먹어봐야 비로소 맛있는 게 있다는 걸 알게 되잖아. 그런 '구하라, 그리하면 열릴 것이다' 같은 짓을 한 탓에 전통예술이 사라져 가는 거 아냐? 그러니까 기회는 일단 다양하게 주어지는 쪽이 건전하지 않나? 어쨌든 뭔가를 완벽하게 터득한다는 건 여간 일이 아니니까, 기회가 주어져도 어차피 아무래도 상관없는 녀석은 금세 도태되고 말이야. 그럼 미즈코시 씨는 그 오타쿠라는 종족은 괜찮다는 건가? 그거야말로 자기가 정말로 좋아하는 걸 파고드는 패거리잖아."

"말도 마요, 난 그런 건 생리적으로 싫어요. 다들 피둥피둥 살쪄가지고, 자세 나쁘지, 얼굴색 안 좋지. 난 그런 우중충한 색채는 못 참아요."

"오타쿠와 언더그라운드는 달라요. 오타쿠라는 건 에로스적이고, 언더그라운드는 성을 초월합니다. 요전번에 텔레비전을 보다가 놀랐습니다만 요새는 피규어라고, 애니메이션에 등장하는 여자애를 점토세공 같은 걸로 사실적으로 만들거나 사는 사람들이 있다더군요. 그런 애니메이션 캐릭터의 어디가 좋냐고 물으면 '다들 귀엽지, 고분고분하지, 떼쓰지도 않잖아요'라고 대답합니다. 그들이 소중하게 방에 장식해 두는 인형은 하나같이 커다란 눈에 소녀 같은 얼굴인데 몸매는 유별나게 글래머러스해서 징그럽단 말이죠. 어쩐지 슬프더군요. 얼굴은 앳되고, 어린애처럼 고분고분하게 말대답도 안 하고, 하지만 몸은 어른스럽다는 건 예로부터 일본 남성이 갖고 있던 염원 같은 게 아닙니까? 시대가 지나면서 그런 바람은 이제 경멸의 대상이라 궁지에 몰려 결국 외국에서 발산하고 그러잖아요. 난 그들에게서 그런 궁지에 몰린 일본 남성의 욕망이 보이는 것 같단 말이죠. 그 사람들의 그건, 요컨대 마스터베이션이잖아요? 다 같이 난 이런 식으로 마스터베이션한다고 서로 보여주는 셈이에요. 그리고 방 밖에 있는 여자들한테 '우리는 보다시피 다 같이 마스터베이션하느라 너희하고 놀 시간 없어'라고 공언하는 겁니다. 마스터베이션이라는 건 혼자 해야 하는 일이잖습니까. 혼자서 자기 방에서 한다. 실컷 하고 나서 밖에 나와선 그런 일은 한 번도 한 적 없는 것처럼 시침 뚝 떼고 예쁜 여자애와 음악이나 문학을 이야기한다. 난 그런 건 줄 알았는데요. 뭣보다 그쪽이 훨씬 재미있잖습니까? 집 안이고 밖이고 가리지 않고 자위해 봤자 무슨 재미가 있죠?"

"그건 남자애들만 그런 게 아니랍니다. 여자애들도 그래요. 난 요즘 여자애들이 집요할 정도로 미소년을 추구하는 게, 그것도 소년들 간의 동성애를 추구하는 게 이해가 안 가더군요. 물론 옛날부터 여자애가 소년이란 존재에 동경을 느끼는 경우는 있었죠. 하지만 그때는 여자애가 육체적으로 성인이 되는 경계지점이 확실하기 때문에 그에 대한 안티테제로서 중성적인 존재로 사랑하는 거였다고 생각해요. 하지만 최근엔 역시 완전히 성적인 의미거든요. 아까도 비슷한 이야기를 했지만 그건 동경해야 할 그들을 그런 저급한 수준으로 끌어내려 더럽히고 기뻐하는 행위고, 아주 잔인한 일이라고 생각해요. 그래서 말이에요, 난 쇼와 30년대* 이후에 태어난 여자가 남성 화자로 쓴, '나는' 하고 시작하는 일인칭소설이 너무너무 싫어요. 거의 증오한다고 해도 과언이 아니에요. 주인공은 모두 천편일률적인 타입에, '쳇, 그러니까 여자애는 몰라' 같은 문장이 나오죠. 가끔 실수로 읽는데 아차, 또 '나는'인가, 재수 옴 붙었네, 하는 느낌이라니까요."

"미즈코시 씨는 여전히 기운이 넘치네."

"이 멤버로 모이면 그렇게 돼요."

"어라, '무능한 녀석'이다. 어디 갔나 했더니."

가모시다가 엉겨 붙는 개를 달고 들어온 고이치를 돌아

---

* 1955년~1964년.

봤다.

고이치는 아까 넘어졌을 때 부딪친 팔꿈치가 욱신거려 얼굴을 찡그리고 있었다. 문을 연 순간 '무능한 녀석'이 뒷발로 서서 덮치는 바람에, 방심하고 있던 그는 속수무책으로 자빠지고 말았다. 개가 얼마나 큰지 거의 회색곰만 했다. 보아하니 뒷발로 서서 덮치는 게 녀석의 애정 표현인 모양이지만 기습을 당하는 쪽은 웃어넘길 일이 아니었다.

"이 개…… 굉장히 무겁군요."

고이치가 의자에 앉자, '무능한 녀석'이 의자 뒤에서 고개를 내밀어 머리를 비비댔다.

"아하, 당했군. 자네가 꽤 마음에 든 모양인데. 허리 다치지 않게 조심하는 게 좋을걸. 이 녀석이 덤벼드는 바람에 허리를 삐끗한 녀석이 여러 명이야."

"아, 네."

가모시다가 훌쩍 일어서더니 손뼉을 딱 쳤다.

"자, 그럼 저녁 준비를 해볼까. 여러분, 식당으로 가실까요."

고이치는 깜짝 놀랐다. 이 사람이 요리를 하는 건가? 돕는 게 좋으려나?

"저……."

"됐어요, 이 사람은 요리사야. 긴자에서 3대째 튀김 요릿집을 하거든. 우리 문외한들은 빤들빤들 식탁 앞에 앉아 있기만 하면 돼요. 술 준비라도 하자우."

네 사람은 일어나 옆 식당으로 향했다.

작은 산장풍 식당은 카운터 키친 옆 커다란 나무테이블 양쪽으로 검은 긴 의자가 놓여 있었다. 한쪽 끝에 회장이 앉아 맥주를 한 손에 들고 우치다 햣켄의 《진미 수첩》을 읽고 있었다.

"어머, 가네코 씨도 참, 이런 곳에서."

"먼저 시작했어. 이쪽이 조용하거든."

"그래, 꼭 이런 녀석이 있다니까. 방에서 공부하라고 해도 부엌 한구석에서 숙제하는 녀석."

가모시다는 소매를 걷어붙이고는 커다란 앞치마를 두르고 냄비를 불에 얹었다.

"여러분, 알아서 술이라도 들고 있어요. 적당히 안주를 내갈 테니까."

"좋지."

가모시다는 당장 종횡무진으로 음식을 만들기 시작했다. 동작이 얼마나 재빠른지 보는 사람이 어안이 벙벙할 정도다. 순식간에 요리가 몇 접시나 식탁 위에 늘어섰다.

"어머, 멋져라. 오늘 메뉴는 뭐유?"

와인의 코르크 마개를 뽑으며 미즈코시 부인이 접시를 들여다봤다. 가모시다는 손을 계속 놀리며 대답했다.

"죄다 슈퍼에서 조달해 온 거지만 말이야, 하룻밤 말린 샛줄멸이 싸길래 야나가와식 전골을 해봤지. 그리고 봄이니까 유채호두무침. 셀러리와 찐 닭고기와 사과샐러드. 조미한 정어리튀김. 이쪽은 블루치즈에 생크림을 섞어서 말린 다시마하고 마멀레이드로 버무려봤어. 맛이 꽤 그럴듯해. 와인하고 어울릴지도 모르겠네. 그리고 돌아오는 길에 전통과자 가게에 맛있어 보이는 쑥떡이 있길래 튀겨봤고. 이 정도일까. 우리는 늙은이라 괜찮을지 모르지만 사메시마 군은 부족할 수도 있겠군. 모자라면 또 만들어줄 테니까 말해줘."

다들 각자 알아서 술을 마셨다. 고이치도 맥주병에 손을 뻗었다.

문득 귀를 기울이자 창밖에서 굵어진 빗줄기 소리가 들려왔다. 이대로 밤새도록 내릴 것 같다. 어느새 밖은 칠흑 같은 어둠으로 뒤덮여가고 있었다. 울창한 숲을 보디 보면 여기가 도쿄 시내 한가운데라는 사실을 잊어버리게 된다.

"봄이, 있다."

"네?"

맞은편에 앉은 잇시키가 물었다.

"숲 저편에 봄이 있다던데요. 무슨 뜻입니까?"

"아아, 그거 말이군요."

잇시키는 싱글싱글 웃었다. 치즈를 음미하며 냉주를 기분 좋은 듯이 들이켠다.

"요컨대 말이죠, 이 부지 내에 집이 네 채 있거든요."

"네 채? 네 채나 있습니까?"

고이치의 눈이 둥그레졌다. 이 집만 해도 상당한 크기인데 그런 집이 네 채씩이나 있다니.

"그래요. 한가운데 있는 숲을 둘러싸고 서 있죠. 지금 우리가 있는 집은 '겨울의 집'. 그리고 이 집과 나란히 '봄의 집'이 있는 셈이에요. 커다란 벚나무가 있어서 연회에 안성맞춤이랍니다."

"그럼 여름과 가을의 집도……."

"물론 있어요. 각각 사연도 있죠. 본격 미스터리 팬이 눈물을 흘리며 좋아할 것 같은 온갖 수수께끼 같은 사건들이 일어난답니다."

잇시키가 소곤대듯 말하자 회장이 킬킬 웃기 시작했다.

"그렇지. 넓은 부지에 집 네 채라 하면 모름지기 연속 살인사건이 일어나야 하는 법이지. 벚나무 뿌리 밑엔 시체가 묻혀 있고, 대숲에 둘러싸인 일본식 가옥 객간에는 일본도가 꽂혀 있고. 가을의 집에선 밀실살인, 그리고 겨울의 집에선 보물찾기. 암, 그렇고말고."

정말이지 어디까지가 농담이고 어디까지가 진심인지 알 수 없다. 아무튼 다들 상당한 미스터리 팬이라는 것만은 확실했다.

"그래요. 이곳에는 정교한 구조의 집 네 채가 각기 다른 사연을 가지고 서 있습니다. 그 사실만으로도 충분히 즐길 수 있겠죠. 거기에서 파생되는, 앞으로 이야기돼야 할 이야기를 예감할 수 있으니까요. 우리는 합리적인 해결과 깜짝 놀랄 트릭을 기다리는 게 아니랍니다. 그런 게 있으면 더할 나위 없겠지만 말이에요. 하지만 그보다 중요한 건 가슴 설레는 수수께끼가 있고 그에 호응하는 커다란 답을 예감케 하는 이야기가 나타나는 겁니다. 그러니까 사메시마 군도 꼭 이 게임에 참가해 주면 좋겠어요."

"더 바랄 게 없는 훌륭한 서두로군. 역시 학생을 상대하는 교수는 다른데."

가모시다가 선 채로 맥주잔을 기울이고는 덤으로 만든 듯한 고기감자조림을 들고 식탁으로 왔다.

"어째서 그렇게 그 책에 집착하시는 겁니까?"

고이치는 맥주를 따르며 물었다.

"글쎄, 어째서일까. 그 책의 존재 자체에 우리들을 자극하는 뭔가가 있는 거겠지. 오늘날에는 수수께끼 같은 존재 자체에 희소가치가 있고 말이네. 그게 없으면 살 수 없다는 것도 아니고. 그런 점이 좋다고 할까."

회장이 문득 꾸밈없는 표정으로 살짝 웃었다.

고이치는 까닭도 없이 가슴이 철렁했다. 미즈코시 부인이 오지 냄비에서 전골을 덜어주었다.

"그 책을 쓴 인물도 그 책을 수수께끼로 남겨두고 싶었던 것 같아요. 사가판 200부를 배부한 후에 회수를 시도한 흔적도 있고요."

"회수라고요?"

"그래요. 원래 그 책을 돌릴 때부터 조건이 몇 가지 있었다고 합디다. 첫째, 작가를 밝히지 말 것. 둘째, 사본을 만들지 말 것. 그리고 마지막 조건이 유별나요. 친구에게 빌려줄 경우, 단 한 사람에게만 빌려줄 것. 그것도 딱 하룻밤만 빌려주라는 거예요."

"작위적이라고 해야 할지, 이제 와서 보면 오히려 대단한 홍보인데요. 입소문만큼 확실하게 호기심을 자극하는 건 없으니까요."

"그렇죠? 그것도 그 책이 실제로 나돈 건 반년 정도뿐이고, 그 후에 작가의 대리인이란 사람이 회수하기 시작했다나 봐요. 200부를 만들었다고 하지만 실제 몇 명한테 건넸는지는 아직도 분명하지 않고요. 고작해야 70부 정도가 아닐까들 하더군요."

"회수 이유는 뭡니까?"

"'실패작이라서'란 코멘트였던 것 같습디다."

"흐음, 고의적인 냄새가 나는데요. 가네코 회장님은 이 집을 지은 아쿠쓰 씨께 책을 빌려 읽었다고 하셨죠. 다른 분들은요? 어떻게 그 책을 읽게 되셨습니까?"

"좋은 질문이네. 슬슬 식순에 따라 신상 이야기를 할 때가 된 것 같군."

회장은 잇시키를 슬쩍 쳐다봤다. '자네부터 시작하지'라는 사인인 모양이다.

"아, 잠깐만요. 그러고 보니 아직 책 제목이 뭔지 듣지 못했군요. 제목은 있겠죠?"

고이치가 회장을 봤다. 마치 좋아하는 여자애의 이름을 말하기 쑥스러워하는 것처럼 망설이던 회장은 이내 무뚝뚝하게 대답했다.

"그래. 『삼월은 붉은 구렁을』이라고 한다네."

잇시키가 이야기를 시작했다.

"내 경우엔 수업에 들어오던 학생한테 빌렸습니다. 벌써 꽤 오래전 일입니다만. 내 전공은 영미문학이에요. 내가 좋아하는 소설을 나 같이 읽고 어때, 재밌지? 하고 강요하는 게 대부분인, 취미 같은 수업이죠. 뭐 이런 게 다 있어? 하는 학생은 일찌감치 떨어져 나가고 나랑 취향이 맞는 학생만 남기 때문에 꽤 화기애애한 수업이 된답니다. 그 여학생은 얌전하고 눈에 띄지 않는 학생이었어요. 하지만 내면에 숨은 단단한 심지가 느껴지는 타입의 학생이었습니다. 그 학년도를 마감하는 수업이 있고 얼마 지나서 N이란 그 학생이 나를 찾아왔습니다. '선생님, 저 내일 고향으로 돌아갑니다'라고 하더군요. 난 몸 건강히 열심히 살아라, 같은 말을 했죠. 그랬더니 N이 조용히 붉은색 표지의 책을 한 권 꺼냈습니다. '선생님께서 이 책을 읽어보셨으면 해요. 분명히 좋아하실 거예요'라고 하면서요. 그때 건네받은 책의 인상이 지금도 잊히지 않습니다. 손에 들었을 때 그 묵직한 느낌이란. 붉은, 약간 무거운 느낌을 주는 새빨간 표지에, 한복판에 검은색 가로글씨로 『삼월은 붉은 구렁을』이라고 쓰여 있었어요. 제목을 본 순간 가슴이 설렜습니다. 첫눈에 반한 것 같은 느낌이었죠. '내일 가지러 올게요' 하더군요. 하지만 상당히 두꺼운 책이었거든요. 게다가 차례를 보니 4부작이었죠. 하룻밤에 다 읽을 자신이 없다, 하지만 꼭 읽어보고 싶다, 읽고 나서 직접 자네 고향에 보내주면 어떻겠나, 하고 말했습니다. 그런데 학생은 고개를 젓더군요. '안 돼요. 하룻밤 동안만 읽게 한다고 약속했어요.' '약속? 누구와?' 그렇게 되물었더니 '그 책을 쓴 사람하고요'라고 진지한 얼굴로 대답하는 겁니다. 문득 책을 다시 봤더니 작가 이름이 없어요. '작가는 누군가?' 이미 난 호기심 덩어리가 되어 있었습니다. 하지만 N은 역시 고개를 흔들 뿐, 그것도 말 못 한다고 거듭 말할 뿐이었습니다. 할 수 없군, 아무튼 읽어보겠네, 하고 책을 빌렸죠. 내일 아침 역에 가는 길에 들를게요, 하고 N은 돌아갔어요. 난 책을 끌어안고 서둘러 집으로 돌아갔습니다. 책을 요모조모 뜯어봤는데 아무것도 없는 겁니다. 판권 페이지도 없고, 아무것도 없어요. 지극히 사적인 자비출판 서적이라는 걸 알 수 있었죠. 거기서 기대 반, 불안 반이 됐습니다. 자비출판한 작품, 특히 소설은 엄청난 졸작일 가능성이 높으니까요. 혹시 실망하게 되는 게 아닐까 싶어 읽기 망설여지는 겁니다. 하지만 한편으로 N이라는 학생은 신뢰할 만한 독자란 인상이 있어서 어쩌면 뜻밖의 걸작일지도 모른다는 기대도 있었어요. 뭐라고 할까요, 안절부절못하게 됐죠. 기대되는 책은 오히려 쉽사리 시작을 못 하지 않습니까. 괜히 여기저기 만져도 보고 첫머리를 살짝 읽어보고 하면서 말이에요. 얼른 읽고 돌려줘야 되는데, 결국 읽기 시작한 건 밤도 꽤 늦은 시간이었습니다. 그랬는데 글쎄, 그만 홀딱 반하고 만 겁니다. 그 책의 불가사의한 인상이야 여기 계시는 분들은 다들 아실 테지만, 전체가 신비한 수수께끼의 예감으로 가득 찬, 참으로 '끌리는' 이야기예요. 걸작인지 어떤지를 떠나서 실로 내 취향의 소설이라시, 한 줄도 빼트리지 않겠다고 천야를 가오하며 기를 쓰고 읽었습니다만 애석하게도 끝까지 읽을 수 없었어요. 다음 날 아침 N이 왔을 땐 겨우 2부의 결말을 조금 남긴 상태였죠. 그때 그 슬픈 심경이란 지금 다시 돌이켜 봐도 가슴이 죄어드는 것 같습니다. 내가 너무 아쉬워했더니 N도 딱해했습니다. 가기 전에 '선생님, 언제 저희 고향에 와주세요' 하고 주소를 남겼어요. 나가노 스와 방면이었습니다."

"그 뒤로 못 만나셨습니까?"

저도 모르게 이야기에 빠져든 고이치가 물었다. 잇시키는 고개를 끄덕였다.

"네. 한 번도 못 만났습니다. 나도 신학기 준비를 해야 했고, 고향에서 취직을 앞두고 있을 사람한테 책을 독촉하는 것도 꼴사납다고 생각해서요. 그래도 그 책의 모습은 가슴에 분명히 아로새겨져 있어서, 언젠가 꼭 다시 한번 정식으로 읽자고 결심을 다지고 있었죠. 그해 여름 N의 동기들이 모여 동창회를 하자는 이야기가 나왔어요. N도 온다고 들었는데 당일이 돼도 나타나지 않았습니다. 그런데 뒤늦게 총무가 허둥대며 오더니 N이 행방불명됐다고 하더군요. 혼자 호쿠리쿠 방면을 여행하는 중이었고 마지막으로 도쿄에 올 예정이었는데 도중에 소식이 뚝 끊겼다는 겁니다."

"점점 수수께끼 같아지는군요."

"반신반의했죠. 꿈을 꾸는 것 같았습니다. 하지만 그 학생은 그 뒤로 끝내 발견되지 않았어요. 사도섬으로 건너가는 도중에 배에서 떨어지지 않았나 하는 설도 있습니다. N과 비슷하게 생긴 사람이 배에 타는 걸 봤다는 목격자가 있었거든요. 하지만 확실한 진상은 지금도 몰라요. 사고인가, 실종인가, 자살인가. 난 그 책과 N의 실종사건이 언제나 세트로 떠오릅니다. 그 뒤 얼마 지나 갑자기 그 책이 생각나서 백방으로 수소문해 봤습니다. 소문은 들은 적이 있었거든요. 그 책을 읽은 사람이 더 있다고 말이죠. 그렇게 해서 그 책의 사본 일부를 가지고 있다는 사람을 소개받았는데……."

잇시키는 거기서 말을 멈추었다. 와인병을 들어 미즈코시 부인의 빈 잔에 따랐다.

미즈코시 부인은 가볍게 머리를 숙인 다음 고이치의 얼굴을 봤다.
　"그게 나예요."

　"우리 집은 조부 대부터 요코하마에서 작은 호텔을 경영하고 있어요. 나도 일단 경영진에 이름이 올라 있지만 실질적으로는 오라버니가 경영을 맡고 있으니까 난 그냥 놀이 같은 셈이죠. 로비에 꽃을 꽂는다든지, 연회장을 장식할 그림을 고른다든지 하는 게 일과랍니다. 우리 라운지의 아침식사, 맛있거든. 그래서 근처에 사는 분들이 아침을 들러 와주시곤 해요. 벌써 10년쯤 됐네요. 날씨가 나쁜 늦가을 아침이었죠. 차가운 비에서 겨울 냄새가 났던 기억이 나는군요. 메뉴에 핫초코를 넣어야겠다고 생각한 것까지 선명하게 기억해요. 그 손님은 초로의 세련된 신사분이었어요. 그 험한 날씨에 허둥지둥 들어왔죠. 짙은 갈색 코듀로이 모자와 방수 코트 차림에 커다란 가죽 트렁크를 들고 있었어요. 멋쟁이네, 하고 생각했답니다. 모닝 세트를 시켰는데, 안절부절못하면서 정신이 딴 데 가 있더라고요. 20분도 채 안 있었어요. 전화 한 통이 걸려왔거든요. 연세가 지긋한 여자분 목소리가 '고이즈미 씨를 부탁합니다' 하더군요. 늘 식사를 하러 오시는 단골손님들의 성함은 아니니 직원도 아마 그 손님이 아닐까 생각한 거죠. 가서 '고이즈미 님이십니까?' 하고 물었어요. 그랬더니 소스라치게 놀라선 옆에서 봐도 우스꽝스러울 정도로 쩔쩔매면서 기를 쓰고 부정하는 거예요. 별난 분이다 싶었어요. 아무튼 '안 계십니다' 하고 전화를 끊었는데, 식사도 하는 둥 마는 둥 눈 깜짝할 사이에 나가버렸어요. 그런데 그분이 떠난 자리에 갈색 봉투가 남아 있었던 거예요."

"그게 그……"

"그래요. 『삼월은 붉은 구렁을』이었던 거죠."

"책은 아니었군요."

"사본이었어요. 그것도 2부와 3부뿐. 그래서 난 오랫동안 책 제목도 몰랐답니다. 2부 「겨울의 호수」와 3부 「아이네 클라이네 나흐트 무직」이라는 제목밖에 몰랐어요. 주인을 알 수 있는 실마리도 없지, 숙박하신 손님도 아니지, 게다가 호텔에도 두 번 다시 나타나지 않았고요. 언젠가 가지러 오지 않을까 하고 얼마 동안 프런트에서 보관했는데 반년이 지나도록 소식이 없길래 읽어봤어요. 그러곤 나 역시 그 분위기에 매료된 거예요. 나도 미스터리는 아주 좋아했기 때문에 나머지 부분도 꼭 읽고 싶었죠. 사본이 있으니까 틀림없이 책으로 나와 있을 거라고 생각한 거예요. 작가도 모르고 출판사도 모르니까 찾기 쉽지 않겠다고 생각하긴 했지만 그래도 이렇게까지 애먹을 줄은 몰랐어요. 그래서 아는 출판사 분께 여쭤봤더니 안색이 변하지 뭐예요. 그때 처음으로 이 책 제목과 거기에 얽힌 소문을 들었답니다."

"좀 의문이 생깁니다만……."

고이치가 손을 들었다.

"그 책은 어떤 사람들에게 배포된 겁니까? 회장님 말씀으로는 이미 이름이 알려진 작가가 썼다는 설이 있다고 했죠. 그럼 그 정도 장편을 집필하고서 그걸 출판 관계자에게 숨기기는 어렵지 않을까요?"

"그 부분도 실로 교묘하다고 할지, 용의주도하단 말이죠, 이 작가는. 극히 일부의 출판 관계자들한테 익명으로 우송했다고 합디다. 나머지는 아주 가까운 사람들에게만 줬다는 것 같고요. 작가에 관해선 아직도 몇 가지 설이 있어요. 전혀 이름 없는 신인의 작품이라고도 하고, 여러 사람의 합작이라고도 하죠. 실제로 작가를 찾는 편집자 앞에 자기가 작가라고 주장하는 사람이 몇 명 나타났다고 하더군요. 모두 가짜였지만요. 결국 신원을 알 수 없어서 출판을 못 했다는 것 같아요."

"책을 회수하러 왔던 대리인이란 사람은요?"

"그것도 이상한 이야기지 뭐예요. 어느 날, 책을 받은 사람한테 양복 차림의 평범한 회사원 같은 남자가 찾아와서 자기는 『삼월은 붉은 구렁을』이란 책을 쓴 작가의 대리인인데 책을 회수하러 왔다고 했다나 봐요. 당연히 아무도 믿지 않았겠죠. 그랬더니 그 남자는 서류 다발을 꺼내서, 여기 책을 보냈을 때 송장 부본이 있다, 사잇도장도 찍혀 있다, 이게 일치하면 보낸 사람이라는 걸 증명할 수 있겠지, 라고 했답니다. 실제로 일치했고요. 그래서 돌려준 사람도 있었던 모양이지만 돌려주지 않은 사람도 많았나 봐요. 그런데도 자칭 대리인은 순순히 물러났다고 하니까 점점 더 이상하죠."

"그렇군요."

"호텔에 나타났던 남자 이야기엔 후일담이 있어요. 별로 중요한 이야기는 아니지만 난 이 이야기가 맘에 들거든. 우리 단골손님 중에 연극배우인 나카무라 노부히코 씨가 계시는데, 이분이 그림을 잘 그리시거든요. 곧잘 호텔에 온 손님을 스케치하시죠. 그날 아침도 스케치를 하셨는데 그중에 그 남자도 있었던 거예요. 나카무라 씨가 그 남자를 그리셨다는 건 며칠 지나서 알았는데, 스케치를 봤을 때 나카무라 씨가 재미있는 말씀을 하셨어요. '어라, 이 사람, 고이즈미 씨라고 했지?' '모르겠어요. 하지만 아마 고이즈미 씨가 맞을 거예요.' 내가 그렇게 말하니까 그분이 이렇게 말씀하는 거예요. '이 사람, 고이즈미 야쿠모를 닮았는걸.' '네?' '아니, 그 라프카디오 헌* 말이야. 바로 얼마 전에 고이즈미 야쿠모 기념관에 갔다 왔는데, 이 스타일도 그렇고 얼굴도 그렇고 똑같아. 이거 멋진걸. 고이즈미 야쿠모가 여행 중에 현대 요코하마의 호텔에 들렀다, 어때?'"

---

* 아일랜드계 19세기 미국 작가. 1890년 일본에 와서 마쓰에 출신 여성과 결혼, 부인의 성을 따라 고이즈미 야쿠모라는 이름으로 귀화했다. 일본 문화를 연구해 서양에 소개했다.

"굉장한 결말인데요. 그럼 작가는 고이즈미 야쿠모라는 건가요?"

"그런 뜻은 아니고요, 뭔가 그날 아침의 불가사의한 분위기하고 잘 맞는 것 같아서 좋아해요, 이 이야기."

"흐음."

술기운이 서서히 돌고 배도 불러왔다. 고이치는 이 비일상적인 상황에 묘한 도취를 맛보고 있었다. 기묘한 무리에, 지금 들은 이야기의 내용도 기묘하다. 하지만 매력적이긴 하다.

"어때, 음식은 충분한가? 사메시마 군."

소주에 더운물을 타서 마시고 있던 가모시다가 고이치의 접시를 들여다봤다.

"네, 충분합니다. 아주 맛있고요."

"슬슬 밥이 먹고 싶은데. 잠깐 기다리라고, 스테이크덮밥을 만들 테니까."

가모시다는 또다시 재빠른 손놀림으로 된장국부터 준비하기 시작했다. 간장이 졸아드는 맛있는 냄새가 방 안을 가득 메웠다.

"가모시다 씨는 어떤 이야기이신가요?"

고이치가 묻자 가모시다는 쩌렁쩌렁 울리는 목소리로 이야기를 시작했다.

"요리사란 인종은 원래 취미가 다양한 사람이 많은데 독서를 좋아하는 사람도 많아. 나도 책 읽는 걸 좋아하지. 특히 미스터리는 아주 많이 좋아해. 요리와 미스터리는 비슷하거든. 책은 정말 좋아. 기분 전환도 되고, 일에 도움도 많이 되고. 긴자 외곽에 우리같이 음식점을 하는 사람들이 가게 문을 닫고 나서 가는 작은 바가 있는데, 거기 주인장도 역시 미스터리를 좋아해서 말이야. 곧잘 날이 밝을 때까지 미스터리 이야기를 하곤 했지. 거기 주인장한테 빌렸어."

덮밥과 된장국을 돌린 다음, 가모시다는 앞치마를 벗고 앉았다.

"그때 주인장의 흐뭇해하는 얼굴이란 정말. 한밤중도 지난 시간이어서 손님은 나밖에 없었어. 카운터 밑에서 슬쩍 그 책을 꺼내더니 '굉장히 재밌는 책을 빌렸다. 이 책은 이상한 책이라서 빌리면 하룻밤 만에 돌려줘야 한다. 하지만 다행인지 불행인지 나한테 이 책을 빌려준 남자는 출장을 갔기 때문에 하룻밤의 여유가 더 생겼다. 꼭 당신이 읽으면 좋겠다'라고 하면서 좌우지간 얼른 읽으라고 다그치는 거야. 나도 뭐가 뭔지 모른 채 그 자리에서 읽기 시작했는데, 결국 자리를 못 뜨게 돼서 말이야. 가게의 스툴에 앉은 채로 다음 날 저녁까지 줄곧 읽었어. 내가 행방불명됐다고 마누라가 여기저기 전화를 걸어대는 통에 난리가 났었지 뭐야. 아무튼 한동안 그 책의 이미지가 몸 안에 남아 있었어. 열에 들뜬 것 같은 이상한 체험이었지. 주인장도 빌려준 사람이 누군지 밝히지 않았고, 이후로도 여러 번 그 책 이야기를 했지만 결국 주인장도 작가에 관해선 아무것도 몰랐던 모양이야. 그 뒤 주인장이 건강이 나빠지는 바람에 가게를 닫아버려서 그 책에 관해서는 그걸로 끝이었는데, 몇 년 지나서 어쩌다가 얘기가 나왔는지, 우리 가게 손님이던 가네코 씨하고 그 책 이야기를 하게 돼서 말이야. 그 책을 읽은 사람이 더 있다는 걸 알게 된 셈이야."

뜨끈뜨끈한 밥을 입으로 가져가면서 고이치는 가슴속에서 부글부글 충동이 끓어오르는 것을 느꼈다. 읽어보고 싶다, 그 책을. 시간을 잊고 탐욕스럽게 책을 읽는 행복. 그런 기쁨을 알고는 있지만 최근에는 좀처럼 체험하지 못했다. 독서 경험을 쌓으면 쌓을수록 책에 대해 닳게 되고 감동도 둔해지게 마련이다. 하지만 눈앞에 있는, 명백히 자신보다 더한 독서가인 듯한 사람들이 그렇게까지 열중할 수 있는, 읽기 시작하면 그만둘 수 없다는 책이란 어떤 책일까?

"대체 어떤 스토리입니까?"

"글쎄. 이야기로서는 실로 단순하다네. 이렇다 할 줄거리는 없어. 이『삼월은 붉은 구렁을』이란 제목과 직접 관계되는 의미도 없는 것 같고."

회장은 미역된장국을 후루룩 마셨다.

"그렇지도 않지. 4부「새피리」를 읽으면 납득되는 부분은 있어. 게다가 마지막까지 읽고 나면 왠지 제목이 가슴에 와

닿는다고. 다 읽은 순간, 바로 그 '붉은 구렁'이 발밑에 아가리를 쩌억 벌리고 있는 것 같은 기분이 들던걸."

가모시다가 반박했다.

"저, 죄송합니다. 잠깐 정리를 해두고 싶어서요. 결국 그 책을 전부 읽으신 분은 회장님과 가모시다 씨 두 분뿐이죠. 잇시키 씨와 미즈코시 씨는 다 읽지는 못하신 건가요?"

고이치가 끼어들었다.

"그러네요. 나는 결국 2부와 3부밖에 못 읽었어요. 1부와 4부는 기억력이 비상하게 좋은 독자가 만든 다이제스트판을 읽었을 뿐이죠."

"다이제스트판? 그런 것까지 있습니까?"

"그래요. 그것도 여러 버전이 있다우. 어중간하게 문학적 소양이 있는 사람이 만든 경우엔 골자는 같아도 전혀 다른 작품이 되기도 하죠."

"맞아요. 패러디라는 걸 알아도 꽤 재미있는 것도 있어요. 난 '가지노판'의 1부 같은 건 실은 꽤 마음에 든답니다. 아, 우리 대학 일본문학과에 있는 평론가 가지노 오토키치 선생이 쓴 건데요. 이 사람도 숨은 본격 미스터리 마니아라서, 원래 작품의 1부에서 잠깐씩 건드렸던 사건을 하나하나 해결해 가면서 이야기를 진행시키다 보니 결국 오리지널의 세 배 정도로 길어져 버렸답니다. 그래도 재미있어요. 확실하게 해결도 되고. 아, 미안해요, 사메시마 군, 아직 이야기의 줄거리도 가르쳐주지 않았으면서. 그래요, 난 1부부터 3부까지만 읽었고 4부는 못 읽었어요. 좋아요, 그러면 외람되지만 내가 줄거리를 설명하기로 하죠. 그 전에 커피라도 마시지 않겠어요? 술 더 드실 분은? 브랜디라도 딸까요?"

회장이 커피와 브랜디를 준비하는 동안, 고이치는 문득 오른쪽 어깨가 시린 것을 깨닫고 차갑게 식은 팔을 무의식중에 문질렀다. 쉴 새 없이 쏟아지는 빗소리와 뼛속까지 스며드는 냉기가 유리창 밖에서 살며시 기어들고 있었다. 팔을 문지르며 고이치는 어두운 창에 비치는 자신의 얼굴을 바라봤다. 뭘까, 이 느낌은. 아득한 기억을 일깨우는 이 감각은. 따뜻한 집 안에서 테이블을 둘러싸고 낯선 이야기의 줄거리를 듣고 있다. 이 상황에 유난히 기시감을 느끼는 것은 단순한 착각일까. 문득 소박한 감개가 밀려왔다. 타인이 해주는 이야기를, 픽션을 듣는 체험을 대체 몇 년 만에 하는 걸까.

커피 향과 브랜디 향. 그때 고이치는 문득 '지복至福'이라는 단어를 생각했다. 어두운 밤, 따뜻한 실내에 앉아 이제부터 재미있는 이야기를 듣길 기다리고 있다. 아마도 먼 옛날부터 세계 곳곳에서 이어왔을 행위. 역시 인간은 픽션을 필요로 하는 동물이다. 인간과 동물을 구별해 주는 것은 바로 그 한 가지일지도 모른다.

"1부는 「흑黑과 다茶의 환상」. 이 4부작에는 각각 부제가 있어서요. 이 부에는 '바람의 이야기'라는 부제가 붙어 있답니다. 이 4부작은 어느 것이나 로드무비풍이라고 할까요, 요컨대 시간의 흐름에 따라 진행되는 형식이에요. 1부와 2부에 한해서 말하자면, 둘 다 여행 중에 벌어지는 이야기니까 이 두 편은 완전히 로드무비라고 할 수 있죠. 1부는 네 명의 노인이, 노인이라고 하면 너무한가요, 네 명의 장년 남녀가 여행하는 이야기예요. 정말로 그게 다랍니다. 장소는 아마도 야쿠섬이라고 생각되지만 확실하게 언급되지는 않습니다. 하여튼 한가롭게 늘쩡늘쩡 여행해요. 등장인물이 하는 말을 통해 섬 맨 안쪽에 있는 전설의 벚나무를 찾아가는 게 이 사람들의 목적이라는 걸 알게 되지만 전혀 진전이 없는 거예요. 길을 잃기도 하고, 늑장을 부리기도 하죠. 네 사람이 어떤 관계인지는 잘 알 수 없지만 아무튼 잘도 떠드는 사람들입니다. 그것도 온통 이상한 사건들 이야기만 하거든요. 네 사람이 각자 안락의자 탐정 역할을 하는 셈이랍니다. 하지만 명쾌하게 진상이 밝혀지는 일이 있으면 실컷 벌릴 대로 벌려놓기만 하고 끝나는 것도 있고, 또 언뜻 언급만 하고 그냥 지나가 버리는 사건도 있어요. 그 부분이 완전히 닥치는 대로라고 할지, 아니면 철저하게 계산된 건지는 알 수 없지만, 아무튼 각각의 이야기들이 실로 매력적입니다. 그런 작은 에피소드나 경구 같은 대화를 싫어하는 사람은 싫어하겠지만 난 홀딱 반했어요. 이 「흑과 다의 환상」은 추리 작가 중에 팬이 많아요. 이야기 중 언급되는 갖가지 수수께끼를 해결해 보려고 시도하는 사람들도 많죠. 추리 작가가 쓴 패러디만 해도 적어도 세 편은 알고 있습니다. 작품에 미친 사람이면 이야기에 등장한 수수께끼들을 소재로 단편을 써내기도 합니다. 이를테면 「흑과 다의 환상」 해결편이라고 할까요. 나는 사막 변두리의 탑에서 수도사 세 명이 목을 매는 이야기라든지, 가스미가세키 지역의 전봇대에 난쟁이 손자국이 찍혀 있다는 이야기라든지, 축제가 한창인 밀실 상태의 광장에서 아이들이 사라지는 이야기가 좋아요. 지금도 수수께끼 목록을 만들고 싶어져서 가끔 밤중에 벌떡 일어나곤 합니다."

"그래요. 실없는 우화풍 수수께끼부터 어린 시절에 들었던 소문, 피비린내 나는 이야기랑 현대의 일상적 이야기가 한꺼번에 뒤섞여 있는 점이 좋아요. 거의 마구잡이로 우르르 몰려나오죠. 아유, 아까워라, 하고 나도 모르게 비명을 지르게 된다니까요. 제발 부탁이야, 그 이야기들 하나씩 차례대로 설명해 줘, 하고 애걸하고 싶어지죠."

"내가 놀란 건, 그 왜, 전에 어느 학교 운동장에 하룻밤 사이 책상들로 숫자 '9'를 그려놓은 사건 있었잖아. 그게 이 책에서 예고되잖아. 일단 이유에 대한 설명은 있었지만 말이야. 그게 혹시 거꾸로, 이 책을 읽은 녀석이 한 짓이 아닐까 의심했다고."

"저, 그래서 전설의 벚나무는 찾았습니까?"

걸핏하면 옆길로 빠지려는 이야기를 수습하려고 고이치가 물었다.

"응, 일단은. 하지만 어딘가 어중간한 느낌을 부정할 수 없는 거야. 그런 일 따위 이젠 아무래도 상관없다는 식의 끝맺음이었거든. 아무튼 도중에 기묘한 사건을 나열하는 데 힘을 다 써버린 것 같은, 그런 느낌이었어."

"하지만 그 덕분에 이야기가 완결됐다는 기분이 들지 않아요. 등장인물들이 앞으로도 계속해서 여러 수수께끼를 제시할 것 같은 느낌을 줍니다. 그런 점이 매력이죠. 그런 끝나지 않는 분위기는 다른 이야기에서도 공통됩니다."

세 사람이 열심히 이야기를 나누는 반면, 회장은 커피만 마시며 가만히 듣고 있었다. 모두가 이 이야기를 하는 자리에 있다는 것만으로 만족스러운 표정이었다. 고이치는 점점 애가 타는 듯한 초조함을 느꼈다. 그 책을 읽지 않은 사람이 자신뿐이라는, 마치 혼자 따돌림을 당한 것 같은 질투심이 든 것이다.

"어이쿠, 이럼 안 되지, 이런 식으로 가다간 이야기가 진척이 안 돼. 2부는 「겨울 호수」. 부제는 '밤의 이야기'입니다. 주인공 여성이 실종된 애인을 애인의 친구와 함께 찾는 이야기죠. 캠핑카를 타고 오로지 북으로, 북으로 차를 달려요. 「흑과 다의 환상」이 단편斷片의 나열이라면 이 장에선 같은 에피소드가 반복해서 이야기됩니다. 그 에피소드라는 건 한 여성이 죽은 이야기예요. 실종된 애인이 주인공 전에 사귀던 여성인데, 상황으로 보건대 타살인 듯하지만 범인은 아직 밝혀지지 않았어요. 이야기의 줄기는 실종된 애인을 찾는 이야기입니다만, 전체적으로 이 죽은 여성이 짙게 그림자를 드리우고 있어서 이야기 곳곳에 이 여성의 이미지가 숨바꼭질이라도 하듯이 나타납니다. 자살인가, 타살인가. 타살이라면 범인은 누군가. 이야기될 때마다 아주 조금씩 다른 진상이 떠오르는 그런 이야기입니다. '밤의 이야기'란 부제가 참 적절한 게, 확실히 이 이야기는 밤길을 말없이, 조용하게 먼 곳으로 달려가는 인상이 강하거든요. 시작이 '우리들은 이렇게 차가운 밤 빛의 바다 밑을 말없이 달려간다'였던가요?"

"어머, 난 그 이야기는 '애인의 친구'가 테마라고 생각하는데요. 사랑이냐 우정이냐 하는 삼각관계의 갈등은 고전적인 딜레마지만 그게 아니라 '애인의 친구.' 가슴 설레면서도 어딘지 모르게 슬픈 테마죠. 한없이 연애관계에 가까운 곳에 있으면서도 어딘가 싸늘하고, 서로 발을 들여놓을 수 없는 영역이 분명한 관계. 여행을 하는 두 사람에게 그런 메마른 분위기가 있어서 난 좋았어요."

"하지만 이 이야기도 결국 해결다운 해결은 없잖아. 아오모리까지 가서, 실종된 애인을 만나게 될 것 같다는 부분에서 끝나버리지. 아무래도 일부러 해결을 피하는 느낌이 든다고. 이 이야기는 여기서부터 여기까지, 자, 이걸로 끝, 그런 게 아니라, 이건 여기서부터, 이쪽은 여기서부터, 그렇게 실이 몇 가닥이나 주욱 뻗어나간 채로 있는 듯한, 그런 느낌이 들어서 말이야."

대화가 끊겼다. 모두 그 짧은 순간, 자신의 내면에 들어앉아 각각 환상에 잠겨 있는 것을 알 수 있었다. 들어앉을 자신의 환상이 없는 고이치만이 대화의 표면에 남겨져 있었다. 자신이 홀로 남겨졌음을 깨달은 순간, 가느다란 검은 실 같은 의혹이 마음속에 숨어들었다.

"왜 출판되지 않는 걸까요."

고이치의 건조한 목소리에 이번에는 그들이 놀랄 차례였다.

"왜?"

회장이 고이치의 물음을 반복했다. 재미있어하는 눈빛이었다.

"훌륭한 작품, 누구나 끌리는 소설. 이렇게 여러분 이야기를 듣는 것만으로도 몹시 읽고 싶어집니다. 미스터리 팬뿐 아니라 재미있는 책을 읽고 싶은 사람이라면 누구나 읽고 싶어 할 테죠. 그런데 어째서 그런 작품이 출판되지 않는 걸까요. 무슨 일이든 가능한 세상인데, 그 정도 작품이 별 대단한 제약도 아닌 조건이 붙어 있다는 이유만으로 지금까지 나오지 않은 까닭을 잘 모르겠습니다. 내용이 무슨 금기를 건드리는 것도 아닌데요."

"그것도 타당한 질문이군. 확실히 이상한 이야기지. 그 문제를 짚다 보면 역시 작가가 누구냐는 이야기가 되네. 그렇게 대단한 책이 나오지 못하게 막을 정도로 힘 있는 인물은 누구냐는 이야기야. 그 책을 내는 일이 소설가로서 마이너스가 될 거라 생각하긴 어렵거든. 실제로 이만큼 평판을 얻고 있으니 말이야. 만약 그걸 쓴 사람이 완전한 무명의 신인이라면 순식간에 이름을 날릴 수 있을 걸세. 뭐니 뭐니 해도 비좁은 세계고, 독자는 언제나 탐욕스러우니까. 그 정도로 수수께끼 같은 재미있는 책이 나오면 금세 소문이 퍼지겠지. 그렇기 때문에 점점 더 작가가 이름 있는 인물이라는 확신이 강해지는 거라네. 이건 어디까지나 사적인 책이니까 출판은 하지 않겠다고 단언할 수 있는 인물이 썼다고 말이야."

회장은 알기 쉽게 풀어서 설명하듯 담담히 이야기했다.

"으음."

잇시키가 살짝 얼굴을 찌푸렸다.

"하지만 말이에요, 재미있는 책은 읽힌다, 주목을 받는다는 생각은 사실 환상이에요. 우리가 대단히 재미있다고 생각하는 책조차 반드시 모든 사람에게 읽힌다고 할 순 없죠. 재미가 있는데도 알려지지 않은 책은 얼마든지 있습니다. 어떤 작품이 인정을 받고 안 받고 하는 건 운의 문제이기도 하고, 또 타이밍이라는 것도 있어요. 내가 천국까지 가지고 가고 싶다, 내 뒤에 태어날 사람들에게도 꼭 읽히고 싶다고 생각하는 작품이 후세에 남는 건 아니거든요. 『삼월은 붉은 구렁을』이 훌륭한 작품이라는 건, 여기 있는 우리와 몇몇 소수에게만 국한된 환상일지도 모릅니다. 독서란 본래 개인적인 행위니까 어쩔 수 없는 일이죠. 뭣보다도 우리는 우리가 책 좀 읽는다고 자만하고 있을 수도 있지만 사실 이것도 터무니없는 환상이에요. 인간이 한평생 읽을 수 있는 책은 미미한 양에 불과하거든요. 서점에 가면 아주 잘 알 수 있어요. 난 서점에 갈 때마다 내가 읽지 못한 책이 이렇게나 많다니, 하고 늘 절망합니다. 내가 읽지 못하는 천문학적인 숫자의 책 중에 내가 모르는, 재미 넘치는 책이 수없이 많다고 생각하면 그렇게 심란할 수가 없어요. 이야기가 길어져서 죄송합니다만, 그러니까 뭐랄까, 우리가 열중하는 『삼월』 또한 그 정도로 독자가 원하는 작품인가 하면, 그건 누구도 모르는 일입니다. 어둠 속에서 끌어냈더니 빛을 잃어버리는 그런 작품일지도 몰라요."

"그런 식으로 말하자면 어차피 뭔 안 그런가. 적어도 우리 주변에선 신경 쓰이는 존재라고 이 정도로 의견이 일치하고 있으니까, 난 역시 어떤 의미에서 걸작이라는 데 한 표 던지겠어."

"말씀은 잘 알았습니다. 죄송합니다, 이야기를 중단시켜서. 그 문제는 우선 내버려두고 뒷부분의 줄거리를 부탁드립니다."

"사메시마 군, 학교 다닐 때 줄곧 반장 했었지? 이 사람들을 교통정리하다니 대단한데."

가모시다가 히죽대면서 짓궂게 농담했다.

"3부는 「아이네 클라이네 나흐트 무직」. 부제는……."
"'피의 이야기'."

잇시키의 말을 이어받듯 미즈코시 부인이 중얼댔다.

"이 책의 작가는 남성이란 의견이 압도적이지만 난 여성이라고 생각하거든요. 특히 이 3부에 한한다면 난 분명 여성이라고 생각해요. 그러니까 작가가 여성이 아니라면 그다음으로 여러 명이라는 합작설을 지지하고 싶어요."

"맞아, 이 책은 작가의 성별도 곧잘 문제가 되지."

"잠깐만요. 이야기가 또다시 옆길로 새기 전에 이 장은 미즈코시 씨께 설명을 부탁하기로 할까요."

잇시키가 손을 들었다. 미즈코시 부인은 어깨를 으쓱했다.

"……'피의 이야기'. 제목 그대로예요. 유혈이 낭자한 스플래터가 아니라 혈연관계 쪽이지만요. 가족과 함께 바닷가 피서지에 온 소녀가 생이별한 이복오빠를 찾는 이야기랍니다. 그곳에서는 매년 그곳을 찾는 여러 가족이 폐쇄된 공동체를 이루고 있죠. 속물적이고 퇴폐적인 어른들과 그들의 아이들. 화창한 여름날 정경뿐인데도 전체적인 톤은 어딘가 으스스하고 건조해요. 그러면서 또 고전적인 외국 소녀소설처럼 로맨틱하답니다. 부모 몰래 오빠를 찾는 주인공 소녀가 굉장한 미소녀인 데다가, 등장하는 소년 소녀가 모두 매력적이죠. 아련한 연심이라든지, 줄다리기라든지, 자그마한 자존심 같은 점이 말이에요. 짤막한 말의 뉘앙스나 단편적인 지식을 통해 오빠를 찾으려 하니까 미스터리이기도 하고요. 난 이 부가 제일 좋답니다. 전체를 다 읽은 것도 아니면서 무슨 소리냐고 하면 할 말이 없지만, 그래도 고전적이고, 잔혹하고, 아름다워서 좋아요."

"4부작 중에서 이 이야기가 가장 확실하게 해결되지. 얄궂으면서 말끔한 결말도 그렇고, '어느 해 여름 이야기'로서는 깔끔해. 여자들이 좋아하는 것도 알겠어. 난 그렇게까지 집착하진 않지만. 하지만 작가는 역시 남자라고 생각하는데."

"어디가요? 문장을 읽어보면 아무리 생각해도 여자잖아요."

"그럴까. 섬세한 감각을 가진 남자도 많이 있고, 특히 글쟁이는 여자에 가까운 감각을 가진 인간이 많다고 생각하는데."

"감각적이란 점에서 말하자면 성별은 무관하다고 생각하지만, 그게 아니라요, 그건 역시 여자가 봤을 때 기분 좋은 설정이란 말이에요. 여자가 자기를 주인공으로 봤을 때 몰입할 수 있는 이야기죠. 그런 이야기를 쓰고 싶다고 생각하는 건 절대적으로 여자예요."

"흐음. 난 오히려 그 설정에서도 남자가 느껴지던데. 작위적이라고 해야 할지, 여자의 입장에 서보고 싶다는, 그런 누구한테나 있는 욕구 말이야."

"글쎄요, 과연 그럴까요? 물론 이성의 기분을 맛보고 싶은 마음은 누구에게나 있지만, 여자는 필립 말로가 된 기분으로 하드보일드를 쓰겠다는 생각은 절대로 하지 않아요. 제비나 양아치의 기분으로 여자를 바라보고 싶다고 생각하는 일은 있어도 말이에요."

"오, 미즈코시 씨, 그거 명언인데요. 여자는 정말 그렇죠. 의외로 히어로에게는 매력을 느끼지 않아요. 히어로 주변에 있는 구제 불능인 남자, 한심한 남자 쪽에 감정이입을 합니다."

"맞아요. 히어로라는 건 그 자체로 완결돼 있으니까 다른 사람의 개입을 별로 필요로 하지 않잖아요? 여자 입장에서 보면 그래, 혼자서 멋대로 하드보일드하라지, 하는 기분이 들죠. 여자는 상대방을 통해서 자기를 보는 부분이 있으니까, 상대방의 부족한 점을 메워주고 싶다, 상대방에게 필요한 존재가 되고 싶다는 바람이 가장 크거든요. 결국 자존심에 불과하지만요. 상대방을 숭배하고 싶어 하고 동경하고 싶어 하는 건 기껏해야 열여덟 살까지잖아요? 그러니까 손이 가는 사람, 대책 없는 사람, 하지만 저 사람은 내가 없으면 안 돼, 그런 부분이 없으면 여자한테는 인기가 없어요."

"사메시마 군, 지금 그 말 들었지? 자네처럼 스마트한 남자는 그 점이 포인트야. 여자한테는 약한 모습을 보여야 해. 이 여자다 싶으면 살짝 약점을 보이는 거야. 이이한테 이렇게 약한 부분도 있었네. 이이가 그런 모습을 보여주는 사람은 나뿐이야. 그렇게 믿게 하는 게 중요해."

"그러고 보니까 이 점에 대해서 가네코 씨 의견을 들은 적이 없네요. 가네코 씨도 참, 늘 우리만 시답잖은 소리를 늘어놓게 하고 혼자 술이나 홀짝이고 있다니까. 못됐어요. 오늘 밤엔 어디 한번 확실하게 들어봅시다. 가네코 씨는 어느 쪽이라고 생각하는 거유? 『삼월』의 작가가 남자라고 생각해요, 여자라고 생각해요?"

"그건 나도 듣고 싶은걸."

갑자기 이야기의 초점이 가네코 회장을 향했다. 회장이 고개를 들었다.

"응?"

"말 돌리지 말고요. 가네코 씨는 어느 쪽이라고 생각해요?"

"나도 모르지."

"거짓말 마요. 당신이 모를 리가 없잖아요. 말로 하지 않을 뿐이지, 반드시 어느 쪽이라고 생각하고 있을 거예요. 당신은 자기 의견이 확고하게 있어도 내색하지 않고 정반대로 말할 수 있는 사람이라고요."

끝까지 물러설 것 같지 않은 미즈코시 부인의 기세에 회장은 쓴웃음을 지으며 브랜디를 자작했다.

"난 별로 어느 쪽이라도 상관없는데. 하지만 글쎄, 직감만으로 말한다면 그걸 쓴 사람은 여자라고 생각해."

"뭐?"

가모시다가 눈을 둥그렇게 떴다.

"전부? 동일한 여성이 전편을 썼다고 생각합니까?"

잇시키도 팔짱을 끼며 물었다. 말하는 품으로 보건대 그는 복수 작가설을 지지했나 보다.

"응. 동일 인물의 작품이라고 생각해. 그것도 나이를 많이 먹지 않은 젊은 사람. 다만 쓴 시기에 상당한 간격이 있다고 생각해. 부마다 들인 시간도 꽤 다를 듯하고. 1부는 거의 퇴고를 안 하기도 했고 아마 조금씩 써나갔을 것 같아. 쓰다 보니 시간이 흐르는 바람에, 시작할 때와 끝날 때 작가가 설정한 인물상도 미묘하게 다르고, 처음 쓰기 시작했을 때 생각했던 부 전체의 분위기가 본인이 의식하지 못한 새에 변해버렸어. 그래서 문장에 농담濃淡의 차가 생겨서 모자이크처럼 얼룩덜룩한 묘한 인상을 주지. 가장 끈질기게 퇴고한 건 2부야. 상당히 생각을 많이 한 이야기처럼 보인다네. 3부는 제법 경쾌하게, 일정한 속도로 썼다는 느낌이고. 4부는 아마도 단숨에 써 내려갔겠지. 이 책을 시작할 때와 마칠 때 작가의 심경이 상당히 다르지 않았을까."

"흐음. 이거 충격이군. 난 줄곧 남자라고 생각했는데."

"모르는 일이야. 어차피 내 개인적인 의견에 불과하니까. 다만 말이지, 뭐랄까…… 상당히 특수한 환경에 있던 여자가 아닐까 하는 느낌이 드는군. 폐쇄적이고 아주 엄격한 가정에서 자란 사람. 시니컬하고 냉정한 표면 아래 불안정하고 질척한 낭만을 지닌 사람. 자기 안에 존재하는 커다란 모순을 깨닫지 못하고 어른이 된 사람. 과거에는 사회가 제법 무모하고 분방한 부분이 있어서, 남녀를 명확하게 구분하면서도 오히려 진지한 얼굴로 성을 초월해 버리는 그런 부분이 있었어. 남자애를 여자애로 키우면 건강하게 자란다는 미신도 상당히 널리 퍼져 있었던 것 같고. 여자를 남자로 키우는 일도 드물지 않았지. 옛날에는 대중매체도 교통도 그리 발달하지 않았으니까 어떤 사람이 남자인지 여자인지, 어떤 인간인지를 규명하는 데 한계가 있었어. 지금까지 남자로 여겨졌던 역사상 인물 중에 몇 명은 여자가 아닐까 싶을 때가 있다네. 그런, 남자로 길러진 여자, 혹은 자기가 여자라고 믿으며 성장한 남자가 쓴 소설, 그런 느낌이 드는 거야."

"그럼 역시 남자일지도 모른다는 말인가?"

"응, 직감으로는 여자라고 생각하지만, 혹시 자기가 여자라고 믿고 있고 여자의 사고 회로를 가진 남자가 썼을지도 모른다는 생각이 머리를 스칠 때가 있어."

"그렇군요. 가네코 씨답습니다."

"하지만 이상하죠. 작품을 읽는다는 차원에선 사실 상관없을 텐데도, 책을 읽을 때 역시 어딘가 작가의 성별을 신경 쓰게 되거든요. 작가의 성별은 의식하지 않는 것 같아도 실은 중대한 문제인가 봐요."

"그거야 인간이 쓰고 인간이 읽으니 어쩔 수 없는 일이죠. 책을 읽을 때 우리는 주인공의 시점에서 주인공과 함께 이야기를 체험합니다만, 무의식중에 그 바깥에서 작가의 시점으로 이야기를 읽기도 합니다. 경험상 여자의 의식, 남자의 의식을 상상할 수 있으니까 책을 읽기 시작할 때 남자의 자리에 앉을까 여자의 자리에 앉을까 정하고 싶어 하죠. 그러니까 성별을 알 수 없는 작가의 책을 읽을 때 느끼는 찜찜함은 어느 쪽 자리에 앉아서 작가의 의식을 추체험할지 방침을 정할 수 없다는 점에 있는 겁니다. 앉는 자리에 따라 추체험 방식이 미묘하게 달라지니까요. 그래, 맞아 맞아, 하면서 읽을지, 오, 어떻게 이런 것까지 알지, 하면서 읽을지. 그 차이는 작품의 인상이나 평가를 결정하는 데 적잖은 영향을 미치거든요."

그나저나 정말이지 잘도 떠들어대는 작자들이다. 고이치는 잇따라 등장하는 여러 주장에 현혹됐다. 그가 평소 경험하는 대화와는 전혀 딴판이었다. 고이치에게 독서란 어디까지나 혼자서 즐기는 취미에 불과했다. 다른 사람에게 독서가 취미라고 말하고 다니거나 타인의 감상을 구하고 싶은 생각은 조금도 없다. 어느 세계에나 마니아는 있게 마련이지만 이 사람들은 '책을 읽는 자기 자신'에 초점을 두는 것 같다. 그건 그렇고 이야기가 영 진척이 안 된다. 낮에 회장이 말한 내기 이야기까지 가려면 아직 한참 걸릴 것 같다. 낮에 회장이 집을 안내해 줬을 때가 까마득한 옛날 같았다. 그러고 보니 '무능한 녀석'은 어떻게 됐지? 퍼뜩 생각나 방 안을 둘러보자, 북극곰 같은 개는 부엌 한구석에서 눈을 감고 길게 드러누워 있었다. 인간이 정색하고 논하는 책 이야기 따위는 이제 지겹다는 것처럼.

"자, 사메시마 군도 지루한 모양인데 이제 그만 마지막 부를 설명하도록 할까요."

멍하니 있었던 것을 꿰뚫어 본 듯한 잇시키의 말에 고이치는 허둥지둥 싸늘하게 식은 커피를 들이켰다.

"4부. 이건 여러 가지로 문제가 많은 부입니다. 이 부에 관해서도 우리의 의견은 갈라집니다만."

잇시키는 씩 웃으며 다른 세 사람을 둘러봤다.

"아까 가네코 씨는 전부 동일 인물이 몇 년에 걸쳐서 쓴 작품이라고 말씀하셨는데, 일반적으로 이 부만은 나머지 세 부와 다른 사람이 쓴 게 아닐까 하는 설이 유력합니다. 그 정도로 이 부는 일체감도 없고 독자를 위한 설명도 부족한 데다 어딘지 모르게 도중에 내팽개친 것 같은 느낌이 있어요. 그럼에도 불구하고 어떤 커다란 것을 내포한다는 평가를 받기는 합니다. 요새는 이른바 액자소설이란 게 유행이라고 하더군요. 하나의 이야기 안에 몇 개의 이야기가 들어 있어 끝에 가서 포괄되는 형식인데요. 난 그게 현대의 우리 생활이 거대한 액자라는 상황에서 영향을 받았다고 생각하거든요. TV드라마를 보면 드라마의 줄거리나 등장인물의 성격이 상품이나 기호로서 이야기됩니다. 수많은 게임 소프트 속에서는 가공의 전쟁과 여러 개의 선택지가 소비되죠. 스위치를 끈 순간 상자 안의 이야기는 종료되고 우리는 그 바깥쪽 생활을 살아갑니다. 신문을 읽어보면 우리 일상생활 또한 현실이란 바다를 표류하는 수많은 작은 액자들 중 하나에 지나지 않아요. 그리고 그 바깥에는 정체를 알 수 없는 악몽 같은 세계가 펼쳐져 있죠. 예전에는 인간이 거시적 시점을 획득하려면 그 나름의 노력이 필요했습니다. 목숨을 걸고 대항해를 하든지 종교나 철학 등을 통해 배워나갈 수밖에 없었죠. 그런데 지금은 너무나도 쉽사리 거시적 시점을 손에 넣을 수 있습니다. 항공지도나 우수에서 본 푸른 지구 사진을 보면 그만이죠. 모든 사람이 신의 시점을 손에 넣은 겁니다. 그로 인해 넓은 세계를 획득한 사람이 간혹 있을지도 모르지만 사실상 모두가 그렇게 행복해진 건 아니었습니다. 자신이 얼마나 왜소한 존재인지만 통감하게 되면서 타인과의 차별화에 열을 올리게 됐어요. 그 때문에 타인의 인생이 제트코스터처럼 전개되면서 자기 손바닥 위에 머무는 픽션을 선호하게 됐습니다. 자신의 인생이 타인에 의해 소비된다는 걸 부정하고 타인의 인생을 자기가 쥐고 있다는 착각에 빠지고 싶어 합니다. 자신은 바깥쪽 세계에 있고 싶다는 바람이 이렇게 많은 액자식 구조의 이야기를 낳은 배경이 아닐까, 그런 문제가 4부에 함축돼 있다는 느낌이 들어요."

"용케 원래 이야기로 돌아왔네. 또 달까지 가버리는 게 아닌가 했는데."

"다소 억지로 갖다 붙인 감은 없지 않지만."

조그맣게 수군대는 험담에도 아랑곳하지 않고 잇시키는 점잔 뺀 얼굴로 이야기를 계속했다.

"4부 「새피리」. 부제는 '시간의 이야기'. 지금까지 상당히 철저하게 작가의 주관을 배제한 삼인칭이었는데 이 부는 또 과할 정도로 일인칭입니다. 경우에 따라서는 설명 부족이라고도, 작가의 독선이라고도 받아들일 수 있는 일인칭으로 이야기가 진행됩니다. 처음에는 뭐가 뭔지 도통 알 수 없지만 점점 어떤 작가가 소설을 쓰고 있는 이야기라는 걸 알게 되죠. 요컨대 이 세상에 존재하는 온갖 이야기의 기원을 집어넣어 소설을 쓰려는 소설가가 있고, 그의 머릿속에서 꼬리에 꼬리를 물고 떠오르는 이미지가 정리되지 않은 채 그대로 그려지고 있는 거예요. 물론 그에게도 평소 생활이 있으니까 그런 일상생활도 그려지고 가족에 대한 불신이며 막막함도 다뤄지지만, 그런 일상생활과 이어지듯이 이미지들이 이야기됩니다. 어떤 부분에서는 혹시 약이라도 먹은 게 아닌가 싶은 표현도 있어요. 독자가 소설가의 이미지에 겨우 익숙해질 무렵, 그는 자기 이미지에 늘 등장하는 소녀가 있다는 사실을 깨닫게 됩니다. 그는 그 소녀가 자기 이미지의 원점을 상징하는 게 아닌가 하는 의심을 품죠. 그리고 자기가 언제 어디서 소녀를 만났는지 추리하기 시작합니다. 과거로 거슬러 올라가서 친척을 만나본다든지 옛날 일기를 뒤져본다든지 하면서요. 추리를 하는 중에도 머릿속에 이미지가 계속 나타났다 사라집니다. 어렸을 때 읽은 책과 최근에 본 영화의 이미지까지 잡탕이 돼서 말이죠. 이 대목은 제법 스릴 있고 재미있어요. 작가의 체험이 어떻게 머릿속 필터를 거쳐 배출되는지 설명되는 셈이라 흥미롭습니다. 이윽고 그는 마구잡이로 뒤섞여 찾아드는 이미지들에 빨려 들어갈 것처럼 되는데 그런 상태에서도 실은 소녀가 인류의 이야기 그 자체의 핵이 아닐까 의심하게 됩니다. 이 정도일까요?"

"오리지널을 읽지도 않은 주제에 잘도 그렇게 술술 이야기가 나오는군."

"본편을 읽지는 않았지만 거기서 파생된 그림자 같은 건 많이 읽었으니까요. 남들이 그린 우주인 그림을 보고 우주인을 상상하는 것과 같은 일이에요. 언젠가는 오리지널을 읽어보고 싶어요. 내가 가진 이미지와 얼마만큼 차이가 있는지 확인해 보는 것도 재미있을 것 같습니다."

"어떤가, 사메시마 군? 이 정도면 어떤 책인지 상상이 되겠나?"

회장이 고이치를 바라봤다. 고이치는 꿈에서 깬 것처럼 움찔했다.

"아, 예, 책을 읽은 것 같은 기분인데요. 원래 무슨 이야기를 하고 있었는지 도통 알 수 없게 됐지만 말입니다."

네 사람이 후후후 웃었다.

"우리는 이 책 이야기를 하는 게 낙이란 말이야."

"그런데 낮에 말씀하셨던 내기란 건……."

고이치가 말을 꺼냈다.

"그래, 겨우 그 이야기를 할 수 있게 됐군."

회장은 식탁에 얹은 손을 깍지 끼고 자세를 고쳐 앉았다.

"이 집을 지은 남자, 아쿠쓰 히로오는 6년 전에 죽었다네. 가족도, 빚도 없었네만 그 대신 재산도 없었지. 마지막으로 병원에 병문안을 갔을 때도 담담한 태도였어. 이 집을 나한테 남기겠다고 하더군. 책도 마음대로 하라고. 쩨쩨한 인간이라 생각할지도 모르겠네만 신경이 쓰였거든. 그래서 '이봐, 그 책은 어디 있나?'라고 물었지. 그랬더니 씩 웃으면서 '집 안에 숨겨놨어. 통째로 넘겨줄 테니까 잘 찾아봐'라고 하지 뭔가. 아주 흐뭇한 표정으로 말이야. 원래부터 성격이 안 좋은 사내이긴 했네만 그 심술궂은 웃음은 한평생 잊지 못할 걸세. 떠나려고 하는데 이렇게 말하더군. '다잉 메시지라는 걸 한번 해보고 싶었거든. 자네한테 남기고 갈 테니까 잘 부탁해.' 웃기는 녀석 아닌가? 그 후 일주일쯤 지나서 녀석이 죽고, 내 앞으로 보내는 봉투가 발견됐다, 그런 이야기라네."

회장이 어깨를 으쓱했다.

"그럼 그게 그……."

"나 원 참, 다잉 메시지라면 한 번뿐인 게 당연하잖아. 뭐가 '한번 해보고 싶었거든'이야. 하여간 심보가 고약한 녀석이라니까."

회장은 혼자 화를 냈다.

"저, 뭐라 쓰여 있었습니까?"

고이치 입장에서는 죽은 사람의 성격보다 그쪽이 더 궁금했다. 회장이 퉁명스럽게 대답했다.

"'석류 열매'."

"네?"

"석류 말이야, 빨간 구슬 같은 씨앗이 든. 무슨 〈시민 케인〉도 아니고 말이지, 종이에 달랑 '서류 열매'라고 쓰여 있었다네. 우리는 벌써 5년째 그 말의 의미를 찾아내기 위해 매년 이곳에 모이고 있어. 자네가 제안했던 것처럼 책을 모조리 밖으로 끌어내서 찾아내도 좋겠지만, 그러기엔 너무 분해서 말이지. 녀석이 죽은 봄이면, 신선한 발상을 가지고 있을 게스트와 함께 녀석에게 지금까지 쌓인 원한과 울분을 터뜨리면서 메시지의 의미를 생각해 보는 거라네. 다만 최근 새로운 가능성이 떠올라 불안해졌거든. 녀석의 성격으로 보건대, 그저 근사한 다잉 메시지를 남기고 싶다는 이유만으로 실은 아무 의미도 없는 말을 남긴 게 아닐까 하고 말이야."

겨우 방으로 돌아온 다음에도 창문을 때리는 빗소리까지 거들어 도무지 잠이 오지 않았다.

어둠에 눈이 익숙해지자 침대 옆 작은 책꽂이에 꽂힌 페이퍼백의 책등이 어렴풋이 보였다. 여기에 그 책이 있다면 당장 작은 독서용 램프를 켜고 읽을 수 있을 텐데.

『삼월은 붉은 구렁을』.

인상적인 제목이다. 심장의 표면을 차가운 손이 스윽 어루만진 듯한 기분이 든다.

네 사람이 들려준 이야기의 줄거리가 뒤죽박죽된 이미지로 머릿속에 맴돌았다.

다잉 메시지를 설명한 뒤 회장이 내놓은 제안은 한층 유별났다. 모레 아침까지 '석류 열매'라는 말의 의미를 알아내라는 것이다. 정답을 알아내면 네 사람이 5년간 갖은 내기로 (아무래도 고이치가 선택한 커피잔이나 슬리퍼도 관계가 있는 것 같다) 벌어들인 돈을 비과세로(!) 진상하겠다고 한다. 보아하니 적잖은 금액인 듯했다. 적어도 100만 엔은 넘는 모양이니 고이치의 안색이 변한 것도 당연하다면 당연한 일이다. 설령 네 사람이 단체로 노망난 것이라 해도 해볼 가치는 충분히 있었다.

석류 열매. 먹어본 지 꽤 됐다. 마지막으로 먹은 게 언제였더라. 기억이 나지 않는다.

톡톡 터지는 알갱이, 새콤달콤한 맛과 씹는 느낌. 색깔도 그렇고, 껍질을 벗겼을 때의 그로테스크한 생김새도 그렇고, 상당히 외설적이다. 어린 마음에도 손으로 집거나 입에 대는 게 부끄러워 가슴이 두근거렸던 기억이 있다.

 석류를 준 사람이 근처 절의 주지였던 영향도 있을지 모르겠다. 귀자모신鬼子母神* 신화를 이야기하면서 석류 열매를 아이들에게 먹였으니 상당히 블랙 유머 같은 정경이라 할 수도 있다. 다른 사람의 아이를 납치해서 살점을 먹던 여자에게 대신 이것을 먹으라며 석류를 내민 석가에 대해, 고이치는 어쩐지 석연치 않은 기분과 함께 정체를 알 수 없는 공포를 느꼈다. 그런 여자가 아이들을 수호하는 신이 된다는 부분에서도 신앙의 불가사의함을 느꼈다. 그때부터 석류 씨앗을 볼 때마다 아이의 피가 흐르는 듯한 착각이 들어 손을 댈 수 없게 됐다.

 석류 열매.

 자신이라면 어떤 의미로 그 말을 쓸까?

 입안에 느껴지는 빨간 열매의 차가운 감촉을 떠올리고 있으려니, 알갱이 하나하나가 조금씩 부풀어 올라 껍질을 뚫고 나와 이내 통통한 빨간 구체가 되어 두둥실 떠오르기 시작했다. 침전하는 적혈구처럼 공중에 무수히 떠다니던 붉은 구체는 이윽고 팡 터지더니 속도를 잃고 추락하기 시작했

---

* 해산과 유아 양육을 맡은 신. 원래 어린아이를 잡아먹는 귀신이었으나 석가모니가 훈계하여 귀의했다.

다. 붉은 액체가 테이블 위에 놓인 책 표지에 똑똑 떨어져 물방울이 튀었다. 붉은 표지. 『삼월은 붉은 구렁을』의 오리지널이다. 나는 지금 4부 '석류'를 쓰고 있다. 어째서 내가 석류 열매를 무서워하는지 밝혀내려는 것이다. 나는 방금 진상을 알아냈다. 그래, 어렸을 때 집 근처 절에서 주지가 석류를 먹게 한 탓이다. 주지는 치아의 대부분이 금니라 웃으면 인조인간 같아서 섬뜩했다. 게다가 어른들이 모이면 그 주지가 엄청난 호색한이라고 수군거리는 것을 자주 듣곤 했다. 가을이 끝나갈 무렵이었다. 절 앞을 지나가는데 화장이 짙고 입이 큰 젊은 여자가 절에서 몰래 빠져나왔다. 고이치를 보고 순간 흠칫한 여자는 곧 어째서인지 히죽 웃었다. 여자는 석류 열매를 먹은 것 같았다. 치아와 검은 원피스의 넓게 팬 가슴팍에 붉은 과즙의 얼룩이 보였다. 그래, 맞다, 기억났다. 여자는 틀림없이 주지와 함께 아이의 살점을 먹은 것이다. 그래, 내게도 틀림없이 주지가 석류 열매라 속이고 아이의 살점을 먹인 것이다.

다음 날 아침 잠에서 깬 고이치의 기분은 상쾌하다고 하기 어려웠다.

잠도 얕았던 데다가 총천연색 꿈을 밤새껏 꾸었기 때문이다. 처음에는 어린 시절 꿈을 꾸었는데 이내 어셔가의 긴 복도에서 도끼를 든 잭 니컬슨에게 쫓겨 다녀야 했다. 간신히 도망쳐 들어간 방에서는 거대한 회색곰이 창틀을 부수고 덤벼들었다. '이 집에는 지하실이 있다네.' 가네코 회장이 병원 침대 곁에 서서 속삭였다. 얼굴은 보이지 않지만 침대에 누운 사람은 아쿠쓰 히로오인 듯했다. '그게 다잉 메시지다.' 이런 식으로 아침까지 계속됐으니 눈을 떴을 때도 여전히 꿈속에 있는 줄 알았다. 게다가 평소에 생활하는 원룸 아파트가 아니라 천장이 높은 근사한 방에서 맞이한 아침이다. 그 탓에 자신의 현재 상황을 깨닫기까지 조금 시간이 필요했다. 하지만 완전히 잠에서 깨기까지 그리 오래 걸리지는 않았다. 잠이 덜 깬 상태로 문을 연 순간, 거대한 개가 뒷발로 떡 버티고 서서 덤벼들었기 때문이다.

"잘 잤나, 사메시마 군. 잠자리는 편했고?"
부엌에 들어서자 가모시다의 커다란 목소리가 그를 맞이했다. 베이컨을 굽는 맛있는 냄새가 났다.
어제와 똑같은 부분을 부딪친 고이치는 아직도 욱신욱신 쑤시는 팔꿈치를 감싸며 발치를 맴도는 개를 걷어찰까 말까 망설이고 있었다.
"예에, 뭐, 그럭저럭."
"오늘 아침은 영국식 아침식사로 할까 해. 우선 자몽주스라도 마시고 있어."
방 안을 둘러보자 다들 벌써 화기애애하게 담소를 나누

는 중이었다. 어젯밤 늦게까지 앉아 있었고 네 사람 모두 상당히 많이 마셨을 텐데도 지금 눈앞에 있는 그들은 피곤한 기색이 조금도 없었다. 괴물 같은 노인네들이라고 감탄하며 고이치는 다크서클이 생기려는 눈언저리를 비볐다.

비는 그친 듯했다. 흐린 하늘에 바람이 불었다. 이따금 변덕스러운 햇빛이 비쳤다.

식탁 앞에 앉은 고이치는 머뭇거렸다. 하얀 냅킨에 연녹색 식탁보, 식탁에 늘어선 은제 식기. 커피포트에서 설탕 그릇, 거베라를 꽂은 꽃병에 이르기까지 모두 세트인 모양이다. 어제는 슈퍼 비닐봉지에서 소금맛 쌀과자를 꺼내 먹었으면서. 하여튼 극단적인 사람들이다. 편의점에서 급히 산 주먹밥을 회사에서 우유와 함께 욱여넣는 평소의 아침식사와는 천지 차이다.

가모시다가 여전히 재빠른 동작으로 커다란 철제 프라이팬에서 차례차례 스크램블드에그를 접시에 덜어줬다. 물냉이와 양파 그리고 어제 남은 재료를 활용한 듯한 유채샐러드도 나왔다.

모두들 편안한 분위기로 묵묵히 아침식사를 했다.

"저, 어제저녁에 그러고 나서 생각해 봤습니다만……."

고이치는 바삭하게 구운 얇은 토스트에 마가린을 바르며 말을 꺼냈다.

"단순한 데에서부터 시작하자면, 아쿠쓰 씨 댁 정원에 석류나무가 있었다든지 설마 그런 건 아니겠죠?"

네 사람의 경멸 어린 눈초리에 고이치는 고개를 푹 숙이고 스크램블드에그를 입안에 쏟아 넣었다.

"뭐, 가능성은 하나하나 확인해 나가야 하긴 하지."

회장이 분위기를 수습하듯 말했다.

"적어도 아쿠쓰의 집 정원에 석류나무는 없었다네. 뜰이랄 게 없기도 했고, 나무를 심으면 관리가 번거롭다고 식물류를 집 안에 들이지도 않았거든. 그 친구는 좌우지간 사생활의 대부분을 독서에 바친 터라 그 밖에 취미라 할 것은 전혀 없었어. 이래 봬도 집을 이축할 때 나도 세심한 주의를 기울였다네. 다잉 메시지의 의미를 아직 모르기도 했고, 혹시 어딘가에 묻혀 있는 게 아닌가 생각해 보지 않은 것도 아니니까. 하지만 일본처럼 이렇게 습한 기후에서 소중한 책을 땅에 묻는다는 건 생각하기 어려운 일이잖나. 빈틈없이 신경을 쓴대도 순식간에 습기 때문에 망가질걸. 그래도 토지는 일단 철저하게 조사했다네. 그러니 그쪽 방향은 제외해도 좋을 것 같군."

회장의 입에서 '철저하게'라는 말이 나오면 아무렇지도 않은 어투라도 박력이 있다. 정말로 빠짐없이, 철저하게 조사했을 것이다.

"그럼 집 안에 뭔가 석류 문양이 있는 물건은 없었습니까? 프랭크 로이드 라이트에 심취해 있었다면 가구나 생활용품 디자인에도 흥미가 있었을 법한데요."

"흐음, 그것도 없었네. 일본에서는 비용이 지나치게 든다고 거기까지 손대진 않은 데다 추상적인 디자인을 좋아했거든. 구상적인 문양은 어지간히 전통적인 디자인이 아닌 이상 모양이 안 살고 결국 애들 물건 같아진다면서 사용하지 않았다네."

회장은 의자를 밀며 일어서더니 옆 거실에서 책 한 권을 들고 돌아왔다. 산세이도에서 나온 《세계 상징 사전》이었다.

"이미 5년도 더 됐으니까 나도 나름대로 공부는 했다네. 이리야에 있는 귀자모신 신사에 다 함께 참배하러도 갔고. 하지만 '석류'란 이미지와 호응하는 것은 없더군. 여기에 쓰여 있는 석류의 의미를 한번 읽어볼까. 우리가 못 했을 뿐이지, 자네는 뭔가 연상할 수 있을지도 모르지. 석류. 석류는 불사不死, 하나 안의 다수, 다년간의 풍양, 다산, 풍부를 상징한다. [불교] 석류는 감귤, 복숭아와 함께 '지복의 세 과실'의 하나이다. [중국] 석류는 풍요, 풍양, 자손, 자식복, 행복한 미래의 상징. [기독교] 석류는 영원한 생명, 영적 풍요의 상징. 또한 석류는 다수의 씨가 열매 하나 속에 모여 있다는 점에서 신도가 모인 공동체로서의 '교회'를 상징한다. [그리스·로마] 석류는 봄, 회춘, 불사, 풍양의 상징. 여신 헤라/주노의 상징이자, 또한 봄과 풍양이 대지에 회귀함을 상징하는 여신 케레스와 딸 페르세포네의 표장이기도 하다. 석류는 디오니소스 신의 피에서 생겨난 식물이라고도 한다. [유대교] 석류는 재생, 풍양의 상징. 또한 사제복의 방울과 쌍을 이루어 대지를 수태케 하는 천둥과 벼락을 상징한다."

회장은 책을 덮었다.

"덧붙이자면 아쿠쓰는 무교였다네. 전형적인 일본인이지. 식물에 특별히 관심이 있거나 조예가 깊었던 것도 아니고."

"흐음, 특별히 어떤 것과 연결된다는 느낌은 안 드는군요. 가게 이름은 아닐까요? 혹은 지명이라든지."

"실은 전화번호부와 일본 전국 지도도 조사해 봤어. 하지만 그 친구가 집 안에 숨겨놨다고 분명히 말했으니 역시 그쪽 방향은 아닐 거라고 생각하네."

이 사람들은 진심이라고 고이치는 생각했다. 틀림없이 갖은 수단을 다 썼을 것이다. 어제저녁 의욕을 자극하던 100만 엔은 순식간에 우주 저편으로 멀어져 갔다.

딸기와 사과가 든 요구르트를 깨끗이 먹어 치우며 고이치는 생각에 잠겼다.

이 문제에 관해서는 이미 토론할 만큼 했을 것이다. 네 사람은 여유 만만한 눈으로 고이치를 지켜보고 있었다. 어제 처음 이야기를 들은 애송이가 수수께끼를 풀 수 있을 리 없었다.

"저, 물리적으로 생각해 보면 어떨까요? 책이 숨겨져 있다. 장소는 집 안이다. 책을 숨기려면 공간이 어느 정도 필요하다. 거꾸로 그 공간에 해당되는 장소를 확인하면 되지 않을까요?"

"그렇게 말하자면 벽과 천장은 모두 대상이 되겠군요. 어딘가에 책 한 권 묻어놓는 것쯤은 어려울 것도 없으니까요."

잇시키가 팔짱을 끼며 끼어들었다. 옆에서 회장이 머리를 긁적였다.

"아, 그게 말이지. 이 자리에서 고백하자면, 실은 나도 애가 타는 바람에 몰래 아는 업자를 부른 적이 있었어. 그 뭔가, 부실 공사인지 아닌지 조사하는 기계가 있어서 말이야. 벽에 음파를 쏴서 그 반향으로 벽 속에 적정 강도의 철근이 들어 있는지 조사하는 기계인데, 벽 속에 빈 공간이 있으면 상당히 정밀하게 알 수 있다네. 그걸 사용해서……."

"어머, 그건 금시초문인데요."

미즈코시 부인이 눈을 동그랗게 떴다.

"역시 페어플레이는 어려운 일이더군. 아무튼 벽 속은 깨끗해. 건축 기준을 철저하게 따랐어, 과하다 싶을 정도로."

회장이 되레 뻔뻔하게 나왔다. 회장의 반칙은 다른 기회에 다시 문제 삼는다 치고, 아무튼 또 하나의 가능성이 사라진 것은 확실했다.

"안 되겠네요. 나중에 다시 한번 도전하겠습니다."

"방향은 꽤 좋은데 말이야."

가모시다가 따뜻하게 덥힌 찻잔에 향기로운 홍차를 따라

주었다.

"남은 결론은 역시 '나뭇잎을 숨기려면 숲'이려나요."

미즈코시 부인이 막연한 표정으로 중얼거렸다.

"슬슬 포기하고 거풍이라도 할까요. 학생들을 보내 거들게 하겠습니다. 솔직히 말해서 나도 이제 그만 4부가 읽고 싶거든요."

"이봐, 내기는 아직 안 끝났다고. 내일 아침까지 그런 결론은 없기야."

"저, 다잉 메시지 말입니다만 정말로 '석류 열매'였습니까?"

고이치는 저항을 시도해 봤다. 네 사람이 고이치를 돌아봤다.

"'정말로'라니?"

"사실은 다른 말이 쓰여 있었다든지요. 글씨가 지저분해서 원래는 다른 말인데 틀리게 읽었다든지."

"흐음, 그것도 아닐 것 같군. 녀석은 도면을 그릴 때도 무섭게 깔끔했고, 인쇄한 것 같은 완벽한 글씨를 쓰거든. 게다가 '석류 열매'는 『삼월은 붉은 구렁을』의 키워드이기도 하니까."

"네?"

고이치가 되묻자, 네 사람이 서로 마주 봤다. 잇시키가 허둥대며 대답했다.

"이런, 미안해요. 아직 그 이야기를 하지 않았군요. 이것도 말이죠, 그 책을 둘러싼 수수께끼 중 하나랍니다. 네 개의 부 모두 반드시 어느 장면에서 석류가 등장해요. 가볍게 묘사하고 지나가기 때문에 쉽게 알아채지 못할 정도지만요. 그냥 장면 묘사예요. 1부에선 할머니 댁 밤의 이야기란 에피소드가 있는데, 할머니 댁 거실에 놓인 검은 옻칠 쟁반에 석류 열매가 쌓여 있다는 묘사가 있습니다. 뒤에는 〈놀기 위해 세상에 태어났을까〉란 시 있죠, 그 시를 쓴 금병풍이 있고요. 그게 다예요. 그 밖에는 아무런 언급도 하지 않습니다. 나도 누가 지적하기 전까진 눈치채지 못했어요. 2부는 어디였더라, 아, 죽은 여자가 발견됐을 때 부엌 싱크대에 석류 껍질이 버려져 있었다는 부분이군요. 3부는 주인공 소녀가 별장지의 소년에게서 받는 엽서의 사진이 석류이고요. 이건 명확하게 석류라고 하진 않아요. 투명한 빨강 캡슐을 바구니에 가득 담은 장난감 같은 과일이었던가, 그런 묘사가 있습니다. 4부는 어디인지 모르겠군요. 주인공이 이야기를 상상하는 장면에서 역시 석류가 나온다던데요. 그러니까 『삼월』의 은닉 장소를 가리키는 다잉 메시지로 '석류 열매'라는 건 실은 꽤 그럴듯하답니다."

"저, 석류가 나오는 장면에 힌트가 있는 게 아닐까요. 옻칠 쟁반을 넣어둔 장소라든지, 부엌 싱크대 밑이라든지."

"응, 그건 우리도 생각했다네. 하지만 부엌 싱크대 밑에도, 과일 접시를 보관한 찬장에도, 우편함 속에도 책은 없었어. 이 집에는 금병풍도 없고, 다다미방도 없고. 이야기의 묘사와 무슨 관계가 있을 것 같지는 않네만."

"아쿠쓰 씨는 건축가였죠. 뭔가 건축에 관련된 은어일 가능성은……."

"그것도 조사해 봤지. 같이 일한 동료를 수소문해서 말이야. 석류를 이미지로 한 건축물은 없나, 석류라고 불리는 집은 없나 물었지. 별난 괴짜가 다 있다고 생각하는 것 같더군."

고이치의 총알은 허망하게 바닥나고 말았다. 저도 모르게 하늘을 우러렀다.

"시간은 아직 듬뿍 있으니까 또 생각해 보라고. 뭔가 생각나면 질문하고. 아, 예고해 두는데 점심은 카레입니다."

놀랍게도 네 사람은 아침식사를 마치자마자 제각기 책을 꺼내 들고는 식탁 끄트머리를 차지하거나, 소파에 드러눕거나, 바닥에 놓인 쿠션에 배를 깔고 눕거나, 안락의자에 앉아 발을 커피테이블에 올려놓는 난폭한 자세를 취하거나 하며 책을 읽기 시작했다. 그들은 순식간에 책에 빠져들어 고이치 따위는 눈에 들어오지도 않는 듯했다. 그래서 고이치도 방으로 돌아가 읽고 있던 문고본을 보기로 했다.

그러나 톰 클랜시의 신간을 펼쳐 들어도 네 사람처럼 몰두할 수 없었다. 머릿속이 '석류 열매'로 가득했다. 금세 침대에 책을 내던지고 그 김에 자기 몸도 같이 내던져 생각에 빠졌다.

그 외에 도대체 어떤 해석이 더 있을 수 있을까? 다잉 메시지를 남긴다면 어느 정도는 상대방이 알고 있는 것, 메시지가 가리키는 바를 찾아낼 가능성이 있는 것을 남기게 마련이다. 회장이 그 정도로 철저하게 조사해서 찾아내지 못한 것을 과연 자신이 찾아낼 수 있을까? 뭣보다도 자신만이 『삼월은 붉은 구렁을』을 읽지 못했다. 잇시키는 각 부에 등장하는 석류의 묘사에 의미가 없다고 단언했지만, 묘사의 앞뒤 부분에 의미가 있을 가능성이 아예 없다고는 단언할 수 없지 않을까? 소설 자체에 어떤 장치가 있고 석류가 그것을 푸는 열쇠인지도 모른다. 아쿠쓰는 그 의미를 알아채고 그에 관계된 메시지를 남겼을 수도 있지 않나.

그런 생각을 하다 보니 고이치는 『삼월은 붉은 구렁을』이 읽고 싶어져 애가 탔다. 자신이 읽으면 열쇠를 손에 넣을 수 있을지도 모른다. 아무도 열 수 없었던 병뚜껑을 자기라면 열 수 있을지도 모른다. 누구나 한 번쯤은 그렇게 생각하는 법이다. 막상 해보면 순식간에 자신의 이름도 실패한 자들의 명단에 오를 뿐이지만.

그때 찰싹하는 날카로운 소리가 들려와 고이치는 벌떡 일어나 앉았다.

창밖의 바람 소리다. 이 튼튼한 집 안에 있으면 깨닫지 못하지만 상당히 강한 바람이 부는 것 같다. 고이치는 일어나

창가로 다가갔다.

무슨 나무인지 창살에 부자연스럽게 꺾인 나뭇가지가 몇 가지 걸려 있었다. 이런 데까지 가지를 뻗쳐 유리창을 때리다니. 겉보기에는 그저 마른 가지일 뿐인데 조금만 더 있으면 또다시 하늘 가득 싹이 움트리라는 게 언제 봐도 믿기 어렵다.

문득 멀리 숲의 나무들 사이로 남자의 뒷모습이 보였다.

남자는 천천히 멀어져 갔다. 중간 체격에 중간 키, 나이는 중년 이상일 것이다.

짙은 갈색의 코듀로이 모자, 방수 코트. 흡사 미즈코시 부인이 이야기했던 요코하마 호텔에 나타난 고이즈미 야쿠모 같은……

고이치는 유리창에 들러붙어 뚫어지게 응시했다. 그러나 다음 순간, 남자는 흔적도 없이 사라져 버렸다. 창의 이 끝에서 저 끝까지 위치를 옮겨 이리저리 각도를 바꿔가며 살펴봤지만 살아 있는 생물의 기척은 전혀 없었다.

잘못 봤을까? 사람을 잘못 본 걸까? 모자를 쓰고 코트를 입은 사람을? 아니면 거실에 있던 네 사람 중 누군가가 산책하는 걸까?

고이치는 혼란스러워졌다. 어제 들은 이야기 속에 발을 들여놓은 기분이었다. 그러고 보니 오늘 아침에 꾼 꿈에도 이런 장면이 있지 않았나?

마음이 가라앉지 않아, 고이치는 '무능한 녀석'이 문밖에 있지 않나 잠시 확인한 뒤 방을 나섰다. 거실 앞을 지나며 안을 슬쩍 들여다보니 네 사람은 여전히 똑같은 자세로 거실과 부엌에서 책을 읽고 있었다.

그 거리를 이렇게 빨리 돌아오기는 무리일 것이다. 네 사람이 아닌 다른 인간이다. 혹시 도둑? 이만큼 넓은 토지이니 외부에서 들어온 침입자가 숨어 있을 여지는 얼마든지 있을 것이다. 그렇게 생각하면 큰 저택은 무섭다. 회장에게 알리는 편이 좋을까? 망설이던 고이치는 곧 마음을 바꾸었다. 혹시 수상한 인물이라 해도 설마 대낮에 침입해 들어오지는 않겠지. 정원사나 뭐 그런 사람일 가능성도 있고. 점심 먹을 때 한번 물어보자.

기왕 여기까지 온 김에 서고로 쓰는 방이나 들여다보자고 고이치는 생각했다. 어쩌면 책을 발견할 수 있을지도 모른다는 기대가 희미하게 있었던 것도 사실이다.

그러나 가장 가까운 방의 문을 연 순간, 무리라는 것을 깨달았다.

서고에는 성곽의 돌담처럼 책이 빽빽이 들어차 있었다. 가히 예술적이라고 해도 될 지경이었다. 잘도 이렇게 많은 책을 읽었다 싶다. 고이치는 새삼 감탄하며 앞쪽에 쌓인 책의 등을 훑어봤다. 정말 독서 방식이 뒤죽박죽이다. 《카라마조프가의 형제들》 1권이 있나 하면 이나가키 다루호 전집 1권도 있다.

그 옆에는 《당신도 탈세할 수 있다》, 《파친코 필승법》 같은 책도 있다. 《말괄량이 삐삐》 같은 아동문학과 《방위백서》가 마구잡이로 쌓여 있다. 좌우지간 활자이기만 하면 됐나 보다. 정말로 중독이었는지도 모르겠다. 고이치는 어이가 없어졌다. 시험 삼아 한 권 빼보려고 했으나 꿈쩍도 하지 않았다. 이런 식으로 방이란 방이 모두 책으로 가득하다면······.

"역시 거풍밖에 없나."

고이치는 무심결에 중얼거렸다. 아니면 책은 바리케이드고, 그 뒤에 낯선 공간이 펼쳐져 있는 것은 아닐까? 고이치는 책 무더기 뒤쪽을 들여다봤다. 그곳에도 빽빽하게 쌓인 책 등들이 보였다. 《카라마조프가의 형제들》 다음 권이 보이고, 《생선을 맛있게 굽는 법》이라는 글자도 보였다.

"어떤가, 책은 발견했나?"

바로 뒤에서 목소리가 들려와 고이치는 펄쩍 뛰어올랐다. 뒤를 돌아보니 회장이 서 있었다.

"아뇨, 전혀. 잘도 이만큼 책을 채워 넣었군요."

"그렇지? 그 친구는 한 번 읽은 책은 두 번 다시 읽지 않으니 말이야. 녀석이 살아 있을 적에 처음 이 집에 와보고 나도 놀랐다네. 식탁 옆에 아직 읽지 않은 책을 세 줄 정도 쌓아놓고, 그걸 마치 무슨 다림질이라도 하듯 손 닿는 대로 차례대로 읽어나가는 거야. 읽을 책이 아직 이만큼 남아 있다는 확신이 없으면 마음이 불안하다나. 줄이 줄어들라치면 얼른 보충하고, 다 읽은 책은 바로바로 방에 던져 넣는 걸세."

"강박 관념에 가깝군요. 하지만 그것도 이만한 수납 장소가 있으니까 가능한 일이죠. 저희 집 같으면 금세 책이 쌓이니까 아무래도 책 사는 걸 망설이게 되거든요. 하지만 재미있었던 책은 여간해선 버릴 수도 없고, 그렇다고 헌책방에 갖고 가기도 귀찮고요. 아쿠쓰 씨는 빌리지 않고 사서 읽는 주의였다고 하셨죠? 이렇게 여태까지 살면서 읽어온 책이 죽 늘어서 있다니 부럽습니다. 전 요새 들어 줄곧 도서관 신세라서요. 태어나서 처음 본 그림책부터 시작해서 지금까지 읽은 책을 차례대로 모두 볼 수 있다면 좋겠다고 생각한 적 없으신가요? 잡지 같은 것도 다 포함해서 말입니다. 그 책들이 전부 책장 하나에 차례대로 꽂혀 있어 한 권 한 권 빼들고 책장을 넘겨보는 겁니다. '그래, 맞아, 이 시기엔 SF에 미쳐 있었지'라든지, '이 무렵엔 우리 반 녀석들 모두 호시 신이치를 읽고 있었어' 하면서요. 누구나 그런 도서관을 가지고 있다면 다른 사람의 독서 역사를 엿보는 것도 재미있을 겁니다. 좋아하는 애의 것을 보고 같은 책을 찾아서 읽어본다든지요. 저희 학교 도서관은 대출 카드식이었기 때문에 가끔 있었거든요. 좋아하는 애가 빌린 책을 찾아 자기도 따라서 읽는 애가."

"그거 좋은데. 개인의 독서 기록 도서관이라. 옛날 생각 좀 나겠군. 완전한 서가라는 건 있을 것 같으면서도 없단 말이지."

회장은 연신 감탄했다.

"뭐 새로운 전개는 있었어요?"

카레 냄새에 이끌려 거실에 들어서자, 모리 마리 전집을 읽고 있던 미즈코시 부인이 고개를 들어 생긋 웃었다.

"아뇨, 전혀요."

고이치는 머리를 긁적였다.

"하지만 말이야, 우리가 이렇게 5년씩이나 들였는데, 여기서 사메시마 군이 답을 발견해 버리면 우리 체면이 말이 아니겠어."

가모시다가 국자를 한 손에 들고 큰 소리로 웃었다.

"그런데 이 부지 안에 누구 다른 분이 살고 계십니까?"

고이치가 묻자 다들 깜짝 놀란 듯이 고개를 들었다.

"왜 그런 걸 묻나?"

회장이 되물었다.

"아까 제 방에서 누가 숲속을 걷는 게 보였거든요. 중년 남자분이었는데, 그게 글쎄 우습게도 어제저녁에 들은 미즈코시 씨 이야기와 똑같아서요. 짙은 갈색 모자에 방수 코트 차림이라 꿈이라도 꾸고 있는 건가 생각했답니다."

"저런."

네 사람은 서로 마주 바라봤다.

"센도 씨일지도 모르겠는데. 아마 그럴 걸세. 슬슬 벚꽃 철이 다가오니 '봄의 집'을 손보겠다고 말도 했고. 여기 집은 1년 내내 사용하는 게 아니라서 집과 정원 관리를 맡기고 있다네. 집이란 게 뭣보다도 사람이 살아야 하더군. 제아무리 훌륭한 집이라도 사람이 살지 않으면 순식간에 황폐해지고 무너져 버려. 사람이 살면서 물도 쓰고 창문도 열고 불도 켜고, 그런 게 아무래도 필요하다네. 인간의 손길이 닿지 않으면 집도 순식간에 호흡 기능을 상실하는 셈이야."

"집을 여러 채 소유한다는 것도 보통 일이 아니군요."

고이치도 그 이상 추궁하지 않고 맞장구쳤다. 그래도 그 남자의 뒷모습이 잊히지 않았다. 그 모자, 그 코트. 미즈코시 부인이 요코하마에서 목격한 고이즈미 야쿠모가 또다시 시간을 넘어 현대의 이 집 정원에 나타난 걸까. 그도 『삼월은 붉은 구렁을』을 찾고 있는 걸까. 자세히는 모르지만, 고이즈미 야쿠모는 일본에 오기 전에도 세계 곳곳을 여행하는 여행작가 같은 일을 했다고 하지 않았던가. 어쩌면 그의 영혼은 지금도 트렁크를 들고 세계를 여행하는지도 모른다.

오후에도 독서삼매가 이어졌다. 네 사람의 집중력은 가히 무시무시할 정도였다. 고이치도 긴장이 풀려 거실로 옮겨와 푹신푹신한 카펫에 누워 책을 읽기로 했다. '무능한 녀석'을 베개 삼으면 썩 편하다는 사실이 판명된 터라 가모시다에게 허락을 얻었다. '무능한 녀석'은 고이치의 가벼운 머리 따위 별것 아니라는 듯 유유자적하게 누워 있었다. 어찌나 편안한지 고이치는 곧 책을 얼굴에 얹은 채 쿨쿨 잠이 들었다. 이번에는 아무런 꿈도 꾸지 않았다.

"사메시마 군, 좀 있다가 저녁식사야."

잠에서 깼을 때 밖은 이미 어두워져 있었다. '무능한 녀석'이 갑자기 일어서는 바람에 고이치의 머리는 바닥에 떨어지고 말았다.

이 얼마나 방종한 하루인가. 점심에 먹은 카레가 아직 완전히 소화되기도 전에 저녁을 먹다니. 이렇게 삼시 세끼 꼬박꼬박 챙겨 먹는 게 대체 몇 년 만일까.

"잘 자던데. 다들 위로 넘어 다녀도 전혀 깨지 않더군."

"역시 어젯밤에 잠을 잘 못 잤나 봐요."

다들 한마디씩 하는 바람에 고이치는 부끄러워졌다. 이래서야 완전히 어린애나 다름없다.

"잠깐 바람 좀 쐬고 오겠습니다."

"바람이 차니까 위에 뭔가 걸치는 편이 좋을 거예요."

미즈코시 부인의 목소리를 뒤로하며 고이치는 거실을 나섰다.

밖으로 나온 순간, 중력에서 해방된 것처럼 몸이 가벼워진 기분이 들었다.

이 집에는 역시 뭔가 있다. 뭔가 무거운 것이.

주변은 완전히 어두워져 차가운 바람이 숲의 나무들을 흔들고 있었다. 윙윙 소리가 시커먼 구름으로 뒤덮인 상공을 날아다니는 게 눈에 보이는 듯했다.

금세 뼛속까지 냉기가 스며들어 몸이 부르르 떨렸다. 하지만 혼탁하던 머릿속이 맑아지는 것 같아서 기분은 상쾌했다.

포치까지 나가 집 전체를 둘러봤다.

정말로 넓적한, 초콜릿케이크 같은 집이다. 안에 들어가면 압박감도 별로 없고 실제로 천장도 높은데, 이렇게 밖에서 보면 너비에 비해 높이가 너무 짧아 보인다. 설마 위에서 보면 이 집이 석류 모양이나 뭐 그런 건 아니겠지? 혹시 그렇다 해도 아무런 힌트도 되지 않는다. 이 집에 책이 있다는 것은 이미 자명한 사실이니까.

석류. 석류 열매.

군청색과 회색이 뒤섞인 어두운 하늘을 올려다보며 고이치는 중얼거렸다.

몸이 차갑게 식은 것을 깨닫고 고이치는 서둘러 현관으로 향했다.

경계심을 완전히 늦추고 있던 그가 문을 연 순간, 바로 눈앞에 '무능한 녀석'의 얼굴이 있었다.

"오늘은 '일본식 저녁식사 스페셜'이야. 밥하고 어울리는 건 술하고도 어울리는 법이지. 좋은 일본주를 잔뜩 준비했으니까 실컷 먹고 실컷 마시라고."

식탁 위는 마치 요릿집 같았다.

가다랑어포와 곤약조림, 소송채와 바지락간장조림, 미역오이초절임, 정어리와 매실장아찌조림, 크로켓, 호박조림, 우엉조림 등 요리가 죽 늘어서 있고, 식탁 옆 아이스박스에는 색색의 토주병들이 고개를 내밀고 있었다.

"오오, 훌륭한데. 맛있겠어."

다른 사람들은 당장 흐뭇한 표정으로 잔을 비우기 시작했다. 유능한 사람은 소화기관도 원기 왕성한 모양이다.

내가 제일 젊은데 제일 체력이 없잖아.

고이치는 힘없이 맥주를 마시면서도 속으로는 아까 현관에서 '무능한 녀석'의 얼굴을 봤을 때 받은 느낌에 정신이 팔려 있었다. 역시 세 번째쯤 되면 몸도 기억을 하는지, 이번에는 '무능한 녀석'이 덮치기 직전에 몸을 피할 수 있었다. '무능한 녀석'은 불만스러운 듯했으나 고이치는 그때 뭔가 잘못된 것 같은 기묘한 감각을 느꼈다.

"요새 젊은 사람도 책을 읽나?"

고이치의 공상이 깨졌다. 냉주잔을 손에 든 가모시다가 카운터 맞은편에서 몸을 내밀고 있었다. 또 독서에 대한 화제다. 이 사람들, 정말 책을 좋아하는군.

"제가 아는 범위 내에선 양극단이더군요. 읽는 사람은 마니아라 할 수준으로 읽죠. 읽지 않는 사람은 아예 안 읽고요. 하지만 회사 같은 데서 보면 역시 다들 읽지 않게 된 것 같습니다. 여자들은 기껏해야 멋으로 읽을 뿐이고요."

"역시 그런가요. 우리 학생들을 봐도 안 읽거든요. 대개 얼굴을 보면 짐작이 간답니다. 책을 많이 읽는 학생은 뭐랄까, 눈과 눈 사이에 뭔가 빼곡히 들어찬 것 같은 얼굴이거든요. 하지만 안 읽는 학생은 눈과 눈 사이가 흐릿하고 텅 빈 느낌이에요."

잇시키가 한숨을 쉬었다. 고이치는 이야기를 이었다.

"전 여기서 이렇게 책 이야기를 하고 있습니다만, 요즘 젊은 세대에게 책 이야기는 거의 금기나 다름없습니다. 책을 읽어도 '저 독서합니다' 같은 말은 창피해서 못 하죠. '야, 너 시험공부 했냐?' '하나도 못 했다'하고 같다고 할까요."

"그럴까?"

"전 요즘 시대에 책을 읽는 인간은 옛날보다 미움을 받게 됐다는 생각이 듭니다."

고이치는 맥주를 끝까지 들이켰다.

"그건 그냥 들어 넘길 말이 아닌걸. 어째서?"

"글쎄요. 일본 사회 자체가 책을 읽는 인간에게 냉담해요. 책을 읽는다는 건 고독한 행위고, 또 시간도 걸리잖습니까. 그런데 일본 사회는 바쁘거든요. 사회생활도 해야 하고,

정상적으로 직장 생활을 하는 사람이 느긋하게 책 읽을 시간 따위는 없는 거나 마찬가지입니다. 독서를 못마땅하게 여기는 그런 느낌이에요. 예를 들어 제가 상사에게 회식에 못 가겠다고 한다고 해요. '오늘은 얼른 집에 가서 저번에 줄 서서 산 비디오 게임을 하고 싶어서요'라고 거절합니다. 상사는 쓴웃음을 짓기는 하겠지만 '못 말리는 녀석이군. 저 녀석 오타쿠라니까' 하고 말죠. 하지만 '오늘은 얼른 집에 가서 책을 읽어야 해서요'라고 거절하면 어떨까요? 상사는 틀림없이 기분이 언짢을 거고 저한테 반감을 가질 겁니다. 비디오 게임은 획일적이고 본인의 사고가 들어갈 여지가 없다는 걸 다들 아니까 안심할 수 있어요. 하지만 책을 읽는 사람은 남들과 다른 것을 생각하고 혼자서 다른 일을 하는 인간이라고 간주됩니다. 상사의 입장에서 보자면 '저 녀석, 내가 모르는 데서 나 몰래 무슨 생각을 하고 있는 거지?' 같은 식이죠. 요새 '가치관의 다양화'니 뭐니 하지만 전 완전히 양극화되지 않았나 생각합니다. 그런 다양성이 존재하는 세계, 그리고 보수적인 대다수의 세계. 그 보수적인 대다수의 세계, 제가 지금 있는 환경도 그렇지만, 그 세계는 지금 롤러로 밀듯이 우격다짐으로 한 가지 색깔로 칠해지려 하고 있습니다. 그러니까 보수파에 속하는 평균적인 일본인은 다양한 쪽 세계의 사람이 뭘 하든 상관하지 않지만, 자기하고 같은 보수파에 속하는 사람이 책을 읽으면 미워합니다. 혼자서 다른 걸 하지 마, 혼자서 다른 걸 생각하지 마, 하고 말이죠. 일본 사람은 인간관계를 귀찮아하는 주제에 또 고독에는 굉장히 취약하지 않습니까. 그걸 해결하는 방법이 다 함께 똑같은 일을 하는 것인 셈이에요. 저 사람도 나하고 같은 일을 하고 있어, 그러니까 난 고독하지 않아, 그런 거죠. 그래서 자기만 다르다든지, 주변에 있는 누가 다른 일을 한다든지 하는 일에 많이 민감한 걸 겁니다."

"흐음. 그럴지도 모르겠네."

"무서운 이야기죠. 이 정도로 모든 게 시각화된다는 건 획일화를 조장하는 일입니다. 오리지널을 접할 기회도, 필요도 없어요. 카피도 가능하겠다, 난해한 철학이나 세계문학전집도 축약판이나 해설서가 나돌아 다니죠. 책 따위 읽을 필요 없어, 자, 여기 이렇게 간단한 게 있잖아, 같은 식이거든요. 읽지 마, 봐, 하는 거죠. 다 함께 똑같은 걸 보자, 그런 겁니다."

"갑자기 이야기가 심오해졌네요. 젊은 사람한테 그런 이야기를 들을 수 있다니 즐거운데요. 올해의 게스트는 대성공이네요."

미즈코시 부인이 기쁜 얼굴로 일본주를 따라줬다. 고이치는 단숨에 이야기를 쏟아내고는 풋내 나는 소리를 했다며 또다시 겸연쩍어졌다. 그때 문득 마음속에 떠오른 의문을 입 밖에 냈다.

"『삼월은 붉은 구렁을』을 쓴 사람은 도대체 뭣 때문에 그 책을 썼을까요?"

모두가 동작을 멈추었다.

"뭣 때문이라니?"

회장이 물었다.

"방금 이야기를 하다가 생각났습니다만, 그 사람의 목적은 뭐였을까요."

"목적?"

네 사람의 눈빛이 날카로워진 것을 보고 고이치는 주춤했다.

"전 글짓기도 잘 못했고 소설가의 기분이 어떤 건지 모르겠습니다만, 좋은 작품을 썼으면 여러 사람이 읽어주길 바라지 않을까요? 반대로 누가 읽는 게 싫고 혼자서만 간직하고 싶다면 그냥 가만히 있으면 되죠. 하지만 그 책의 작가는 어느 쪽도 아닙니다. 눈앞에 미끼를 매달아 놓고는 다시 낚아채서 감추는 번거로운 일을 하고 있어요. 그러니까 제 생각에는……."

고이치는 조금 망설였다.

"제 생각에는?"

미즈코시 부인이 독촉했다.

"그 책을 썼다는 것 자체가 어떤 장치가 아닐까 하고 생각합니다. 특정 인물을 향한 메시지가 아닐까 하고요. 그런 책이 세상에 나왔다가 회수됐다, 이제 더는 읽을 수 없다, 비너스의 떨어진 팔처럼, 없기 때문에 사람들의 상상력을 자극해서 수수께끼의 명작으로서 남게 된다. 그게 작가의 진짜 목적이었던 게 아닐까 하는 생각이 들었습니다."

다들 말이 없었다.

"그래…… 그럴지도 모르지."

회장이 중얼거리듯 말했다.

"만약 여기에, 지금 우리 곁에 그 책이 있었다면 이렇게 오랫동안 관심이 지속되지 못했을지도 모르지. 기억 속에 있는 책, 예전에 읽었던 책만큼 재미있는 건 없으니 말이야. 그래, 그렇군."

"저, 절대로 그 책이 재미있지 않다는 뜻은 아닙니다. 저도 꼭 읽어보고 싶습니다. 어제오늘 네 분을 보면서 이렇게 책을 즐기는 방법도 있구나 싶어 부러웠거든요."

분위기가 침울하게 가라앉아 버리는 바람에 고이치는 허둥대며 변명했다. 그러나 마음속 어딘가에는 그게 그 기묘한 책의 진상이 아닐까 하는 확신이 있었다.

"이거야 원, 올해 다과회는 상당히 보람이 있는걸. 처음에는 어떨까 싶었는데, 사메시마 군, 막판에 와서 제법 쫓아오는군. 이제 하룻밤만 더 생각하면 '석류 열매'의 진상을 밝혀 내 줄지도 모르겠어."

가모시다가 호쾌하게 술을 들이켜며 웃었다.

"좋아, 비장의 술을 따버릴까. 우리는 엔간해선 건배 따위 하지 않지만 어쩐지 건배하고 싶군. 이 젊고 훌륭한 게스트를 위해서."

"그러네요. 좋아요."

냉장고에서 작고 라무네병 같은 파란 술병이 등장했다. 다섯 사람의 잔에 차고 투명한 술이 찰랑찰랑 부어졌다. 다들 잔을 높이 들었다.

"멋진 게스트를 위해."

"아쿠쓰의 다잉 메시지를 위해."

"여러분의 건강을 위해."

"이 5년간을 위해."

"그리고 우리가 원해 마지않는 『삼월은 붉은 구렁을』을 위해."

"건배!"

단숨에 잔을 비웠다.

그날 밤, 야심한 시각까지 흥겹게 먹고 마시고 나서 방으로 돌아온 뒤에도 고이치는 기묘한 감각을 떨치지 못했다. 뭔가 이상했다.

침대에 멍하니 앉아 알코올로 무거워진 머리에 얼굴을 찌푸리며 창밖의 어둠을 무심히 바라봤다. 바람이 여전히 잦아들지 않는다. 멀리 어둠 저편에서 위이잉 울어대고 있었다. 바람 소리는 무섭다. 그것은 원시적인 공포다. 아주 먼 옛날, 산과 들에서 몸을 움츠리고 바람을 피하던 선조들의 공포가 되살아나는 것이다.

여기 이렇게 앉아 있으려니 평소에는 의식도 하지 않던 기억이 차례차례 떠올랐다. 나는 지금 마음에 깔짝깔짝 걸리는 것을 빼내려 애쓰고 있다. 뭐지. 뭐가 이상한 거지. 고이치는 신음하며 침대에 몸을 던졌다.

페이퍼백 표지들이 눈에 들어왔다. 어서가는 활활 타오르며 엄청난 진동과 함께 갈라진 땅 밑으로 가라앉는다. '지하에도 서고가 있으니까.' 회장의 목소리. '읽은 책은 바로바로 방에 던져 넣는 걸세.' 지하실에 누가 있다. 이건 스티븐 킹이던가. 지하실 문에 '神'이라고 휘갈겨 쓰여 있었다는 것에서 시작되는 공포소설이 있었는데. 누구 소설이었더라?

어느새 고이치는 초콜릿케이크 같은 집 앞에 서 있었다.

어라, 정말 초콜릿이다. 벽을 손가락으로 누르자 흐물흐물 녹아내린다. 아니, 초콜릿이 아니라네. 이 집은 아이의 살점으로 돼 있지. 어때, 핥아보겠나? 어쨌거나 이 집은 석류 열매니까. '그럴 리 없어. 난 건축 기준에 준해서 이 집을 지었어.' 회장의 성난 목소리가 들려온다.

현관문에는 'MARCH'라고 휘갈겨 쓰여 있다. 그래, 이 집은 '봄의 집'이군. 고이치는 문에 손을 댄다. 덜컹 소리를 내며 열린 문 반대쪽에는 '무능한 녀석'이 뒷발로 서서 기다리고 있었다. 이 얼마나 커다란 개인가. '아뇨, 그렇지 않아요. 저는 사실 말이랍니다.' '무능한 녀석'이 갑자기 고개를 저으며 말했다. 아무리 봐도 개로밖에 안 보이는데. '지금 증거를 보여드리죠.' 그러자 순식간에 귀가 뾰족해지고 코가 길어지더니 '무능한 녀석'은 말로 변했다. 히힝 울며 말발굽을 번쩍 치켜들어 보인다. 오오, 진짜다. '무능한 녀석'은 말이었던 것이다. 그런데 그 말이 이번에는 순식간에 줄어들기 시작했다. 이봐, 어떻게 된 거야. 점점 작아진다. 고양이보다도 작게, 쥐보다도 작게. '아, 여기 있다. 내 커프스가 왜 이런 곳에 있지?' 갑자기 커다란 팔이 쑥 나오더니 이제는 커프스 버튼이 된 '무능한 녀석'을 에비사와 과장이 집어 들었다. '사메시마 군, 개 따위에게 속으면 안 되지.' 거대한 에비사와 과장이 팔을 마구잡이로 휘두르며 지휘봉을 흔들기 시작했다. 곧 풀 오케스트라 편성으로 〈발퀴레〉 연주가 시작된다. 그만해, 네가 무슨 프랜시스 F. 코폴라냐. 시끄러운 나머지 고이치는 귀를 틀어막고 밖으로 뛰쳐나왔다. 그러자 '무능한 녀석'의 얼굴이 눈앞에 있다. 또 너냐. 무슨 말이 하고 싶은 거냐. '사메시마 군, 나한테 말도 안 하고 석류 열매를 먹었지.' 곧 금니를 드러낸 주지의 얼굴로 변했다.

"앗!"

고이치는 자신의 외침 소리에 한밤중에 잠이 깨어 침대 위에서 벌떡 일어났다. 온몸이 땀으로 흠뻑 젖고 심장이 쿵

쿵 뛰고 있었다.

다음 날 아침은 오래간만에 탁 트인 맑은 하늘이었다.
"잘 잤어요, 사메시마 군? 어제는 편히 잘 잤나 봐."
"오늘로 늙은이들과 헤어질 수 있어서 기쁜 거겠지."
네 사람이 여전히 가벼운 농담으로 고이치를 맞이했다.
"오늘 아침은 중국식 죽입니다."
가모시다가 눈을 찡긋한다. 따뜻해 보이는 하얀 김이 식탁 위를 뒤덮고 있었다.

불현듯 이 네 사람과 헤어지는 게 서운하게 느껴졌다. 이런 아침식사와도 작별인가. 꽤 재미있었는데.

식탁 위에는 매실장아찌와 갓, 차조기와 향채를 채 썬 것, 찐 닭고기와 차사오를 잘게 찢은 것이 수북했다. 가모시다가 커다란 냄비에서 맛있는 냄새가 나는 죽을 덜어줬다.

따뜻한 죽을 먹으며 이 이상한 2박3일에 대해 생각했다. 철문을 기어 올라갔던 게 먼 옛날 일 같았다. 점잖 뺀 표정으로 아침을 들고 있는 네 사람의 얼굴을 고이치는 찬찬히 둘러봤다. 하여간 참, 정말 대단한 사람들이야.

거실로 이동해 식후의 커피가 모두에게 돌아간 다음, 회장이 입을 뗐다.
"사메시마 군, 수고했네. 잘해줬어. 자네는 힘들었겠지만 우리는 매우 즐거웠다네. 자, 일단 여기서 마무리를 짓기로 할까. 내기에 관해 자네 의견을 듣도록 하지."

"어때? 하룻밤 새에 진리에 도달했어?"

네 사람이 고이치를 주목했다. 고이치는 고개를 가로저었다.

"모르겠습니다. 손들었어요."

확실하게 대답하자 회장은 가만히 있다가 "그런가"라고 짤막하게 말했다.

"······'석류 열매'라는 다잉 메시지에 관해서는 그렇다는 말씀입니다."

고이치는 무뚝뚝하게 덧붙였다. 회장이 고개를 들었다.

"무슨 뜻인가?"

고이치는 네 사람의 얼굴을 둘러봤다.

"하지만 그 다잉 메시지는 곧 필요 없어질 거라고 생각합니다."

네 사람은 여우에 홀린 것 같은 얼굴이 되었다.

"그거 재미있군. 어디 한번 들어볼까."

회장은 팔짱을 끼고 소파 등받이에 몸을 기댔다. 고이치는 입술을 핥았다.

"처음부터 어렴풋이 눈치채고 있었습니다. 이 집은 어딘가 이상하다고 말이죠. 집 안에 발을 들여놓은 순간, 현실 세계와 어긋난 이차원으로 들어가는 것 같은 느낌이 들더군요. 처음에는 이런 대단한 저택이니까 분위기 탓이겠거니 생각했습니다만, 제가 묵고 있던 방에 들어갔을 때도 어딘가 불안한, 묘한 기분이 들었습니다. 이유가 뭘까 하고 지난 이틀 동안 마음 한구석에서 내내 생각하고 있었어요. 하지만 그때까지는 근거가 전혀 없었기 때문에 구체적으로 이유를 생각해 보려고 하지는 않았습니다. 그런데 그다음 역시 이상하다고 생각했던 건 어제저녁 밖에 나갔을 때였어요. 저는 첫날부터 이 '무능한 녀석' 때문에 봉변을 당했습니다. 여러분도 다 아시는 것처럼 이 개는 뒷발로 서서 덮치는 게 애정 표현이죠. 정말로 거대한 개니까요, 뒷발로 일어서면 키가 상당히 커요. 제가 거의 올려다볼 정도입니다. 하지만 그때, 집 밖에서 안으로 들어오려고 했을 때 역시 녀석이 마중을 나왔는데……."

고이치는 커피로 입을 축였다. 모두 진지한 표정으로 이야기를 듣고 있었다.

"그때는 녀석의 얼굴이 눈앞에 있었습니다. 그때까지 올려다봤던 '무능한 녀석'의 얼굴이 말입니다. 그 사실을 깨닫고 전 드디어 이해했습니다."

거기서 또 한 번 말을 끊었다.

"……이 집은 가라앉고 있는 거죠."

"그걸로 처음에 느꼈던 어색함이 설명됩니다. 현관에서 안으로 들어설 때, 집 안이 낮기 때문에 상당한 낙차가 있어요. 그러니까 발을 들여놓을 때 훅 떨어지는 느낌이 듭니다. 그래서 바깥쪽에 서면 '무능한 녀석'의 키도 줄어들고요. 방에 들어갔을 때 받은 느낌도 납득할 수 있습니다. 그 방 창밖에 나무가 한 그루 있습니다만, 밖에서 보고 상상할 때보다 나뭇가지가 높은 위치에 있거든요. 그러니까 불안한, 밑에서 올려다보는 것 같은 기분이 듭니다. 실제로 지면보다 밑에서 나뭇가지를 보고 있으니까 바깥쪽 지면에 서서 볼 때보다 나무가 높은 곳에 있는 셈입니다. 집이 가라앉는다는 건 사실 그리 드문 일은 아닙니다. 하지만 아주 단시간의 일이라면 이야기는 다르죠."

입안이 바싹 말라붙었다. 고이치는 황급히 커피를 입에 머금었다.

"창밖에 나무가 있습니다. 어제 나뭇가지가 창살에 걸려 부러져 있는 걸 깨달았어요. 봄에 자란 가지가 가라앉는 집의 창틀에 걸려 부러진다. 이건 상당히 단시간에 집이 가라앉았다는 걸 의미합니다. 어째서 집이 가라앉는 걸까요?"

네 사람은 미동도 하지 않았다.

"목조가옥도 기와로 지붕을 일 경우 집이 가라앉아 땅에 안착될 때까지 당분간 그냥 두죠. 그것과 같습니다. 다시 말해 무거운 걸 얹었을 때 집은 가라앉습니다. 그런데 이 집은 목조가옥이 아니거든요. 튼튼한 벽돌집이에요. 그럼 이 집을 가라앉게 할 수 있는 무거운 물체란 대체 뭘까요?"

고이치는 목소리를 낮추었다.

"이제 아시겠죠? 책입니다. 스무 개 가까운 방을 가득 메운 대량의 책. 그렇게 많은 책을 들여놓으면 무게가 상당할 겁니다. 하지만 좀 이상하죠. 왜냐하면 그 책들은 이 집을 지은 아쿠쓰 히로오라는 인물이 오랜 세월에 걸쳐 부지런히 채워 넣은 걸 테니까요. 회장님은 그분이 책을 읽는 족족 모조리 방에 던져 넣었다고 말씀하셨죠? 하지만 그것도 이상합니다. 제가 어제 서고 중 하나를 열어봤을 때, 맨 앞줄에《카라마조프가의 형제들》1권이 있었습니다. 빼곡하게 들어찬 책 안쪽으로 2권이 보였고요. 이게 어디가 이상한지 아시겠습니까? 만약 책을 읽는 족족 방 안에 던져 넣었다면 앞줄에 2권이 있어야 마땅하지 않을까요? 전집이라면 다음 권이 안쪽에 있어도 이상하지 않지만, 연작소설을 2권부터 읽기 시작하는 사람은 없을 테니까요. 즉 누군가 다른 사람이 그 많은 책을 한꺼번에 이 집에 들여놓은 겁니다. 왜 그런 일을 해야 했을까요? 그 책들 중에 몇 년씩이나 찾고 있는 귀중한 책이 있을 텐데요."

고이치는 또다시 네 사람의 얼굴을 둘러봤다. 다들 입을 열려 하지 않았다.

"나뭇잎을 숨기려면 숲속에. 시체를 숨기는 데는 전쟁이

제일. 하지만 그 반대도 생각할 수 있습니다. 이 숲 어딘가에 틀림없이 나뭇잎이 있다고 말하면 누구나 믿겠죠. 또 실은 멀쩡하게 살아 있어도 전쟁에서 죽었을 게 틀림없다고 말하면 유족은 보험금을 탈 수 있습니다. 결국······."

고이치는 숨을 훅 들이마셨다.

"『삼월은 붉은 구렁을』이란 책은 세상에 존재하지 않는 겁니다."

이야기를 마친 고이치도, 다 듣고 난 네 사람도 후우 한숨을 내쉬었다.

미즈코시 부인이 일어나 잠자코 그들에게 커피를 더 따라주었다.

나 원 참, 뭐 이런······ 뭐 이런 사람들이 다 있는지. 있지도 않은 책의 존재를 믿게 하려고 그렇게 많은 책을 집에 들이다니. 에비사와 과장의 '속지 마라'라는 한마디가 유달리 선명하게 기억났다. 이 정도로 공들인 장난은 처음이다. 이만큼 공을 들이면 감탄하지 않을 수 없다.

네 사람은 여전히 입을 다물고 있었다. 침묵이 계속 이어지는 바람에 고이치는 고개를 숙인 회장의 얼굴을 봤다. 어떻게 된 거지?

잘 보니 어깨가 바르르 떨리고 있었다. 애써 웃음을 참는 것이다.

"······야아, 대단한데. 이건 걸작이군!"

드디어 회장이 참지 못하고 웃음을 터트렸다. 그러자 나머지 세 사람도 큰 소리로 웃기 시작했다.

"대단해. 정말 대단해. 꼭 본격 미스터리 같잖아. 감동했어. 이건 한 편의 영화야."

가모시다가 얼굴을 시뻘겋게 붉히고 웃었다. 고이치는 어리둥절해서 배를 움켜쥐고 웃는 네 사람을 두리번두리번 둘러봤다.

"훌륭해요. 멋있었어요."

미즈코시 부인도 눈에 눈물이 맺혔다. 잇시키는 쿡쿡 웃으면서도 감탄했다.

"이거 참, 깜짝 놀랐는데요. 조리는 확실하게 서잖아요. 여기서 이런 논리를 전개한 사람은 처음 아닙니까? 올해 다과회는 정말로 대성공이군요. 이렇게 즐거운 해가 앞으로도 또 있을까 싶어요."

"저, 제가 그렇게 이상한 말을 했습니까?"

고이치는 머뭇머뭇 회장의 얼굴을 봤다.

회장은 쿡 웃고는 헛기침을 했다.

"으음, 매우 독창적인 의견인 건 확실하네. 그럼 사메시마 군 의견에 반론을 제기해 볼까. 우선 이 집은 가라앉고 있지 않다네. 원래 이런 집이었어. 아쿠쓰가 이 집을 지을 때 지하에 서고를 만드는 게 가장 큰 목적이었으니 말이야. 덕분에 이축하기도 꽤 힘들었지. 우선 지상 부분의 집을 들어낸 다음, 잠함공법이라고 해서 먼저 지하에 커다란 함을 가라앉히는 작업부터 시작했다네. 아닌 게 아니라 책이 그렇게 대량으로 들어가면 상당히 무겁지. 그래서 함은 예상보다 더 가라앉아 버렸고, 그 때문에 그 위에 집을 세웠더니 바닥이 주위 지면보다 낮은 이상한 집이 됐다네. 이건 이제 해결됐나?"

회장은 고이치를 흘깃 봤다. 고이치는 움츠러들었다.

"그러니까 사메시마 군의 방 창밖 나뭇가지는 집이 가라앉은 탓에 부러진 게 아니라네. 지난주에 내린 눈의 무게로 휜 나뭇가지가 창틀에 걸려서 부러졌을 뿐이야."

너무나 간단히 추리가 뒤집히는 바람에 고이치는 맥이 빠졌다.

"다음은 서고의 책. 이것도 매우 간단하네만. 그 집을 이축하기 전에 태풍이 와서 누수가 된 적이 있었거든. 그 방도 물이 샜지. 그래서 아쿠쓰도 마지못해 책을 들어내고 수리를 한 다음 다시 넣어둔 거라네. 그 결과 그런 순서가 된 거고. 이상이야."

10분도 못 돼서 깨지다니. 고이치는 머리를 싸안았다.

"……죄송합니다."

기어드는 목소리로 중얼거리는 고이치의 등을 가모시다가 명랑하게 툭툭 두드렸다.

"사과할 것 없어. 굉장히 재밌었는걸."

"그래요. 게다가 우리가 사메시마 군을 속이고 있었던 건 사실이니까요."

잇시키가 아무렇지도 않게 한 말에 고이치는 고개를 들었다.

"네?"

네 사람은 히죽히죽 웃고 있었다.

회장이 자리에서 일어섰다.

"그래. 우리는 자네를 속이고 있었어. 그러나 자네가 생각한 것 같은 속임수는 아니라네."

회장은 성큼성큼 벽으로 다가가더니 한 쌍으로 이루어진 쪽빛 태피스트리 중 한쪽을 아무렇게나 들쳤다.

고이치는 입을 딱 벌렸다.

벽에 유리문이 달린 붙박이 책장이 있었다.

안에는 붉은 표지의 책이 죽 꽂혀 있다. 너덜너덜하게 낡은 것, 볕에 바래 변색된 것, 실밥이 비어져 나와 있는 것.

모조리 똑같은 책이었다.

붉은 책등에 검은 문자로 찍힌 제목. 제목은······.

"삼월은 붉은 구렁을."

엉겁결에 일어선 고이치의 입에서 저도 모르게 말이 나왔다.

"그래. 초판본 중 스물아홉 권이 여기 있지."

회장은 유리문을 주먹으로 톡톡 쳤다.
"그럼 정말로……."
"미안하네. 우리는 벌써 이 집에 있던 책을 찾아냈어. 또 이만큼 책을 모았지. 다른 사람들에게도 이 책이 얼마나 훌륭한지를 알리고 싶어서 이런 장난을 쳐본 거야."
"그럼 '석류 열매'라는 건……."
"응, 그것도 진짜라네. 그 메시지를 풀어서 이 중 한 권을 손에 넣었지."
"대체 무슨 뜻이었습니까?"
"뭐, 그건 오늘 밤 잘 때의 즐거움으로 남기도록 하자고."
회장은 씩 웃었다.
"즐거웠어, 사메시마 군. 잘 가게. 일 열심히 하고."

현관에서 '무능한 녀석'과 네 사람의 배웅을 받으며 대문 밖으로 나온 뒤에도 고이치는 여전히 입을 다물지 못했다.
등 뒤에서 문이 닫히는 소리를 듣고 겨우 정신이 들었다. 머릿속에는 유리문 안에 죽 꽂혀 있던 붉은 표지의 책만이 선명하게 각인되어 있었다. 책등에 새겨진 검은 활자만이.
정말로 있었던 것이다, 그 책이. 대단히 매력적인, 한번 읽기 시작하면 다 읽을 때까지 내려놓을 수 없는 책이. 수수께끼가 수수께끼를 부르고, 언제까지고 계속될 것 같은 착각이 들게 하는 책이. 언젠가, 언젠가 꼭 그 책을 읽고 싶다. 그 붉은 표지의 책을 손에 들고, 자기 방 책장에 진열해 보고 싶다.

둥근 고리 모양이 찍힌 언덕길을 고이치는 구르듯 내려갔다.

언젠가 꼭.

푸른 하늘은 봄기운이 완연했다.

"어휴, 피곤하다. 하지만 재밌었어, 올해는. 사메시마 군, 걸작이던데."

가모시다가 기지개를 켜며 하품했다.

"응. 에비사와가 올해는 사람을 아주 잘 골랐군."

가네코는 유리문을 열고 붉은 표지 책을 한 권 꺼내며 중얼거렸다.

"보기와는 달리 날카로운 남자였어."

"그 장면에서 책을 꺼내 보여달라고 하면 어쩌나 조마조마했다니까요."

가네코가 든 책을 미즈코시 부인이 받아 책장을 훌훌 넘겼다. 속은 새하얬다. 모두 백지인 것이다. 책장에 있는 나머지 스물여덟 권도 속은 백지. 한 권 한 권 일부러 낡아 보이게 하느라 꽤 애먹었다.

"역시 좀 더 자료를 보여주지 않으면 안 되겠어요. 사본의 일부라든지. 요즘 젊은 사람들은 실물을 보여주지 않으면 믿지 않으니까요."

"그래도 미즈코시 씨, 그러면 곤란하다고. 그저께 본 아쿠쓰의 차림새를 그대로 묘사하면 어떡해."

"그게 역시 눈으로 본 인상이 강력하니까 그만 써먹게 되더라고요. 하여간 아쿠쓰 씨가 나빠요. 어째서 그런 시간에 밖을 어정대는 거예요? 그렇게 집에서 나오지 말라고 일렀는데."

"'여름의 집'은 추우니까 그랬겠지. 슬슬 돌아오라고 할까. 녀석, 분명히 추우면 추운 대로 겉저고리만 입고 책 읽고 있을 테지."

"지금쯤 뭘 읽고 있을까요?"

"요즘 들어 겨우 그 사람도 책을 재독하는 일에 흥미를 갖게 된 모양입니다. 이 2박3일 동안 엘러리 퀸의 '라이츠빌' 시리즈를 다시 한번 발표순으로 독파하겠다고 했거든요."

"그거 좋은 생각인데. 나도 해볼까?"

"나 참, 묘한 녀석이라니까. 다 죽게 됐다고 해서 뛰어가 봤더니 영양실조에 각기병이라니. 요즘 세상엔 드물잖나. 자기 다잉 메시지를 들어달라고 해서 뭔가 했더니 '석류 열매'라지. 무슨 심오한 의미가 있나 했더니 겨우 이거야."

가네코는 커피테이블 밑에서 둥그런 나무 상자를 꺼냈다.

"녀석의 수제 약상자. 뚜껑을 열면 이렇지."

뚜껑을 열자 수직으로 꽂은 빨간 비타민 캡슐이 즐비했다.

"'어때, 바닥이 이중이라 이 밑에 책을 보관하는 거야' 하고 자랑이나 해대고 말이야. 집에 들어가자마자 알았다고. 너무 시시해서 눈물이 다 나더군."

잇시키가 쿡쿡 웃었다.

"그러게 말입니다. 어제도 '석류 열매'라고 말할 때마다 이 비타민 알약이 생각나는 바람에 얼마나 웃겼는지 몰라요. 웃음을 참느라 고생했다니까요."

"이제 슬슬 정말로 쓰기 시작하죠. 이런 일만 하지 말고."

미즈코시 부인이 단호하게 말했다.

"그러게. 예고만 해서는 소용없으니까. 그럼 슬슬 집필 회의를 시작해 볼까. 여러분, 노트를 가지고 모여 주세요."

네 사람은 식탁을 둘러싸고 앉았다.

"하지만 역시 쓰는 건 어렵군요. 벌써 몇 년씩이나 도전하고 있는데도 조금도 진전이 없잖습니까."

잇시키가 푸념했다.

"난 벌써 반 정도 나아갔어요."

"보여주세요."

"안 돼요. 한참 더 퇴고해서 내가 생각하는 걸작이 되기 전에는 절대로 다른 사람한테 안 보여줄 거예요."

"으음. 난 수수께끼가 생각만큼 잘 모이지를 않아서."

다들 제각기 투덜댔다.

"가네코 씨는 어때요? 정말 비밀주의라니까."

미즈코시 부인이 불만스레 목소리를 높였다.

"아니, 아직 멀었어요."

가네코는 싱글싱글 웃으며 쑥스러워했다.

"그런 귀여운 표정 지어봤자 소용없어요. 소문만 앞서는 양두구육 같은 일은 하고 싶지 않다고요."

"그렇지만 즐거워서 말이지. 이야기가 진행 중인 이 시간이 즐거워. 언제까지고 끝나지 않았으면 좋겠어. 안 그래?"

네 사람의 표정이 부드러워졌다.

"그렇죠. 독자는 언제나 탐욕스러우니까요. 늘 새로운 이야기를 기다리죠. 새로운 이야기는 누구에게나 꿈이랍니다. 책을 덮고 나서도 책 밖에 지평선이 펼쳐지고 어디까지고 바람이 불어갈 것 같은 이야기. 눈을 감으면 모자이크 같은 반짝반짝 빛나는 편린들이 잔상처럼 되살아나는 이야기."

"인생과 사랑의 수수께끼가 숨어 있는 이야기."

"사람들이 이어서 쓰고 이어서 이야기하는, 전설이 새로운 전설을 낳는 이야기."

"맞아요. 그게 우리 목표니까요."

"갈 길이 멀겠는데."

"난 매년 게스트가 간 다음에 이렇게 모이는 자리가 좋더군요. 어쩐지 《화씨 451》의 마지막 장면 같잖아요."

"아아, 북피플이 자기가 암송하는 고전을 함께 이야기하는 부분 말이지."

"이젠 사람들한테 책을 읽히려면 책을 금지하는 수밖에

없지 않나?"

　네 사람의 이야기는 끝이 없다. 창밖에는 녹아내릴 듯한 파란 하늘. 봄은 천연덕스럽게 시치미 뗀 얼굴로 찾아온다. 저마다 새로운 이야기를 기다리는 사람들이 있는 곳에.

2장

이즈모 야상곡

주말 밤의 도쿄역은 아련한 세피아색이다.

오후까지는 일본인의 사생활에서 비즈니스에 이르기까지 나열된 적나라한 원색이다. 그러나 저녁 5시를 지날 무렵부터 윤곽이 부옇게 흐려진 모노크롬으로 변해 떠들썩한 소음마저도 부드러운 잔물결 소리처럼 들리기 시작한다. 일상에서 비일상으로 이행하는 시간의 경계를 즐기는 사람들이 역구내 비어홀의 좌석을 평소보다 관대한 표정으로 메워간다.

가게의 대부분을 칙칙한 색깔의 양복이 차지한 가운데, 도가키 다카코는 검은 진 바지와 진녹색 체크무늬 면 셔츠, 낡은 진 재킷 차림새로 유리잔 속에서 꺼져가는 맥주 거품을 멍하니 바라보고 있었다. 약속 시간이 30분 이상 지났는데도 에토 아카네는 나타날 생각을 하지 않았다.

나타나지 않는 동행자. 그건 이제부터 시작될, 앞이 보이지 않는 여행의 앞길을 암시하는 듯했다. 같이 가겠다고 하기는 했지만 너무나도 무모한 계획에 생각을 고쳐먹고 꽁무니를 뺀 걸까. 아니면 뭔가 트러블이 생겼을까. 장마가 시작되고 6월도 이미 중순에 접어들었는데도 여전히 선득하다. 하지만 공기는 끈적끈적하고 축축하다.

시계가 신경 쓰였다. 곧 열차가 들어올 때가 됐다. 혼자라도 갈 생각이었다.

다카코가 짐을 챙겨 들고 자리에서 일어서려는데 가게 안으로 허둥지둥 달려 들어오는 사람이 보였다. 아카네다.

"도가키 씨, 정말 미안."

기운찬 허스키 보이스에 주위 직장인들이 돌아봤다.

작은 베이지색 모자를 쓰고 밝은 주황색 후드티를 입은 아카네朱音는 이름처럼 화려하다. 사십 줄이 얼마 남지 않은 사람 같지 않은, 눈에 확 띄는 미인이다.

맙소사, 하는 기분과 안도감이 교차했다. 다카코는 살짝 손을 흔들었다.

"몇 번 플랫폼이야? 어휴, 얼마나 걱정했는지 몰라. 교바시역부터 죽어라 뛰었지 뭐야."

아카네의 얼굴에 흐르는 땀을 보고 다카코는 잠시라도 바람맞은 게 아닌가 의심했던 것을 부끄럽게 생각했다. 아카네는 그런 요령을 부릴 수 있는 타입의 편집자가 아니다. 다카코가 꼼꼼하게 사무적으로 계획을 세워 일하는 타입이라면, 아카네는 성품으로 작가를 사로잡아 친구가 된 다음 일을 하는 타입이었다.

"괜찮아요, 9시 15분 출발이니까. 슬슬 열차가 들어올 때쯤 됐을 거예요. 에토 씨, 식사는 하셨어요?"

애써 아무렇지도 않은 표정을 지으며 다카코가 대답했다.

"아니, 아직. 맡겨줘, 내가 원래 먹을 거랑 술만은 꼭 챙기는 사람이거든."

가방을 탁 쳐 보이는 아카네의 행색을 보니 짐이 엄청났다. 아카네가 얼마나 먹성이 좋은지는 전부터 잘 알고 있었지만 아무리 그래도 이건 좀 너무 많지 않을까.

"꼭 무인도에라도 가는 것 같네요."

"실은 말이지, 꽤 기대하고 있었거든. 야간열차로 산인山陰 지방에 가다니 꼭 수학여행 같잖아? 모처럼 재미있는 시추에이션에서 술판을 벌일 수 있는데 안주랑 술이 조금밖에 없으면 섭섭하지. 물론 도가키 씨 몫도 있어."

"전 가볍게 요기했는데요."

"괜찮아, 괜찮아. 술 들어가는 배는 따로 있어."

여자들이 상투적으로 케이크 들어가는 배가 따로 있다고 하는 말은 곧잘 듣지만, 술 들어가는 배가 따로 있다는 말은 처음 듣는다.

"아, 맥주는 찬 게 좋을 것 같아서 안 샀어. 잠깐만 기다려. 신칸센 매표소 있는 데에 도시락 가게가 있었으니까 가서 롱캔 사 올게."

그러더니 다카코에게 짐을 맡기고 순식간에 달려갔다. 솔직히 다카코도 상당한 애주가이지만 아카네가 술에 대해 보이는 집념은 우러러 존경하지 않을 수 없다. 그나저나 무겁다. 이 짐을 들고 교바시역에서부터 뛰어오다니 대단하다. 두 개의 비닐봉지 안을 들여다보니 둘이 먹기에도 많을 것 같은 양의 안주가 들어 있었다. 이걸 정말로 하룻밤에 다 먹을 작정일까.

도쿄역은 9시 정도로는 사람의 왕래가 끊이지 않는다. 도카이도선 플랫폼의 전광판이 바뀌었다. 앞의 장거리 열차가 발차한 모양이다. 다음 칸에 있던 '이즈모 3호'가 위로 올라가니 여행이 시작되기 전의 독특한 긴장감을 새삼 느꼈다.

길일까, 흉일까. 여행의 행방은 완전히 미지수였다.

파란 열차가 피식, 하고 김빠지는 소리를 내며 무심히 출발했다.

침대차가 이렇게 혼잡할 줄은 몰랐다. 옷걸이가 삐죽 튀어나온 슈트 케이스를 든 비즈니스맨, 선물 꾸러미를 든 성실해 보이는 노부부, 운동부 소속인 듯한 학생들. 목적도, 표정도 제각각이다.

롱캔 네 개의 무게만큼 무거워진 짐을 끌어안고 다카코

와 아카네는 좁은 통로를 비틀대며 나아갔다. 두 사람 방은 B침대의 독실이었다.

"아, 여기다, 여기야. 2번."

묵직한 미닫이문을 열고 두 사람은 안으로 들어갔다. 독실이라지만 이층 침대와 약간의 공간뿐이다. 하지만 시트와 베개가 놓인 위쪽 침대는 올렸다 내렸다 할 수 있고 지금은 천장 가까이까지 올려져 있어 답답한 느낌은 없었다. 아래쪽 침대는 조립식인 듯 한가운데에서 둘로 나뉘어 소파 두 개가 마주 보는 모양으로 되어 있었다.

"이거 재미있는데. 이것 봐, 여기가 테이블이 되는 건가 봐."

소파 사이 벽에는 조립식 테이블이 접혀 넣어져 있었다. 아카네는 그것을 꺼내 다리를 세운 뒤 아까 산 맥주를 늘어놨다. 짐과 대량의 먹을 것을 바닥에 내려놓으니 금세 방이 꽉 들어찼다.

"에토 씨, 옷걸이가 있어요."

벽에 붙은 버튼으로 침대를 내려본 다카코는 나무 옷걸이 두 개를 꺼내서 입고 있던 재킷을 벽에 걸었다. 슬리퍼로 갈아 신고 소파에 주저앉았다.

"아, 이 비좁음, 딱 좋다."

"제법 잘 만들었는데요. 일본인다운 콤팩트한 설계예요."

"근데 꽤 흔들리네. 과연 잘 수 있을까?"

아닌 게 아니라 열차는 꽤 흔들렸다. 소파에 앉아 있으려니 온몸이 휘저어져 내장이 원심 분리돼 어디로 날아가 버릴 것 같다. 창밖으로 네모나게 잘린 풍경이 저속으로 재생되는 영상처럼 잇따라 바뀌어 더욱 어지러웠다.

"신나게 마시면 어디든 마찬가지예요. 에토 씨는 그 시끌벅적한 소부선 막차에서도 좌석에 드러누워서 쿨쿨 잤잖아요."

"그런가. 그런 일도 있었네."

짐 정리도 하는 둥 마는 둥 술자리를 준비했다.

"후후후, 이것 좀 봐, 오늘 밤을 위해 엄선한 이 많은 음식들."

아카네가 흡족한 웃음을 지었다. 꼭 소풍 나온 어린애 같다. 다카코는 비닐봉지를 들여다봤다.

"아, 긴비스의 아스파라거스다. 저도 이거 좋아하는데."

"그렇지? 이거 옛날부터 있었잖아. 하지만 난 이 아스파라거스란 이름, 영 납득이 안 되더라. 어째서 이 길쭉한 비스킷이 아스파라거스란 거야?"

"글쎄요. 그건 저도 이상했어요. 그냥 길이가 기니까 아스파라거스랑 모양이 닮았다는 게 아닐까요?"

"분명히 말이지, 옛날에는 아스파라거스가 귀했으니까, 이거 이름 붙인 사람이 길쭉한 걸 '아스파라거스 같다'고 하는 게 센스 있다고 생각했을 거야."

콩소메 칩과 토마토 프레첼, 말린 오징어와 김치, 삶은 풋

콩과 치즈, 닭꼬치와 참치뱃살김말이. 아카네는 신나서 연이어 안주를 꺼냈다. 벌써 밤 9시도 지났는데 이렇게 칼로리 높은 음식을 먹다니 또 살이 찌게 생겼다고 다카코는 생각했다. 좁은 객실이 순식간에 대중 주점 같은 냄새로 가득 찼다.

사람 좋아 보이는 승무원이 검표하러 들어왔다가 술과 안주 냄새에 깜짝 놀라며 객실 카드 키를 주었다.

"주무시는 손님도 계시니까 적당히 해주세요."

바닥에 늘어선 버번병과 맥주캔을 보고 기겁한 모양이다.

"네에."

생긋 웃으며 애교 있게 대답하는 두 사람. 전원을 달리는 열차 사진이 붙은 카드 키를 번갈아 봤다.

"미스터리 작가라면 여기서 뭔가 트릭을 생각해 내겠지."

"당연히 밀실 트릭이겠죠. '이즈모 3호, 달리는 밀실에서 토막 시체가 사라졌다!' 전동 침대가 위아래로 움직이면서 끈을 잡아당긴다든지, 문 위쪽 공간에 수면제를 먹인 고양이를 놔둔다든지."

"자기도 참 케케묵었네."

"하지만 어째서 일부러 이런 좁아터진 곳에서 사람을 죽여야 하는 거죠?"

"그야 본격 미스터리의 천성이란 거지. 거기에 산이 있으니까 오른다. 새로운 장소를 발견하면 밀실로 만든다."

두 사람은 편집자인데 근무하는 출판사는 다르다. 나이도 열 살 정도 차이가 있다. 하지만 워낙 좁은 바닥인 데다가 같은 작가를 담당하다 보면 자연히 얼굴을 마주할 기회가 잦아진다. 아카네는 기운차고 꾸밈없는 성격과 함께 순수문학 분야에 강한 편집자로 유명했다. 엔터테인먼트 문학을 중심으로 단행본을 만드는 다카코는 아카네에 관해 알고는 있었지만 서로 다루는 분야가 달라 그다지 접점이 없겠다고 생각했다. 그런데 자신이 관심을 가지는 작가마다 모두 아카네가 먼저 연락한다는 것을 깨달으면서 아카네가 실은 상당한 미스터리 팬이라는 사실을 알게 됐다. 다카코도 개인적인 취미로 본격 미스터리를 좋아했는데, 두 사람의 취향은 꽤 통하는 데가 있었다. 소년 같은 외모와는 달리 그리 사교적인 성격이 아닌 다카코도 왜 그런지 아카네와는 죽이 잘 맞았다. 무슨 파티라도 있을 때면 둘이 한잔하러 가게 되는 일이 점점 잦아지다가 우연한 계기에 이번 여행이 실현된 것이다.

근황을 주고받고 최근 출판계에 도는 소문을 공유한 뒤, 아카네는 요새 그녀의 지론인 '이야기 지상주의'를 한바탕 늘어놓기 시작했다.

아카네는 싫어하는 작가가 몇 종류 있었다. 우선 일부 예외를 제외하고 남의 작품을 읽지 않는 작가. 가령 남의 음악을 듣지 않는 우수한 뮤지션은 있을 수 없다. 우수한 뮤지션은 반드시 남의 음악을 많이 듣는다. 다음으로, 마니아로 시작해 작가가 된 사람. 물론 출발점으로는 좋을지 몰라도 원래 독자와 작가 사이에는 두텁고 투명한 벽이 있는 법이다. 그 벽을 의식하지 못하고 그저 독자의 연장선상에서 주변 사람들의 인기에 만족하는 작가다. 아카네는 원래 호불호가 명확한 편집자이지만 싫어하는 작가를 꼽을 때가 가장 생기 넘치는 것 같다. 남의 험담을 시키면 천하일품인 인간이 가끔 있는데 아카네는 아무래도 그런 인종인 모양이다. 어쨌거나 아카네가 요새 가장 혐오하는 것은 '자기표현 수단으로 소설을 씁니다' 하는 인간이었다. 이 천편일률적인 말을 지껄이는 것은 대개 책을 읽다 보면 '프로필 사진'이 코앞에 대롱대롱 매달려 있는 듯한, 재색을 겸비한 멀티형 인간이다. 아카네는 이 말을 들을 때마다 화가 나서 몸이 와들와들 떨린다고 한다. '이야기는 고작 한 개인의 표현 수단으로 사용될 만큼 작지 않다'는 것이다. '이야기를 마치 자기한테 예속된 물건처럼 다룬다는 건 이야기를 얕본다는 증거다'라고.

먼저 이야기가 있었다. 그게 아카네의 이상이었다. 이야기되어야 할, 이야기하지 않고는 배길 수 없는 이야기가 우선 있고, 작가의 존재 따위는 느껴지지 않는 픽션. 그게 바로 그녀의 이상이다. 이야기는 독자를 위해 존재하는 것도, 작가를 위해 존재하는 것도 아니다. 이야기는 이야기 자신을 위해 존재한다. 하지만 공식에 따라 지어낸 무늬만 픽션이 범람하는 시대에 그 정도로 강력한 픽션을 음미할 힘은 편집자에게도 독자에게도 결여되어 있고, 따라서 혹시 그런 이야기의 싹눈이 트더라도 제대로 키울 수 있을지 문제라고 한다. 이럴 때는 아카네의 이야기에 끼어들 여지가 전혀 없다. 허스키 보이스의 독무대 앞에 다카코는 그저 고개를 끄덕일 뿐이다.

맥주가 바닥나고 덜컹 소리와 함께 열차가 서자 그곳은 벌써 아타미였다. 도쿄를 떠난 지 한 시간도 더 됐다니 어째 뜻밖이었다.

아카네가 콘택트렌즈를 빼러 간 사이, 다카코는 살짝 커튼을 걷고 움직이기 시작한 창밖을 내다봤다. 밖은 칠흑같이 어두웠다. 주택가의 희미한 불빛이 빠른 속도로 뒤로 날아간다. 이따금 불을 환히 밝힌 작은 역 플랫폼이 자그마한 외딴섬처럼 어둠 속에 떠올랐다. 플랫폼에 홀로 우두커니 서 있는 양복 차림의 직장인. 회사와 가정의 틈바구니에 선 뒷모습에 꾸밈없는 그 자신이 무방비하게 드러나 있었다.

남자는 참 힘들겠다고 다카코는 생각했다. 그 무방비한 뒷모습도 문을 열고 "다녀오셨어요" 하고 인사를 받을 때는 다시 몸을 곧게 펴야 한다. 그런 생각이 들자 잠깐 스쳐 지나간 남자의 뒷모습에서 친근감이 느껴졌다.

고기잡이배의 불빛 같은 주황색 건널목 등이 잇따라 나타났다 사라져 갔다.

그 환상적인 불빛을 볼 때마다 도쿄에서 멀어져 가고 있다는 실감이 솟았다. 열차는 확실하게, 그리고 어린애처럼 무심하게 목적지를 향해 나아간다. 이 여행 끝에 뭐가 있을까?

문득 창에 비친 자신의 파리한 얼굴을 의식했다. 화장기도 없는 맨얼굴에, 수면 부족으로 피부도 거칠다. 좋아서 선택한 직업이고 지금 하는 일에도 인간관계에도 만족하지만, 아득바득 시간에 쫓기다 보면 숨이 막힌다. 좀 더…… 좀 더 나 자신이 만족할 수 있는 형태로 뭔가 할 수도 있을 텐데. 난 여기서 대체 뭘 하려는 걸까. 밑바닥에 가라앉아 있던 생각지도 못한 정열 같은 것에 떠밀려 지금 여기에 이렇게 앉아 있다. 그리고 나를 여기까지 오게 한 것은…… 그 책이다.

다카코는 유리창에 댄 손바닥에 체중을 실었다. 또다시 높게, 낮게, 건널목 소리가 창밖을 지나갔다.

"자, 이제 슬슬 본론에 들어가 볼까. 밤은 긴 것 같아도 짧아."

플라스틱 컵이나 종이컵으로는 술을 마실 수 없다며 아카네는 우툴두툴하게 찌그러졌고 거무스름하게 변색된 작은 알루미늄 컵을 꺼냈다. 출장이나 여행을 갈 때도 꼭 지참한다고 한다. 표면에는 그리스극에 쓰일 것 같은 작은 가면 그림이 서툰 솜씨로 새겨져 있고, RED MUSIC이라는 비뚤비뚤한 알파벳이 보였다. 그렇군, 아카네라는 이름 대신인가.

아카네는 다카코 몫으로 준비해 온 컵에(이쪽은 좀 더 깨끗했다) 버번을 기운차게 따라주었다. 콧속에 잠들어 있던 도

마뱀이 부스스 깨어나는 듯한 향에 어깨에 남아 있던 낮의 잔재가 사라지는 것 같았다.

비닐봉지에 든 게 더 있었는지 '기리노우키부네'와 '원조 가키노타네'가 등장했다. 배는 이미 그득한데도 버번 향을 맡으니 무심코 스낵 과자에 손을 뻗게 된다. 아아, 다음 주부터 또 혹독하게 다이어트해야겠네.

열차는 여전히 꽤 흔들렸다. 터널을 통과하는 소리, 커브에서 연결 부위가 삐걱거리는 소리, 스쳐 지나가는 화물차와 바람 소리. 그런 소리들이 객실 안에 상당히 크게 울렸다. 그러나 그도 점점 들리지 않게 되고 비가 세차게 퍼붓는 밤의 집 안처럼 정적이 방 안을 점점 메워갔다. 그 대신 두 사람의 머릿속에 있는 것이 조금씩 빛을 띠며 방 안을 비추었다. 이윽고 가득 찼다.

벽에 붙은 주황색 실내등을 보다 보니, 옛날 사람들이 그린 그림처럼 빛은 선이라는 것을 깨닫게 됐다. 방사선 모양으로 뻗어나가는 빛의 화살이 막대 폭죽의 불꽃처럼 깜박였다. 흡사 열차 안에 두 사람만 있는 느낌이었다. 이 작고 네모난 상자만이 선로를 달려가는 듯한 착각이 들었다.

이게 서재였다면 어땠을까 하고 다카코는 생각했다. 이동하는 서재. 기차나 비행기를 타고 이동 중에 원고를 쓰는 작가는 적잖이 있다. 다수의 사람이 한 장소에서 동시 진행으로 각기 뭔가를 하고 있고 자신은 그중 하나라고 생각하면 마음이 편하다. 덕분에 원고를 쓴다는 것도 별 대단한 일이 아니라는 착각을 일으키기 때문인 것 같다. 사람마다 다르기는 해도 '지금부터 자신의 소설을 쓰기 시작한다'라는 압박감은 엄청난 모양이다. 불특정 다수의 인간이 있는 곳에서는 그 행위가 조금 편해지는지도 모르겠다. 작은 독실의 이층 침대 위쪽을 작은 수납공간과 책꽂이로 꾸미고 차창 밖 풍경을 느끼며 책을 읽거나 원고를 쓴다. 꾸벅꾸벅 졸다가 눈을 떠보면 마쓰에. 열차에서 내려 역에서 라디오 체조를 하고, 시내로 나가 밥을 먹고, 공중목욕탕에서 목욕하고, 저녁때 다시 역으로 돌아온다. 흔들리는 열차 안에서 단편을 완성하면 도쿄. 도쿄는 비. 역 앞 호텔에서 아침을 먹고, 히비야에서 영화를 보고 나서 친구를 만나 친구네 집에서 잠이 든다. 서재는 그를 도쿄에 남겨둔 채 그날은 이즈모까지 가버린다. 아무도 없는 독실에서 이동하는 풍경과 함께 테이블 위 만년필만 달가닥달가닥 흔들리고 있다…….

"에토 씨, 저랑 이즈모에 안 가실래요?"

무슨 파티였더라. 파티가 열렸던 호텔에서 나온 뒤 낯익은 사람들끼리 뭉쳐 비틀비틀 걷다 보니 어느새 아카네가 옆에 있어 가볍게 한잔하게 됐다. 니시아자부의 건물 지하에 있는, 무뚝뚝한 여자가 혼자 꾸리는 바였다. 손님이 꽤 많아서 두 사람은 벽에 붙은 좁은 자리에 마주 앉았다. 통로에 억지로 자리를 마련한 듯 내내 사람들이 옆을 지나다니는 바람에 비좁기 짝이 없었다.

아카네는 웬일로 좀 취해 있었다.

이유는 알고 있었다. 아카네가 싫어하는 작가가, 타지 않았으면 하는 상을 탔기 때문이다.

해맑은 성격인 데다가 취하는 법이 거의 없는 그녀의 눈이 신경질적으로 움직이는 것을 보니 의외였다. 하지만 막연히 그게 그녀의 본질인지도 모른다는 생각이 들었다. 그녀의 신경질적인 문학소녀 시절이 눈앞에 보이는 듯했다.

아카네는 초조하게 잔을 들어 순식간에 진토닉을 들이켰다. 카운터 안쪽의 여자는 무관심한 것 같아도 손님을 세심하게 살펴보는 듯, 성큼성큼 나오더니 재빨리 말없이 다음 잔을 내려놨다. 아카네는 미소도 짓지 않고 벽에 걸린 동판화를 잡아먹을 듯이 바라보고 있었다.

"저 여자, 내가 이 그림 싫어하는 걸 알면서 늘 이 자리에 앉힌단 말이지."

다카코도 덩달아 그림을 올려다봤다.

조그만 조명 아래 작은 그림이 걸려 있었다. 밤의 방. 열어젖힌 창 너머는 완전한 암흑. 창에는 하얀 커튼이 나부끼고 있었다. 어둠 속에 두둥실 떠오르는 커튼은 요염한 한편 어딘지 모르게 불길했다. 블랙홀처럼 빨려 들어갈 듯한 창밖의 어둠은 보는 이를 어딘가 현실과 일선을 그은 세계로 유혹하고 있었다.

"왜 싫으세요? 좀 섬뜩하긴 하지만 매력적이잖아요."

다카코는 무난한 대답을 골랐다. 이목구비가 또렷한 만큼 눈에 힘이 들어간 아카네는 박력이 있었다.

"몰라. 보고 있으면 궁둥이 언저리가 근질근질해지면서 그만해, 하고 소리 지르고 싶어져."

다카코는 액자 밑에 핀으로 붙인 종이쪽지를 들여다봤다. 가라스야마 교이치, 〈두려움〉.

아카네는 뭘 두려워하는 걸까.

그렇게 생각한 순간, 말이 문득 새어 나왔다.

"……응? 뭐라고 했어, 방금?"

아카네가 겁먹은 듯 다카코를 봤다.

"이즈모에 안 가시겠느냐고요."

다카코는 아무 일 아니라는 듯 다시 말했다. 마치 '한 곡 추시지 않겠습니까?'라는 말이라도 들은 양 어리둥절해하던 아카네는 곧 여느 때와 다름없는 날쌘 편집자의 얼굴로 돌아와 태세를 바로잡았다.

"어째서?"

"어째서라뇨. 별 이유 없어요. 그저 지금까지 가본 적 없으니까 한번 가볼까 해서요."

"일이랑은 상관없는 거야?"

"글쎄요. 하지만 조금은 상관이 있을지도 몰라요."

말을 흐리는 다카코의 얼굴을 보고, 아카네의 눈빛이 날카로워졌다. 머릿속에 순식간에 이유가 100가지는 떠올랐을 게 틀림없다. 아카네는 직감과 개성을 내세우지만 사실은 논리적으로 사고하는, 머리 회전이 대단히 빠른 여자다.

"말해봐."

아카네는 낮은 목소리로 독촉했다. 다카코는 머리를 긁적였다.

"바보 취급당할 것 같아요."

"괜찮아. 자기를 그렇게 과대평가하지 않으니까."

"너무해."

"칭찬하는 거야. 얼른 말해."

추궁을 당하니 되레 말하기 어려웠다.

"에토 씨는 그 책을 아세요?"

"그 책?"

"『삼월은 붉은 구렁을』이란 책요."

아카네가 몸을 뒤로 쏙 빼는 것을 알 수 있었다. 예상치 못한, 아니 예상했던 답이라는 표정이었다. 속이 후련해진 것 같은, 돌이킬 수 없는 일을 저지른 것 같은 기분이 들어 다카코는 불안해졌다. 아카네는 단 세 모금에 두 번째 진토닉잔을 비우고 탕 소리를 내며 코스터에 잔을 내려놨다. 곧 카운터 안쪽에 있던 여자가 화난 것처럼 다가왔다.

"자기처럼 젊은 편집자한테 그 책 제목을 듣게 될 줄 몰랐는데."

아카네는 세 번째 잔에서야 겨우 안주에 손을 뻗었다.

"소문을 들었나 보지? 몇 년에 한 번씩 꼭 나오거든, 그 책의 작가를 찾아내 출판하자는 이야기가. 실물을 읽은 사람은 아무도 없다시피 하는데 말이야. 난 그 책 소문을 들을 때마다 늘 그게 생각난다니까, 그 뭐야, 'M 자금'이란 거 있잖아."

"아, 저도 들은 적 있어요. 아직도 걸려드는 사람이 있던데요."

"그러게. 끈질기게 나타나는 망령 같지. 일본군이 숨겨둔 거액의 귀금속이 어딘가에 잠들어 있다느니, 맥아더가 요시다 시게루한테 선물한 막대한 돈이 국가예산과는 별도로 손대지 않은 채 남아 있어서 몇몇 소수에게만 은밀히 파격적인 조건으로 융자된다느니."

"아무리 봐도 수상쩍은 이야기인데 말이에요. 실제로 누가 수군대는 걸 들으면 믿게 되는 걸까요. 하지만 한편으로는 매우 있을 법한 이야기이기도 하죠, 패전 전후의 대혼란을 생각하면."

"실체 같은 건 없다고. 소문뿐이야. 별 볼 일 없는 자비출판 책을 다들 떠받들어서 전설로 만들고 있을 뿐이고."

아카네는 딱 잘라 말했다.

다카코는 거의 손을 대지 않은 진 라임을 찰랑찰랑 흔들며 중얼거렸다.

"그럴까요."

차분한 목소리에서 자신감을 감지했는지 아카네가 다카코를 봤다.

"저 그 책을 읽은 적이 있거든요."

다카코는 정면에서 아카네의 눈을 바라봤다. 아카네의 눈에는 온갖 표정이 떠올라 있었다. 놀람. 노여움. 당혹감. 의문. 허탈감. 그 뒤에 뭐가 있는지 생각할 겨를도 없이 다카코는 말을 이었다.

"그 책 작가가 이즈모에 있다고 생각해요."

입 밖으로 내고 나니 그것은 확신이 됐다.

아카네는 고개를 숙이더니 머리를 긁적였다.

"……그만 가자."

아카네가 가방을 들고 일어섰다. 다카코는 당황했다. 화가 난 걸까. 아카네의 등을 향해 매달리듯 말을 걸었다.

"하지만……."

"표 사면 전화해."

지갑을 꺼내며 아카네는 돌아보지도 않고 그렇게 말했다.

"에토 씨도 그 책을 읽어보신 적이 있죠?"

며칠 뒤 신주쿠역에서 '표를 샀다'고 전화했을 때, '알았다'라고 대답한 아카네의 어딘지 모르게 절망에 찬 목소리를 떠올리며 다카코가 물었다.

아카네는 보일 듯 말 듯 고개를 끄덕였다.

"꽤 오래전 일이긴 해도. 지금은 이미 돌아가셨는데, 햇병아리 편집자 시절에 나한테 잘해주신 U라는 순수문학 쪽 원로 작가 선생님이 어떤 기회에 읽게 해주셨어."

"그럼 그 룰에 따라서?"

아카네는 이번에는 확실하게 고개를 끄덕이고 가키노타네 과자를 입에 넣었다.

그 책에는 기묘한 룰이 있었다. 실제로 그 책을 입수한 사람은 여든 명 정도라는데, 책을 다른 사람에게 양도하는 것을 금지하고 단 한 명에게 하룻밤만 빌려줄 수 있도록 제한하는, 작가가 정한 규칙이라고 한다. 물론 그런 규칙 따위 무시하려면 긴단히 무시할 수 있다. 실제로 시본의 일부나 가필된 위작(?) 등이 은밀히 나돈 모양이다. 그러나 작가는 자신이 정한 규칙을 지켜줄 사람을 어지간히 신중하게 선택한 듯, 그 룰은 시대착오적이라 할 수 있을 정도로 완고하게 지켜졌다. 그 결과, 시간의 흐름과 함께 그 책은 녹아버려 손에 잡히지 않는 환상으로 변화했다.

"읽고 나서 감상이 어땠어요?"

다카코는 대수롭지 않은 듯이 물었다. 아카네는 머그잔을 입에 댄 채 가만히 있었다.

"……미숙. 아마도 첫 작."

"그게 다예요?"

아카네가 술을 들이켰다.

"그게 다야."

"혹시 에토 씨가 싫어하는 타입이에요?"

다카코는 물고 늘어졌다. 여느 때와는 달리 대담한 기분이었다. 여행은 이미 시작됐고 아카네도 여행의 동반자인 이상 논점은 확실히 해둘 필요가 있다.

"응, 싫어."

"그런가요."

"자기 오늘은 유난히 걸고넘어지네."

"하지만 에토 씨, 이번 여행에 와주셨잖아요."

"그야 편집자로서 흥미는 있으니까. 소문만 요란하지 실체가 따르지 않는다곤 해도 역시 환상의 책이기는 하잖아."

편집자라면 누구나 이거다 하는 책을 만들고 싶은 마음이 있다. 후세에 길이길이 남을 책을 세상에 내놓고 싶다, 자신이 발굴한 신인을 데뷔시키고 싶다, 그런 바람을 크든 작든 누구나 가지고 있다. 그런 의미에서는 그 책을 낼 수만 있다면 편집자로서는 분명 명예로운 일일 것이다. 그들은 의사를 가진 보조자다. 언제나 일정한 지점에 서서 눈앞에 나타나는 표현자들을 건져 올려 독자들에게 제공한다. 표현자라는 필터를 통해 세상에 자신들의 의사를 나타낸다. 그건 어떤 의미에서 독특하고도 복잡한 기쁨이다.

"에토 씨와 책 이야기를 하게 된 지 벌써 몇 년 됐잖아요.

에토 씨 취향은 충분히 파악하고 있다고 자신했어요. 저랑 많이 비슷하니까. 그래서 에토 씨도 꼭 그 책을 좋아할 줄 알았는데요."

"안 좋아하는데. 그 작가, 나랑 비슷한 데가 있어서 싫어. 책을 읽을 때도 마음이 불편했어. 확실히 묘하게 오래 남는 이야기라는 건 인정해. 결코 걸작은 아니라도 말이야."

"그렇죠. '남는다'는 말이 딱 맞네요. 명작이나 걸작은 임팩트도 있고 읽고 나서 감격도 하지만 의외로 쉽게 빠져나가 버리죠. 잘 쓴 소설이 원래 그래요. 하지만 오래도록 마음속 어딘가에 남아 있는 소설은 그런 게 아니거든요. 오히려 어딘가 미숙하고 완성도는 낮아도 개성이 강한, 독창성이 있는 작품이 인상에 남죠. 전에 오카야마에 출장 갔을 때, 세 판에는 거금을 주고 커다란 접시를 샀거든요. 표면에 가느다란 실금이 잔뜩 간 거칠거칠한 접시였어요. 그런데 처음에 물에 확실하게 담가두지 않고 바로 썼더니, 가는 금 사이에 무슨 음식이었는지는 잊어버렸지만 그만 음식 물이 들어서 안 지워지지 뭐예요. 아무리 씻어도 소용없었어요. 전 그 접시를 볼 때마다 그 책이 생각난답니다. 그런 느낌으로 제 의식의 모세혈관에 그 이야기가 남아 있어요."

두 사람은 얼마 동안 덜컹덜컹 흔들리는 열차의 리듬에 몸을 맡겼다.

시계를 보니 이미 12시가 넘었다.

"빠르기도 하네. 벌써 12시예요. 하긴 9시가 지나서 열차에 탔으니까요."

"아!"

아카네가 갑자기 소리를 지르는 바람에 다카코는 흠칫 놀랐다.

"왜 그러세요? 뭐 놓고 왔어요?"

"오늘 내 생일이야."

"어머, 그래요? 몇 번째요?"

"시끄러워."

다카코는 남아 있던 블루치즈에 낮에 갔던 찻집에서 집어온 성냥을 네 개비 꽂았다.

"그런데 왜 네 개야?"

"끝자리는 반올림하기로 했어요."

"하나 많잖아."

"에토 씨, 좀 뻔뻔하지 않아요?"

흔들리는 열차 때문에 고생해서 성냥에 불을 붙였다.

"있지, 독실은 금연 아니었나?"

그렇게 말하면서도 아카네는 진지한 얼굴로 불을 불었다.

"생신 축하드려요."

"고마워."

축하 인사를 나누는데 열차가 크게 덜컹 흔들리더니 곧 멈췄다. 커튼을 열자 하마마쓰였다.

화장실에 가던 다카코는 다시 출발한 열차의 움직임에 휘청휘청 통로를 걸어갔다. 좁은 통로에 기다란 문이 여러 개 늘어섰다. 다들 잠들었는지 기척이 없었다. 창밖은 칠흑같이 어두웠다. 산과 숲이 가까이까지 다가와 있는 느낌은 있어도 어둠은 깊고 묵직했다.

다카코는 문득 기시감이 들었다. 어둠을 가르고 달려가는 열차 창에 친숙하면서도 두려운 뭔가가 비치는 듯했다.

우리는 언제나 밤바다를 달리고 있다. 우리는 어둠 밑바닥을 홀로, 원치도 않은 결말을 향해 달려간다.

아아, 이것도 『삼월』의 한 구절이다. 그렇게 오래전에 읽은 책의 한 구절을 기억하다니.

스스로도 뜻밖이었다.

화장실에서 나와 세수하고 통로를 따라 돌아오는데, 문득 맨 안쪽 독실(다카코와 아카네의 옆방)에 남자가 짐을 들여놓는 모습이 보였다. 낡은 모자를 쓴 자그마한 몸집의 남자가 커다란 가죽 트렁크를 옮기고 있다.

이런 밤중에 어디서 왔을까.

다카코가 보고 있으려니 남자가 문득 돌아봤다. 깜짝 놀란 것처럼 입을 벌리고 슬퍼하듯 눈을 내리깔았다. 콧수염을 기른 품위 있는 얼굴이다. 남자는 재빨리 방으로 들어가 문을 닫았다.

외국인 같네. 눈 색깔이 다르잖아.

방에 돌아오고 난 다음에야 다카코는 남자의 무표정한 왼쪽 눈이 의안이었음을 깨달았다.

"자기는 어디서 그 책을 읽었어?"
다시 의자에 앉자 아카네가 물었다. 시선은 다른 곳을 향하고 있었다.
"저희 집에서요."
아카네는 그 답에 놀란 듯했다.
"그럼……?"
"네, 아버지가 그 책을 가지고 계셨어요."
"아버지가 무슨 일을 하시는데?"
"고등학교 국어 선생님이었어요. 3년 전에 돌아가셨지만요."
"고향이 어디야?"
"나가노예요."

아버지는 교직을 택했지만 원래 아버지의 집은 큰 농가였던 모양이다. 마당에 광이 여러 개 있어서 아버지는 그곳을 서고로 사용했다. 아버지의 영향으로 독서를 좋아하던 다카코는 중학생이 됐을 때 아버지에게 서고 열쇠를 받았다. 독서삼매의 행복한 나날. 광 창문을 통해 드는 부드러운 빛에 의지해 《폭풍의 언덕》이며 《비숍 살인사건》을 읽던 소녀 시절은 지금도 달콤한 기억으로 남아 있다. 책을 읽다 지쳐 잠들면 저녁 무렵 앞치마에 손을 닦으며 어머니가 깨우러 와주었던 것도 그립다. 그때처럼 몸과 마음을 다 바친 근사한 책 읽기는 이제 두 번 다시 할 수 없으리라.

"서고에 드나들게 되고 나서 얼마 지났을 때, 천장 가까이 제일 높은 곳에 아버지가 만든 작은 장이 붙어 있는 걸 발견했어요. 그런데 잠겨 있는 거예요. 점점 신경이 쓰여서 '저건 뭐예요?' 하고 물었죠. 중학교 2학년 때였나, 아마 그럴 거예요. 아버지는 '친구가 준 소중한 책이 들어 있단다. 다카코가 좀 더 크면 읽게 해주마'라고 하셨어요."

"그래서 언제 읽은 거야?"

"대학을 졸업하고 취직자리도 정해져서 고향에 돌아가 있을 때였어요. 출판사에 취직하게 됐을 때 읽게 해줘야겠다고 생각하셨나 봐요. 그 룰에 관한 설명을 듣고 도쿄로 돌아가기 전에 하룻밤 만에 읽었죠."

"한 번만?"

"네. 취향에 맞는 소설이라는 건 읽을 당시에도 확신했지만, 오히려 읽고 난 뒤에 자꾸 신경이 쓰이더라고요. 대단한 작품을 읽고 있다는 건 어렴풋이 눈치챘지만 다 읽고 난 다음에 점점 존재감이 커졌다는 게 이상했어요. 몇 번이나 다시 읽어보려고 했지만 아버지는 두 번 다시 빌려주지 않았어요. 책도 돌아가시기 직전에 처분했는지 온 집 안을 다 뒤져도 찾지 못했고요."

책의 행방은 얼마 지나서 알았다. 아버지는 자신을 화장할 때 관에 그 책을 같이 넣어달라고 어머니에게 부탁했다.

"'어째서 읽게 해주지 않는 거예요?' 하고 아버지한테 대든 적이 한 번 있거든요. '대체 누가 쓴 책인데요?' 하고요. 아버지는 '그렇게 약속했다'고만 했어요. 하지만 얼마 지나서 이런 말을 하는 거예요. '이 책은 말이지, 개인적인 기록이란다'라고요."

"개인적인 기록이라…… 무슨 뜻일까."

아카네는 평상시의 편집자 얼굴로 돌아와 열심히 머리를 회전시키고 있었다.

"친구라…… 아버지 친구분 중에 아는 분은 안 계셔?"

"전혀요. 하지만 아버지는 학창 시절에 작가가 되고 싶으셨나 봐요. 저도 아버지가 돌아가신 다음에야 알았는데, 당시 상당히 영향력 있는 동인지를 친구들과 만들었다고 하더군요. 조사해 봤더니 유명 작가가 몇 명 있어서 놀랐지 뭐예요."

"그럼 그중에……."

"네. 그렇게 생각했어요."

『삼월은 붉은 구렁을』이 이미 이름이 널리 알려진 작가가 젊은 시절에 쓴 작품이 아닐까 하는 설은 전부터 있었다. 이 사람이 아닐까 하고 실제로 지목된 사람도 한두 명이 아니다. 다카코는 서고에 남아 있던 《백야白夜》라는 동인지를 모두 독파했다. 『삼월』이 젊었을 적 작품이라면 동인지에서 비

숫한 필치를 찾아낼 수 있을 거라고 생각해서였다. 과연 풋내 나는 글이 많아 처음부터 끝까지 읽는 게 생각보다 고되었지만, 편집자 시선으로 봐도 아버지의 작품에 상당한 센스가 있다는 사실을 발견했을 때는 기뻤다. 아마 그래서 그 인물도 아버지에게 책을 주었을 것이다. 누구나 자기 작품을 이해해 주었으면 하는, 존경하는 사람에게 가장 먼저 자신의 책을 주게 마련이다.

그러나 작가 찾기는 난항을 겪었다. 아직 젊었기 때문인지, 아니면 함께 활동했기 때문인지, 그들의 작풍은 상당히 비슷했던 것이다.

"그래서 한때는 다 같이 쓴 건가 싶었어요. 동인들의 습작을 기념 삼아 자비출판했을까 하고요. 그 책은 4부작 구성이니까 여럿이 나눠서 담당한 게 아닐까. 만약 그렇다면 '개인적인 기록'이라는 말도 이해가 되죠. 그걸 뒷받침하는 증거…… 증거라고 할 것까진 아니지만, 한 가지 사실을 발견했거든요. 《백야》에는 매달 테마가 정해진 단편 특집 기획이 있었어요. '질투'라든지, '우주'라든지, '고양이'라든지, 테마는 가지가지였죠. 그런데 그중에 뭐가 있었는지 아세요?"

다카코는 말을 끊었다. 아카네는 이제 호기심이 역력한 표정으로 귀 기울여 듣고 있었다.

"'석류'가 있었던 거예요."

그 4부작에서 은근한 은유로 '석류 열매'가 사용된다는 사실은 이미 지적된 바 있다. 각 부에서 장면의 일부로 석류가 등장하는데 의미에 관해서는 여러 설이 존재한다.

"흠, 그건 신경 쓰이네. 그럼 도가키 씨는 작가가 네 명이라고 생각한 셈이야? 4부작을 각각 나눠서 썼다고?"

"처음에는 그랬어요. 동인지에 참가한 작가들을 모두 읽고 비교해서 필치가 비슷한, 가능성이 있는 작가로 가려낸 건 세 명이에요. 사에키 시에이, 모로즈미 미쓰오, 사이토 겐이치로."

손가락을 꼽아가며 다카코가 열거한 이름을 듣고 아카네는 눈을 부릅떴다.

"굉장한 이름들이 나왔는걸. 나머지 한 사람은 누구고?"

"외람되지만 저희 아버지예요."

술이 들어가지 않았다면 도저히 못 했을 한마디다. 그러나 동인지를 읽으며 다른 작가들과 비교해도 손색이 없는 아버지의 문장을 보고 다카코는 그 설을 저버릴 수가 없었다.

"하지만 그건 합작설을 주장할 때 이야기고요, 지금은 그렇게 생각 안 해요. 실제로 지금 이렇게 이즈모에 가고 있잖아요."

"이거야 원. 그야 사에키 시에이는 곧잘 거론되는 이름이긴 하지. 하지만 모로즈미 미쓰오와 사이토 겐이치로라니."

아카네는 팔짱을 끼고 천장을 올려다봤다.

그녀가 충격을 받을 만도 했다. 지금까지 전혀 후보에 거론되지 않은 이름들이기 때문이다. 두 사람의 현재 작풍과 그 책을 연결시키기는 쉽지 않았다. 그러나 다카코에게는 아버지의 넓지 않은 교우관계에 한정할 수 있다는 이점이 있었다. 내성적인 면이 있는 아버지는 친구의 친구를 당신 친구로 삼을 수 있는 성격이 아니었다. 아버지가 '친구'라고 하면 반드시 당신과 직접 교류가 있는 사람을 말할 것이다.

"왜 합작설을 버렸는데?"

이제야 생각났다는 듯 아카네가 물었다.

"그게 말이죠, 그것도 역시 '석류' 때문이에요."

생각에 생각을 거듭하며 다카코가 대답했다.

"네 편이 모두 똑같은 석류거든요."

예컨대 빨강이란 색 하나를 들어도 사람마다 가진 이미지는 제각각 다르다. '빨간 옷을 입은 여자'라는 대답을 들을 요량으로 어떤 여자가 입은 옷 색깔을 말해보라고 했을 때, 모두가 '빨강'이라 대답한다는 보장은 없다. '주황색이다', '분홍색이다', '갈색이다' 등 전혀 다른 답이 돌아올지도 모른다. 오히려 그러는 게 보통이다. 최대 공약수로서의 '빨강'은 있어도 모든 이가 똑같은 '빨강'을 생각하는 것은 아니다. 환경이 전혀 다른 네 사람이 '석류'의 이미지를 떠올릴 경우. 특히 그게 우화적 의미가 큰 과일이고 자신의 감각을 내세우는 표현자들이 표현을 다투었을 경우.

"좀 더 달라도 될 것 같잖아요? 그런데 네 개가 모두 똑같은 이미지인 거예요. 색깔도, 작가가 품은 이미지도, 거리감도. 만약 이 네 편의 이야기에 '석류'라는 공통항이 없었더라면 저도 그냥 합작설을 밀었을지도 몰라요. 그 정도로 이 4부작은 산만한 인상을 주니까요."

『삼월은 붉은 구렁을』에는 뿌리 깊은 합작설이 존재했다. 4부작의 작풍이 명백히 달랐기 때문이다. 물론 작품마다 능수능란하게 작풍을 바꾸는 작가는 얼마든지 있고, 해마다 달라져 도저히 같은 작가 같지 않을 만큼 변모하는 이도 있다. 그러나 『삼월은 붉은 구렁을』에는 꾸민 것으로 보이지 않는 앳된 미숙함이 남아 있었던 터라, 이 정도로 필치가 다른 것은 단순히 각기 다른 사람이 썼기 때문이라는 논리였다.

"도가키 씨 주장은 잘 알았어. 앞뒤가 들어맞는 것도 인정해. 하지만 실은 난 합작설을 주장하거든."

손바닥을 들어 보이며 아카네는 처음으로 『삼월』에 대한 자신의 의견을 내놓았다. 그 확고한 태도에서 싫어한다고 하면서도 실은 상당히 명확한 자기주장이 있다는 것을 알 수 있었다.

"어째서요?"

"응, 예를 들면 말이지, 자기가 누구 다른 사람이랑 합작한다 해보자고. 그럼 자기는 어떻게 해?"

"어떻게 하다니요?"

"어떤 식으로 작업을 진행하느냐 말이야. 내가 말하고 싶은 건, 합작할 때 아이디어는 여럿이 생각한다고 해도 쓰는 건 한 사람이란 이야기야. 엘러리 퀸[*]도 실제로 문장을 쓴 건 한 사람이잖아? 둘이서 문장을 쓴다는 건, 조금만 생각해 봐도 금방 알겠지만 비능률적인 데다가 불가능에 가깝다고. 독자를 혼란스럽게 할 뿐이고. 『삼월』의 경우는 우연히 4부 구성이었어. 그러니까 네 명이 한 부씩 쓴다고 해도 우선은 지장이 없었지. 하지만 이걸 한 권의 책으로 만들려면 반드시 누군가가 전체를 읽고 교정했을 거야."

다카코는 아차 싶었다. 지금까지 누가 교정을 했다는 생각은 전혀 해보지도 않았다.

"어쩌면 '석류'는 그 사람들의 기념품이었을지도 몰라. 마스코트나 심벌 같은 것이었을 수도 있고. 난 교정을 맡은 누군가가 '석류'에 관한 부분을 한꺼번에 써넣지 않았을까 생각해. 그래서 그 부분들만 유독 인상이 비슷해 보이는 거지. 각각의 작품이 상당한 시간을 들여 완성된 데 비해 그 부분은 단시간에 삽입되었기 때문이야. 이 부분이 들어가기 전까지 이 책은 그냥 작품집, 기념 문집에 지나지 않았어. 하지만 교정자는 이 책을 일관성 있는 한 권의 책으로 완성하고 싶었는지도 모르지. 그리고 그건 확실히 효과를 거두었고."

다카코는 끄응 신음했다. 아카네의 말이 옳았다. 그렇게 생

---

* 미국의 추리소설 작가. 사촌 형제인 프레더릭 더네이와 맨프레드 리의 공동 필명이다.

각하면 '석류'의 이미지가 비슷한 것도 간단하게 설명됐다.

"하지만 그래 봤자 이건 내 가설일 뿐이고, 자기한테는 아버지의 친구라는 강력한 카드가 있잖아. 자, 그다음을 들어볼까?"

그래, 맞아, 나한테는 비장의 카드가 있어.

다카코는 마음을 다잡고 이야기를 계속했다.

"아까도 말했지만, 동인지 시대에 그 세 작가는 작풍이 매우 비슷했어요. 다른 사람이 읽으면 또 다르게 느낄 수도 있겠지만 아무튼 지금은 제 감을 믿어달라고 할 수밖에 없네요. 그럼 여기서 세 작가의 프로필을 복습해 보죠."

사에키 시에이. 굳이 설명할 필요가 없는 순수문학의 대가다. 작풍은 섬세하면서 정교. 그러면서도 전체적으로 대담해 대하大河와 같은 흐름이 있다. 게다가 시적 정서까지 풍부하다. 중장년층의 남성 팬이 많다. 대단한 본격 미스터리 팬으로도 알려진 그는 '추리소설은 어디까지나 취미'라고 잘라 말하며 미스터리에 관한 품위 있는 에세이도 쓴다. 몇 해 전 규슈 야나가와의 사계절을 배경으로, 노포 여관을 무대로 한 정갈한 3부작이 영화화되면서 남성 중심이던 팬덤에 여성도 눈에 띄게 늘었다.

본격 미스터리의 영향이 짙은 『삼월은 붉은 구렁을』이 익명으로 등장한 직후 처음 거론된 이름이 사에키 시에이였다.

소년 시절부터 미스터리 팬이었던 시에이가 젊은 날의 습작을 심심풀이 삼아 낸 게 아닐까 하는 소문이 제법 그럴싸하게 퍼졌던 것이다.

직접 진위를 확인해 본 이도 많았나 보다. "아이고, 전 취미와 일은 구분합니다" 하고 시에이는 싱글싱글 웃으며 상대하지 않았지만, 그렇다고 해서 적극적으로 부정하지도 않았기 때문에 당초에 사에키 시에이 설이 유력했던 모양이다.

"사에키 시에이는 지금도 통설 중 하나지만 난 처음부터 이해가 안 되던데. 확실히 닮은 부분이 있긴 하지. 그 진하면서 어딘가 싸늘한 점이 말이야. 하지만 그 정도로 미스터리를 좋아하는 사람이잖아. 혹시 『삼월』이 젊은 날의 습작이라고 해도 그 사람 같으면 고치고 다듬어서 완벽한 작품을 내놓을 거라고 생각해. 지금이라면 힘도, 여유도, 자료도 충분히 있을 테니까, 고쳐 쓰려는 생각이 있으면 얼마든지 고쳐 쓸 수 있을 거 아냐. 『삼월』은 소재로선 굉장히 훌륭하니까. 오히려 너무 많이 집어넣었을 정도라고. 지금 그 사람이라면 호화찬란하게, 서비스 만점으로 완성시키기도 어렵지 않을걸."

"그러게요. 워낙 현학적인 미스터리를 좋아하기도 하고요. 「흑과 다의 환상」 같은 건 지식과 교양을 듬뿍 넣어 여봐란듯이 길게 쓸 수도 있을 테죠."

"오, 그거 좋겠다. 지금이라도 좋으니까 그래 주지 않으려나."

미스터리 팬은 본래 욕심 많고 탐욕스러운 인종이다. 미스터리로 읽을 수만 있다면, 다른 장르의 참가든 신규 개척이든 뭐든 다 환영한다. 순수문학이건 논픽션이건 매력적인 수수께끼가 많고 문장도 능숙하고 분위기가 있으면 오케이. 소도구가 많으면 많을수록 즐거움은 늘어난다.

『삼월은 붉은 구렁을』의 1부 「흑과 다의 환상」은 작은 수수께끼들이 꼬리에 꼬리를 물고 이어지기 때문에 미스터리 팬에게 인기가 많은 장이었다. 숲속을 여행하는 남녀 네 명이 지금까지 살며 마주친 작은 사건들을 담담하게 말하고 그것을 추리한다는 이야기인데, 수수께끼의 파편들을 아낌없이 흩뿌려 놨고 기묘한 에피소드들을 나열해 다카코도 읽으면서 얼마나 가슴이 설렜는지 모른다. 매일 저녁 일부러 장지문의 똑같은 부분을 찢는 늙은 여자 이야기. 허공에 백마 무리가 보인다는 철교 이야기. '중 뒤집기'라는 게임의 진짜 의미. 뿔이 돋은 아기의 시체가 묻혀 있다는 교회 이야기. 공룡 뼈 앞에서 추락사한 시체로 발견된 남자. 사실적이며 현대적인 이야기부터 판타지풍 옛날이야기, 유럽식 조크와 과학 토픽까지 가지각색이었다. 싱거울 정도로 쉽사리 진상이 밝혀지는가 하면 논의 도중에 포기하는 등 수수께끼가 반드시 해결되는 것은 아니었으나, 그런 여백이 또 흥미를 부추겨 해결편을 만들려 하는 사람을 다수 배출했다.

사에키 시에이는 박식한 것으로 유명한 작가이고 폭넓은

장르를 망라하는 취향의 소유자인 터라 분명 기묘한 토픽을 얼마든지 제공할 수 있을 것이다. 그걸 심심풀이 삼아 실현한다면 이 1부만으로 너끈히 한 권을 쓸 수 있지 않을까.

2부 「겨울의 호수」를 봐도, 실종된 애인의 흔적을 애인의 친구와 함께 추적하는 여자의 애절한 이야기는 시에이가 가장 자신 있어 하는 분야 중 하나다. 어슴푸레한 동틀 무렵의 묘사라든지 과거에 있었던 살인사건의 제시 방식 등, 그라면 얼마든지 애절한 명작으로 써낼 수 있었을 것이다.

3부도 마찬가지다. 「아이네 클라이네 나흐트 무직」은 피서지를 배경으로 한 소년 소녀들의 어느 해 여름 이야기다. 어학에도 뛰어난 시에이의 작품에는 유럽적인 멋스러움이 감돌았다. 그러니 데가당의 향기가 감도는, 프랑스의 쁠름 누아르처럼 세련된 소설 역시 식은 죽 먹기일 것이다.

그리고 4부. 「새피리」는 소설을 쓰는 작가의 머릿속과 일상을 혼연일체로 그리는 야심작이다. 심지어 종교와 신화의 영역까지 손을 뻗으려는 작품을, 미스터리로서 부가가치가 있는 재미있는 작품으로 만드는 일 또한 그라면 가능할 것이다.

"맞아, 그 사람이라면 이상적인 『삼월은 붉은 구렁을』을 쓸 수 있었을 테지. 하지만 그 『삼월』은 그렇지 않아. 쓸 수 있었을 텐데 그렇지 않은 작품이 존재한다. 그 이야기는 즉 그 『삼월』은 역시 그 사람이 쓴 게 아닌 거야."

억지 논리 같기는 해도 아카네의 단정은 분명히 일리가

있었다. 시에이는 프로다. 프로라면 최선을 다해 그 시점에서 최상의 것을 제공해야 한다. 최상의 것을 제공할 능력이 있는 시에이가 아무리 익명이라 해도(익명이기에 더욱) 미완성 상품을 내놓을 리 없다. 십중팔구 그의 자존심도 허락하지 않을 것이다. 오히려 그라면 기성의 추리소설을 뛰어넘으려 분발할 것이다.

"역시 그렇겠죠."

"사에키 시에이 설은 됐어. 나머지 두 사람은 처음 듣는 이야기라서 기대되는데."

"부담 주지 마세요."

다카코는 어깨를 으쓱했다.

모로즈미 미쓰오는 개성이 강한 탐미적 작가로 알려져 있다. 대중매체에 거의 모습을 드러내지 않는다. 지방을 전전하며 때로는 관능적이고, 때로는 잔혹한, '미'를 테마로 한 환상적인 작품을 꾸준히 발표하고 있다. 대중적인 지명도는 낮지만 열광적인 고정 팬이 있다. 특히 예술 관계자 중에 팬이 많아 무대화나 영화화 원작으로도 인기가 있다.

"동인지 시대엔 다른 필명을 썼으니까 모로즈미 미쓰오의 초기 작품이란 걸 알고 얼마나 놀랐는지 몰라요. 늦깎이 데뷔이긴 했어도 모로즈미 미쓰오라고 하면 처음부터 완벽한 개성과 테크닉을 가지고 등장했다는 인상이 있었거든요.

그런 탐미파는 원래 조숙한 타입이 많잖아요. 분명히 젊었을 때부터 컬트적인 풍류인이었을 거라고 확신했거든요. 그런데 전혀 아니더라고요. 순정 가련, 품행 방정, 꼭 그런 느낌이었어요. 동인지를 읽으면 그 사람이 『삼월』을 썼다고 해도 이상할 게 없지 않을까, 그런 생각이 들어요."

"으음, 아무래도 감이 오지 않는데. 그렇게 말하자면 그 사람이야말로 완벽주의자잖아. 그런 사람이 자기의 미의식에 맞지 않는 초기 작품을 내겠어?"

"하지만 그 사람은 자기 작품에 대한 집착이 남보다 몇 배는 강한 작가잖아요. 아주 초기 작품도 한정 애장판으로 내놓는 사람이니까 만약 『삼월』이 첫 장편이라면 책으로 남기고 싶어 해도 이상하지 않을걸요."

"그건 그러네. 그 사람, 철두철미한 나르시시스트니까. 하지만 미스터리 팬이라는 건 몰랐는데. 확실히 개개의 작품에 미스터리한 분위기가 있긴 하지만."

"그 사람은 충분히 미스터리 마인드를 갖고 있어요. 『삼월』도, 성공이냐 아니냐를 떠나서, 일단 미스터리 마인드가 차고 넘치기는 하죠. 하지만 미스터리 마인드란 것도 워낙 개인차가 있으니까요. 어떤 부분에 미스터리를 느끼는가 하는 점을 봤을 때 모로즈미 미쓰오는 『삼월』과 공통점이 있어요."

다카코는 『삼월』 3부에서 그것을 강하게 느꼈다. 「아이네 클라이네 나흐트 무직」은 건조한 권태감이 흘러넘치면서도 바닥에는 혈연 간의 끈적끈적한 증오와 복잡하고 배덕한 인간관계가 흐르고 있다. 혈연관계와 '피' 그 자체에 농락당하는 인간의 비극이 테마다. 이 작품에서는 그다지 독기 넘치게 그려지지 않지만, 현재 미쓰오는 그런 것을 집요할 만큼 거듭해서 테마로 삼고 있다. 『삼월』은 그러한 것의 싹이 아니었을까 하고 생각하게 하는 부분이 있었다.

4부 「새피리」에서도 저음부에서 비슷한 느낌을 받았다. 평범한, 남들이 하라는 대로 하는 여자를 보는 시선에 어린 오만함과 냉랭함 등에서 동질성이 느껴진 것이다. 그런 느낌을 받은 것은 한순간뿐이었고, 어쩌면 지식층 남성의 공통적 시선일지도 모르지만.

그래도 사에키 시에이가 단지 막연히 '가능한 조건'을 충족하는 데 비해, 모로즈미 미쓰오는 어렴풋하게나마 동일 인물로 보이는 문장이 있다는 게 후보에 오른 이유였다.

"흐음. 난 모로즈미 미쓰오 설에 관해선 딱히 코멘트를 못 하겠는걸. 의외이기도 하고."

"그럼 세 번째 사람으로 넘어가 볼까요. 사이토 겐이치로예요."

사이토 겐이치로는 작가가 아니라 문예평론가이자 대학 교수다. 젊었을 때부터 활발하게 비평활동을 해온 그는 매섭고 첨예한 논조로 유명하다. 관심 분야도 넓어서 서브컬처

전반을 평론할 수 있는 정예로 이름을 떨치고 있다.

"그렇게 냉철한 비평으로 유명한 사이토 겐이치로 전에는 로맨틱한 소설을 썼더라고요. 정말이지 동인들 가운데 제일가는 서정파였지 뭐예요. 읽는 사람이 얼굴이 붉어질 것 같은 로맨티시스트였어요."

"흐음. 평론가란 말이지. 상당히 뜻밖이긴 하지만 오히려 『삼월』의 미숙함은 평론가가 소설을 썼다는 부끄러움의 발로일지도 모르겠네. 프로 작가라기보다는 자기가 먼저 뭔가를 발표해서 남한테 평가받는 일에 익숙지 않다는 느낌일지도 몰라. 오히려 작가보다 가능성이 높은데. 이렇게 보면 세 사람 중에서는 가장 그럴싸한 것 같기도 해. 진짜 평론가는 절대로 창작자가 될 수 없다는 게 내 지론이거든. 평론은 완벽한 창조이지만 말이야. 그런 의미에선 그 흠투성이 작품은 그 사람이 일류 평론가라는 증거일지도 모르겠네."

아카네는 연신 고개를 끄덕였다. 그녀의 지론이야 어찌 됐든, 다카코가 그를 후보로 거론한 데에는 보다 현실적인 이유가 있었다.

"동인지에 말이죠, 그 사람이 미스터리 같은 걸 쓰고 있다는 언급이 간간이 있거든요."

다카코는 소곤대듯이 말했다.

《백야》는 구성이 상당히 치밀하게 짜여 있었다. 정기적으로 싣는 단편소설 외에 중편의 분할 게재, 경쟁 형식의 기획 작품 등으로 변화를 주어 읽기 쉽게 했고, 편집도 센스가 있었다. 또한 좌담회 기록 같은 것도 몇 호에 걸쳐 한 번씩 실렸는데, 문학은 물론 시사 및 정치경제에 이르기까지 테마가 다양했다. 그것을 읽으면 그들이 미스터리를 꽤 자주 읽는 것을 알 수 있어 흐뭇했다. 그런데 그중에 문득 눈길을 끄는 문장이 있었다.

> **도가키:** 우리도 미스터리를 써보면 어떨까. 좋은 미스터리는 연애소설보다 쓰기 어려울 테지.
>
> **사이토:** 나도 가끔 소일거리로 써보지만 역시 어렵던데. 어디서부터 수수께끼를 구축할지 생각하기 시작하면 금세 여기저기 빈틈이 생겨서 말이야.
>
> **도가키:** 오, 그거 기대되는데. 어떤 걸 쓰고 있나?
>
> **사이토:** 그야 역시 《흑사관 살인사건》 같은 거지. 암시적이고, 크고 작은 수수께끼가 잔뜩 등장하는 거.

다카코의 눈은 이 부분에 못 박혔다. 과연 몇 달 뒤 실린 좌담회에도 다음과 같은 언급이 있었다.

> **도가키:** 그러고 보니 사이토, 자네의 《흑사관 살인사건》풍 미스터리는 어떻게 됐나?
>
> **사이토:** 아직 멀었어. 콰르텟처럼 전체가 서로 어울려서 공명

하는 정교한 작품으로 만들려고 생각하고 있다네.

사이토 겐이치로를 후보에 포함한 이유는 이 좌담회가 전부였다.

콰르텟처럼. 사중주. 즉 『삼월은 붉은 구렁을』의 4부작을 가리키는 게 아닐까.

"다소 단편적인 이유라서 죄송하지만요."

"하지만 실제로 작품을 언급한다는 점에선 가장 확실하잖아? 아무튼 난 세 사람 중에서는 사이토 겐이치로한테 한 표 던지겠어. 듣고 보니 그건 확실히 평론가의 문장이네."

아카네는 납득한 듯했다.

"에토 씨는 누가 작가라고 생각했어요?"

아카네가 다카코를 흘낏 봤다.

"작가는 작가야. 난 그 책을 쓴 작가는 그 책밖에 쓰지 않았다고 생각해."

"무명작가라는 말이에요?"

"응. 사람은 누구나 일생에 책 한 권은 쓸 수 있다는 말, 진짜라고."

"전 안 될 것 같은데."

"우린 매일 쓰고 있잖아."

"매일?"

"좋은 글을 읽는다는 건 쓰는 거나 같으니까. 아주 좋은 소설을 읽다가 행간에 있는, 언젠가 자기가 쓸 또 하나의 소설을 본 적 없어? 그게 보이면 난 아아, 나도 읽으면서 쓰고 있구나, 하고 생각하거든. 또 그런 소설이 비쳐 보이는 작품이 나한테는 좋은 소설이고."

"흐음. 그런가요."

"나 말이야, 어렸을 때 책을 읽으면서 '누구누구 글'이라는 게 무슨 뜻인지 몰랐어. 책에 작가가 있다는 사실을 깨닫지 못한 거지. 어느 책이나 표지에 '누구누구 글, 그림'이라고 쓰여 있잖아? 이게 뭐지, 하고 꽤 오래 고민했지 뭐야."

"그럼 책은 어떻게 만들어지는 거라고 생각했어요?"

"글쎄. 어디선가 죽순처럼 자연발생적으로 퐁퐁 솟아나는 거라고 생각했나 봐. 지금 생각하면 초등학교 3학년 때 비로소 책이란 게 누군가가 생각해서 쓴 거라는 사실을 깨달은 것 같아."

"그건 좀 늦은 것 같은데요. 이런 직업을 가진 사람치고는요."

"야아, 그땐 참 충격이 컸지. 책이 모두 인간의 머릿속에서 나와 한 글자 한 글자 손으로 써서 생겨났다는 걸 알았을 때 말이야. 난 그때부터 별로 진전이 없나 봐. 지금도 인간이 소설을 쓴다는 게 믿기지 않을 때가 있거든. 어딘가 소설이 열리는 나무 같은 게 있고, 다들 거기서 따오는 게 아닐까 싶어. 이런 직업을 선택하고 꽤 오래됐는데도 아직도 속고 있는 기분이 든다니까. 언젠가 반드시 '거봐, 내 말이 맞지' 하고 현장을 덮쳐주겠다고 생각하고 있어."

"엄청난 발상이네요."

"그런가."

이미 밤이 깊었다. 실내를 비추는 어슴푸레한 주황색 불빛은 함께 밤을 보내는 이들을 친밀하게 한다. 방 안에는 여행의 밤에만 존재하는 농후한 공기가 감돌았다. 약간은 감상적이고, 약간은 우화적인 공기가.

문득 귀를 기울이자 기차 소리에 섞여 창밖 저 멀리서 나지막한 땅울림처럼 바람이 산 위를 건너가는 소리가 들려왔다. 그 소리를 듣고 있으려니 양수 속의 태아가 된 것 같은 기분이 들었다.

"그래서? 자기는 누구라고 결론을 내린 거야?"

아카네가 조용히 물었다. 냉정한 목소리에 다카코는 자신이 잠깐 머리 한구석에서 잠들어 있었다는 것을 깨달았다.

"음, 이 열차에 타고 있으니까 이미 알고 계실 테지만."

다카코는 쓴웃음을 지었다.

"그게 말이죠, 실은 이 범인 찾기 아니, 작가 찾기는 아직 계속되고 있거든요."

"뭐? 세 사람으로 좁혔으니까 이제 괜찮잖아. 너무 빼지 말고 얼른 말하라고."

다카코는 자기 가방을 끌어당겼다. 커다란 검은색 나일론

가방. 묵직하다.

양장본과 잡지를 몇 권 꺼내 네모난 테이블 위에 늘어놨다.

사에키 시에이의 단행본. 영화화된 《안개 속의 강》의 뒤표지. 약간 위에서 내려다본 구도로 서재에서 찍은 시에이의 흑백사진이다. 큼직한 손으로 코 아래쪽을 덮듯이 턱을 괸 채 집필에 몰두하는 모습이 찍혀 있다. 흰 셔츠에 성기게 짠 카디건을 걸친 사진에는 일본인답지 않은, 지성인의 향기가 감도는 세련됨이 있었다. 중년 여자들의 마음이 흔들리는 것도 알 만했다.

"나왔군, 마담 킬러."

"사진이 아주 계산적이죠. 나 문학자거든, 프랑스어도 할 수 있거든, 굉장한 지성인이거든, 그런 느낌이잖아요. 자, 욕구불만이신 부인, 어서 오십시오."

"자기도 꽤 심술궂네."

"실례했습니다. 이런 위대하신 작가 선생님을."

또 한 권의 양장본. 붉은색과 검은색의, 요염한 분위기가 감도는 책이다. 모로즈미 미쓰오의 《폐원廢園》은 이복자매들에 의해 유폐되어 비뚤어진 윤리관을 배우며 자란 소녀의 이야기다. 이복자매들과의 그로테스크한 관계와 에로틱하면서 세련된 행동거지에 반한 젊은 여성 팬들이 많았다. 무대에도 올려졌다. 표지를 펼치자 역시 흑백의 작가 사진이 있다. 승복 바지저고리를 입었고 머리는 민머리. 날카로우면서 단정한, 그리고 만만치 않아 보이는 얼굴 생김새. 예사 사람이 아니라는 분위기가 온몸에서 뿜어 나왔다. 다실에서 꽃을 꽂는 사진이었다.

"이 사람, 취미가 굉장히 많은 사람이지. 원래 전통염색을 하는 집안이라던가. 염색 일을 하다가 이 세계에 들어왔다던데."

"그런 느낌이네요. 역시 환경이 받쳐주지 않으면 이 정도까지 완성시킬 수 없겠죠."

낡은 잡지를 펼쳤다. 몇 년 전 종합지의 사진. 각계 저명인사의 서재를 공개하는 기획이었다. 어수선한 방. 산더미처럼 쌓인 책과 잡지. 그 얼마 안 되는 틈새로 낡아빠진 의자에 앉아 담배에 불을 붙이려는 사이토 겐이치로. 날카로운 논조의 이미지와는 정반대로 자신의 성에서 긴장을 풀고 있는 꾸밈없는 모습이 호감을 준다. 아무렇게나 쌓인 난해해 보이는 책들 사이로 프레드릭 브라운의 《대개가 살인》이 보여 친근감을 한층 더해준다.

"일에는 엄격해도 좋은 사람 같은데, 사이토 씨."

아카네가 사진을 가리키며 중얼거렸다.

"어째서 이런 사진을 가져온 거야, 이렇게 무거운 걸 고생해 가면서."

그러더니 갑자기 날카로운 눈으로 다카코를 바라봤다.

"사실은 저, 기억력이 굉장히 좋거든요. 특기 같은 거죠.

책을 착 펴서 그 페이지를 보면 꼭 사진처럼 기억할 수 있어요. 오래가진 않지만요. 학교 다닐 때는 벼락치기의 마술사라고 불렸답니다. 『삼월』에 관해 말하자면 부분 부분 조금씩 문단으로 기억하는데, 그렇게 기억나는 부분을 몇 년에 걸쳐서 적어본 게 이 노트예요."

다카코는 가방 밑바닥에서 닳아빠진 대학 노트를 꺼냈다. 이 노트를 남에게 보이는 것은 처음이었다. 아니, 그보다 타인에게 보일 일이 있으리라고는 생각하지 않았다.

노트를 들고 페이지를 팔랑팔랑 넘기던 아카네의 안색이 변했다.

"대단한데. 이거 정말 다 기억하는 거야?"

"네. 가끔씩 퍼뜩 생각나요. 그것도 그 부분의 문장이랑 그걸 영상화한 장면이 한꺼번에 떠오르죠."

"그거 진짜 재능이네. 다른 직업을 택하면 좋았을 텐데."

"하지만 본 걸 그대로 기억하기만 하는 건 의외로 아무 도움이 안 되더라고요. 오래가는 것도 아니고요."

"경찰 같은 건 어때? 위반 차량의 번호를 단박에 기억할 수 있잖아."

"겨우 그거예요?"

"또 텔레비전의 시청자 응모 요령을 기억할 수 있다, 요리 레시피를 한눈에 기억할 수 있다, 여행길에 버스 시간표를 기억할 수 있다. 어때, 편리하잖아."

"어쩐지 신통한 게 없네요."

"좋잖아. 인간은 잊어버리는 동물이니까. 잊어버리는 쪽이 더 나은 경우도 많다고. 흐음, 반갑네. 진짜 있었지, 이런 장면."

아카네는 소리 내어 읽었다.

이 방에서 가끔 방울 소리가 나. 그녀가 돌아보며 말했다. 그녀가 칼질하는 소리를 들으며 신문을 읽다 보면 어느새 소리가 멎어 있을 때가 있다. 고개를 들면 그녀는 늘 일손을 멈추고 이쪽을 돌아보고 있다. 그녀의 얼굴 오른쪽이 부엌 불빛에 하얗게 떠오르고, 그녀가 썰고 있는 당근인지 오이인지의 단면이 아기의 팔 단면처럼 보여 동요한다.
당신이 있을 땐 들리지 않는데. 혼자서 조림 같은 걸 만들고 있으면 딸랑딸랑 소리가 천장 구석에서 들릴 때가 있어. 아름다운, 맑은 소리로.
그렇게 멍하니 이쪽을 바라보나 싶으면 비어 있는 쪽 손을 들어 뭔가를 부정하듯 몇 번 나른하게 흔든다. 반지 하나 없는 희고 긴 손가락이 언제나 기묘해 보인다. 아내는 손가락이 참 긴 여자구나, 하고 늘 생각한다. 그러면 그녀는 또다시 아무 일도 없었다는 듯 야채를 썰기 시작한다.

이건 4부 「새피리」의 한 구절. 자신의 소설과 현실이 이어지기 시작하면서 주인공이 처음으로 이변을 느끼는 장면이다. 방울 소리가 들리는 여자. 생각해 보면 상당히 섬뜩하다. 다카코도 어렸을 때, 저녁 무렵 논두렁길을 걷다가 커다란 방울 소리를 들은 적이 있었다. 아무것도 없는 하늘에 딸랑딸랑, 또렷하게 울려 퍼졌다. 이 부분을 읽었을 때 그때 일이 선명하게 되살아났던 기억이 있다.

아카네가 다른 부분을 읽었다.

> 작은 비침무늬가 있는 램프 모양 조명등을 조금 오른쪽으로 밀었다. 오른쪽 뺨에 희미하게 온기가 느껴졌다.
> 나는 조금 전까지 메우고 있던 원고지의 모눈을 물끄러미 들여다봤다.
> 그것은, 깊었다. 원고지의 모눈과 똑같은 모양을 한 격자 밑으로 출렁이는 탁류가 보였다. 빛의 그물 같은 물결이 요염하게, 슬로모션처럼 몸을 꿈틀대는 게 보였다. 책상 속에, 아니 정확히는 원고지 밑에 지하 수로 같은 강물이 흐르고 있었다. 모형 정원을 내려다보는 것 같은 기묘한 조망이었다.

이것도 「새피리」다. 주인공의 이야기가 현실을 침식해 간다.

"아아, 반가워라. 정말 이런 문장이 있었지."

"네가 에쓰코를 만난 적이 있던가? 그 녀석, 예쁜 여자애를 보면 금세 질투하거든. 스무 살이나 나이 차가 나는 여자애하고 경쟁하려 한다니까."
"에쓰코가 누군데?"
"우리 엄마. 너 같은 애를 보면 에쓰코가 굉장히 질투할 거야."
"어째서?"
"어째서냐고 물으면 말이지, 에쓰코는 이렇게 대답해. '넌 몰라. 여자는 여자 그 자체를 질투하는 게 아니라 그 여자의 미래를 질투하는 거야. 어떤 멋진 사람을 만나서 어떤 식으로 사랑받을지 상상하지. 그리고 그 여자가 그런 식으로 사랑받는 자기의 행운에 만족하고 우월감을 맛볼 걸 상상하면서 질투하는 거야. 난 아무리 아름답고 복 받은 여자라도 감수성이 없는 여자는 질투하지 않아. 어린애라도 자기를 꼭 끌어안고 싶어지는 기쁨을 분명하게 아는 여자만 질투한다'라고 말이야."
"엄마랑 늘 그런 이야기를 해?"
"늘 하는 건 아닌데, 난 에쓰코의 쓰레기통이거든. 에쓰코는 항상 아무리 닦아도 깨끗해지지 않는 쓰레기만 내 안에 버리고 가."

"「아이네 클라이네 나흐트 무직」이구나. 난 히지리의 팬이었지."

"전 레이지 오빠요."

"아아, 그래."

작은 편지봉투를 들고 마음이 급해 나이프를 사용하지도 않고 봉투 입구의 틈에 손가락을 넣어 옆으로 미끄러뜨렸다. 그 순간, 손가락 끝이 따뜻해지는 감촉이 들더니 마치 봉투 속에서 흘러넘친 것처럼 새빨간 피가 봉투 위를 스윽 흘러 밑으로 떨어졌다.

"아."

낯모르는 누군가의 하얗게 타오르는 듯한 증오로 온몸이 덧칠된 듯한 기분이 들었다.

왼손 검지를 들자 깊게 베인 빨간 틈새에서 남천나무의 열매 같은 핏방울이 잇따라 굴러 나왔다.

"이것도「아이네 클라이네 나흐트 무직」이에요. 그 밖에도 여러 가지가 있지만 이걸 읽고 나서 뭐 눈치챈 거 없으세요?"

"뭘?"

"어째서 이렇게 실없는 부분만 기억하는 걸까 자문자답해 봤어요. 뭐, 어머니가 아직 어린 여자애를 질투한다는 이야기는 인상에 남는 장면이긴 하지만 다른 건 사실 이렇다 할 게 없잖아요. 별로 중요한 장면도 아니고 묘사가 뛰어난 것도 아니고요. 그런데도 기억에 선명하게 남은 이유는 뭘까 하고."

"그래서 뭔가 이유가 있었어?"

"네, 있었어요. 읽으면서 광경을 머릿속에 그려보고 부자연스러움을 느꼈던 부분이 기억에 남아 있었던 거예요."

"부자연스러움? 난 아무것도 못 느꼈는데."

"다시 잘 읽어보세요."

재촉하는 다카코의 목소리에 아카네는 고개를 갸웃거리면서도 몇 번이나 문장을 되풀이해서 읽었다.

"모르겠는데. 가르쳐줘."

"그럼 예를 들어서, 맨 처음 「새피리」의 부엌 장면. 제가 이렇게 도마 위에 뭔가를 써는 중이라고 해요. 도중에 멈추고 이렇게 돌아봐요. '그녀의 얼굴 오른쪽이 부엌 불빛에 하얗게 떠오르고'라고 돼 있잖아요. 즉 오른쪽으로 뒤를 돌아보고 있어요. 에토 씨가 야채를 썰다 말고 뒤에 있는 사람에게 말을 걸려고 뒤를 돌아보면서 손을 멈춘다고 생각해 보세요. 그럴 때 칼을 놓을까요?"

"아니, 대개는 계속 들고 있겠지. 이야기가 끝나면 바로 다시 썰기 시작할 테니까."

"그렇죠? 이 장면에서도 여자는 칼을 든 채 손을 멈췄을 거예요. 그런데 이쪽에 있는 주인공이 보기에 그녀의 비어 있는 손에 반지가 하나도 없다. 어때요?"

"아, 혹시……?"

"다음 장면. 주인공은 원고를 쓰고 있었다. 그리고 램프를 조금 오른쪽으로 민다. 오른쪽 뺨에 희미하게 온기가 느껴진다고 돼 있어요. 즉 램프는 주인공의 오른쪽에 있죠. 조금 밀어놓긴 했지만 처음부터 주인공의 오른쪽에 있었던 거예요. 책상 조명등이라면 옛날에 잔소리 많이 듣지 않았어요? 눈 나빠지니까 빛의 방향에 주의해라, 손그림자가 생기지 않게 해라, 하고 말이에요. 저라면 오른쪽에 조명을 두지 않아요. 오른쪽에 놓으면 제 손그림자 때문에 쓰고 있는 글씨가 잘 안 보이니까요. 왜냐하면 전 오른손잡이기 때문이에요."

"그 말은……."

"네.『삼월』의 등장인물은 왼손잡이가 많아요. 제가 무의식중에 기억한 건 하나같이 등장인물이 왼손잡이라고 추측할 수 있는 장면뿐이에요. 아까 부엌 장면에서도, 왼손에 칼을 든 사람이 손을 멈추고 오른쪽으로 돌아봤을 경우 비어 있는 손은 오른손, 그러니까 반지 하나 없는 손이죠. 원고지 장면에서도 오른쪽에서 조명을 받으며 글을 쓰고 있어요. 주인공은 왼손잡이니까요. 다른 장면들도 마찬가지예요. 봉투에 손가락을 찔러 넣고 개봉할 때, 사람은 역시 자기가 쓰는 손을 사용하겠죠. 하지만 이 애는 왼손 검지에서 피를 흘려요."

"다시 말해 작가는 왼손잡이라는 거네?"

"그래요. 제가 고양이를 키운다면 제 고양이를 보고 묘사하겠죠. 제가 변호사라면 법정소설을 쓰겠죠. 제가 오른손잡이니까 당연히 제 소설의 등장인물도 오른손잡이가 되겠죠. 괜히 멋 부리는 것도 아니고 그야말로 무슨 트릭에 사용하는 것도 아니라면, 등장인물을 모두 왼손잡이로 묘사하는 게 우연이라고 생각되진 않아요."

"그야 그렇지."

"자, 이제 다시 한번 그런 관점에서 이 세 장의 사진을 보세요. 어때요, 이 중에 『삼월』의 작가가 있나요?"

두 사람은 또다시 두 권의 책과 한 권의 잡지에 실린 사진을 자세히 들여다봤다.

원고를 쓰는 사에키 시에이. 만년필을 든 손은 오른손이다.

꽃병을 앞에 두고 검은 전지가위를 든 모로스미 미쓰오. 그도 오른손이다.

그리고 사이토 겐이치로. 성냥개비의 불을 담배에 붙이려 하고 있다. 성냥을 든 손은 역시 오른손이다.

"이게 뭐야."

아카네가 다카코를 노려봤다. 다카코는 고개를 움츠렸다.

"그래요, 이 세 사람 중에는 『삼월』의 작가가 없다는 말이 돼요."

침묵이 찾아들고 열차가 흔들리는 소리가 또다시 크게 들려왔다.

"하지만 왼손잡이는 양손을 다 쓰는 경우가 많잖아. 이 세 사람 중 누가 그렇지 않을까?"

아카네가 마음을 다잡듯이 말했다.

다카코는 작게 고개를 좌우로 저었다.

"왼손잡이를 고치는 건 대개 어렸을 때죠.『삼월』은 어른이 된 다음 쓴 작품이에요. 원고를 쓸 시점에서 왼손잡이이던 사람이 그 뒤에 오른손잡이가 될 수 있을까요? 그건 아니라고 생각해요."

"자기, 지금 자기 목을 조르고 있는 거야. 남이 모처럼 거들어 주려는데."

아카네는 불만스러운 표정이었다.

"아, 죄송해요."

다카코는 사과했다.

"얼굴을 보니 아직 이야기가 안 끝난 것 같네."

아카네는 다카코를 응시했다.

"네. 사실은 그래요."

"긴 밤이네. 술도 떨어졌고. 뜨거운 커피가 마시고 싶은데."

"자동판매기가 있을 거예요."

"캔 커피는 별로 안 좋아해. 이야기가 끝날 때까지 참지 뭐."

"아침에 도시락 파는 사람이 오니까 그때 사죠."

커피라는 단어를 들은 순간, 갑자기 다카코도 향기롭고 진한 커피가 마시고 싶어졌다. 그러고 보니 술을 마신 뒤에 커피 마시는 것을 싫어하는 친구가 있었다. 커피를 마시면 그것으로 하루가 끝났다는 느낌이 들어서라고 한다.

방 안에 긴 전신 거울이 붙어 있다. 거울 속에 커다란 검은 테 안경을 쓴 아카네의 얼굴이 보였다. 주황색 불빛 아래, 거울 속 그녀는 나른한 표정이었다.

거울 속에 남의 모습이 보일 때는 상대방에게도 반드시 자신의 모습이 보인다.

어딘가에 나오는 구절이다. 애거사 크리스티였던가? 처음 이 구절을 읽었을 때, 이유는 알 수 없지만 등골이 오싹했던 기억이 있다. 아카네에게 내 얼굴이 어떻게 보일까? 눈은 퀭하고 얼굴은 부었을 게 틀림없다. 과다한 수분 섭취로 다리가 비침할 만큼 퉁퉁 부었다. 다리를 어디에 올려놓고 싶어도 그럴 데가 없다.

애거사 크리스티가 지금 살아 있다면 무엇을 쓸까. 문득 그런 생각이 들었다. 너무 유명한 데다가 문장이 지나치게 평범하다고 요새는 그리 화제에 오르지도 않지만, 다카코는 그녀가 고딕호러 소설을 썼더라면 굉장했으리라 생각했다. 현대의 이른바 호러 작가들은 테크닉이나 이미지를 환기시키는 힘은 대단하다. 하지만 솔직히 말해서 다카코가 지금까지 진짜로 공포를 느꼈던 소설은 애거사 크리스티의 《끝없는 밤》과 《잠자는 살인》이었다. 당대의 남성 작가라면 갖은 기교를 구사하고 치밀하게 세부를 짜 독자를 압도하려 했을 것이다. 크리스티의 공포는 그런 게 아니다. 원래 크리스티라는 사람은 심리 묘사도, 풍경 묘사도 거의 하지 않는 작가이다. '여성적인 감각'을 내세우지도 않고 문장도 짤막하고 간단하다. 그런데도 마음속 밑바닥까지 오싹하게 한다. 크리스티가 빅토리아 시대의 고딕 미스터리 대작을 써주었더라면 좋았을 텐데. 상하권 두 권으로. 제목은 어떤 게 좋을까. 그녀가 좋아하는 셰익스피어에서 따올까. 아니, 심플한 제목이 좋겠다. 고풍스러우면서 모던한 제목.《비뚤어진 집》이나《엄지손가락의 아픔》같은. 그런 원고가 발견된다면 어떻게 될까? 아차, 또 편집자 근성이 나오려고 하네.

피로로 인해 온몸이 무겁게 느껴졌다. 어서 몸을 눕히라고 중력이 끈질기게 유혹했다. 하지만 의식은 또렷했다. 오히려 평소보다 더 맑았다.

거울 속 아카네는 여전히 멍하니 있었다. 이렇게 무방비한, 어린애 같은 얼굴은 처음 본다. 평소 함께 술을 마실 때와는 전혀 다른 얼굴. 여행이란 재미있다. 술집에서 하룻밤을 함께 보내더라도 아마 이런 얼굴은 볼 수 없을 것이다.

거울. 그래, 거울이다. 거울 속에는 원하지 않은 결말이 보인다.

"그 사실을 깨닫고 나서 다시 원점으로 돌아와 생각해 봤어요. 선입견도 버리고, 아무 소문도 듣지 못한 걸로 하고, 그 책을 처음 읽은 셈치고요. 제가 맨 처음 느꼈던 감에 의지해서 최초의 인상을 더듬어 봤죠."

다카코는 스스로를 설득하듯 말했다.

"에토 씨, 『삼월』을 읽고 어떻게 생각하셨어요? 어떤 사람이 쓴 책이라고 생각하세요?"

"너무하잖아. 얼른 결론을 말하라고."

"듣고 싶단 말이에요, 에토 씨의 설."

"아까 말했잖아. 미숙. 아마도 첫 작."

"그건 책에 대한 감상이죠. 그게 아니라 작가에 대해서요. 작가는 어떤 사람일까요?"

아카네는 한숨을 쉬었다.

"그러게."

내키지 않는 듯 입술을 핥고 나서 이야기를 시작했다. 니시아자부의 바에서 본 것 같은 신경질적인 눈 움직임이 나타났다 곧 사라졌다.

"우등생 타입. 주변에서는 얌전하고 진지한 성격이라고 여긴다. 하지만 사실은 감정파. 좀 불안정할 정도로 자의식 과잉이라 자기가 주위에 어떤 식으로 보이는지 늘 신경 쓴다. 사실은 주목받고 싶어 한다. 친구와 놀러 다니는 일은 거의 없다. 원래 타인에게 자신을 드러내는 일에 공포심을 갖고 있기 때문에 오랜 시간 친구와 함께 있는 걸 고통스러워한다. 아마 집과 학교를 왕복하는 게 전부. 좁디좁은 세계. 집필 당시에는 꽤 젊었다."

"싫어하다면서 술술 잘만 나오잖아요. 에토 씨, 사실은 몰래 연구한 거 아니에요?"

"시끄럽거든. 자기가 원한 대로 인상을 말해줬을 뿐이잖아."

"그러고는요?"

"글쎄. 가정적으로는 그다지 혜택받지 못한 느낌이 들어. 아마 외동일 테고 부모랑은 관계단절. 위압적인 부모일지도 몰라. 요컨대 혼자서 꼼지락대는 타입이지. 이런 여자가 학생운동으로 치닫거나 뜬금없이 물장사에 뛰어들거나 할 거야."

"어머, 지금 '이런 여자'라고 했죠? 에토 씨, 작가가 여자라고 생각하세요?"

아카네는 움찔했다. 그러나 곧 커다랗게 코로 숨을 내쉬었다.

"……응, 작가는 분명히 여자야."

이번에는 다카코가 안도의 한숨을 쉴 차례였다.

"역시 그렇구나. 역시 에토 씨도 저랑 감상이 같네요."

"그럼 자기도?"

"네. 처음 읽었을 때 인상은 '여자가 쓴 소설'이었어요."

뭣 때문에 그렇게 생각했는지는 잘 모르겠다. 그러나 처음 『삼월은 붉은 구렁을』을 읽기 시작했을 때, 다카코는 자연스럽게 여성이 쓴 문장이라 생각하며 읽고 있었다. 완성품이라 하기에는 어려운 데다 문장은 명백히 들쑥날쑥했고 기교도 고르지 못했지만, 일상생활 차원에서 보면 사실감이 느껴졌기 때문이다.

"하지만 사에키 시에이도 그렇고, 아버지의 동인지도 그렇고, 작가가 남자라는 통설이랑 증거가 줄줄이 나왔잖아요. 그래서 작가가 여자라는 말을 쉽게 꺼낼 수가 없었어요."

"그러네. 일단 유포된 고정관념을 뒤엎긴 어렵지."

"실제로 어느 쪽인지 알 수 없는 문장이 점점 늘어나고 있잖아요. 문장도 중성화가 진행돼서 문장을 보고 작가가 남자냐 여자냐를 따지는 건 완전히 무의미한 일이 돼버렸죠. 그런데 한편으로는 남자냐 여자냐 하는 문제를 전보다 더 따지게 됐어요. 그건 성별이 부가가치의 하나가 됐기 때문이에요."

"자기는 어떤 점에서 여자라고 생각했어?"

"딱히 어떤 점이라 할 건 아니고요…… 역시 전체인 것 같아요. 사물을 보는 방식이라고 할까, 아니면 거리를 두는 방식이라고 할까요. 남자는 이러니저러니 해도 시야가 넓잖아요. 사회적인 동물이고 말이에요. 하지만 『삼월』은 작가의 시야가 여자의 것이거든요. 남자였다면 보다 철두철미하게 끝까지 파고들든, 아니면 크게 다루든 했겠죠. 그런데 그 어느 쪽도 아니에요. 이런, 반경 50미터 정도의 세계에 안주하는 감각. 그런 점을 보면 역시 여자라는 생각이 들었어요."

"응, 그런 감각은 옳다고 생각해. 여자는 타인을 통해서만 거시적인 시점을 가질 수 있으니까. 의견이 일치한 건 기쁘지만, 그럼 그 세 사람은 고작 들러리였던 거야? 일부러 사진까지 챙겨 가지고 왔으면서?"

"아뇨, 그렇지 않아요. 첫인상은 여자였어도 세 사람의 글을 읽었을 땐 그중에 작가가 있다고 확신했을 정도였으니까요. 역시 『삼월』의 문장은 《백야》의 세 사람한테 영향을 받았어요. 『삼월』의 작자는 《백야》를 읽었거나 《백야》의 세 사람과 가까이 있는 거예요. 아무리 일부에서 유명했다고 해도 순수문학 동인지를 읽은 사람이 얼마나 있을까요? 작가는 아주 가까운 곳에 있었을 거라고요."

"즉 세 사람 중 누군가와 아주 가까운 여자란 이야기네."

아카네가 고개를 끄덕였다. 다카코도 같이 고개를 끄덕인다.

"네. 그걸 깨닫고 나서 다시 한번 《백야》하고 세 사람의 작품을 뒤져봤어요. 이번에는 소설이 아니라 에세이나 신변잡기, 가십 같은 걸 샅샅이 파헤쳤죠."

다카코는 회사 자료실에 틀어박혀 문예지와 잡지, 신문까지 뒤졌다. 세 사람 주변의 여성에 관한 정보를 찾아 그들을 담당했던 역대 편집자들을 쫓아다녔다.

"『삼월』이 나온 건 1975년에서 1980년 무렵이라고 돼 있죠. 당시 이십 대에서 삼십 대였던 여성을 염두에 두고 찾아봤어요. 연령 설정은 좀 불안했지만요. 조숙한 십 대였을지도 모르고, 처음 소설을 써본 오십 대 여성이었을지도 모르잖아요. 문장과 연령은 반드시 비례하는 게 아니니까요. 하지만 따지다 보면 한이 없으니까 일단 이 정도로 선을 긋자, 그런 거죠."

"그래서?"

"수확이 전혀 없었어요. 범위가 좁혀지지도 않았고 아무것도 나온 게 없었어요. 부인, 여자 형제, 친척, 여자 친구들. 순수문학 작가의 가족 구성 따위 매스컴에 등장하지 않아요. 원래 세 사람 다 사생활을 드러내는 타입이 아닌 데다 에세이도 두세 권밖에 없었어요. 단서가 너무 없어서 결국 손들었죠. 더구나 사이토 겐이치로의 부인이나 사촌 누이가 왼손잡이였는지 어디 실려 있을 턱이 없어요. 오랫동안 관계를 유지한 편집자도 그런 것까지 기억하진 못하죠. 며칠 걸려서 자료실을 홀랑 뒤엎었지만 결국 실망만 하고 끝났어요."

"그야 그렇겠지. 정말 그런 것까지 조사하는 사람은 없을 걸. 모로즈미 미쓰오 정도라면 열광적인 팬이 연구서라도 쓸지 모르지만, 그래도 교류가 있던 여자가 오른손잡이인지 왼손잡이인지 같은 문제까지 언급될 리는 없으니까. 하지만 도가키 씨, 자기 근성 있네. 솔직히 말해서 놀랐어. 젊다는 건 역시 좋은 일이네."

"젊지 않아요. 지쳤는걸요."

"지금쯤 어디서 뭘 하고 있을까, 그 작가는. 틀림없이 시치미 뚝 떼고 평범하게 살고 있을 테지."

"저도 그렇게 생각해요. 그 사람한테 처음이자 마지막 작품이었겠죠."

"뭔가의 기념이었을까? 애당초 발표할 생각이 있긴 했을까?"

"글쎄요, 어떠려나. 하지만 자비출판을 했다는 건 역시 발표할 생각이 있었던 게 아닐까요. 어느 정도의 부수를 찍었으니까 남이 읽어주기를 바랐던 건 분명하죠."

"그건 그렇지만 내 말은 그런 게 아니라, 그 책, 자기를 향하고 있잖아. 남이 읽을 걸 그리 염두에 두지 않는다는, 표현이 바깥쪽을 향하지 않는다는 느낌이 들거든. 그야 소설이니까 누군가가 읽는다는 생각은 마음 한구석에 있었겠지. 하지만 내가 이상하게 생각하는 건 『삼월』이 미스터리라는 사실이야. 예를 들어 순수문학이었다면, 소설의 무대가 작은 상자 안이든, 사방이 절벽으로 가로막혔고 사람은 단 한 명도 없는 세계든 상관없지. 하지만 미스터리는 반드시 관객이 지켜보는 무대에서 연기되는 거라고. 순수문학이라면 철두철미하게 자기 자신만을 위해 써도 상관없어. 하지만 미스터리는 그런 일이 용납되지 않거든. 뭔가 단단히 착각한, 기괴망측한 '안티 미스터리'는 예외로 하고, 추리소설은 그 성질상 반드시 독자의 이해와 의식을 어딘가에 가정하면서 써야 한단 말이지. 그런 제약이 있으니까 재미있는 거지만. 추리소설만큼 제삼자의 눈을 신경 쓰면서 쓰는, '밖을 향한' 소설은 없다고. 그런데 『삼월』에는 그런 부분이 없어. 관객은 부재하는데, 존재하지 않는 관객의 의식은 가정돼 있다. 그런 점이 묘해."

"아, 네, 무슨 말인지 알 것 같아요."

다카코는 크게 고개를 끄덕였다.

『삼월』에는 기묘한 위태로움이 있다. 이제 막 피기 시작한 커다란 꽃송이에 그윽한 향기가 감돌라치면 이미 뿌리부터 썩어든 듯한. 읽다 보면 커다란 상처가 당장이라도 쩍 벌어져 치명상이 될 것 같아 마음이 조마조마하다.

"정말로 작가를 찾아내고 싶어?"

아카네가 조용히 물었다. 안경 속에서 커다란 눈동자가 이쪽을 바라보고 있었다.

다카코는 멍하니 시선을 받아냈다.

아카네는 목뒤로 깍지를 끼고 소파 등받이에 몸을 기댔다.

"이쯤 하면 됐잖아. 그 책은 영원히 소문이니까 재미있는 거야. 도가키 씨 기억력엔 정말 감탄했지만, 지금 다시 한번 읽는다고 재미있을 거란 보장도 없다고. 상당히 설득력 있는 카드였어. 아마 지금까지 나온 중에 가장 진실에 가깝지 않을까. 어디 가서 이야기하면 분명히 평판을 얻을걸."

"에토 씨는 작가를 알고 싶지 않으세요?"

다카코는 망설이며 물었다.

입을 다물고 있던 아카네는 곧 작은 목소리로 대답했다.

"알고 싶긴 하지만 역시 알고 싶지 않아. 애걔, 하고 김새는 결과가 돼버려서 마법이 풀릴까 봐 무서워. 시시하잖아. 열중해서 읽고 있던 대장편이 끝나면 서운하다고."

아카네의 기분도 모르지는 않았다. 다카코 마음속에서도 가끔 이대로 놔두어야 한다는 목소리가 들려왔다. 하지만 일단 달리기 시작한 야간열차는 멈추지 않는다. 열차는 시시각각 목적지를 향해 달리고 있다. 다카코 안에 있는, 불붙은 숯덩이처럼 어두운 뭔가는 이미 구르기 시작했다.

"이해는 하지만요."

다카코는 면목 없다는 듯 중얼거렸다.

"하지만 저 알아내고 말았거든요, 작가가 누군지."

아카네는 족히 10초는 침묵했다.

"……뭐라고?"

다카코는 어떤 표정을 지어야 할지 알 수 없었다. 울면서 웃는 것 같은, 한심한 표정이 된 것을 스스로도 알 수 있었다.

"정말이야?"

아카네가 눈을 크게 뜨고 몸을 앞으로 내밀었다. 다카코는 반사적으로 뒤로 물러났다.

"네. 아마도. 밝혀낸 것 같아요, 제 생각으론."

다카코는 우물쭈물했다.

아카네는 뚱한 표정을 지었다.

"아직 이야기가 남아 있었군."

"네, 실은 그래요. 그만둘까요?"

머뭇머뭇 눈치를 살피는 다카코와 달리 아카코는 기세등등했다.

"들어봅시다."

또다시 소파에 몸을 던지듯이 기대고 팔짱을 끼더니 턱을 치켜들었다.

다카코는 주뼛대며 이야기를 시작했다.

"실은 맥 빠지는 결말이에요. 의외의 반전도, 모든 걸 꿰뚫는 신과 같은 논리도 없어서 미스터리 팬으로선 좀 한심하지만요. 어쨌거나 계기가 단순한 우연이었으니 말이에요."

다카코는 가방 밑바닥에 들어 있던 파란색 클리어 파일에서 작은 종이쪽지를 꺼냈다.

"이걸 봐주세요."

술병에 달려 있던 작은 설명서였다.

다카코는 일본주를 좋아한다. 자연히 친구들은 여행을 가면 각지의 토주를 사다 주었다.

바로 한 달 전 일이다. 마쓰에와 이즈모에 출장을 다녀온 대학 시절 친구가 토주 한 병을 가져왔다. 친구도 시간이 없었기 때문에 현縣의 자치단체가 운영하는 큰 파일럿숍에서 눈에 띄는 것을 사 왔다고 했다.

'가미아리사케'라는 심플한 라벨이 붙은 녹색 병이었다.

10월은 간나즈키神無月라고 하는데 온 일본의 신들이 모여들기 때문에 이즈모에서만은 가미아리즈키神在月라고 한다는 것은 유명한 이야기다. 거기에서 따온 이름일 것이다.

토주의 라벨이나 금색 고무줄로 병목에 걸려 있는 반으로 접힌 작은 팸플릿을 읽는 것은 즐겁다. 다카코도 늘 하던 버릇대로 작은 설명서를 병에서 벗겨내 읽기 시작했다.

《백야》에서 다카코가 추려낸 세 사람 중 한 명의 이름을 발견했을 때는 오, 이런 곳에 이 사람이 글을 쓰다니, 하고 생각했을 뿐이었다. 향토 상품의 팸플릿에 그 고장 출신 명사가 홍보문을 쓰는 것은 곧잘 있는 일이다. 그는 술에 까다로운 사람으로 유명하니 이 술은 기대해도 되겠다고 생각한 게 고작이었다. '좋은 술일수록 맛이 물에 가깝다'는 말이 유행하면서 근래 들어 '맑고 깨끗한 맛'을 내세우는 술이 늘었다. 토주도 예외는 아니다. 그런데 '맛이 물에 가깝다'가 아니라 정말 맹물을 잔뜩 섞은 술이 대량으로 유통되고 있다며 동네 술집 주인이 화를 낸 적이 있었다. 일본주다운 일본주는 오늘날 여간해서는 만날 수 없다.

다카코는 무심히 설명서를 읽었다.

그런데 다 읽은 순간 머릿속에서 뭔가가 찌릿했다. 순식간에 온몸의 피가 역류했다.

이건, 혹시.

머릿속이 뜨겁게 달아오르고 혹시, 혹시, 하는 목소리가 뱅글뱅글 맴돌았다. 마음을 가라앉히려고 작게 심호흡했다.

다카코는 다시 한번, 떨리는 손으로 짧은 글을 읽었다.

거기에 그녀가 오랜 시간 찾아 헤매던 답이 적혀 있었다.

아카네는 얼마 동안 작은 연보랏빛 종이에 손을 대려 하지 않았다.

온몸이 굳은 것처럼 종이를 바라보고 있었다. 우둘투둘한 일본 종이의 바탕에 운문雲紋이라 불리는 소용돌이치는 구름 문양이 인쇄되어 있었다. 옆에 놓인 독실의 카드 키와 똑같은 무늬라 둘이 꼭 무슨 세트 같았다.

"읽어보세요."

다카코는 낮은 목소리로 말했다.

아카네는 주저했다. 좀처럼 손을 뻗으려 하지 않았다.

다카코는 종이를 집어 펼쳐 아카네에게 내밀었다.

겁먹은 듯 다카코의 얼굴을 본 아카네는 마침내 결심한 듯 종이를 받아 들었다.

신은 가주佳酒와 함께 있어

처음 소설을 쓰기 시작했을 무렵, 나는 지금과는 다른 필명을 썼다. 두 딸이 태어난 달의 이름을 이어 붙였을 뿐인 실로 안이한 필명이었다.

간나즈키. 우리 고향에서는 가미아리즈키라고 한다. 의미하는 바를 생각하면 생각할수록 그들의 이미지가 시공을 넘어 다가든다. 그 이름을 입에 올릴 때마다 내 안에서는 달이 날고, 구름이 노래한다.

이 술은 꽤 오래전부터 지인에게 여러 번 선물 받았으나 입을 댈 기회가 좀처럼 없었다. 그런데 당시 아장아장 걸음마를 하던 딸아이가 밤이면 밤마다 홀로 반주를 들며 만취하는 아비의 생태를 매일 관찰했기 때문인지, 이윽고 저물녘이 되면 부엌에 늘어선 한됫병을 끌고 오게 됐다. 타고난 좌당左党*인 딸아이가 어느 날 밤 끌고 온 것이 이 술이다. 그 이래로 이 술은 내가 어디에 살고 있어도 이즈모의 신들과 함께 나의 방에 있다.

모로즈미 미쓰오

끝까지 읽은 다음에도 아카네는 얼마 동안 글을 물끄러미 바라보고 있었다.

마른침을 삼키며 지켜보던 다카코는 아카네가 자신과 같은 결론에 도달한 것을 감지하고 갑자기 가슴이 벅차올랐다.

---

* 왼손잡이. 주당, 술꾼을 뜻하기도 한다.

아카네와 함께 방금 하나의 작은 여행을 끝낸 것이다.

아카네가 작게 한숨을 쉬었다. 그녀가 수긍했다는 것을 알 수 있었다.

"모로즈미 미쓰오의 딸이었군."

"둘째 딸이 태어나고 3년 정도 됐을 때 이혼했답니다. 두 아이를 모두 부인에게 넘기고 몇 년 뒤에 재혼했죠. 소설을 쓰기 시작한 건 그때부터 또 10년 정도 지나서고요. 전 줄곧 그 사람한테 자식이 없는 줄 알았거든요. 헤어진 부인하고 낳은 아이일 줄은 몰랐지 뭐예요. 그러니 좀처럼 이름이 나오지 않을 만도 하죠. 이 왼손잡이 딸은 야요이 씨래요. 집필 당시에는 스물둘, 셋 정도였겠죠. 모로즈미 미쓰오는 지금은 기타큐슈에 사는데 야요이 씨는 남편과 함께 이즈모에 산다더군요."

야요이. 그녀 또한 자기 이름을 넣어 작품을 쓴 것이다.* 아버지의 소설을 그녀는 어디서 알게 됐을까. 아버지의 소설을 읽는다는 것은 감수성이 풍부한 시기의 소녀에게 가슴 설레는 체험이었을 것이다. 게다가 아버지의 필명은 자신과 관계된 이름이다. 어떤 상상을 하며 소녀 시절을 보냈을까?

이윽고 그녀는 아버지의 필치를 흉내 내어 소설을 쓰게 된다. 먼 곳에 있는 아버지와 같은 세계를 공유하게 된다.

---

* 야요이彌生는 일본어로 3월을 가리킨다.

"주소는 알아?"

"네. 예전 담당자에게 수첩을 뒤져봐 달라고 해서 찾아왔어요."

"약속은 잡았고?"

거기서 다카코는 숨을 후우 들이마셨다.

"아뇨."

"뭐라고?"

아카네가 소리를 질렀다.

"쉿."

다카코가 당황해 집게손가락을 들었다.

"그렇게 큰 소리를 내면 어떻게 해요."

"큰 소리 낼 만한 말을 하니까 그런 거야. 그러니까 뭐야? 상대방의 일정이 어떤지, 어떤 상황인지 전혀 모르는 채로 느닷없이 이렇게 야간열차를 타고 이즈모까지 간다는 말이야?"

"맞아요."

"이제까지 그 주도면밀한 추리와 조사의 결말이 겨우 이거야? 맙소사, 치밀하고 냉정한 도가키 다카코의 이름이 울겠네."

아카네는 어이없다는 표정이었다.

"하지만 그거야말로 냉정하게 생각해 보세요. 책을 쓴 지 20년도 더 지나서 '당신이 그 책을 쓴 작가시죠? 꼭 이야기를 나누고 싶습니다' 하고 도쿄에서 전화가 온다고 순순히 '아, 그러세요? 네, 맞아요, 저예요' 하고 만나줄 것 같으세요? 지금까지 완벽하게 숨겨왔는데? 방법은 기습밖에 없어요. 행락 철도 아니고 조용히 생활하는 부부 같으니까 이번 주말에는 집에 있을 거라고 점친 거예요. 절박한 표정의 여자 두 명이 짐을 끌어안고 '도쿄에서 왔습니다' 하면서 나타나면 얼렁뚱땅 집 안에 들어갈 수 있는 가능성이 높지 않겠어요?"

"뭐야, 속았잖아."

아카네는 고개를 빙글빙글 돌렸다. 말은 그렇게 하면서도 얼굴은 개운한 표정이었다.

"조마조마했다고."

다카코를 노려보며 작게 하품했다. 다카코도 덩달아 하품했다.

열차는 속도를 줄이는 중이었다. 얼마 전부터 시내에 들어선 기척이 있었다. 열차는 이윽고 덜거덕덜거덕 소리를 내며 멈춰 섰다.

둘이서 눈을 슴벅거리며 커튼을 걷어봤다.

끄트머리부터 밝아오기 시작한 푸른 밤하늘 속 역 이름은 교토였다.

아직 술 냄새가 남은 방을 재빨리 치우고 두 개의 좁은 침상을 정돈하고 나서 두 사람은 잘 자라는 인사도 하는 둥 마는 둥 담요 속으로 기어들었다. 여전히 심하게 흔들리는 탓에 벽에 몸이 부딪히기도 하고, 또 머릿속이 뜨겁게 달아올라 있기도 해서 다카코는 쉽사리 잠이 들지 못했다.

아카네는 벌써 잠이 들었을까?

천장을 올려다봤지만 아무런 소리도 들리지 않았다. 아카네도 야요이에 이르기까지의 과정을 반추하며 천장을 쳐다보고 있을까.

마법과 같던 밤은 이제 곧 끝나려 하고 있었다. 긴 것 같기도 하고 짧은 것 같기도 한 불가사의한 밤이었다. 눈을 감으며 다카코는『삼월은 붉은 구렁을』을 둘러싼 자신의 긴 여행도 이제 얼마 남지 않았음을 점점 실감했다. 만족감과 허탈감, 여행이 끝나면 어떻게 될까 하는 불안이 뒤섞여, 서서히 잠에 빠져드는 온몸에 파고들었다.

드디어 만날 수 있어. 당신을 만날 수 있어.

작은 행복감에 휩싸여, 입가에 미소까지 띠고 누군가에게 그렇게 말을 걸었다. 그러면서 다카코는 이 '당신'이 대체 누굴까 하고 마음속에서 고개를 갸웃거렸다.

야요이? 미쓰오? 그도 아니면 아버지일까?

안도. 피로. 기대. 흥분. 잠에 빠져들면서도 다카코는 자기 안에『삼월은 붉은 구렁을』과 함께 봉해져 있던 여러 감정이 해방되어 흔들흔들 떠올랐다가 사라지는 것을 꿈속에서 느끼고 있었다.

얼마나 잤을까. 뭔가 무거운 물건을 실은 운반차가 지나가는 기척이 났다.

부드러운 여성 판매원의 목소리에 간사이에 왔다는 것을 실감했다.

천장이 덜컹 흔들렸다. 삐걱삐걱 소리가 나더니 검은 그림자가 가벼운 몸놀림으로 창문에 붙은 사다리를 재빠르게 내려왔다.

눈꺼풀이 무거워 눈이 떠지지 않았다.

"안녕하세요. 도시락 주세요. 커피도 있나요?"

일어나자마자 기운 넘치는 아카네의 목소리. 세상에, 또 먹어? 다카코는 잠에 취한 머릿속으로 소리쳤다.

"도가키 씨, 도시락 샀어."

아카네의 목소리가 들렸다.

"배불러요……."

밤새도록 이야기한 탓에 한껏 잠긴 목소리로 대답하자 아카네가 야단쳤다.

"그럼 못써. 아침을 제대로 먹어야 어제 마신 술을 배출하지."

술이라는 말을 들은 것만으로도 속이 조금 메슥메슥해졌다. 다카코는 두 번 다시 이런 술고래와 똑같은 속도로 마시지 않겠다고 마음속으로 굳게 다짐했다.

"커피가 뜨거워서 맛있을 것 같은데."

이번에는 살살 어르는 목소리다. 요컨대 얼른 일어나 침대를 접고 테이블을 만들라는 뜻이다.

"커피."

멍하니 중얼거리고 휘청휘청 몸을 일으켰다. 온몸이 말 그대로 삐걱거렸다. 침대에서 떨어지지 않으려고 긴장한 탓인가 보다.

눈을 거칠게 비비고, 머리를 흔들고, 세차게 눈을 깜빡이고 나서야 겨우 눈이 떠졌다. 머리도 유카타도 부스스하게 헝클어져 있다. 얼굴은 또 얼마나 굉장할까. 눈꺼풀도 머리도 무겁다. 온몸이 과다한 수분 섭취로 뿌득뿌득 부은 것을 알 수 있다. 이 얼마나 건강하지 못한 하룻밤인가. 바닥에 한데 모아놓은 스낵 과자의 잔해를 보고 많이도 먹었다 싶어 몸서리쳤다.

다카코가 일어난 것을 확인한 아카네는 담요와 시트를 냅다 벗겨내고 순식간에 소파를 조립하기 시작했다.

"가서 세수하고 오셔."

두 발을 바닥에 내려놓고 몽롱한 정신으로 검은색 폴로셔츠로 갈아입는 다카코에게 아카네가 타월을 안겼다.

열차가 흔들리는지 잠이 덜 깼는지 분간이 안 되는 채 다카코는 통로로 나섰다. 운동복 차림의 중년 남자와 엇갈려

지나친 다음에야 겨우 성인 여성으로서의 자각이 살아났다.

통로의 커다란 차창 너머로 흐린 하늘 아래 전원 풍경이 펼쳐져 있었다. 낮게 드리운 하늘에서 빗방울은 떨어지지 않았지만 뭔가 어두침침한 것이 구름 위에서 꿈틀거리는 느낌이었다.

환상적인 밤은 이미 흔적도 남아 있지 않았다. 있는 것은 아침뿐. 인간이 삶을 영위하기 위한 생산활동의 시간이 창밖에서도 느껴졌다.

그래, 오늘은 활동하는 날이다. 사색과 추리의 여행은 이제 끝. 남은 것은 오직 전진뿐이다. 다카코는 자신을 북돋아 주었다. 세면장 거울 앞에서 끄응 소리를 내며 기지개를 켰다.

거울 속으로 갈색 모자가 스윽 지나갔다.

어라, 옆방 사람이다.

얼마 지나 통로를 내다보니 자세가 구부정한 남자는 천천히 걸어가고 있었다. 방으로 들어가지 않고 그대로 지나쳐 모퉁이를 돌아 사라졌다.

다카코는 자신들의 방을 지나 옆방을 엿봤다.

문이 열려 있었다. 침대는 깨끗이 정돈됐고 방 주인은 이미 짐을 내간 다음이었다.

어디서 내리는 걸까. 묘한 사람이었어. 그나저나 어디서 본 것 같은데…….

다카코는 의아해하며 방으로 돌아갔다.

방 안에 커피 향이 가득했다. 완전히 아침을 맞은 방이다.

아카네는 벌써 옷을 갈아입고 화장까지 끝낸 다음 지도와 가이드북을 체크하는 중이었다.

으음, 이 뛰어난 풋워크, 나도 배워야 되는데.

생각은 그렇게 했지만 다카코는 비틀비틀 의자에 주저앉는 게 고작이었다. 아카네가 커피를 건넸다.

뜨거운 커피를 마시니 겨우 살아난 기분이 들었다.

"집은 어디쯤이야?"

"이즈모 대사大社 근처예요. 이즈모역에서 버스로 20분쯤 걸릴걸요."

"자, 그럼 어떻게 할까. 우선 맨 먼저…… 아, 하지만 이즈모에 도착하는 게 11시쯤이니 딱 점심시간에 가게 될 텐데, 아무리 기습이라지만 좀 폐가 될 것 같은데."

"토요일 오후라 외출 중일지도 모르겠네요."

"기껏 여기까지 왔는데 집에 없더라도 한 시간 간격으로 몇 번 찾아가 보면 될 테지. 이웃 사람을 붙잡을 수 있을지도 모르고. 그리고 편지를 준비해서 현관에 끼워두는 거야."

아카네가 비닐 케이스에 든 편지지 세트를 재빨리 꺼냈다.

"자, 혹시 집에 없을 때를 대비해서 편지를 써둬. 주택가에서는 테이블로 쓸 만한 걸 찾기 어려우니까. 명함도 넣고."

"이 시점에서 출판사 사람이라는 걸 밝히는 건 좀 그렇지 않아요?"

"신원을 밝히지 않는 게 훨씬 더 곤란하지. 상대방이 뭔가 털어놔 주길 바란다면 우리처럼 아무런 권세도 재력도 없는 인간은 그냥 전부 솔직하게 드러내고 성의를 보이는 게 제일이야."

아카네는 도시락 뚜껑을 열더니 덥석덥석 먹기 시작했다. 보기만 해도 속이 메슥거렸다.

"뭐지, 그 역겨워하는 것 같은 얼굴은."

째려보는 시선에 다카코는 저도 모르게 트림이 나왔다.

"정신 차려. 이제부터 우리는 세기의 비밀을 밝히러 가는 거잖아. 20년 동안 침묵을 지켜온 완고하고 자존심 센 여자의 껍데기를 깨부수려는 거야. 그러니 배를 든든히 채워둬."

"네, 저, 좀 있다가요."

자기 몫의 도시락을 힘없이 테이블 한쪽으로 밀어놓고 다카코는 커피를 후루룩 마셨다. 무심히 창밖으로 눈길을 돌렸다.

"아, 바다다."

아카네도 덩달아 창밖을 돌아봤다.

초여름 나무들 사이로 회색 수평선이 보였다.

"정말이네. 나카우미*일까."

"어, 동해 아니에요?"

---

* 일본 시마네현과 돗토리현에 걸쳐 있는 호수.

"그런가, 나카우미는 요나고 지나서였지."

두 사람은 지도를 들여다봤다.

창밖으로 보이는 바다가 먼 곳에 왔다는 느낌을 한층 더 했다.

아침식사를 마치고 이즈모에 도착하기까지의 몇 시간은 빠끔히 빈, 목가적인 시간이었다. 두 사람은 말도 하지 않고 그저 멍하니 앉아 있었다. 그러다 통로에 서서 짙은 푸른색 논밭을 바라보기도 하고, 보고 있던 원고를 읽기도 하고. 마치 이미 돌아가는 길의 열차 같았다.

평소의 불규칙한 생활 탓에 주말 오전을 대부분 진흙탕 같은 수면에 빼앗기는 다카코에게 아침 시간이 이렇게 길다는 것은 놀라운 발견이었다. 이 시간을 유효하게 쓰면 청소도 하고 신간도 한 권은 더 읽을 수 있을 텐데. 여느 때와 속도가 다른 시간. 짐을 꾸리고 나니 한가한 나머지 하품이 나왔다. 벌써 한바탕 일을 마친 기분이다. 어느새 꾸벅꾸벅 조는데 차내 안내 방송이 종점을 고했다.

아담한 역이었다. 좀 더 고풍스러운 역을 상상했건만 의외로 수수하고 꾸밈없는, 이웃집 아주머니처럼 실속 있는 역이다. 대합실 플라스틱 의자에는 열차를 기다리는 사람들이 느긋하게 앉아 있었다.

역 앞에 작은 교차로가 있었다. 버스가 다니는 도로가 바로 앞을 가로질렀다.

"저쪽이 버스 정류장인가 봐."

아카네가 가리키는 방향에 지붕으로 덮인 한 줄짜리 버스 터미널이 있었다.

두 사람은 그쪽으로 가봤다. 이즈모 대사행 버스는 금세 왔다.

직장인과 학생 틈에 섞여 버스에 올라탔다. 공기는 축축하고 후텁지근했다. 하늘은 여전히 나지막하게 드리워져 있다. 반대편에서 오는 차량도 많지 않은 널찍한 포장도로를 버스가 천천히 나아갔다.

작은 강은 수량이 많고 수위도 높았다. 하얀 헬멧을 쓴 중학생들이 자전거를 타고 지나갔다.

"쟤들, 어째서 이런 시간에 돌아다니는 거지? 땡땡이치는 것 같진 않은데."

"지금 혹시 시험 기간일까요. 중간고사란 거 있었잖아요."

"그러고 보니 그런 게 있었네. 너무 옛날 일이라 생각도 안 나."

"착실했죠, 중학생은."

"두 번 다시 안 하고 싶어."

아카네는 내뱉듯이 말했다.

기분 탓인지 가정집 뜰에도 소나무가 많은 것 같았다. 보기 좋게 손질된 것도 많다. 아름다운 푸른 소나무를 보니 다른 문화권에 들어왔다는 기분이 들었다.

천천히 전원 풍경 속을 달려가는 버스 앞으로 완만하고 봉긋하게 솟은 산들이 다가왔다. 낮게 드리운 구름에 몸을 움츠리고 발랑 누운 듯한, 온갖 신들이 살고 있을 것 같은 산들이다.

거대한 석조 도리이*가 보이기 시작했다. 완만한 경사를 이루는 검은 기와지붕들 사이로 머리 하나만큼 솟았다.

소나무가 늘어선 돌층계를 올라가자 산의 품에 안긴 신사 참배 길이 시작됐다.

두 사람은 야요이를 찾아가고 나서 신사에 갈지, 아니면 참배를 하고 나서 야요이의 집으로 갈지 망설였으나, 혹시 운 좋게 집 안에 들어가 여유 있게 이야기를 듣게 될 경우를 대비해 참배를 먼저 마치기로 했다.

긴 참배 길 끝에 나타난 신사는 그곳에 이르기까지 인적이 없던 것과는 달리 관광버스를 타고 온 관광객들로 북적였다. 그곳만이 뚜렷하게 색이 짙고 유난히 현실적이었다. 어딘가와 비슷하다 싶었더니 하라주쿠의 메이지 신궁과 비슷하다. 너무나도 거대하고, 너무나도 유명하고, 큰 기업과 전혀 차이가 없다. 수완 좋은 사업가가 운영하고 있다는 관리의 냄새가 이 현실감의 원인일까. 참배 길의 신비스러운 분

---

* 신사 입구에 세운 기둥 문.

위기에 매료되어 있었던 만큼 너무 다른 경내 분위기에 당황했다. 하긴 일본의 신은 원래 타산적이고 세속적인 존재이기는 하지만.

진지한 태도로 참배를 하고 나서 제비 점을 쳤다. '분실물, 나옴', '여행, 좋음'이라는 점괘를 보니 다카코는 어쩐지 안심이 됐다.

"제비의 문구도 재미있지."

아카네가 제비를 유심히 들여다보며 중얼거렸다.

"소원, 결혼, 이전, 병, 이 부근은 알겠는데, '분실물'이랑 '기다리는 사람'은 잘 모르겠단 말이야. 어렸을 때부터 이상했어. 무슨 의미가 있는 걸까. 연애 관련일까?"

"『삼월은 붉은 구렁을』이야기예요."

"그렇구나."

"'분실물'이 나올까요?"

"지금으로선 그럴 것 같은데."

한바탕 쏟아질 것 같은 무더위였다.

농을 주고받던 두 사람도 어느새 입을 다물고 번지수에 의지해 야요이의 집을 찾기 시작했다.

졸린 듯이 고요한, 백일몽 같은 주택가가 펼쳐져 있었다.

끝없이 이어지는 검은 기와지붕. 완만하게 굽이진 길. 좁은 뒷골목. 손수 만든 우유 배달통. 스쳐 지나가는 고양이.

그리 인적 없이 조용해도 안쪽에서 인간이 생활하는 기척이 느껴졌다. 어두운 가게 앞에 흔들리는 발. 그 너머를 가로지르는 사람 그림자가 시야 끄트머리를 스쳤다.

얼마나 많은 사람이 이 거리에 있을까.

다카코는 문득 수많은 사람이 집 안에서 조용히 살고 있는 모습을 상상했다.

그중 어딘가에 그녀가 살고 있는 것이다.

그런 생각이 들자 심장이 걷잡을 수 없이 두근거렸다.

두 사람은 차츰 흥분하기 시작했다. 겉으로는 태연한 척 우편함에 쓰인 주소를 확인하면서도 찾고 있는 번지가 가까워질수록 눈에 띄게 말수가 줄었다.

이제 곧. 이제 곧 만날 수 있어.

마음은 조급한데도 한편으로 두 사람의 발걸음은 되레 무거워졌다. 만나고 싶은 것 같기도 하고, 만나고 싶지 않은 것 같기도 했다.

대체 어떤 여자일까? 미쓰오를 닮았을까?

다카코는 맨 처음 할 말을 찾고 있었다. 뭐라고 말을 꺼낼까.

모로즈미 씨 따님이신가요?

느닷없이 가족관계부터 시작하면 결례가 되려나.

몇 해 전부터 당신을 찾고 있었어요.

그래, 이런 노선이 좋겠어.

드디어 뵙게 됐네요.

이건 진부하고.

어느 책에 관해 말씀드리러 도쿄에서 온 사람입니다.

경계하려나?

온갖 말이 떠올랐다 사라졌다. 초인종을 누른다. 어두운 집 안에서 가벼운 발소리가 들린다. 처음 보는 두 여자가 현관 앞에 서 있는 것을 보고 당혹을 감추지 못하는 여자. 그녀에게 말을 거는 다카코. 품위 있는 초로의 여성이라는 느낌은 있는데 아무리 애써도 얼굴은 빠끔히 빈 채 메워지지 않는다.

아카네는 줄곧 말이 없었다. 내내 고개를 수그리듯 하며 걷고 있다. 역시 그녀는 『삼월』을 그냥 가만히 놔두고 싶은 걸까.

동네는 어디나 매우 조용했다. 이른 오후, 식사를 막 마친 참인지 다니는 사람도 거의 없다. 온 동네에 흐르는 완만하고 나지막한 톤에 두 사람이 걷는 템포까지 빨려 들어갈 것 같았다.

멀리서 어렴풋이 천둥소리가 들린 듯했다.

시간이 지남에 따라 다카코는 조금씩 초조해지기 시작했다.

그들이 찾는 번지가 보이지 않았다.

연속해서 이어져야 할 번지수가 훌쩍 건너뛰어 여기쯤이겠거니 하고 가보면 이미 다른 동네에 들어와 있었다.

"이상하네."

고개를 갸우뚱하는 다카코에게 아카네가 물었다.

"구획 정리라도 하는 걸까?"

"그렇진 않을 거예요. 다른 번지는 그대로 남아 있으니까요. 제가 주소를 잘못 알아온 걸까요. 하지만 그 집, 모로즈미 미쓰오의 생가란 말이에요. 그 사람이 거기 살던 무렵 엽서를 보고 베껴 적은 거라 틀릴 리 없을 텐데."

마음 틈바구니로 검은 불안이 숨어들었다.

혹시 자신의 설이 틀린 걸까. 우연히 부합되었을 뿐 결국 착각에 불과했을까. 이 여행 자체가 단순한 어릿광대짓으로, 지금까지 여러 편집자가 되풀이해 온 헛수고의 하나로 묻혀 버리고 마는 걸까.

아침에 느꼈던 흥분은 간데없이 불안이 점점 부풀어 올랐다.

언젠가 아카네와 얼굴을 붉히며 이 여행 이야기를 하는 모습이 눈에 선했다. 잘못된 가설을 층층이 쌓아 올려 근거 없는 확신으로 폭주했던 창피한 기억으로. 문득 부끄러움이 치밀었다. 그렇게 잘난 척해 놓고. 어젯밤 열차에서 주고받은 대화마저도 창피해 견딜 수가 없었다.

몇 번이나 같은 곳을 빙빙 돌던 다카코는 어떻게 해야 좋을지 알 수 없게 됐다.

동네 전체가 완만하게 경사져 있어서 목적하는 번지를

찾아가다 보면 매번 작은 언덕 위에 있는 아담한 절이 나왔다. 급기야 다카코는 그곳에서 아까부터 계속 경내를 쓸고 있던 여자에게 말을 걸었다.

"저, 말씀 좀 여쭤보겠는데요. 이 근처에 다다노 야요이 씨란 분이 사신다고 들었습니다만, 혹시 아시나요?"

여자는 조금 놀란 표정을 지었다.

"야요이 씨 친척분이신가요?"

거꾸로 되물었다.

"아닙니다. 말씀을 여쭈러 도쿄에서 왔는데요."

"아아, 아니군요."

말투에서 애석한 듯한 뉘앙스를 감지하고 다카코는 불길한 예감이 들었다.

"야요이 씨는 여기 안 사시나요?"

여자는 주저하더니 곧 머뭇머뭇 말했다.

"벌써 몇 년 전부터 본 사람이 없어요."

"네?"

다카코는 귀를 의심했다.

여자가 띄엄띄엄 이야기해 준 바에 따르면, 야요이는 스무 살 가까이 연상인 남편과 조용히 살고 있었다. 두 사람이 어떻게 생계를 이었는지는 잘 알 수 없었으나, 야요이에게 재산이 있어 그것으로 먹고사는 듯하다는 게 주변의 공통된 의견이었다.

그런데 남편이 뇌경색으로 쓰러져 거동을 못 하게 되고 얼마 뒤 야요이는 아무도 모르게 모습을 감추고 말았다.

버림받은 남편은 쇠약해져 말도 할 수 없게 된 상태로 발견돼 시설에 수용됐고, 집은 사람이 살지 않는 빈집이 됐다. 다다노가를 찾는 사람은 아무도 없고 야요이의 행방도 여전히 알 수 없는 채, 집은 황폐할 대로 황폐한 폐가로 변했다.

다카코는 암담한 기분이 들었다.

아닌 게 아니라 야요이는 존재했다. 하지만 이 비참한 결말은 뭘까.

듣지 않았으면 좋았을걸. 다카코는 순간 괜히 이곳에 왔다고 후회했다.

"집이 있는 곳을 가르쳐주실 수 있나요?"

여자가 가르쳐준 곳에 가보고 놀랐다. 거의 남의 집 처마 밑을 지나듯 좁디좁은 사도私道를 통과해 나오는 안뜰 같은 곳에 집이 있었다. 누가 그곳이라고 알려줘도 선뜻 들어가지 않을 것 같은 통로였다. 찾지 못한 것도 당연했다.

어둑어둑한 골목길을 빠져나가자 뜻밖에 넓은 공간이 나왔다. 빠끔히 비어 있는 잊힌 공간에 주인을 잃어 황폐해진 폐가가 조용히 남아 있었다. 소박한 단층 목조가옥이다. 어째서 사람이 살지 않는 집은 창유리가 깨지는 걸까. 아이들이 들어와서 놀기 때문일까? 먼지가 새하얗게 쌓인 유리창은 여기저기 깨졌고 집 안은 컴컴했다. 녹슨 빨간 우편함, 마당에 굴러다니는 새장, 처마 밑에 걸린 철제 옷걸이. 그 모든 게 사람이 살지 않게 된 뒤로 오랜 세월이 흘렀음을 증명하고 있었다.

집 주변에는 잡초가 자라고 있었지만 그래도 누가 정기적으로 풀을 뽑아주는 게 틀림없었다. 그렇지 않으면 이런 시기에 이 정도밖에 자라지 않았을 리 없다. 전통적인 지역 공동체가 기능하고 있음을 짐작할 수 있었다.

집 앞에 나무 한 그루가 있었다.

잘은 몰라도 벚나무 같다. 뒤에서 서서히 시간에 짓눌려 썩어가는 집과 달리, 굵직한 가지에는 눈부시게 파릇파릇한 잎사귀가 무성했다. 집의 영양분을 모조리 빨아들인 것처럼 보이기도 했다. 어차피 인간이 만든 것 따위 식물에게 이길 수 없다. 그 잔혹한 대비에, 그곳에 살고 있던 야요이의 운명이 점점 더 애처롭게 느껴졌다.

두 사람은 눈앞에 보이는 살벌한 풍경에 망연히 서 있었다.

다카코는 비틀비틀 한 발짝 앞으로 나섰다.

"……이런 결말은 너무하지 않아요?"

누구에게랄 것도 없이 중얼거렸다.

"뭐, 현실 따위 어차피 이런 거야."

아카네는 담담한 목소리로 말했다.

"하지만 『삼월은 붉은 구렁을』의 수수께끼에 답을 구하는 여행으로선 어울리는 결말일지도 몰라. 작가라고 생각했던 인물은 행방불명. 진실은 영원히 어둠 속. 과연 그 여자가 책을 썼는지 아닌지는 여전히 수수께끼. 이렇게 해서『삼월』은 또 하나의 가능성과 에피소드를 갖게 된 거야."

아카네는 담배와 성냥을 꺼내 한 손으로 재빨리 불을 붙였다.

다카코는 멍하니 담배 연기를 바라봤다.

"대단하네. 괴물 같은 소설이야. 그저 존재만으로 겹겹이 베일을 둘러가고 있어. 이미 실체도 없고 아는 사람조차 거의 없는데도, 손가락 하나 까딱 않고 손이 닿지 않는 곳에 가버려. 하지만 진짜 이야기란 원래 그런 걸지 몰라. 존재 그 자체에 수많은 이야기가 보태져 어느새 성장해 가는 것. 그게 이야기의 바람직한 모습일지도 몰라."

연기를 후우 내뿜으며 아카네가 조용한 목소리로 중얼거렸다.

나지막한 목소리를 듣고 있던 다카코는 바로 조금 전까지 느끼던 초조감과 후회가 어디론가 슥 빠져나가는 것을 깨달았다.

느긋한 바람에 푸른 잎사귀들이 살랑이고, 뜨겁게 달아올랐던 온몸이 급속하게 식었다.

그래, 자신도 그 과정에 보태진 데에 불과하다. 이야기가 형성돼 가는 과정에. 자신도 또한 자기도 모르는 새에 전설의 일부를 만들어간다. 수수께끼에 싸인, 커다란 상처가 있는 이야기의 전설을.

"집 안을 들여다보지 않을래? 뭔가 재미있는 게 있을지도 모르잖아."

아카네가 앞장서서 현관을 향해 걷기 시작했다.

미닫이 현관문은 상태가 나쁘긴 해도 이럭저럭 열렸다.

때는 장마철이다. 퀴퀴한 곰팡이 냄새, 탁한 공기가 덮쳐 왔다.

누렇게 변색된 신문지가 떨어져 있고, 가죽이 튼 구두가 오브제처럼 뒹굴었다.

눈이 어둠에 익숙해지지 않았다. 어둠 속에서 꼭 뭔가가 나올 것 같아 발을 들여놓는 데에 용기가 필요했다.

신발을 신은 채 안에 들어갔다.

벽 위로 뭔가가 움직이는 기척이 있었다. 흠칫 뒤로 물러서자 도마뱀붙이가 쪼르르 어둠 속으로 사라졌다.

"에이."

서서히 눈이 익숙해지자 집 안에 버려져 있는 생활용품이 어둠 속에 떠올랐다.

슬리퍼꽂이와 달력, 방향제, 체중계. 일상적인 물건들이 뭐라 말할 수 없는 공허함과 섬뜩함을 강조했다. 두 사람은 바싹 붙어 신경을 곤두세우며 앞으로 나아갔다.

볕이 드는 곳은 거실뿐이었다. 그보다 안쪽은 컴컴해 도저히 들어갈 마음이 나지 않았다.

아카네는 침착한 표정으로 집 안을 천천히 둘러보고 있었다.

잘 보니 거실 벽에 온갖 물건이 걸려 있었다. 집주인은 민예품을 장식하길 좋아했던 모양이다. 야요이의 취향일까? 아니면 야요이의 남편?

작은 연과 죽세공품, 팽이, 목각 가면 등이 질서정연하게 늘어서 있었다. 먼지를 뒤집어쓰고 변색되기는 했어도.

어라, 어디서 본 것 같은데······.

다카코는 머릿속 한구석에서 고개를 갸웃했다.

"사람이 살지 않으면 이렇게 눈 깜짝할 새에 낡아버리는구나. 인간의 생활 따위 너무 허무한걸. 뭐라더라, 어느 고고학자가 한 말인데, 인류의 역사는 청소의 역사래. 청소를 조금이라도 게을리하면 문명 같은 건 금세 먼지 속에 파묻혀 버린다는 거지. 먼지가 아니라도 식물이 자꾸자꾸 번식해서 순식간에 정글이 삼켜버리고, 비나 바람도 가차 없이 문명을 깎아내. 밀폐된 아파트도 일주일만 청소를 안 하면 먼지투성이가 되잖아. 10년, 100년, 그렇게 내버려두면 아마 긴자도 모래와 흙으로 뒤덮일걸. 인류는 필사적으로 청소를 계속해서 살아남아 왔다는 거야. 이런 모습을 보면 과연 실감이 나지."

아카네는 모래투성이 다다미 위를 천천히 걸으며 나지막하게 말했다. 신발 밑에서 사각사각 모래를 밟는 소리가 났다.

어둑어둑한 방에서 뭔가가 움직였다. 어라? 하고 생각하려니 기둥에 걸린 기다란 거울에 비친 아카네였다. 담배를 피우고 있다.

냉정한 옆얼굴이 보였다. 거울 속에 가느다랗게 연기가 피어올랐다.

응?

다카코는 거울 속 아카네를 쳐다봤다.

뭔가 이상하다.

즉각 그런 생각이 들었다. 머릿속에서 뭔가가 꿈틀거렸다. 분명히 전에도 이와 비슷한 일이 있었다. 뭔가가 눈앞의 광경과 연결되려 하고 있었다.

어디가 이상한 거지?

다카코는 다시 한번 거울 속을 훔쳐봤다.

열심히 생각해 봤다. 아무 데도 안 이상한데. 아냐, 기다려 봐, 그럴 리 없어. 내가 느낀 어색함은……. 담배를 피우는 아카네. 아까 눈앞에서 그녀는 담뱃불을 붙였다. 한 손으로 재빨리. 어색한 느낌은 그때부터 시작됐다. 다시 한번 그 장면을 떠올려 봤다.

그녀는 불을 붙였다. **왼손으로 재빨리.**

그것으로 알았다. 서울 속 아가네는 오른손으로 담배를 피우고 있었다.

"……왜 그래?"

아카네의 목소리에 퍼뜩 정신이 들었다. 거울 속 아카네가 이쪽을 보고 있었다.

거울 속에 남의 모습이 보일 때는 상대방에게도 반드시 자신의 모습이 보인다.

"에토 씨, 왼손잡이였어요?"

다카코는 쉰 목소리로 물었다. 아, 응, 하며 아카네는 담배를 든 손을 내려다봤다.

"어머니한테 철저하게 교정받기는 했는데 말이야. 그런데 담배만은 안 되더라고. 어머니 몰래 배운 탓일까."

아카네는 개의치 않는 듯 천천히 밖으로 걸어 나갔다. 담배 냄새가 꼬리처럼 방 안을 가로질렀다.

다카코도 뒤를 따랐다. 두 번 다시 여기에 올 일은 없을 것이다. 그녀는 다시 한번 뒤를 돌아 방 안을 구석구석 둘러보며 안에 있는 것들을 머릿속에 새겨두려 노력했다. 눈 속에 있는 자신의 카메라는 똑바로 기억할 수 있을까?

어두운 집 안에서 밖으로 나오니 두터운 구름으로 뒤덮인 하늘조차 눈부실 정도로 밝게 느껴졌다.

"목마르네. 국도로 나가서 바다 쪽으로 가보지 않을래? 차도를 따라가다 보면 자동판매기가 있겠지."

아카네는 지친 듯 힘없이 걸어갔다.

"그러죠. 꽤 더운데요, 오늘. 잠깐 걸은 것만으로 금방 지쳐요."

대답을 하면서도 다카코는 아까 방에 있던 물건들을 순서대로 떠올려 보고 있었다.

연이 있었다. 값비싼 축하용 연이었다. 요새는 관광객조차도 구하기 쉽지 않다. 죽세공 말에, 지푸라기를 엮어 만든 집. 미하루 지방의 제법 근사한 채색 목마도 있었다. 향토 공예품 외에도 꽤 괜찮은 물건들이 있었다. 상당한 안목을 갖춘 사람이 수집한 모양이다.

좁은 골목을 빠져나와 아까 들렀던 절 경내를 지났다. 깨끗하게 쓸린 빗자루 자국이 개운했다.

"휴, 잠깐 타임. 입안이 먼지투성이야. 양치질 좀 해도 될까? 도가키 씨도 어때?"

아카네는 물 마시는 곳에 다가가더니 짊어진 가방에서 알루미늄 머그잔을 꺼냈다.

그 순간, 다카코의 시선은 머그잔에 새겨진 무늬에 쏠렸다.

작은 가면. 그 방에 있던 가면과 상당히 닮았다. 아니, 똑같다고 해도 좋다. 단순한 선뿐이지만 그 가면의 특징을 훌륭하게 잡아냈다. 눈과 코를 파낸 자리, 나뭇결의 이음매. 귀 떨어진 이마. 어째서 이 컵에 그 그림이 있지?

가면 밑에 새겨진 글자.

RED MUSIC.

아카네의 이름.

뭔가가 머릿속에서 연결됐다.

모로즈미 미쓰오의 최초의 필명. 두 딸이 태어난 달을 조합했을 뿐인 안이한 네이밍…….

미나즈키* 야요이.

그게 《백야》 시대 그의 필명이었다.

야요이. 큰딸 이름이다. 작은딸에게도 달 이름을 붙였을까? 만약 그렇다면 어떻게? 작은딸에게는 미나즈키라고 이름을 붙였을까?

그 순간, 다카코는 아카네의 이름을 다르게도 읽을 수 있다는 사실을 깨달았다.

주네朱音. JUNE.

오늘 내 생일이야. 그런데 왜 네 개야? 하나 많잖아.

어젯밤 기차에서 들었던 아카네의 목소리가 머릿속에 왕왕 울렸다.

동시에 식은땀이 솟았다. 야요이의 집을 찾고 있던 때와는 다른, 싸늘한 땀이.

"에토 씨는……."

태연하게 말하려 했으나 딱딱하게 굳은 목소리가 나왔다.

쪼그리고 앉아 물을 뜨는 아카네의 뒷모습에 변화는 없었다. 물을 머금고 양치질을 하고 있다.

"6월생이죠."

---

* 미나즈키水無月는 일본어로 6월을 가리킨다.

문득 아카네의 움직임이 멎었다. 다카코도 덩달아 굳었다.

아카네는 얼마 동안 꼼짝하지 않았다. 머그잔을 무릎 위에 올려놓은 채.

다카코는 숨을 멈추고 가만히 그 등을 응시했다.

이윽고 아카네가 천천히 돌아봤다.

고요한 눈. 이쪽을 바라보는 눈에는 아무런 표정도 없었다.

"……응, 맞아."

아카네는 일어서서 컵을 흔들어 물기를 털었다. 아무 일 없었다는 듯 걸음을 뗐다.

다카코도 허둥지둥 뒤를 따라갔다.

아카네의 웨이브 머리가 바람에 나부꼈다. 어디서 검은 제비나비가 사뿐히 나타났다. 꼭 영화의 한 장면 같았다.

국도로 나오니 교통량이 많아 순식간에 소음이 돌아왔다.

백일몽 같은 거리는 눈 깜짝할 새에 기억의 밑바닥으로 밀려났다.

그러나 다카코의 머릿속에는 차 소리가 들리지 않았다. 어제부터 지금까지 아카네와 했던 말들이 밀려오는 파도처럼 거듭해서 메아리쳤다.

실체 같은 건 없다고. 소문뿐이야. 별 볼 일 없는 자비출판 책을 다들 떠받들어서 전설로 만들고 있을 뿐이고.

미숙. 아마도 첫 작품.

안 좋아하는데. 그 작가, 나랑 비슷한 데가 있어서 싫어.

이런 여자가 학생운동으로 치닫거나 뜬금없이 물장사에 뛰어들거나 할 거야.

좀 불안정할 정도로 자의식 과잉이라 자기가 주위에 어떤 식으로 보이는지 늘 신경 쓴다.

가정적으로는 그다지 혜택받지 못한 느낌이 들어.

그 말 하나하나가 이제는 다른 의미를 지니고 다가들었다.

완만한 언덕길을 올라가자 앞쪽에 탁 트인 공간이 있을 듯했다.

"그렇지. 전설을 또 하나 만들어줄까?"

아카네가 불쑥 입을 열었다.

"어느 곳에 두 자매가 살았어. 얼굴도, 성격도 비슷한 마치 쌍둥이 같은 자매였어. 어려서 아버지를 잃고(두 사람은 아버지가 죽었다고 들으면서 자랐거든) 어머니가 안간힘을 써서 두 사람을 길렀지만, 자매는 매우 정서가 불안정했어. 어머니가 안간힘을 쓰면 쓸수록 두 사람은 표정을 잃어갔고, 그런가 하면 공격적으로 굴곤 했어. 학교에도 잘 가지 않았고 친구도 없었지. 며칠씩 굶고 지내기도 하고, 집 안에 틀어박혀 두문불출하기도 했어. 어머니는 자매를 먹여 살리는 것만도 빠듯한 데다 일하느라 바빠서 두 사람한테 신경 쓸 여력이 없었어. 두 소녀는 폐쇄적인 환경에서 서로를 업신여기면서 살았어. 마치 거울을 보는 것처럼 자기랑 똑같은 상대방을 혐오했지만 그러면서도 떨어져 살 순 없었어. 미워할 상대도,

사랑할 상대도, 피차 한 사람밖에 없었으니까. 너무나도 농밀한, 너무나도 부자연스러운…… 그런 시간이 상당히 오랫동안 계속됐어."

아카네는 표정을 감추듯 모자를 푹 눌러썼다.

"그런데 어느 날, 낯모르는 작가한테서 편지가 온 거야. 이미 저세상 사람일 아버지한테서. 두 사람의 세계는 별안간 달라졌어. 딸들이 처한 위태로운 상황을 어디서 들었는지 상당히 긴 편지였지. 읽고 또 읽고, 두 사람은 일주일씩이나 그 편지만 읽었다지. 만나러 와준 적은 없어도 편지는 몇 번 왔어. 어머니는 꽤 오랜 시간이 지나도록 눈치채지 못했어. 아버지는 두 사람한테 책 읽기를 권하고 글쓰기를 권했어. 책을 읽게 되면서 두 사람은 겨우 거리를 두고 상대방을 볼 수 있게 됐지. 두 사람은 조금씩 조금씩 바닥을 기듯 변해갔고, 이윽고 아버지의 문장을 본떠 소설을 쓰기 시작했어. 서로 상대방을 모델로 삼아서 말이야. 치료 요법으로 매일 조금씩 글을 썼어. 조금씩 쓰고 나서 서로 바꿔 읽으면서 '무슨 뜻이야?' '이걸 썼을 때 어떤 생각을 했어?' 하고 물었어. 글쓰기를 출발점으로 자기 자신을 객관적으로 이야기할 수 있도록 노력한 거야. 처음엔 잘 안됐어. 성질을 부리기도 하고, 싸우기도 하고, 며칠씩 말을 안 하기도 했어. 두 사람한테는 토할 것처럼 괴로운 작업이었어. 하지만 먼 곳에 있는 아버지에게 자신들의 실패만큼은 보여주고 싶지 않았어. 그렇게 해서 소설은 긴 세월을 들여 완성됐어. 두 사람은 성장했지만 내면과의 싸움에 지쳐 홀쭉하게 야위고 빈껍데기만 남았어. 그래도 어쨌거나 성과는 있었어. 자신들이 치료됐다는 걸 보여주기 위해 두 사람은 녹초가 된 상태에서 소설을 아버지한테 보냈어. 자신들이 정신적인 위기에서 탈출하는 과정의 기록으로."

언덕을 넘자 완만한 회색 곡선을 그리는 수평선이 보였다. 앞으로 나아갈수록 차츰 회색 부분이 늘었다.

"얼마 뒤 그건 제본된 책이 돼서 돌아왔어."

공중에는 아까부터 어른대던 검은 제비나비가 춤추고 있었다.

팔랑팔랑 가볍게 앞을 가로지르는 모습은 마치 두 사람을 바다로, 바다로 유혹하는 것 같다.

"두 사람은 어쩌면 좋을지 알 수 없었어. 작가 이름이 밝혀져 있는 건 아니었고, 아버지가 좋은 뜻으로 한 일이란 것도 알고 있었거든. 그래도 두 사람한테는 충격이었어. 그건 두 사람의 개인적인, 수치스러운 기록이었으니까. 책을 봤을 때 받은 충격은 엄청났어. 어둠 밑바닥에서 간신히 기어올라온 두 사람을 다시 한번 밀어 떨어뜨릴 수도 있을 만큼 거센 충격이었지. 두 사람은 고민 끝에 아버지에게 책을 회수해달라고 부탁했어. 아버지는 황급히 책을 회수하려 했지만 이미 세상에 퍼진 뒤였어."

멀리서 들릴 듯 말 듯 파도 소리가 다가왔다. 흐린 하늘 아래 회색 바다는 부드러운 얼굴로 파도쳤다.

"두 사람은 침묵을 지키기로 했어. 아버지에게도, 아버지 친구들에게도 침묵을 맹세하게 했어. 세 사람은 그 책의 존재를 무시하기로 했어."

아카네의 어조가 열을 띠었다.

"그랬건만 이 무슨 얄궂은 일이야. 의도했던 것과는 반대로 그 책은 사람들의 기억 밑바닥에 남았어. 되레 역효과였던 거야."

아카네는 자조인지 뭔지 알 수 없는 미소를 띠었다.

"없애버리려고 해도, 무시하려고 해도, 그 책은 망령처럼 자꾸만 떠올라. 그 그림자가 여기저기에 흔적을 남기고 깊숙이 가라앉아 밤마다 꿈에 나타나. 두 사람에게 가장 악몽 같았던 나날이 도망치고 또 쳐도 자꾸만 쫓아와. 한 명은 밤의 세계로 도망쳤지만 결국 악몽에 집어삼켜진 모양이야."

이번에는 분명하게 웃음을 띠고 있었다.

"그리고 또 한 명은……."

진지한 어조로 변했다.

"그걸 물리쳐 줄 뭔가를 발견하는 일에서 살 길을 찾아내려고 했어. 되레 세게 나가기로 했다고 할까. 그런 것 따위 아랑곳도 하지 않는 강한 세계를 찾아내려고 말이야. 지금도 그건 계속되고 있고."

다카코의 마음속에서 갑자기 눈물이 날 것 같은 뜨거운 감정이 왈칵 솟구쳤다.

"이런 건 역시 너무 진부한가. 이래서야 유감스럽게도 별 대단한 전설은 못 되겠는걸."

아카네는 다카코를 돌아보며 큰 소리로 하하 웃었다.

다카코는 말없이 고개를 흔들었다.

"안 돼, 이야기는 이야기 자신을 위해 존재하는 거야. 이야기는 제 발로 걸어가며 차례차례 새로운 전설의 베일을 둘러가는 거야. 이런 건 안 돼, 너무 흔해 빠졌어. 이런 시시한 이야기, 난 용납할 수 없어. 좀 더 강력한, 좀 더 독창적인 스토리를 찾아야겠어. 난 언젠가 꼭 '소설이 열리는 나무'를 찾아내고 말 거야."

다카코는 조그맣게 몇 번씩 고개를 끄덕였다.

아카네는 그 말을 마지막으로 입을 다물었다.

두 사람은 앞을 보며 나란히, 천천히 걸어갔다.

거대한 회색 수평선은 바로 저기까지 다가와 있었다.

3장

무지개와 구름과 새와

그해 겨울 본격적인 첫 추위를 기록한, 11월도 끝나가는 어느 아침이었다.

인구 15만이 안 되는 성하城下 도시의, 시가지에서도 높은 곳에 있는 성터 공원 낭떠러지 밑에 두 소녀가 포개지듯 죽은 채로 발견됐다. 사인은 전신 타박. 전날까지는 이상이 없었던 공원 전망대의 난간이 부서져 있었던 터라 두 사람은 그곳에서 추락한 것으로 여겨졌다.

두 사람의 신원은 곧 밝혀졌다. 시내 공립고등학교 3학년 시노다 미사오와 사립고등학교 2학년 하야시 쇼코였다. 시신이 발견된 것은 월요일 아침이었으나 두 사람은 그 전주 토요일 오후부터 행방불명되어 각각의 부모가 일요일에 실종 신고를 한 상황이었다.

두 사람의 죽음에 수상한 점은 없었다. 두 사람 모두 예쁜 얼굴에, 성적도 뛰어났고, 인기 있는 학생이었다. 두 사람의 죽음은 주변에 충격을 주었지만 사건 자체는 불행한 사고로 처리됐다.

분지의 겨울은 춥다. 눈은 거의 내리지 않지만 투명하게 얼어붙은 공기가 그 속에서 움직이는 이의 귀와 뺨을 날카롭게 할퀸다. 차가운 지면에서 드라이아이스 같은 냉기가 소리 없이 피어올라 사람들의 움직임을 둔하게 한다. 벌거벗은 나뭇가지가 회초리처럼 날카롭게 휘어져 스산한 풍경을 찌른다.

하늘은 푸르고 활짝 개어 있었다. 아득히 높은 곳에서 누가 내려올 것처럼 지독하게 맑은 하늘이었다.

철 지난 성터 공원은 인적이 없이 한산했다.

한 소녀가 하얀 입김을 내쉬면서 새먼핑크 머플러를 펄럭이며 올라갔다.

사고가 있고 나서 두 번째 토요일이었다.

소녀의 손에는 작은 꽃다발이 쥐어져 있었다. 하얀 볼과 코는 추위로 빨갛게 상기됐다. 검고 긴 머리가 찰랑이고, 눈동자는 망설임과 의심으로 흔들리고 있었다.

긴 언덕길을 올라갈수록 점점 더 자신의 발소리와 심장 고동 소리가 신경 쓰였다. 공원은 매우 조용했다. 조금 전까지 들려오던, 자동차가 국도를 달리는 소리도 이제 들리지 않았다. 쇼코의 인생이 종말을 맞이한 곳으로 가고 있다 생각하니 스스로 생각해도 우스꽝스러울 만큼 가슴이 두근거렸다.

쇼코가 죽었다는 소식을 들었을 때, 호즈미 마키코는 그녀가 살해당한 것이라고 생각했다.

쇼코는 분명 살해당했다. 범인은 한 사람밖에 없다. 미사오 언니다. 마키코는 쇼코의 원수를 갚아주겠다고 결심했다.

그렇기에 미사오도 함께 죽었다는 이야기를 듣고 깜짝 놀랐다.

왜? 왜 미사오 언니가 쇼코하고 같이 죽었지?

쇼코가 저항했기 때문일까.

그 광경이 눈에 선했다. 인적 없는 성터 공원에서 싸우는 두 사람. 무시무시한 표정으로 쇼코를 밀어 떨어뜨리려 하는 미사오. 그녀의 팔을 잡고 떨어지지 않으려고 버티는 쇼코. 앗, 하고 소리치는 미사오. 딱 소리를 내며 부러지는 난간. 순식간에 밑으로 떨어지는 두 사람…….

마키코는 어깨가 덜덜 떨리면서 발밑이 물렁하게 가라앉는 듯한 착각이 들었다.

주위는 쥐 죽은 듯 고요했다.

마키코는 머뭇머뭇 주위를 둘러봤다. 혼자 살인 현장에 찾아오는 게 아니었다고 후회했다. 어딘가에 죽음의 기운이 가득 차 있지는 않을까. 맑게 갠 푸른 하늘을 불안하게 올려다봤다.

마키코의 두려움에도 아랑곳없이 그곳은 바로 저 앞에 다가와 있었다. 돌층계 너머에 크게 커브를 그리는 도로. 완만한 커브마저도 마키코에게는 무섭게 느껴졌다. 포장된 아스팔트와 질서정연하게 쌓인 층계 하나하나가 마키코의 마음에 생생하게 다가들었다.

뭘 이렇게 무서워하는 걸까. 누가 날 해치려고 하는 것도 아닌데. 소름이 돋을 듯한 한기를 느끼면서 마키코는 혼잣말을 했다.

커브를 돌자 그가 시야에 들어왔다.

검은 교복. 날개를 접은 까마귀 같은 실루엣.

밧줄로 막아놓은 그곳에 동그마니 서 있다. 부서진 난간은 아직 그대로였다. 그 공간만 불안하게 빠끔히 트여 있었다. 공사장처럼 철제 팻말이 여러 개 겹쳐 놓여 있고, 그 주변에 꽃다발과 과자가 수두룩이 쌓여 있었다. 이미 여러 사람들이 다녀간 것이다.

소녀는 천천히 그곳으로 다가갔다. 교복을 입은 소년은 꼼짝도 하지 않았다. 어디 교복일까? 검은 뒷모습에 왜 그런지 불길한 기운이 감돌았다. 범죄자는 범죄 현장에 돌아오게 마련이다. 문득 진부한 문구가 머리에 떠올랐다.

누가 다가오는 기척을 느낀 듯 갑자기 소년이 돌아보는

바람에 마키코는 깜짝 놀랐다.

"넌 누구야?"

날카로운 눈. 이렇게 멀리 떨어져 있는데도 심장을 관통당한 느낌이 들었다.

"그러는 넌?"

마키코는 조금 발끈해 맞받아쳤다.

두 사람은 5미터 정도 거리를 둔 채 적의에 찬 시선으로 서로를 노려봤다.

"나 지금 간자키랑 사귀고 있어."

수화기 너머로 들려온 차가운 목소리를 믿을 수 없었다. 간자키? 간자키라고? 거짓말이겠지?

"농담하지 마. 지금 갈게."

게이스케는 태연한 척 중얼거렸다.

"안 돼. 이제 곧 그 애가 올 거야."

미사오의 목소리는 면도날처럼 게이스케의 심장을 갈기갈기 찢었다. 혼란스러운 나머지 뭐가 뭔지 알 수 없었다.

"갈게."

머릿속이 새하얗게 된 게이스케는 미사오의 대답도 듣지 않고 수화기를 내려놨다.

진정해. 진정하라고. 고작 여자 문제 같은 걸로 동요하다니. 나답지 않아. 별일 아니잖아. 별일 아냐.

들었어? 게이스케 그 녀석, 여자한테 차였다더라.

어디 학교 여자래?

여자가 간자키로 갈아탔다던데.

간자키? 그 도련님한테 졌다고?

동아리 녀석들이 비웃는 소리가 들리는 듯했다. 미사오가 매몰차게 대했다는 충격보다 그들에게 동정받는다는 굴욕의 예감으로 관자놀이가 지끈지끈 쑤셨다.

요릿집을 경영하는 부모에게 고등학교 2학년이나 된 덩치 큰 아들을 신경 쓸 여유는 없다. 눈에 띄게 추워진 창밖을 바라보며 게이스케는 올봄, 삿포로로 시집간 누나가 보내준 코위찬 스웨터를 셔츠 위에 껴입은 후, 무거운 운동화에 대충 발을 욱여넣고 밖으로 뛰쳐나갔다. 어둠 속에서 자신의 입김을 확인하고 문득 하늘을 올려다봤다.

굉장한데. 별이 참 아름다워.

쏟아지는 듯한 별을 순간 넋을 잃고 바라봤다.

이렇게 별이 아름다운 밤에, 나는 난생처음 진심으로 좋아했던 여자에게 차이려 하고 있다.

가슴이 짓눌리는 듯한 아픔은 그를 거센 혼란에 빠뜨렸다.

이런 일이 앞으로 여러 번 있으면 감당이 안 되겠는데. 게이스케는 어둠 속에서 힘없이 웃었다. 비뚤어지겠어.

등에서 목덜미까지 피부가 벗겨질 것처럼 타는 듯한 아픔은 차가운 밤공기 속을 달리는 도중에도 가라앉지 않았다.

평소 육상부에서 단련한 다리로 시 외곽에 있는 미사오의 집까지 20분 정도 뛰어가는 것은 그리 힘들지 않았다. 그러나 가쁘게 몰아쉬는 숨보다 점점 커져만 가는 목덜미의 찌릿찌릿한 아픔이 더 괴로웠다. 미사오는 작은 숲을 지난 곳에 있는 낡은 목조가옥에서 대학교수인 어머니와 단둘이 살았다. 어머니는 지질학자라는 직업의 성격상 한 해의 절반은 조사를 위해 집을 비우는지라 미사오는 혼자 사는 것이나 다름없었다. 미사오의 어른스러운 냉정한 눈동자는 그 영향일지도 모르겠다.

그 또래의 소년에게 모녀가정이 어떤 환상을 품게 한다는 것은 부정하기 어렵다.

현관문이 열렸을 때 '누구지?' 하고 노려보는 아버지가 나오는 것보다, 직장에서 막 돌아온 터프한 어머니가 담배를 피우며 딸과 만드는 저녁식사로 맞아주는 편이 남자애에게는 훨씬 편안하지 않겠는가? 빈 의자가 자신을 위해 마련된 것이라 착각하는 것도 무리가 아니다.

미사오의 어머니는 바로 그런 터프한 어머니였다. 화장기 없는 맨얼굴에 도수 높은 안경을 썼고 말투도 거칠었다. 하지만 게이스케에게는 꺅꺅 소리 지르며 웃기만 하는 귀여운 여자애들보다 훨씬 매력적으로 보였다.

"아버지는 뭘 하시지?", "어느 대학에 지원할 생각이니?"라고 묻기보다 "우리 딸은 제멋대로니까 어리광을 받아주면 안 돼. 저 애, 학교 잘 다니고 있니?", "넌 어떤 음악을 듣니?"라고 묻는 편이 당연히 즐겁다.

설레는 마음으로 이 집을 드나들던 게 바로 얼마 전 일이었다. 그런데 불과 몇 주 사이에 집은 마치 험악한 태도로 그를 거절하는 듯했다.

미사오의 방에는 불이 켜져 있었다.

게이스케는 잠시 주저하다가 나지막한 산울타리를 넘어 퇴창 형태인 미사오의 방 창문을 두들겼다.

안에서 사람이 움직이는 기척이 나더니 유리창이 끼익 소리를 내며 열렸다. 유리가 낡았다.

미사오가 언짢은 얼굴로 고개를 내밀었다.

"어머, 히로타. 이런 시간에 무슨 일이야?"

하얀 얼굴을 가리는 숱 많은 검은 머리칼. 눈동자는 조금도 빈틈이 없었다. 게이스케는 주춤했다.

"너무해."

그만 목소리에 원망과 애원이 스며들고 말았다.

이런 순간에조차 미사오는 아름다웠다. 신비롭고, 차갑고, 빨려 들어갈 것 같다.

한 번이라도 자신이 이 소녀와 이 방에서 잔 적이 있다는 게 꿈만 같았다.

"돌아가. 간자키가 이제 금방 올 거야."

하얀 하이넥 스웨터를 입은 미사오는 매정하게 말했다.

"거짓말이야. 왜 그런 거짓말을 하는데?"

게이스케는 초조함을 감출 수 없는 목소리로 부르짖었다.

"쉿. 거짓말 아냐. 내가 지금 제일 좋아하는 건 간자키야."

"말도 안 되는 소리 하지 마."

"안 믿어지니? 그럼 거기서 보고 있으렴."

게이스케가 꼼짝하지 않을 것을 깨달았는지 미사오는 안으로 들어가더니 느닷없이 머플러를 던져주었다.

"오늘 밤은 추워. 조용히 있어. 소란을 피우면 110번에 신고할 거야."

미사오는 게이스케의 눈앞에서 창문을 닫고 좍 소리를 내며 커튼을 쳤다.

그와 엇갈려 끼익 문이 열리는 소리가 났다. 게이스케는 반사적으로 어두운 곳에 숨었다.

키가 크고 얼굴이 하얀 소년이 들어왔다. 볼이 붉게 상기된 것은 추위 때문만은 아니다. 이 집에서 아름다운 소녀가 자신을 기다린다는 생각 때문일 것이다.

그는 어둠 속에 발을 멈추고는 옷매무새를 가다듬었다. 기특하게도 작은 케이크 상자를 들었다. 역시 도련님답게 시내에서 가장 고급스러운 가게의 케이크다.

소년이 케이크 상자를 살짝 고쳐 들었다. 게이스케는 부드러운 손동작과 사랑에 애태우는 순수한 표정에 순간 충격을 받았다. 나도 저런 얼굴로 여기에 왔었을까? 그리고……

그리고 혹시 그때도 이 어둠 속에 누가 있었을까?

어둠 속에서 품위 있고 단정하게 생긴 소년을 보고 있으려니, 게이스케는 어쩐지 쑥스러운 것도 같고, 샘이 나는 것도 같고, 격려해 주고 싶은 것도 같은 복잡한 기분이 들었다. 지금 자신은 바야흐로 한 소년이 남자가 되려 하는 순간을 목격하고 있었다. 간자키는 얼굴이 여자처럼 곱상해 또래 남학생들에게 업신여김을 당했다. 게이스케도 평소에는 그들과 같이 어울려 비웃었지만 솔직히 말해 그가 싫지는 않았다. 간자키가 타고난 자질에 만족하지 않고 노력하는 타입의 인간이라서다.

빌어먹을. 왜 하필이면 간자키야. 게이스케는 창문 밑에 무릎을 끌어안고 앉아 미사오가 던져준 머플러에 얼굴을 묻고 마음속으로 욕했다.

그때부터 방 안에서 일어난 일은 전에 게이스케가 경험했던 것과 똑같았다.

지나치게 의식한 나머지 뒤죽박죽인 대화. 머뭇머뭇 내뻗은 손. 농밀한 침묵. 이윽고 얽히는 시선. 어색한 입맞춤.

미사오가 얼마나 나지막하고 부드럽게, 부끄러워하며 속삭이는지. 간자키가 얼마나 힘차게, 서툴게 그녀를 끌어안는지. 두 사람의 어린 숨소리와 작은 외침이 두려움과 어렴풋한 후회라는 테를 두르며 어두운 방을 채우는지.

게이스케는 퇴창 밑에 앉아 땅에서 스멀스멀 올라오는

냉기로 싸늘해져 가는 엉덩이를 문지르며 모든 것을 들었다. 귀를 틀어막고 달아나고 싶은 충동과 뛰어나가 유리창을 깨부수고 싶은 충동이 자신을 둘로 찢어놓으려 하는 것과 싸우면서. 그러나 결국 그는 마지막까지 꼼짝도 할 수 없었다. 내가 지금 뭘 하는 거지. 변태도 아니고.

이윽고 또다시 문이 끼익 열리더니 동정을 잃은 남자가 나오는 모습이 보였다. 얼이 빠져 발이 땅에 닿지도 않는 것 같다.

엄마가 보기 전에 흐트러진 셔츠 깃이나 바로잡으셔. 어둠 속에서 게이스케는 속으로 말을 걸었다. 축하한다. 우리들의 미사오는 좋았지?

간자키가 집에서 멀어진 것을 확인한 후, 게이스케는 셔츠 주머니에서 몰래 가지고 있던 라이터와 담배를 꺼냈다. 담배에 불을 붙이는 손가락은 싸늘하게 식어 있었다.

컴컴한 밤하늘을 향해 가느다란 흰 연기가 피어오르는 것을 올려다봤다.

어쩐지 묘하게 후련한 기분이었다.

창문이 끼익 열렸다.

"어머, 아직도 거기 있었어?"

미사오가 겸연쩍어하지도 않고 창문 밑에 있는 게이스케를 내려다봤다. 정사 후에도 미사오는 여전히 의연하고 아름다웠다.

"응, 이제 간다."

게이스케는 담배를 피우며 일어섰다.

"나도 줘."

미사오가 손을 내밀었다. 게이스케는 자신이 피우던 담배를 주었다. 미사오는 맛있다는 듯 한 모금 빨아들였다. 게이스케는 저도 모르게 쿡 웃었다. 운동 한판 하고 난 후의 담배 한 모금인가.

"……경멸하니?"

미사오가 예쁜 작은 입술에서 담배를 떼고 게이스케의 눈을 바라봤다. 게이스케는 가볍게 고개를 흔들었다. 설마 그럴 리가. 이런, 자기들보다 몇 수 위인 여자를 경멸할 수 있을 리 없다.

갑자기 미사오가 게이스케의 팔을 꽉 붙들었다.

"어째서? 경멸해 줘. 미워해. 날 미워해 줘."

목소리에 격한 노여움이 서리고 눈이 번득였다.

"뭐야. 오지 말라고 하질 않나, 미워하라고 하질 않나."

게이스케가 어이없다는 표정을 짓자 미사오는 손을 떼고 고개를 돌렸다.

"정말로 엉터리네, 나. 있지, 게이스케, 누구한테 아주 많이 미움받아 본 적 있어?"

"글쎄, 모르겠는걸. 미워하는데 내가 못 알아차린 것뿐일지도 모르고. 미사오는? 널 원망하는 사람이 있어?"

"응. 한 명 있어. 날 굉장히 미워해. 죽일지도 몰라."

"에이, 아무리. 나처럼 차인 남자야?"

"아냐. 아주 귀여운 여자애."

"알았다. 걔 남자친구를 빼앗았구나?"

"그런 거 아냐."

미사오는 천천히 고개를 젓고는 피우고 있던 담배를 다시 게이스케의 입술에 살짝 물려주었다. 희미하게 축축한 감촉에 게이스케는 순간 눈앞이 시뻘겋게 붉어지는 듯한 욕망을 느꼈으나 가까스로 억눌렀다. 두 사람은 잠시 고개를 숙이고 있었다. 이윽고 미사오는 정색하고 게이스케를 봤다.

"잘 자, 게이스케."

그 말에 담긴 작별을, 순간 망설인 끝에 게이스케는 받아들였다.

"잘 자."

유리창이 조용히 닫혔다. 닫힌 창문을 잠시 바라보던 게이스케는 불현듯 몸을 돌려 추위에 곱은 다리로 산울타리를 뛰어넘었다.

미사오가 빌려준 머플러를 돌려주지 않았다는 사실을 깨달은 것은, 한 번도 쉬지 않고 전속력으로 달려 집까지 다 왔을 때였다.

이 애, 본 적 있어. 미사오 언니랑 같은 서고西高 애야. 우리 반에도 애 때문에 호들갑 떠는 애들 있었잖아.

노골적으로 적의를 드러낸 소년의 얼굴을 보며 마키코는 생각했다.

의지가 강할 듯하면서 어딘지 모르게 위태로운, 그러면서도 강하게 끌어당기는 뭔가가 있는 소년이었다.

"쇼코한테 꽃을 가지고 왔어."

마키코는 일부러 샐쭉한 목소리로 대답했다.

소년은 경멸하듯 코웃음을 쳤다.

"살인자한테 꽃을 바쳐서 뭘 어쩌겠다는 건지."

나지막이 중얼거렸다. 마키코는 악의에 찬 목소리에 발끈했다.

"살인자? 살인자는 미사오 언니지."

저도 모르게 내뱉듯 부르짖었다.

이번에는 소년의 얼굴이 얼어붙었다. 마치 날카로운 소리가 난 것 같았다. 마키코는 순간 주눅이 들었다.

"……어째서?"

거북한 침묵이 흐른 뒤 소년이 낮은 목소리로 물었다. 번득이는 눈으로 마키코를 주시하고 있었다. 그러나 아까 처음 돌아봤을 때처럼 거절하는 듯한 느낌은 사라지고 없었다. 적의와 더불어 강한 흥미가 엿보였다.

"응?"

"어째서 미사오가 하야시 쇼코를 죽이지?"

소년이 미사오를 허물없이 이름으로 부른 것을 듣고 마키코는 놀라는 동시에 소년과 미사오의 관계를 처음으로 깨달았다. 두 사람은 사귀는 사이였던 것이다. 소년과 시노다 미사오가. '미사오 언니가 한 살 연상인데'라고 저속한 생각을 하는 자신을 알아차리고 마키코는 조금 놀랐다. 자신은 그런 선입견이 없는 줄 알았는데.

"미사오 언니는 쇼코를 질투했으니까."

마키코는 애써 어른스러운 목소리로 말했다.

"미사오 언니가 쇼코를 얼마나 괴롭혔는지 몰라. 몇 달씩이나. 그것 때문에 쇼코는 요즘 계속 고민했는걸."

가만히 이야기를 듣던 소년은 거기서 처음으로 엷은 웃음을 띠었다.

"증거는?"

"뭐?"

"미사오가 하야시 쇼코를 괴롭혔다는 증거 말이야. 네가 현장을 봤어?"

마키코는 동요했다.

"현장이라니……. 하지만 편지는 봤어. 쇼코가 보여줬다고."

"그래, 편지란 말이지."

소년은 흥미롭다는 듯 되뇌고는 마키코를 빤히 응시했다. 마키코는 불안해졌다.

이 애는 무슨 말을 하려는 거지? 쇼코가 거짓말을 했다는 거야?

마키코는 쇼코가 보여준 보랏빛 잉크로 쓴 하얀 편지지를 떠올렸다.

바깥에는 이슬비가 내리고 있었다. 높다란 교실 천장이 어둑어둑하고 학생들도 무심코 소곤소곤 이야기하게 되는 어두침침하고 쌀쌀한 아침이었다.

그날, 쇼코는 한 시간 지각했다.

교실 뒷문이 덜거덕하고 둔탁한 소리를 내며 열리더니 쇼코가 조용히 들어왔다.

쇼코가 들어온 것을 바로 깨달은 마키코는 그녀의 새파란 얼굴을 보고 깜짝 놀랐다. 흡사 유령처럼 보였다. 평소의 발랄하고 넘쳐흐를 것 같은 생동감은 간데없었다.

쇼코는 곱슬머리다. 옅은 갈색 머리가 굽슬굽슬하게 말려있어 아름다운 하얀 얼굴에 사랑스러움을 더해주었다. 새까맣고 묵직한 머리카락을 가진 마키코는 늘 쇼코의 가뿐한 머리카락이 부러웠다. 머리카락만이 아니었다. 커다란 밝은 갈색 눈동자. 가냘프고 날씬한 자태. 나란히 걸어가면 지나가는 남자애들이 모두 돌아본다. 항상 자신에 차 남 앞에서 주눅 들지 않고, 말과 동작에 반짝이는 빛을 지니고 있던 쇼코는 내성적인 마키코에게 언제나 선망의 대상이었다. 쇼코는 항상 마키코를 이끌어 주었다. 마키코는 고등학교 2학년에 올라와 쇼코와 같은 반이 되어 운이 좋았다고 늘 생각했다. 지금에 와선 쇼코가 없는 고교 생활 따위 생각도 할 수 없었다. 저마다 단짝 친구를 찾는 여학교에서 쇼코와 마키코 콤비는 누구보다도 굳건했다. 쇼코는 사교적인 성격인지라 반에서도 인기가 많았지만, 마키코는 쇼코의 인기를 마치 어머니 같은 심정으로 자랑스럽게 생각했다.

그런 쇼코가 얼굴은 핼쑥하고 눈 밑에는 거뭇하게 그늘이 져 있었다.

"쇼코, 어디 아프니?"

마키코가 달려가자 쇼코는 웃으려고 노력했지만 성공하지 못했다.

"나중에 말해줄게. 너무 충격적인 일이 있었어."

쇼코는 말하기도 괴로운 것 같았다. 단짝 친구의 고뇌에 찬 표정에 마키코는 마음이 흔들렸다.

방과 후, 두 사람은 몰래 도망치듯 학교를 빠져나와 시립도서관 근처에 있는 조용한 찻집 한구석을 차지하고 앉았다.

"……편지가 왔어."

쇼코는 나지막이 중얼거렸다.

"누구한테서?"

마키코도 낮은 목소리로 물었다.

"보낸 사람 이름은 없지만 그 사람이야. 이런 일을 할 사람일 줄 몰랐어."

쇼코는 부들부들 떨고 있었다. 갈색 눈동자는 테이블 위 한 지점에 초점을 맞추고 있었다.

"뭐라고 쓰여 있는데?"

마키코가 머뭇머뭇 묻자 쇼코는 얼굴을 찡그리며 가방에서 봉투를 꺼냈다. 안에서 편지를 빼 꺼림칙한 물건처럼 봉투는 집어넣고 편지만 마키코 쪽으로 밀어주었다. 마키코는 그 봉투를 흘끔 봤다.

단정하고 어른스러운 글씨로 '하야시 쇼코 귀하'라고 쓴 받는 사람 이름과 주소, 그리고 시내 우체국의 소인이 보였다. 잘라낸 위쪽 부분을 보니 그 안은 이중으로 되어 있었다. 용의주도함과 집요함이 엿보이는 듯해 마키코는 섬뜩했다. 여자 글씨였다.

자를 대고 쓴 것처럼 각진 글씨였다. 재빨리 내용을 훑어보니 읽기만 해도 낯이 뜨거워질 만큼 악의에 찬 중상을 담은 편지였다. 이걸 쓴 여자는 대체 어떤 성격일까. 편지는 쇼코를 겉으로는 청순한 척하면서 남자와 놀아나는 마녀 같은 여자라고 매도했다. 보랏빛 잉크가 한층 치근치근한 인상을 주었다. 마키코는 이런 것을 써서 쇼코에게 보내는 인간이 존재한다는 사실 자체에 충격을 받았다. 이런 편지를 받으면 나 같으면 분명히 인간 불신에 빠질 거야.

"나 무서워."

쇼코는 테이블의 한 지점을 바라본 채 조그맣게 중얼거렸다.

"쇼코."

마키코는 뭐라고 위로하면 좋을지 알 수 없었다.

"그 사람이 이렇게 날 싫어하다니."

'그 사람'이 시노다 미사오를 가리킨다는 것을 깨닫기까지 시간이 걸렸다.

"어째서야?"

"모르겠어. 바로 얼마 전까지만 해도 언니처럼 생각했는데."

쇼코는 얼굴을 일그러뜨렸다. 눈에 눈물이 맺혀 있었다.

올봄 무렵부터 가끔씩 두 사람이 만나는 것은 알고 있었다. 다른 학교에 다니는 시노다 미사오가 교문 앞에서 쇼코를 기다리는 모습을 곧잘 봤다.

머리가 긴 미사오가 벽돌담에 기대서 있는 모습은 흡사 잡지 화보 같아서 선명하게 인상에 남아 있었다. 쇼코도 미소녀였지만 미사오는 그와는 다른 타입의 미인이었고 같은 고등학생이 맞나 싶을 만큼 어른스러웠다. 서고는 입시 준비 위주의 학교라서 그런 이미지가 있었을지도 모르지만, 미사오는 눈에 띄게 지적인 분위기인 데다 어딘가 권태로워 보이는 구석이 있었다. 두 사람이 함께 걷는 모습을 보면 마키코는 기가 죽었다. 쇼코에게는 나보다 그런 사람이 친구로 더 어울릴지도 모른다고 비굴한 생각을 한 적도 있다. 그 정도로 미사오와 함께 있을 때의 쇼코는, 마키코의 손이 닿지 않는 곳으로 가버린 듯한 분위기가 있었다. 마키코는 두 사람이 어디서 알게 됐느냐고 여러 번 물었지만 쇼코는 늘 웃기만 하고 가르쳐주지 않았다. 미사오에게 그런 음침한 일면이 있었다니 의외였지만, 눈앞에서 쇼코가 어깨를 떠는 것을 보니 그 침착하던 모습이 되레 섬뜩해졌다. 문득 마키코는 쇼코를 시샘하는 미사오의 마음을 이해할 수 있을 것 같았다. 언제나 순수하고 사랑스러운, 어느 누구보다도 모든 이에게 사랑받는 쇼코. 미사오는 그 그늘 하나 없이 밝은 빛을 미워한 게 아닐까. 마키코는 자신이 그런 것을 이해했다는 사실에 당황했다. 그건 결국 쇼코를 향한 예찬과 애정 뒤에 숨은 자신의 감정이라는 사실에.

쇼코는 호리호리한 몸을 움츠린 채 이를 악물어 울음을 참고 있었다.

그런 모습을 보니 미사오의 감정 따위는 아무래도 상관없어졌다. 그때부터 미사오는 마키코에게 자신의 가장 친한 친구를 괴롭히는 음험한 적이 됐다.

게이스케는 새먼핑크 머플러를 두른 소녀의 이야기를 흥미롭게 들었다.

이 녀석, 아무것도 모르는군. 게이스케는 새삼 눈앞의 소녀를 봤다.

착실하고 완고한 성격 같다. "히로타, 청소 당번 차례는 정확하게 지켜줘" 같은 말을 할 테지. 틀림없이 하야시 쇼코의 일면만 봤을 것이다. 하루 온종일 찰싹 붙어 있는 주제에 하야시 쇼코가 어떤 인간인지 조금도 몰랐던 것이다.

장난 전화? 중상 편지? 시노다 미사오와 전혀 어울리지 않는다. 미사오라면 그런 시시한 일에 에너지를 소비하느니 담배를 피우며 영어 단어라도 외우는 편이 낫다고 생각할 것이다.

장난 전화. 중상 편지. 딱 하야시 쇼코가 할 법한 일이다. 게이스케는 하야시 쇼코가 어떤 사람인지 알고 있었다.

하지만 그녀가 눈앞에 있는 소녀에게 보여준 봉투와 편지는?

게이스케는 궁리 끝에 곧 진상을 깨달았다. 이중으로 된 봉투. 하야시 쇼코가 보낸 편지를 미사오는 봉투를 뜯지 않고 다시 새 봉투에 넣어 그대로 하야시 쇼코에게 돌려보낸 것이다. 증오를 담아 보낸 편지가 읽히지도 않았을뿐더러 바로 자신이 보냈다는 것을 간파당해 반송되자, 하야시 쇼코는 굴욕감에 이성을 잃었을 게 틀림없다. 돌아온 편지를 처음부터 자기가 받은 것처럼 친구에게 내보이는 기지와 대담함에 그저 탄복할 따름이다. 인형처럼 순진무구한 표정 뒤에 그런 만만치 않은 간계가 숨어 있었다니. 하야시 쇼코의 미사오에 대한 깊은 증오에 게이스케는 섬뜩함을 느꼈다.

하야시 쇼코. 게이스케는 예전에 그녀와 몇 달 사귄 적이 있었다. 시노다 미사오의 이복동생인 그 소녀와.

> 내게 피를 나눈 여동생이 있음을 안 것은 고등학교에 입학했을 때였다.
> 외할아버지의 13주기를 맞은 그해 3월, 평소에는 소식도 없고 좀처럼 모이는 일도 없는 어머니 형제들이 봄이 늦게 오는 여기 분지 마을에 찾아온 것이다. 어머니 형제는 어머니를 비롯해 모두 학술 관계자이거나 기업 연구소에서 일했다. 당시 고등학교 진학을 앞두고 있던 내 눈에도 그들은 어딘지 모르게 세상사에 초연해 보였다. 13주기만 해도 그런 게 세상에 존재한다는 사실을 처음 알았다는 것처럼 별로 친하지 않은 친구의 생일잔치에 초대받은 아이 같은 얼굴로 하나둘 찾아온 게 인상적이었다.

책상 위에 펼쳐놓은 노트를 앞에 두고 노가미 나오코는 당혹감을 감출 수 없었다.

오랜만에 돌아온 자신의 방은 더는 입을 수 없게 된 낡은 옷과 같다. 애착은 있어도 이미 자신의 생활 리듬에서 벗어나 버렸다. 입시 공부를 하던 작은 책상도 이제는 너무 비좁았다. 그 책상 위에 겉봉을 뜯은 A4 크기의 사각봉투와 빨간색 루스리프 노트가 놓여 있었다.

시노다 미사오가 죽었다고 어머니에게서 전화가 왔을 때, 나오코의 머리를 스친 것은 '자살'이라는 말이었다. 그렇게 짐작할 이유가 있었던 것은 아니다. 무의식중에 그 말이 슥 떠올랐다 사라졌다.

졸업논문 마감 때문에 장례식에는 참석할 수 없었지만, 봄에 구직활동을 시작한 이래로 논문을 완성할 때까지 한 번도 집에 가지 않은 터라 나오코는 그간의 일을 보고할 겸 나가노에 돌아가기로 했다. 돌아온 그녀를 기다리고 있었던 것은 보낸 사람의 이름이 없는 A4 사각봉투였다. 고등학교 때 친구가 보냈나 생각하며 봉투를 뜯자 안에서 노트가 나왔다. 심은색 만년필로 쓴 노트는 첫 페이지에 '무지개와 구름과 새와'라는 제목이 동그마니 적혀 있었다.

미사오가 보냈구나. 순간 나오코는 직감했다. 이번에는 '유서'라는 말이 머리를 스쳤다. 그것도 희미한 깜박임 같은 것이라 곧 사라져 버렸지만.

나오코는 노트를 손에 든 채 한동안 펼치지 못했다. 노트가 열어서는 안 되는 판도라의 상자처럼 느껴졌다. 그녀가 겨우 책장을 넘긴 것은, 오랜만에 만난 가족과 함께 시간을 보내고 머무적머무적 동생과 텔레비전까지 보고 나서 심야가 지나 겨우 방으로 돌아온 다음이었다.

몇 줄 읽어보고 나오코는 혼란에 빠졌다. 그건 일기 같기도 했고 수기 같기도 했고 소설 같기도 했다. 도대체 미사오는 무슨 생각으로 이 글을 썼으며, 나오코에게 보냈을까?

시노다 미사오와 하야시 쇼코가 이복자매라는 것은 어렴풋이 눈치채고 있었다.

대학에서 사무직으로 일하는 나오코의 어머니가 미사오 어머니와 친하게 지내서, 나오코는 미사오가 중학생이었을 때부터 과외를 해주었다. 하지만 사실 미사오는 과외 선생이 필요 없었다. 그녀는 공부만 잘하는 게 아니라 실로 머리가 좋은 학생이라, 자기가 뭘 어떻게 공부해야 좋을지 잘 알고 있었다. 나오코는 단순히 페이스메이커 역할을 했을 뿐이고, 그보다 혼자 사는 것이나 다름없는 사춘기 딸의 의논 상대로 붙여진 감이 있었다. 미사오도 그 점을 알고 있는 듯, 거꾸로 어머니를 안심시키기 위해 일부러 나오코와 함께 있다는 쪽이 더 정확했다. 오랜 세월 각자에게 주어진 역할을 담담히 다한 셈이지만, 한편으로 두 사람은 죽이 매우 잘 맞았다. 타인의 일에 간섭하려 하지 않고 자신을 밀어붙이지도 않는다는 공통점 덕에 함께 있으면 마음이 편했다.

그런 미사오가 이번 봄방학에 하야시 쇼코를 나오코에게 소개했다.

"내 비밀 여동생이에요."

미사오는 농담처럼 웃었으나 눈은 웃고 있지 않았다. 나오코는 뭐라 대답하면 좋을지 망설였다. 옆에 있는 소녀에게 눈길을 돌린 나오코는 소녀의 미모를 보고 놀랐다. 두 사람이 나란히 있는 모습은, 진부한 표현이기는 해도, 흡사 태양과 달 같았다. 하야시 쇼코가 외부에 자신의 생명력을 발산시켜 빛을 발하는 타입인 데 반해, 미사오는 가만히 있어도 보는 사람이 빨려들 듯한 타입의 소녀였다.

"나오코 선생님의 어머니한테는 비밀로 해줘요, 우리가 만나는 거. 우리 엄마한테 알려지는 거 원치 않거든요."

미사오는 진지한 표정으로 검지를 입술에 대고 옆에 있는 소녀를 봤다.

"쇼코도 말씀 안 드렸대요."

옆에 있는 소녀는 고개를 까딱 끄덕였다.

"부모님께 쓸데없는 걱정을 끼치고 싶지 않아요. 자기들한테 불만이 있다고 오해하는 것도 싫고."

두 사람은 공범자 같은 미소를 교환했다. 나오코는 그 순간 격렬한 질투를 느꼈다. 이렇게 아름다운 두 사람이 그렇게 감미로운 비밀(그때 나오코에게는 이복자매라는 말이 매우 로맨틱하고 특별한 것처럼 느껴졌다)을 공유하다니 불공평하다고 생각했다.

그렇게 아름답고 사이좋던 두 사람이 지금은 유골이 되어 차가운 땅속에 묻혀 있다니. 나오코는 새삼 그 사실에 아연했다. 벼랑에서 떨어지다니. 추락사라니. 떨어지는 순간에 의식은 있을까? 어떤 기분으로 떨어질까? 땅바닥에 내동댕

이쳐지는 그 순간은? 등골이 오싹해진 나오코는 저도 모르게 양팔로 자신을 부둥켜안았다. 불행한 사고였을까? 미사오가 노트를 보내온 것은 단순한 우연일까?

소년은 불현듯 얼굴을 일그러뜨리더니 말없이 발길을 돌려 걷기 시작했다.

"어."

마키코는 어리둥절했다. 이야기가 아직 끝나지 않았을 텐데.

소년은 성큼성큼 언덕을 내려갔다. 처음 봤을 때처럼 말 거는 것을 거절하는 뒷모습이었다.

마키코는 어쩐지 비참한 기분으로 소년의 뒷모습을 배웅했다. 손에 쥔 꽃다발의 은박 포일이 미적지근했다.

전망대에 소녀를 남겨두고 게이스케는 거센 노여움에 사로잡혀 언덕을 내려갔다.

뭐야. 대체 뭐냐고, 그 꽃다발은. 그런 식으로 슬퍼하는 시늉을 해서 녀석들은 미사오를 그냥 죽은 사람으로 만들어버려. 눈물을 흘린 다음 집에 가서 케이크라도 먹겠지.

젠장. 젠장. 그런 별 볼 일 없는, 미사오의 발치에도 따라오지 못하는, 잘난 척하는 얼굴을 한 애송이한테 꽃 같은 걸 받다니. 미사오는 분명히 싫어할걸. 미사오는 야단스러운 것과 위선적인 것을 아주 많이 싫어했으니까. 도대체가 하야시 쇼코 같은 애하고 같이 죽다니 분하지도 않냐? 그 계집애한테 죽임을 당한 걸까? 그 집요하고 교활한 애 손에 걸려서? 그럼 어째서 하야시 쇼코도 죽었지? 미사오하고 싸우다가 그렇게 된 걸까?

어느새 게이스케는 언덕을 뛰어 내려가고 있었다. 가속이 붙어 멈출 수 없었다. 얼굴이 찼다. 목도 찼다. 소중한 무릎에 부담이 가해졌다. 그런데도 그는 쉬지 않고 난폭하게 언덕을 달려 내려갔다.

젠장. 간자키랑 자든 누구랑 자든 상관없어. 쌀쌀맞게 굴어도, 무시해도 좋아. 살아만 있으면. 살아 있어주기만 하면 됐는데.

일요일 아침.

나오코는 성터 공원에 발을 들여놨다. 노트를 읽다 보니 아무래도 미사오가 숨을 거둔 장소에 가보고 싶어졌다.

어제와 달리 찌뿌드드하게 흐린 하늘이었다. 비는 올 것 같지 않았지만 기온이 오르지 않아 기분이 우울해지는 추위였다.

이 계절에 시민들이 성터 공원을 찾는 일은 거의 없다. 실제로 공원에서 미사오와 쇼코를 목격한 사람은 아무도 없었다. 두 사람이 월요일까지 발견되지 않았던 것도 이처럼 인적이 드물기 때문이다. 누가 두 사람을 밀어 떨어뜨렸을 가능성은 있을까? 그렇게 생각하기는 어려울 듯했다. 신문에서도 전망대 난간에 고의로 힘을 가한 흔적은 없었다고 했다. 난간은 자연히 부식되어 파손된 것으로 보였고, 거기에 미사오와 쇼코가 최후의 지푸라기를 얹은 셈이라고.

나오코는 전날 밤 읽은 노트를 생각하며 언덕을 올라갔다.

노트에 적힌 글에는 날짜가 붙어 있었다. 글은 일관성이 없었다. 점잔 빼는 산문풍 글이 있는가 하면 그날 있었던 일을 의무적으로 기록한 것도 있고 메모처럼 단어만 쓰인 것도 있었다. '무지개와 구름과 새와'라는 제목은 뭘까? 전체를 종합해 보면 도무지 소설이라 할 수 없었다. 일기에 붙인 제목이라 해도 이상하다. 다만 노트의 내용은 '나'와 '이복동생'의 이야기에 한정되어 있었다. 그런 의미에서 노트는 명확한 목적을 가지고 쓴 것으로 보였다.

노트에 쓰인 내용을 종합하면, 고등학교에 입학한 해 봄에 '나'는 친척의 부주의한 발언으로 이복동생의 존재를 알게 된다. '나'의 어머니와 헤어지기 직전에 아버지는 이미 다른 여자와 사귀고 있었다. 동생이 자신과 한 살밖에 차이 나지 않는다는 사실에 그녀는 불쾌감을 느꼈다. 아버지는 '나'의 어머니와 헤어지고 그 여자와 살림을 합쳤지만 그 생활도 오래가지 못해 2년이 못 되어 헤어졌다. 여자는 아이를 데리고 재혼했다. 그 아이가 'S'다. 그 뒤 행방을 감춘 아버지는 어딘가에서 교통사고로 죽은 모양이다.

'나', 미사오는 끈기 있게 그 사실을 밝혀내 담담히 노트에 기록했다.

2년 동안 미사오는 얼굴도 모르는 동생에 대해 복잡한 감정을 품고 있었다. 호기심과 애정과 미움. 그런데 이윽고 호기심이 이겼다. 그녀는 참지 못하고 'S', 하야시 쇼코를 만나러 가기로 결심한다.

3월 21일
아무래도 참을 수가 없어서 S를 만나러 가다. S가 집에서 나오기를 계속 기다리다.
세 시간이나 기다렸다. 뭐라 인사하면 좋을지 알 수 없어서 "안녕"이라고만 했다.
S는 어리둥절해했다. 그럴 만도 하다. 머리가 이상한 여자라고 생각했을지도 모른다.
이름을 밝힐까 생각했으나 아무것도 모르는 S가 부모에게 내 이름이라도 말하면 S의 부모는 충격을 받을 것이다. 그런 일은 피하고 싶다. 오늘은 그게 다였다. 바로 도망치듯 돌아왔다. 학교도 다르고 좀처럼 만날 기회도 없다. 아주 예쁜 애라 가슴이 두근거렸다.
그런 귀여운 애가 동생이라니. 동생이라는 말이 현실미를 띤다.

이날을 경계로 미사오는 가끔씩 쇼코와의 만남을 시도하고, 쇼코도 미사오에게 흥미를 갖게 된 모양이다. 쇼코도 자신의 아버지가 친아버지가 아니라는 것을 어렸을 때부터 눈치채고 있었던 것 같다. 이윽고 미사오는 쇼코에게 비밀을 털어놓고 두 사람은 의기투합한다.

4월 28일
마침내 S에게 털어놓다. S는 내게 매달려 엉엉 울었다.
S도 어렴풋이 눈치채고 있었던 모양.
가족이 한 명 늘었다. 기분이 이상하다.

두 사람의 밀월은 여름까지 계속됐다. 외동아이였던 두 사람이 비슷한 또래의 아름다운 언니, 동생을 얻은 기쁨. 절제된 문장에서도 기뻐 어쩔 줄 모르는 모습이 느껴졌다.
그러나 여름의 끝을 경계로 상황은 급변한다.

8월 10일
S와 여행 갈 계획을 세우다. 우리 둘에게 특별한 여행이 될 것이다.

이날부터 두 달 이상 침묵이 이어진다. 그사이에 두 사람에게 결정적인 뭔가가 있었던 것 같다. 다음 글은 10월 중순이다.

10월 17일
오랜만에 S를 만나다. S는 나를 맹렬히 비난했다. S는 나를 절대 용서하지 않을 것이다. K와 사귀는 것도 S의 화를 돋우었다. S는 자존심이 강하다. S의 화가 폭발하면 아무 말도 할 수 없다.

이윽고 두 사람의 관계는 험악해진다.

10월 24일
편지가 오다. 이번 주에 벌써 세 통째. 힘줘서 꾹꾹 눌러쓴 S의 글씨가 너무 무섭다. 그 커다란 갈색 눈으로 한밤중에 이 편지를 쓰는 걸까. 말씨가 믿을 수 없을 만큼 험하다. 이게 그 고상하고 품위 있는 동생이 쓰는 말이란 말인가.

10월 30일
화가 나서 편지를 돌려보내자 이번에는 끈질기게 장난 전화를 건다. 받지 않아도 계속 끊지 않는다. 엄마가 없어 다행이다.
공부를 못 하겠다. 그 귀여운 얼굴로 수화기를 움켜쥔 모습을 상상하면 무섭다.

11월 2일

내가 잘못 생각했다. S를 만나러 가지 말았어야 했다. 하지만 만나러 가지 않을 수 없었다. 다시 한번 처음으로 돌아간다 해도 나는 역시 S를 만나러 갔을 것이다. 우리는 돌이킬 수 없다. 너무나 잘못된 곳까지 와버렸다. S와 다시 한번 차분히 이야기해야 한다. S를 비난할 수 없다. 나는 S를 지옥의 길동무로 삼아버렸다. 후회되지 않는 게 이상하다. 나는 역시 어떻게 된 걸까. 이런 이기적이고 잔혹한 일을 해놓고도 만족감마저 느끼고 있다.

노트는 거기서 끝났다. 그로부터 한 달이 채 못 되어 두 사람은 죽었다. 두 사람의 죽음이 사고인지 아닌지는 일단 내버려두고, 둘 사이에 어떤 심각한 트러블이 있었다는 것은 확실한 듯했다.

졸업논문 때문에 줄곧 의자에 앉아만 있던 몸이라 언덕길은 버거웠다. 이런 체력으로 고된 출판사 일을 감당할 수 있을까 걱정된다. 나오코는 멈춰 서서 심호흡을 했다. 새하얀 입김에 새삼 추위를 느꼈다.

노트를 읽으며 신경 쓰이는 게 있었다.

만년필의 터치가 일정하다는 점이었다. 나오코도 일기를 쓰는 터라 아는데, 매일 일기를 써도 나중에 보면 글씨가 고르지 않다. 컨디션에 따라 글씨를 눌러쓰는 힘도 달라지고,

또 만년필이라면 카트리지의 잉크가 닳기 전과 새로 넣은 직후는 농도와 굵기가 완전히 다르다. 이 노트는 그때그때 쓴 게 아니라 나중에 한꺼번에 베껴 쓴 것이라고 나오코는 확신했다. 다시 말해 이게 정말로 일기라면, 어딘가에 원본이 있고 '나'와 'S'에 관한 부분만 발췌해 베껴 썼다는 뜻이었다. 혹은 이게 순수한 창작이라는 가능성도 저버릴 수 없었다. '무지개와 구름과 새와'라는 제목이 머리 한구석에 들러붙어 떨어지지 않았다. 제목을 써서 '이건 픽션이에요' 하고 설명하는 듯한 느낌을 지울 수 없었다. 전에 미사오는 작가가 되고 싶다고 한 적이 있었다. 아름다운 이복자매를 소재로 소녀다운 로맨틱한 갈등 이야기를 쓰려 한 걸까.

"나오코 선생님은 장래에 뭐가 되고 싶어요?"

사전을 덮으며 당시 중학생이었던 미사오가 물었다. 사전에서 삐져나온 책갈피의 리본을 손가락으로 만지작거리고 있었다. 책갈피에는 모자를 쓰고 양손에 트렁크를 든 남자의 뒷모습이 그려져 있었다.

"아, 일단은, 편집자."

나오코는 홍차를 따르며 조금 부끄러워했다. 자신의 은밀한 꿈을 누군가에게 이야기하는 것은 이번이 처음이었다.

"어머, 잡지요?"

미사오는 웬일로 흥미를 노골적으로 드러내며 몸을 내밀

었다.

"아니, 잡지보단 문예 서적을 만들고 싶어. 난 날카로운 타입이 아니니까. 차분하게 작가와 일대일로 책을 만드는 쪽이 나한테 맞을 거야."

"그렇구나. 그러게요, 나오코 선생님은 남의 말도 잘 들어주고 인내심도 많으니까 틀림없이 잘 어울릴 거예요."

"고마워."

미사오는 총명하고 입에 발린 말을 하는 아이가 아닌지라 중학생의 말이라고 해도 기뻤다.

"미사오는?"

이럴 때는 같은 질문을 하는 게 예의겠지.

미사오는 진지한 표정을 지었다.

"다른 사람한테 말하면 안 돼요. 나오코 선생님한테만 말하는 거니까."

목소리가 낮아졌다. 물론 나오코는 힘차게 고개를 끄덕였다.

"나 말이에요, 소설가가 되고 싶어요."

나오코는 뜻밖이라고 생각했다. 미사오는 책을 많이 읽고 예술 방면에도 관심이 있었지만, 뭐든 잘하는 학생에게서 볼 수 있는 여러 가지 취미 중 하나라 생각하고 있었다. 사회적 지위가 높은 일에 종사하면서 취미활동에도 몰두한다, 그런 방향을 목표로 하는 타입인 줄 알았는데.

"그래? 지금도 뭔가 쓰고 있어?"

"네, 조금요. 굉장히 형편없지만요."

"그렇구나. 내가 편집자가 되면 읽어보고 책으로 낼 수 있을지도 모르겠네."

"그럼 좋겠네요."

미사오는 생긋 웃었다. 그러더니 표정이 또다시 진지해졌다.

"저요, 딱 한 권만 쓸 거예요."

"마거릿 미첼처럼?"

"그런 어마어마한 책이 아니라요. 4부작이에요. 어두운 이야기."

"순수문학?"

"그렇게 근사하지 않아요. 아주아주 비참한 이야기예요. 읽은 사람이 비참해서 자기혐오로 죽고 싶어질 것 같은 소설을 쓸 거예요."

"저런."

"그래서 읽은 사람이 잇따라 자살하는 거예요. 죽은 사람 방을 보면 언제나 책상 위에 내가 쓴 책이 펼쳐져 있어요. 아아, 또 이 책이다. 또 네 책 때문에 사람이 죽었다, 하고 비난이 쏟아지고 다들 날 손가락질하는 게 꿈이에요."

"뭔가 좀 비뚤어지지 않았어?"

"괜찮아요. 그냥 꿈이니까."

나오코의 회상은 여기서 중단됐다.

언덕을 끝까지 올라가자 전망대에서 감색 코트를 입고 포니테일로 머리를 묶은 소녀가 웅크리고 있는 모습이 눈에 들어왔기 때문이다. 우는 걸까? 미사오의 친구? 아니면 하야시 쇼코의?

난간은 여전히 부서진 채였다. 공사를 예고하는 흰색 표지판이 밧줄에 매달려 있었다. 이번 사고를 계기로 난간 전체를 교체하게 된 모양이다. 난간 주변에는 꽃과 과자가 수북이 쌓여 있어 흡사 제단 같았다.

나오코가 다가가자 소녀가 돌아봤다. 안경을 쓴 주근깨투성이 얼굴이 뭔가 말하고 싶은 표정으로 나오코를 쳐다봤다.

"미사오 친구니?"

나오코가 아무렇지도 않게 묻자 소녀는 안심한 듯한 얼굴로 일어섰다. 보아하니 그녀도 서고 학생인 모양이다.

"네, 같은 미술부였어요. 전 아직 1학년이지만요. 저, 혹시 미사오 언니 과외 선생님 아니세요?"

"응. 미사오가 중학생일 때부터. 내가 대학에 간 다음부턴 봄이나 여름에 집에 올 때뿐이었지만. 미사오한테 들었어?"

"네."

두 사람은 자연스럽게 다가서서 곁에 있는 나무 벤치에 나란히 앉았다. 벤치에 앉으니 더더욱 추위가 발밑에서 올라왔다.

"하야시 언니 친구가 아니라서 다행이에요. 죽은 사람한테 미안한 말이지만, 저는 그 언니도 그 언니 친구도 불편했거든요."

소녀가 중얼거렸다.

"하야시 쇼코도 알아?"

"말을 해본 적은 없고요. 종종 학교 끝나고 미사오 언니를 마중하러 왔거든요. 예쁘게 생겼으니까 어쩌면 제가 비뚤어진 건지도 몰라요. 하지만 어쩐지 그랬어요."

담담히 이야기하는 소녀를 보니 어째서 미사오가 이 소녀와 친했는지 알 것 같았다. 꾸밈이 없고, 남에게 뭔가를 강요하지도 않고, 솔직하다. 미사오가 좋아하는 타입의 여자애다. 그와 동시에 나오코는 소녀의 말에 공감하는 자신을 분석하고 있었다. 자신도 하야시 쇼코가 불편했다는 사실을 처음으로 인정한 것이다. 이유가 뭘까? 겨우 몇 번 이야기했을 뿐이다. 느낌도 좋았고, 붙임성 있고 사랑스러운, 머리 좋은 여자애였는데.

무서웠던 것이다. 나오코는 그 순간 깨달았다. 그 아이는 어딘지 모르게 무서웠다. 일단 자기가 그렇다 생각하면 앞뒤를 가리지 않고 외곬으로 밀어붙이는 점이 있었다. 적당한 표현을 잘 못 찾겠는데 어딘가 광신적인 느낌이 들었다. 미사오에게 푹 빠져 있었지만 그 감정이 언제 다른 것으로 변질되어도 이상하지 않을 긴장감이 있었다. 나오코는 쇼코를 봤을 때 얼마 전 건물 옥상에서 투신자살한 아이돌 가수를 떠올렸다는 사실이 생각났다. 그녀의 자살 직후 여러 십 대 청소년이 뒤를 이어 자살했다. 매우 착실한 노력가였던 그녀는 연예인 되는 것을 반대하는 부모가 내건 조건을 지키기 위해 죽을힘을 다해 공부해서 시험에서 1등을 차지했다는 기사를 읽은 것도 생각났다.

그 아이는 무서웠다. 나오코는 마음속으로 그것을 다시 한번 확인했다.

"미사오 언니가 죽었다는 말을 들었을 때 자살이 아닐까 생각했었어요."

옆에 앉은 소녀가 앞을 보며 하는 말을 듣고 나오코는 놀랐다. 얼떨결에 소녀의 얼굴을 쳐다봤다. 이 아이는 꼭 나오코의 무의식 깊은 곳에 가라앉아 있던 것을 차례차례 건져 올리는 것 같다. 나오코는 소녀의 감상이 처음 자신이 비보를 들었을 때와 똑같다는 사실을 깨달았다.

"왜?"

그런 사실은 입 밖에 내지 않은 채 나오코는 소녀에게 물었다.

"특별한 이유는 없지만 어쩐지요. 미사오 언니는 원래 어디론가 스윽 사라져 버릴 것 같은 사람이었잖아요?"

"그래? 옛날부터 담백한 부분이 있긴 했지만 그런 느낌은 아니었다고 기억하는데. 하지만 반년 이상 만나지 못했으니까 모르지. 요새는 어땠어? 저기, 너 이름이 뭐니? 난 노가미라고 해. 노가미 나오코."

"하야사카예요. 하야사카 에이코."

"최근에 뭔가 고민하는 기색이라도 있었어?"

"글쎄요. 언니는 3학년이었으니까 미술실에도 별로 얼굴을 내밀지 않았거든요. 저도 일주일에 한 번 볼까 말까 하는 정도였어요."

에이코의 말투가 느려졌다.

"무지개랑 구름이랑 새랑 셋 중에서 뭐가 좋아?"

"네? 뭐가요?"

오랜만에 불쑥 나타난 미사오가 에이코 옆에 앉아 크로키북에 연필을 놀리며 물었다.

"다음에 다시 태어난다면 말이야."

"왜 그 세 개예요?"

"방금 생각났어."

"한 번 더 말해주실래요?"

"무지개와, 구름과, 새."

"으음."

석고 데생을 계속하면서 에이코는 고민했다.

교정 한구석에 있는 목조 미술실은 이미 어둑어둑했다. 미술실에는 천창이 여러 개 있어 석고나 정물에 미묘한 음영이 생긴다. 미술부원들은 그것을 마음에 들어 했기 때문에 데생하는 동안 어두워져도 불을 켜는 학생은 많지 않았다.

 미술실에는 에이코밖에 없었다. 학교 축제가 막 끝난 참이라 늦은 시간까지 그림을 그리는 학생은 없었다. 미사오도 그것을 알고 있었던 게 틀림없다. 문을 열고 들어온 미사오는 에이코만 있는 것을 보고도 놀라지 않았다. 에이코는 고개를 까딱 숙이고 데생을 계속했다.

 "에이코, 무지개가 떴어."

 "정말요?"

 창가에 서서 밖을 보는 미사오를 따라 에이코도 자리에서 일어섰다.

 조금 전까지 철 지난 소나기가 세차게 퍼부었기 때문일 것이다. 구름이 이제 막 흩어지려 하는, 아직 반쯤은 시커먼 먹빛 하늘을 가로지르듯 두 개의 무지개가 이중으로 걸려 있었다.

 "와, 정말이다. 엄청 오랜만에 봤어요."

 "아름답네."

 "여러 번 봐도 늘 신기해요."

 "좀 무섭지."

 얼마 동안 무지개를 바라보던 두 사람은 이윽고 자리로 돌아와 나란히 앉아서는 각각 목탄과 연필을 들었다. 그 뒤에 미사오가 그 질문을 한 것이다.

"역시 새려나요. 여기저기 날아갈 수 있으니까요."

에이코는 잠시 생각한 뒤 대답했다.

"언니는요?"

"무지개일지 구름일지 고민했는데 무지개."

"무지개요?"

"좋잖아. 어느 틈에 나타났다가 다시 스윽 사라지고. 좋은 부분만 쏙쏙 골라갈 수 있잖아. 아름답지, 신비스럽지, 뒤끝도 없지."

"그래요?"

"게다가 무지개는 별로 길한 게 아니래. 옛날 사람들은 흉조라고 생각했다나 봐."

"흉조?"

"불길한 징조 말이야. 나 같은 역귀한테 어울려."

"에이, 아무리."

"정말이야."

미사오는 가끔씩 이렇게 자조하는 일이 있었다. 그 순간만은 마치 늪에 가라앉듯 침울해진다. 익숙해지기 전에는 덩달아 함께 가라앉을 뻔했으나 에이코는 곧 상대하지 않고 가볍게 넘기는 요령을 익혔다. 미사오의 자조를 눈치채지 못한 척 떠 있는 것이다. 그러면 미사오는 곧 혼자 힘으로 둥실 떠올라 되돌아온다. 그런데 그때 미사오는 가라앉은 채 좀처럼 떠오르지 않았다. 에이코는 걱정이 들기 시작했다.

"언니, 인스턴트커피 드실래요? 어두워졌는데 불 켤까요?"
"아, 응."
미사오는 움찔 놀란 듯 고개를 들고 겨우 '떠올라' 왔다.
"타이밍이 딱 좋네. 사실은 여기서 먹으려고 도넛을 사 왔거든."
"와, 저도 먹어도 돼요?"
"물론이지."
아무 생각 없이 일어나 머그잔 두 개에 커피를 타서 돌아온 에이코는 미사오가 펼친 꾸러미를 보고 깜짝 놀랐다.
커다란 상자에 갖가지 도넛이 들어 있었다. 죄다 에이코가 좋아하는 것들뿐이다. 게다가 역 앞에 있는 커다란 도넛 가게의 상자였다.
"언니, 일부러 역 앞까지 가서 사 온 거예요?"
"뭐? 아, 응, 갑자기 먹고 싶어졌지 뭐야."
"그럼 사양 않고 먹을게요. 남아서 그림 그리길 잘했네요."
명랑하게 도넛을 덥석 베어 물면서도 에이코는 동요하고 있었다. 마치 미사오가 에이코에게 작별 인사를 하러 온 듯한 느낌이 들었기 때문이었다.

이야기를 들으며 나오코도 동요했다.
미사오는 자신의 죽음을 예감하고 있었나? 어떤 형태의 죽음을 상상하고 있었을까. 자살을? 그렇다면 하야시 쇼코는 어떤 식으로 관련되는 걸까? 미사오 혼자였다면 자살이라 해도 이해할 수 있었을지 모른다. 하지만 쇼코는? 쇼코는 왜 같이 죽었을까?

두 사람의 죽음은 점점 미궁에 빠져드는 듯했다. 생각하면 생각할수록 알 수 없었다. 사실 수수께끼 따위는 전혀 없는지도 모른다. 그저 마음이 약해진 소녀가 불행한 사고를 당했을 뿐일지도 모른다. 불행은 약한 마음에 파고들게 마련이다.

반면 수확도 있었다. 무지개와, 구름과, 새. 그 말이 에이코와의 대화에서 나왔다는 것을 알았다. 그것을 노트 제목으로 삼았다는 점은 명백했다. 역시 노트를 쓴 사람이 미사오라는 증거가 된다.

다시 태어난다면. 거기에도 죽음의 냄새가 감돌았다. 어디서 시작해도 결국은 두 사람의 죽음으로 수렴된다.

"······난간."

느닷없이 에이코가 중얼거렸다.

"응?"

나오코는 되물었다.

"왜 거기서 떨어졌을까."

에이코는 부러진 난간을 우두커니 바라보고 있었다.

"왜라니?"

에이코는 흠칫 놀란 얼굴로 나오코를 봤다.

"노가미 씨도 서고 다니셨죠? 모르세요? 그 난간이 위험하다는 이야기는 옛날부터 학교에서 유명했는데요."

"저런, 난 몰랐어."

"그렇군요. 역시 아는 사람만 아나 보네요. 그럼 서고 운동부 애들한테만 유명한 건가. 운동부 애들은 러닝이나 트레이닝할 때 여기 공원을 쓰잖아요. 여기까지 오면 해방감도 있고 전망도 좋으니까 그만 난간에 기대고 싶어지죠. 하지만 언제 부러져도 이상할 게 없으니까 절대로 기대지 말라고, 선배한테서 후배로 대대로 전해지는 모양이에요."

"그렇구나."

문득 나오코는 의문이 들었다.

"미사오는 그걸 알고 있었을까?"

에이코는 질문의 의미를 바로 알아차린 듯했다.

"글쎄요. 전 오빠가 야구부라서 안 건데요. 그러게요. 미사오 언니, 육상부 애랑 사귀었으니까 알고 있었을지도 몰라요."

"어머나. 그 애는 지금 어떻게 지내려나. 충격이 컸겠네."

"하지만 얼마 전에 헤어진 모양이에요. 미사오 언니는 원래 진심으로 사귀지 않으니까."

에이코는 여전히 담담한 어조로 말했다. 그러고 보면 나오코와 미사오는 연애 이야기를 한 적이 거의 없었다. 추상적인 화제로는 이야기해도 구체적인 화제는 일부러 피했던 구석이 없지 않았다. 나오코가 상담 상대 역할을 맡고 있는 이상, 미사오는 나오코가 어머니에게 보고할 의무가 발생할 것 같은 화제를 피했을 것이다. 또 나오코에게 괜한 부담을 주지 않으려는 배려도 있었을 것이다. 하지만 동성 간에 가장 흥미로운 이야깃거리를 털어놔 주지 않았다는 사실에는 솔직히 조금 상처받았다. 미사오는 신중한 아이였다. 상대방에 따라 이 사람에게는 여기까지, 하는 선을 명확하게 정해 두고 있었다.

"미사오랑 제일 친했던 친구는 누굴까?"

에이코는 고개를 갸웃했다.

"글쎄요. 늘 혼자 있다는 인상이 강했는데요. 속한 그룹은 있는 것 같았지만 어디까지나 편의상 같이 있다는 느낌이었거든요. 하지만 언니는 남자애들은 물론이고 여자애들한테도 인기 있었어요. 늘 그런 식으로요."

'편의상'이라는 말에 나오코는 쓴웃음을 지었다. 미사오다운 이야기였기 때문이다. 에이코의 대답은 여러모로 시사하는 바가 많았다. 미사오는 난간에 관해 몰랐을까? 그렇다면 그것은 역시 사고라는 뜻이다. 하지만 혹시 알고 있었다면? 자살일 가능성이 높아진다. 그녀가 알고 있었는지 아닌지 어떻게 하면 알 수 있을까?

"엄마, 나 서점에 좀 갔다 와요."

어느 이른 봄날, 하야시 쇼코는 코트를 걸치고 밖으로 나왔다. 봄 코트를 입기에는 아직 이르다.

바람에 실려온 눈송이가 눈앞을 언뜻 스쳐 지나갔다. 봄은 아직 멀었네.

하지만 이제 곧 2학년이다. 제1회 진로지도도 있을 테고 참고서 준비도 해야 해.

숨을 하아 내쉬며 차고에서 자전거를 끌어냈다.

쇼코는 지는 것을 몹시 싫어했다. 어렸을 때부터 무슨 일이든 남보다 열심히 노력해 1등을 차지했다. 할 수 있을 만큼 해두지 않으면 성에 차지 않는 성격이었다.

쇼코는 자신이 상당히 여러 가지를 갖추었다는 것을 알고 있었다. 세상 사람들이 말하는 '행복한 여자애'의 조건을 충족한다는 것을. 그러나 한편으로 다른 것도 어렴풋이 눈치채고 있었다. 결코 말로 표현하는 일은 없었고 심지어 마음속으로 중얼거린 적조차 없었지만, 그래도 철이 들면서부터 그녀는 알고 있었다. 자신에게는 결정적인 뭔가가 빠져 있다는 것을. 그게 뭔지는 알 수 없었다. 그것은 저주와 같아서 입 밖에 낸 순간 무서운 현실이 되어버릴 듯했다. 쇼코는 그 저주를 두려워하고 있었다. '행복한 여자애'로 있기 위해 실패는 용납할 수 없었다.

쇼코는 땅바닥을 보며 자전거를 밀기 시작했다.

아무도 몰라. 내가 얼마나 죽을힘을 다해 싸우고 있는지. 얼룩 하나 없는 내 세계를 지키려고 얼마나 노력하는지. 한

번 얼룩이 생겨버리면 거기서부터 내 세계는 허물어지고 말 거야.

자전거 바퀴가 돌아가는 가벼운 소리가 울렸다.

열심히 공부해서 꼭 도쿄에 있는 K대 영문과에 가는 거야. 쇼코는 자신이 멋지게 치장하고 K대 캠퍼스를 걷는 모습을 상상했다. 드디어 떳떳하게 화장할 수 있게 되는 거야. 내 피부는 하얗고 투명하니까 엷게 화장해도 꽤 어른스럽게 어울릴 거야. 분명히 대학 동아리에서도 인기가 많을 테지. 그때는 히로타보다 훌륭한 사람을 만날 거야.

줄곧 의식 바깥으로 내몰고 있었던 아픔이 거세게 쇼코의 심장을 옥죄었다. 히로타 게이스케에게 차인 일은 쇼코에게 천재지변 같은 타격을 주었다. 지금도 자신이 거절당했다는 사실이 믿기지 않았다.

그 애가 이상한 애였던 거야. 굴욕과 증오의 기억이 불끈불끈 되살아나려 할 때마다 쇼코는 서둘러 그렇게 생각했다. 그게 아니면 도저히 이해할 수 없는 언동이 아닌가.

현관에서 대문으로 이어지는, 동백나무가 늘어선 좁은 돌층계를 천천히 자전거를 밀고 내려가며 쇼코는 생각을 다른 데로 돌리려 애썼다. 어깨높이의 검은 철 대문을 밀어 끼익 열고 자전거를 내가려 했을 때였다.

"안녕, 하야시 쇼코."

갑자기 또렷한 목소리가 귀에 들어왔다. 쾌활한 것 같으면서도 어딘지 모르게 두려움에 찬 목소리가.

쇼코는 목소리가 들린 방향을 봤다.

깜짝 놀랄 만큼 아름다운 소녀가 서 있었다.

검은 피코트에 무늬가 희끗희끗한 회색 머플러를 둘렀다. 녹색 아가일 무늬 양말에 검은 로퍼. 소녀는 곧은 대나무처럼 의연하게 서 있었다.

반질반질 윤이 나는 검은 머리 위로 눈송이가 춤추고 있었다. 추위로 뺨이 붉게 상기됐고, 보기 좋게 자란 눈썹 밑으로 검은 금붕어처럼 동그랗고 부드러운 눈동자가 자신을 보고 있었다.

자기가 말을 걸고도 소녀는 놀란 표정이었다. 쇼코는 자신이 너무 어리둥절한 얼굴이라 그렇다는 것을 깨달았다.

그렇게 족히 5초는 서로 마주 보고 있었을까.

소녀는 조금 뒤로 물러섰다. 아쉬운 듯 쇼코를 보더니 이윽고 발길을 돌려 종종걸음으로 사라져 갔다.

쇼코는 꼼짝도 할 수 없었다. 눈송이처럼 눈앞에 나타났다 사라진 소녀의 잔상이 선명하게 뇌리에 박혀 있었다.

"저기요, 히로타 선배 있어요?"

수업 종료를 알리는 종이 울리자마자 교실을 뛰쳐나간 에이코는 위층 안쪽 교실을 찾아가 맨 뒷자리에서 가방을 싸는 남학생에게 물었다.

"히로타? 안 돼, 안 돼, 그 녀석 죽었어."

"네?"

"시노다 미사오랑 같이 죽어버렸거든."

"혹시 학교에 안 나와요?"

"아냐. 벌써 가버렸어. 운동장에 가봐. 매일 100킬로쯤 뛰니까."

12월도 중순을 맞이한 학교 운동장은 냉장고 안처럼 썰렁했다.

높다란 하늘 밑바닥에 호를 그리듯이 얇고 싸늘한 구름이 떠 있다. 그보다 더 아래쪽으로 희끄무레한 축구 골대가 방치되어 있고 거무스름한 그림자가 묵묵히 직선 위를 이동했다.

"히로타 선배."

에이코는 운동장 한구석에서 소리쳤다. 그림자는 멈추지 않았다.

"히로타 선배, 부탁드릴 게 있어요."

에이코는 체면이고 뭐고 열심히 손을 흔들었다. 노가미 나오코는 벌써 찻집에서 기다리고 있을 것이다.

겨우 그림자가 알아챈 듯했다. 이쪽을 돌아보는 것을 알 수 있었다. 멈춰 서서 에이코가 자신에게 손을 흔들고 있다는 것을 확인한 모양이다. 달리기를 중단하고 운동장을 대각선으로 가로질러 왔다.

"뭐야? 넌 누구지?"

눈앞에 다가온 소년을 보고 에이코는 놀랐다.

눈은 퀭했고 뺨은 핼쑥해져 흙빛을 띠었다. 원래부터 날카로운 분위기를 지닌 소년이었지만 홀쭉하게 야윈 만큼 그게 애처로운 인상으로 변했다.

미사오 언니를 정말로 좋아했던 것이다.

비통함과 함께 에이코는 부러워졌다. 미사오 언니는 언제나 진심이 아니었는데. 미사오 언니는 이미 이 세상에 없는데.

"1학년 6반 하야사카예요. 미사오 언니랑 같은 미술부였어요. 도쿄에서 언니 친구가 와 있거든요. 히로타 선배의 이야기를 듣고 싶어 해요."

미사오의 이름을 꺼낸 순간 게이스케의 눈이 검게 그늘졌다.

"내가 왜?"

얼굴을 돌리며 목소리를 낮추었다. 에이코는 필사적으로 말했다.

"미사오 언니랑 사귀고 있었잖아요. 역 뒤에 있는 '시계방'에서 기다려요."

"미사오가 마지막으로 사귀었던 건 내가 아니야."

"노가미 나오코란 사람이에요. 언니한테 들은 적 없어요? 지금 대학생인데 중학교 때부터 미사오 언니한테 과외를 가르치던 선생님이에요. 노가미 씨, 미사오 언니의 유서를 갖고 있다고요."

게이스케는 날카롭게 반응했다. 사람을 꿰뚫는 섬광 같은 눈동자로 돌아봤다.

"유서라고?"

"네."

에이코도 질세라 마주 노려봤다.

"그건 유서라고 생각해요."

역 뒷길은 방치된 자전거와 귀가하는 사람들로 저물녘의 소란스러움에 휩싸여 있었다. 미로처럼 무차별하게 뻗어나간 음식점 거리의 한 귀퉁이, 빵집 2층에 산장풍 찻집이 있었다.

크로켓과 꼬치구이 냄새를 맡으며 게이스케는 긴장한 얼굴로 계단을 서둘러 올라갔다.

게이스케가 약속 장소에 간다는 것을 확인한 에이코는 나오코의 인상착의를 설명하고 돌아갔다.

문을 열자 딸랑딸랑 맑은 소리가 났다.

게이스케는 침을 꿀꺽 삼키고 가게를 둘러봤다. 테이블마다 목제 칸막이로 구분해 놓은 탓에 돌아다니지 않으면 손님의 모습은 보이지 않았다.

머리가 짧고 몸집이 자그마한 여자의 뒷모습이 눈에 들어왔다. 검은 터틀넥 스웨터. 틀림없다. 저 사람이 노가미 나오코일 것이다.

게이스케는 허둥지둥 테이블로 다가갔다.

"저, 노가미 씨?"

여자가 고개를 들었다. 대학생이라기에 훨씬 어른스러운 여자를 상상했는데 맥 빠질 만큼 어려 보였다. 화장기도 거의 없는 데다 몸집도 작고 매우 말랐다.

"히로타 게이스케지?"

그러나 입을 열고 시선을 분명히 맞추자 심지가 강한, 연장자다운 침착함이 느껴졌다. 낮고 명료한 목소리에 게이스케는 어쩐지 마음이 놓였다.

"미사오의 유서를 갖고 있다고?"

아메리칸 커피를 주문하고 나서 곧바로 게이스케가 물었다.

"유서인지 아닌지는 아직 모르겠지만...... 미사오가 죽기 직전에 나한테 보낸 건 확실해."

나오코는 차분한 목소리로 천천히 말했다. 잠시 뜸을 들이며 눈앞의 소년을 유심히 관찰했다.

근사한 남자애네.

십 대 소녀가 그리는 소년의 이미지를 고스란히 체현한 듯한 아이였다. 날카롭고, 허세가 있고, 순수하고, 위태로우며, 냉정한 부분과 뜨거운 부분이 뒤섞여 있다. 기름하고 도전적인 눈도, 뺨이 움푹 팬 샤프한 얼굴 윤곽도 그런 이미지를 뒷받침했다. 절제된 분위기와 타인에게 단도직입으로 다가서는 솔직함을 함께 지닌 점도 매력적이다. 틀림없이 인기가 많을 테지. 달리고 있는 그를 먼발치에서 지켜보는 여자애가 얼마나 많을까? 문득 고교 시절에 경험했던 풋사랑의 기억이 떠올라 감상적인 기분이 들었다. 그 아이는 지금쯤 어디서 뭘 할까?

"보여줘."

절박한 목소리를 듣고 나오코는 정신이 들었다. 여기 오기 전까지는 그에게 노트를 보여줄지 말지 망설였지만 눈앞의 소년을 보고 순순히 보여주기로 했다. 게다가 안 된다고 해도 그는 받아들이지 않을 것이다. 나오코는 노트를 꺼내 잠자코 건네주었다.

게이스케는 창백한 얼굴로 노트를 들고 머뭇머뭇 펼쳤다.

"뭐지, 이건? '무지개와 구름과 새'라니?"

나오코는 에이코에게 들은 이야기를 해주었다.

"다시 태어나면……."

게이스케는 순간 말문이 막힌 듯했다. 나오코는 애써 무표정함을 가장했다.

게이스케는 천천히 페이지를 넘기더니 '아아' 하고 작게 중얼거리며 만년필 글씨를 살짝 어루만졌다.

"미사오의 글씨다."

지금 그의 뇌리에는 틀림없이 온갖 표정을 한 미사오의 모습이 떠오르고 있을 것이다. 그것은 애처로운 광경이었지만, 다른 한편으로 나오코는 마음 한구석에서 잔인한 기쁨을 느끼고 있었다. 매력적인 소년이 상처 입은 모습을 보는 기쁨을. 나도 참 나쁜 사람이네. 나오코는 마음속으로 얼굴을 찡그렸다.

"미사오한테 편지 받은 적 있어?"

"아니. 갠 남자한테 편지 같은 거 절대 안 써. 자기가 쓴 글이 남자한테 남아 있는 게 기분 나빠서 싫다고 말이지."

게이스케는 단호하게 고개를 저었다. 나오코는 미사오답다고 생각했다.

"미사오는 공부도 잘했잖아. 나 같은 건 열등생이고. 이래 봬도 어쨌거나 국립대 이과 지망인데 말이야. 미사오가 곧잘 화학이라든지 수Ⅱ 같은 과목을 가르쳐줬는데 그 녀석, 공부 가르칠 땐 엄청 무서워. '멍청이, 머릿속에 대체 뭐가 들었어?'라든지, '잘도 고등학교에 들어왔네' 같은 말을 한다고. 아 참, 그러고 보니 노가미 씨는 머리 엄청 좋겠네. 미사오한테 과외를 가르쳤다며?"

퍼뜩 생각난 듯 게이스케는 꾸밈없는 표정으로 나오코를 쳐다봤다. 경계심을 푼 소년의 얼굴은 의외로 천진했다. 나오코는 쓴웃음을 지었다.

"미사오가 나한테 과외를 받아준 거겠지. 미리 말해두는데 난 사립대 문과야."

"그렇구나."

농담을 하고 나니 조금 긴장이 풀린 모양이다. 처음 노트를 들었을 때의 기묘한 긴장감도 사라져, 조금 거리를 두고 미사오의 글씨를 볼 수 있게 된 듯했다. 커피를 마시며 게이스케는 노트를 찬찬히 읽었다. 가끔씩 고개를 들어 주위에 아무도 없는 것처럼 날카로운 눈빛으로 생각에 잠겼다. 나오코는 기다렸다. 그의 표정을 보고 있는 것만으로도 지루하지 않았다. 겨우 다섯 살 차이인데 나는 참 많은 표정을 잃어버렸구나.

마지막 페이지를 한동안 바라보던 게이스케는 이윽고 기묘한 표정으로 나오코를 봤다.

"어때?"

"으음."

게이스케는 머리를 거칠게 헝클어뜨리더니 거의 남지 않은 커피를 마셨다.

커피를 마시며 노트를 아무렇게나 가리켰다.

"이거 말이야, 미사오 같아 보이지만 미사오답지 않아."

"응?"

"애초에 미사오답지 않단 말이야, 이런 식으로 써서 남긴다는 게. 게다가 만약 미사오가 썼다면 좀 더 솔직하게 쓰지 않았을까. 이건 굉장히 능숙하게 쓴 글이잖아? 중요한 부분은 얼버무렸다고. 뭔가 숨기고 있다는 게 뻔하잖아."

"그럴까."

"그렇다니까."

의표를 찌르는 말이었다. 작가가 되고 싶다는 미사오의 꿈을 알고 있었던 만큼, 나오코는 문학적 의미, 다시 말해 픽션인지 논픽션인지 하는 점밖에 생각하지 않았다. 이 노트를 쓴 것 자체에 어떤 목적이 있다는 작위적인 의미는 생각도 해보지 않았다.

"뭘 숨기고 있었을까."

나오코가 혼잣말처럼 중얼거리자 게이스케는 조금 상처 입은 표정을 지었다.

"모르겠어. 난 미사오에 대해서 틀림없이 10분의 1도 몰랐던 거야."

"그건 다들 마찬가지야. 나도 그렇고."

나오코는 발끈해서 말했다. 미사오를 아는 누구나 그럴 것이다.

"하지만 이걸 읽고 오늘 처음으로 생각한 건데……."

게이스케가 다시 노트를 팔랑팔랑 넘겼다.

"미사오, 어쩌면 엄청 콤플렉스 갖고 있었던 게 아닐까."

"콤플렉스?"

미사오와 가장 인연이 없는 말 같았다.

"응. 콤플렉스라고 할지, 심각한 고민? 그런 뻔한 말로는 딱 들어맞지 않지만."

게이스케가 답답한 표정을 지었다. 그 얼굴을 보고 나오코도 돌연히 깨달았다.

그렇다. 미사오에게는 어딘가 바닥을 알 수 없는 깊은 구렁 같은 부분이 있었다.

매일 다니는 길가에 커다란 구멍이 있다고 치자. 아주 깊어서 떨어지면 위험하다. 치명상을 입어도 이상하지 않을 정도다. 처음에는 조심조심 주의해서 길을 걷는다. 하지만 이윽고 익숙해져 곧 구멍의 존재를 의식하지 않고 길을 걷게 된다. 마치 원래부터 구멍 따위 존재하지 않았다는 것처럼.

하지만 깊은 구멍은 늘 그곳에 있다. 처음부터 같은 깊이로. 자칫하면 빗물에 깎여 더 깊어지거나 모르는 새에 쓰레기가 버려져 있기도 한다.

미사오는 자기 안에 있는 깊은 구렁을 숨기지 않았다. 늘 여기에 구멍이 있다고 말하는 듯한 부분마저 있었다. 하지만 언제나 당연하게 그곳에 있었기 때문에 아무도 눈치채지 못했던 것이다.

나오코는 자기혐오에 빠졌다. 게이스케의 이해가 훨씬 깊고 날카로웠다. 이래 가지고 편집자 노릇을 할 수 있을까. 보다 겸허하게, 주의 깊게 문장을 읽어야 하는데.

문득 당초의 목적이었던 질문이 생각났다.

"그건 그렇고 혹시 난간 이야기를 미사오한테 한 적 있어?"

"난간?"

"성터 공원의 난간이 위험하다는 이야기 말이야."

나오코는 에이코에게 들은 이야기를 했다.

"너도 알고 있었어?"

게이스케는 고개를 끄덕였다.

"그렇게 의식한 적은 없었지만. 거기 그냥 보면 별로 위험해 보이지 않거든. 페인트도 멀쩡하게 칠해져 있고. 지금까지 사고가 없었던 게 이상하지. 여름철엔 관광객도 꽤 오는데 말이야."

"그 이야기, 미사오는 알고 있었어?"

게이스케는 고개를 갸웃했다. 얼굴을 찌푸리며 열심히 생각해 내려 했다.

미사오는 공공연히 교제를 과시하는 성격은 아니었다. 둘이서 성터 공원 같은 데를 걷고 있으면 데이트 중이라고 광고하는 것이나 다름없다. 그런 식으로 여봐란듯이 과시하는 데이트를 미사오는 좋아하지 않았다. 함께 찻집에 들어가는 것도 싫어했다. 미사오는 살풍경한, 누구나 빠른 걸음으로 지나가 버릴 것 같은 풍경 속을 나란히 느긋하게 걷는 것을 가장 좋아하는 듯했다.

계속 걸을 수 있으면 좋을 것 같지 않아? 이렇게, 좋아하는 사람과 나란히 타박타박 걸으면서 한평생 살 수 있으면 좋을 텐데. 자고 먹고, 공부하고 일하고, 그런 건 하지 않고 말이야. 그저 걸을 뿐. 밤이고 낮이고 풍경을 보면서 한결같이 걷는 거야. 지치지도 않아. 그저 줄곧 나란히 걸어갈 뿐…….

웬일로 미사오가 '영원'을 이야기했을 때였다. 물론 그녀는 어느 누구보다도 그런 것을 믿지 않는 사람이었지만.

저도 모르게 회상에 끌려들어 갈 뻔한 것을 애서 저지하고 게이스케는 기억을 뒤졌다. 역시 미사오에게 난간이 위험하다는 이야기를 한 기억은 없다. 미사오에게는 한 적 없지만…… 누군가와 그 이야기를 한 적이 있기는 한데.

갑자기 다른 기억이 되살아났다.

"여기서 떨어지면 죽으려나."

하야시 쇼코는 난간 너머로 조심조심 아래를 내려다봤다.

가을날 해 질 무렵. 낭떠러지 밑에서 찬바람이 불어 올라왔다. 여기는 시내에서도 가장 높은 곳이라 분지에 펼쳐지는 시가지가 한눈에 보였다.

"그야 죽겠지."

게이스케가 간단히 대답하자 쇼코는 뒤를 돌아 어리광을 부리듯 흘겨봤다.

"너무 쌀쌀맞잖아. 아, 저기 봐!"

"앗, 난간에 기대면 안 돼!"

난간 밖으로 몸을 내밀려 하는 쇼코의 팔을 게이스케는 허겁지겁 끌어당겼다. 쇼코는 어리둥절한 얼굴이었다.

"이 난간 위험하단 말이야. 자, 봐, 여기만 삐걱대잖아."

쇼코가 기대려던 난간은 커다랗게 휘어 흔들리고 있었다. 밑동이 적갈색으로 녹슬었고 자잘하게 금이 갔다. 이미 부식될 대로 부식되어 지면과 분리된 부분도 있었다.

"아."

쇼코는 그것을 보고 파랗게 질렸다. 자신이 얼마나 위험한 일을 했는지 이해한 모양이다.

"어머, 무서워."

"여기, 옛날부터 너덜너덜했어."

"그렇구나, 몰랐어."

쇼코는 재빨리 뒤로 물러나 게이스케에게 바싹 붙었다. 게이스케는 가슴이 두근거렸다.

한 달 전, 쇼코에게 사귀자는 말을 들었다. 아직 몇 번 만나지 못했지만 게이스케는 아직도 여자애와 사귀고 있다는 게 실감 나지 않았다.

고등학교 1학년 여름방학이 끝나가던 어느 날, 갑자기 "시무라여고 1학년 하야시 쇼코라고 하는데, 나랑 사귀지 않을래?" 하고 전화가 왔다. 망설임 없는 분명한 말투에도 놀랐지만 만나보니 인형처럼 귀여운 여자애여서 또 놀랐다. 시내 명문 여학교인 시무라에서도 1, 2등을 다투는 미소녀라는 평판에 게이스케는 날아오를 듯한 기분이 들었다. 부러워하는 친구들을 보며 자신은 아주 운이 좋은 모양이라고 생각했다. 하야시 쇼코는 겁이 없고 성격도 분명한 데다 머리가 좋은 소녀였다. 게이스케는 그녀가 발산하는 파워에 압도되어 그녀가 주도하는 대로 끌려갔다.

쇼코는 매우 적극적이었다. 남녀는 원래 그런 법이라며 게이스케를 다그쳤다. 뭐가 뭔지 잘 모르는 채로 게이스케는 그녀와 잤다.

막연히 이건 좀 아니라는 느낌이 든 것은 겨울을 맞이할 무렵이었다. 이 애는 정말로 날 좋아하는 걸까. 그런 눈으로 쇼코를 보게 됐다.

알고 보니 하야시 쇼코는 대단히 남성적이었다. 자기보다 더 남자다울지 모른다고 자조하게 될 정도였다. 그녀는 게이스케를 획득하고 온 힘을 다해 그에게서 이익을 얻어내려 했다. 그는 단순히 '그녀의 것'이었다. 쇼코의 머릿속에는 '이상적인 교제'의 견본이 있어 견본대로 따라야 한다고 생각하는 것 같았다. 텔레비전을 새로 사면 설명서를 훑어보며 사용법을 익히고 부가 기능을 차례차례 시험해 보는 식으로.

나는 이 애를 좋아하지 않아. 어느 날 그녀를 집까지 바래다주었을 때 게이스케는 그런 확신이 들었다.

쇼코가 대문 안으로 들어가고, 현관 앞에서 살짝 손을 흔드는 모습을 본 순간이었다. 그녀는 여전히 사랑스러웠고, 세이스게를 향한 미소는 남성지의 화보 모델처럼 완벽했다. 그럼에도 불구하고 그는 자신이 소녀에게 조금도 관심이 없다는 사실을 깨달았다.

그리고 이 애도 나를 좋아하지 않아. 몹시 냉정한 기분으로 게이스케는 문이 닫히는 것을 지켜봤다.

그런데 그것을 정직하게 말했을 때, 쇼코의 노여움은 게이스케의 예상을 훨씬 뛰어넘었다.

지금까지 그녀를 매력적으로 보이게 했던 밝은 빛이 순식간에 시뻘건 불꽃이 되어 타오르는 듯했다. 쇼코의 얼굴이 새파랗게 질리고 엷은 갈색 눈동자가 허옇게 벌어졌다.

게이스케는 공포를 느꼈다. 본 적이 없는, 봐서는 안 될 것을 본 듯한 비현실적인 감각이었다.

쇼코가 입을 열어 맨 먼저 한 말은 이러했다.

내 몸에 싫증 났구나.

이번에야말로 게이스케는 어안이 벙벙했다. 지금 애가 뭐라고 했지?

그렇지? 다른 여자가 생긴 거지?

게이스케는 아연했다. 분명히 눈앞에 있는 이 애가 말한 거 맞지?

너무해. 어떻게 이럴 수 있어.

쇼코의 눈에는 눈물이 맺혀 있었다. 화가 난 나머지 게이스케를 비난할 말을 찾지 못해서, 그게 분해서 솟은 눈물이라는 사실을 깨달았다.

그런 건 용서 못 해.

그렇게 말하고 쇼코는 발길을 돌려 가버렸다. 자그마한 뒷모습이 노여움과 굴욕에 떨고 있었다. 게이스케가 폭풍처럼 눈앞을 휩쓸고 지나간 장면을 이해한 것은 얼마 지나서였다.

저 녀석, 드라마를 너무 많이 본 거 아냐?

혼자 터벅터벅 집으로 돌아가며 게이스케는 쓴웃음을 지었다.

어디서 귀동냥해 온 듯한 저속한 말도 그녀 안의 '견본'에서 가져온 데 불과할 것이다. 이 얼마나 싸구려 '견본'밖에 갖지 못한 여자인가. 게이스케는 썰렁한 기분으로 생각했다. 저렇게 고상해 보이는 여자가 이 정도면 다른 여자들도 다 그럴까.

게이스케의 자그마한 감상感傷과 상관없이 다음 날부터 쇼코의 집요한 공격이 시작됐다.

처음에는 전화였다. 무뚝뚝한 목소리로 '게이스케를 바꿔주세요'라고 시작한다. 끝도 없이 늘어놓는 비난의 말. 몇 번이고 되풀이하는 원망의 말.

말이 바닥나자 그다음은 장난 전화가 이어졌다. 얼마나 끈질긴지 게이스케도 두 손 들었다.

어머니가 불쾌해하고 아버지가 화를 내기 시작하자 비로소 전화는 걸려오지 않게 됐다.

이번에는 편지가 날아들기 시작했다.

편지지에 빽빽하게 적힌 비난의 말. 편지에 그려진 게이스케는 형편없는 비열한이었다. 자신을 노리갯감으로 삼았다고 온갖 원망의 말을 늘어놓는 편지를 보며 게이스케는 또다시 그녀 안의 '견본'에 메스꺼움을 느꼈다.

여기서 상대하면 끝장이다. 게이스케는 잠자코 공격을 견디면서 폭풍이 지나기를 기다렸다.

마침내 쇼코가 침묵한 것은 그가 이별을 고하고 두 달도 더 지나서였다.

"미사오는 몰랐어. 하지만 하야시 쇼코는 알고 있었어."

게이스케는 무표정하게 대답했다.

"어, 하야시가?"

나오코는 또다시 예상치 못한 답에 놀랐다.

"어째서 네가 그런 걸 알고 있지?"

당연히 나올 법한 질문이기는 했지만 그래도 게이스케는 얼굴을 찡그렸다.

"작년 가을에 하야시하고 잠깐 사귀었거든."

마치 불쾌한 사건이었다는 듯이 목소리를 낮추었다.

"하야시와?"

솔직하게 놀라움을 표현하는 나오코를 보고 게이스케는 겸연쩍은 듯 얼굴을 붉혔다.

"그런 눈으로 보지 마. 꼭 내가 엄청 경박한 남자 같잖아. 하야시가 사귀자고 한 거야. 나 여자애하고 사귀는 거 처음이었어. 결국 잘 안됐지만."

"그렇구나."

그럼에도 불구하고 나오코는 조금 배신당한 기분이 들었다. 요즘 여자애들은 적극적이라 좋아하는 남자애를 먼발치서 바라보기만 하는 것은 유행이 아닐지도 모르겠다. 쇼코만큼 귀여운 여자애의 제안을 거절할 바보 같은 남자는 없을 것이다. 제아무리 금욕적으로 보여도 남자는 남자. 어쩔 수 없는 일이야, 젊으니까. 나오코는 노인네가 된 듯한 기분으로 생각했다.

"하야시는 알고 있었어. 내가 가르쳐줬거든. 하야시가 미사오를 죽인 거야."

"그럼 어째서 하야시 쇼코도 죽은 거지?"

"노가미 씨, 걔에 관해 얼마나 알아? 걔는 흥분하면 이렇게 된다고."

게이스케는 관자놀이 양옆으로 두 손바닥을 펴서 들었다.

"주위가 전혀 안 보이거든. 분명히 미사오를 떨어뜨리려다가 같이 떨어진 거야."

"정말 그럴까."

"미사오가 죽기 직전에 말했어. 자기를 굉장히 미워하는 여자가 있다고. 그 여자한테 죽임을 당할지도 모른다고."

"미사오가?"

"응."

나오코는 고개를 갸웃했다. 똑같은 죽음이라도 미사오는

스스로 다양한 가능성을 시사하고 있다. 자살인가, 타살인가. 미사오답지 않은 퍼포먼스라 할 수도 있다. 도대체 미사오는 무슨 말을 하려 했을까.

"하야시와 미사오가 이복자매라는 걸 알고 사귄 거야?"

"에이, 아무리. 그럴 리 없잖아."

게이스케는 당황해서 손사래를 쳤다.

"미사오랑 사귀기 시작하고 얼마 지나서 알았어. 미사오가 어쩌다가 자기한테 엄마가 다른 여동생이 있다고 한 적이 있거든. 그게 누군지 쉽사리 가르쳐주지 않았지만. 하야시라는 걸 알았을 땐 얼마나 놀랐는지 몰라."

"그야 그렇겠지. 미사오는 네가 하야시랑 사귄 적 있다는 걸 알고 있었어?"

"글쎄, 어떨까. 하야시가 미사오의 동생이라는 걸 알았을 때 무심코 말해버렸는데 '아, 그래?' 하고 별 반응이 없더라고. 어쩌면 알고 있었을지도 모르지. 좁은 세계고 말이야."

"그러게. 다들 자기는 숨기고 있다고 생각하지만 실은 이미 들킨 지 오래지."

"진짜 그래."

처음에 게이스케는 복사기가 고장 난 줄 알았다.

소녀가 복사기 앞에서 종이가 나오는 곳에 시선을 고정한 채 얼어붙은 것처럼 꼼짝도 하지 않았기 때문이다.

소녀가 좀처럼 움직이지 않는 것을 보고 게이스케는 이상하게 생각했다. 잡지를 복사하려고 좀 떨어진 곳에서 기다리고 있었는데 슬슬 짜증이 나기 시작했다.

"복사기, 고장 났어?"

나지막이 비난하는 투로 묻자 소녀가 천천히 고개를 들었다.

얼굴은 새하얗게 질리고 검은 눈동자가 크게 벌어져 있었다. 이마에는 구슬땀이 맺혔다.

게이스케는 무심코 한 발짝 뒤로 물러섰다. 몸이 안 좋은 건가.

"어디 아파? 누구 불러다 줄까?"

"⋯⋯응? 아, 미안. 현기증이 좀 나서. 괜찮아, 앉아 있으면 나아질 거야. 자, 쓰렴."

소녀는 게이스케에게 고개를 까딱하고는, 옆쪽 트레이에서 복사된 종이를 꺼내고 펼쳐져 있던 신문 축쇄판을 덮었다. 그러고는 힘겨운 듯 휘청대는 발걸음으로 서가 안쪽에 있는 작은 검은색 소파까지 걸어갔다.

게이스케는 복사를 끝내고 돌아가려고 했으나, 폐관 직전의 도서관 한구석에서 벽의 일부라도 된 양 머리를 양손으로 싸안은 소녀가 마음에 걸렸다. 같은 학교 애다.

얼마 동안 머뭇거리던 게이스케는 천천히 소녀에게 다가갔다.

"괜찮아? 차 불러달라고 할까?"

조용한 목소리로 말을 걸었다.

소녀는 몸을 일으켰다. 여전히 안색은 나빴지만 아까보다는 한결 나아진 것 같았다.

"아니, 정말 괜찮아. 고마워, 조금만 더 쉬면 걸을 수 있을 거야."

소녀는 벽에 몸을 기대고 후우 한숨을 쉬었다. 그만 가보라는 신호였다. 검고 또렷한, 아름다운 눈은 게이스케를 지나쳐 그 뒤의 공간을 보고 있었다.

그래도 게이스케는 그 자리에서 꾸물댔다. 왜 그런지 소녀의 곁을 떠날 수 없었다. 게이스케는 조용히 소녀 옆에 앉았다. 가능한 한 의자 끄트머리 쪽으로 비껴서.

혹시 싫어하려나 했는데 소녀는 아무런 반응도 보이지 않았다. 가만히 앞을 보고 있었다.

단정한 옆얼굴. 풍성하고 긴 속눈썹. 윤이 흐르는 검은 머리칼.

게이스케는 몰래 소녀를 지켜봤다. 얘 아는 애야. 게이스케는 생각했다. 상급생이다. 미인이라 기억하고 있었다. 매우 어른스럽고 차가운 느낌의 여자라는 인상이 있었다.

잠자코 앉아 있던 게이스케는 이제 어떻게 해야 좋을지 알 수 없었다. 어째서 이런 곳에 앉아버렸는지 자신의 행동이 이해되지 않았다.

"……너, 육상부 아니니?"

침착한 목소리로 느닷없이 말을 거는 바람에 게이스케는 깜짝 놀라 소녀를 바라봤다.

총명함이 어린 새까만 눈동자와 눈이 마주쳐 게이스케는 당황했다. 이런 눈으로 이렇게 가까이서 바라보니 어쩔 줄 모르겠다.

"맞아. 어떻게 알았어?"

애써 태연한 척하며 게이스케는 무뚝뚝하게 대답했다.

"늘 달리고 있으니까. 네가 원래 눈에 띄는 애이기도 하고. 알고 있니, 너 여자애들한테 인기 많은 거?"

태연하고 솔직한 말투에 게이스케는 놀랐다. 좀 더 새침하고 꽉 막힌 여자애일 줄 알았다.

"몰라."

"그래?"

"나보다 한 학년 위지?"

"응. 4월부터 즐거운 수험생."

소녀는 고개를 끄덕했다. 졸업식도 끝나고 봄방학이 시작되기까지의 공백 기간. 신입생을 기다리며 두 학년이 무료하게 보내는 계절.

소녀는 가방을 들고 휘청휘청 일어섰다. 게이스케는 저도 모르게 재빨리 일어서 그녀의 팔을 잡았다. 가느다란 위팔의 부드러운 감촉에 가슴이 철렁했다.

"이제 괜찮아. 고마워, 저······."

소녀는 뭔가 묻고 싶은 표정이었다. 이름을 묻는다는 것을 깨달았다.

"게이스케야. 히로타 게이스케."

소녀는 살짝 미소 지으며 고개를 끄덕였다.

"고마워, 히로타."

"그쪽은?"

"시노다. 시노다 미사오."

"하지만 내가 아는 미사오와 하야시는 굉장히 친하고 사이가 좋았어. 겉으로만 그런 것 같진 않았는데."

나오코는 두 사람의 공범자 같은 표정을 떠올리며 중얼거렸다.

"그거 언제 얘기야?"

턱 근처에 손가락을 깍지 끼며 게이스케가 물었다.

"저번 봄방학. 아마 4월 첫째 주쯤이었을 거야. 미사오가 하야시한테 자매라고 막 털어놨을 무렵이겠지. 역시 여기 노트에 쓰인 8월 여행에서 무슨 결정적인 일이 벌어진 거야. 그게 뭘까? 'S는 나를 절대로 용서하지 않을 것이다.' 단순한 성격 차이라면 이렇게까진 안 되지 않겠어?"

"응. 하지만 모처럼 피를 나눈 형제를 만났는데 그렇게 간단히 관계가 깨질까? 아닌 게 아니라 둘 다 워낙 고집이

셌으니까 충돌이 있었다 해도 이상하진 않아. 하지만 그렇다고 이렇게까지 상대방을 미워할 수 있을까? 우리 집은 나이 차가 많이 나도 누나하고 나하고 사이가 좋았고, 형제는 원래 사이가 좋은 건 줄 알았는데. 하긴 친구 말을 들어보면 사이가 나쁜 형제는 정말로 나쁘다고 하긴 하데. 진심으로 '저 인간만 없었으면' 하고 생각한다는 녀석이 있었어."

"그러게. 근친증오라고 하던가? 그렇지만 마음이 안 맞으면 처음부터 안 맞았을 거야. 미사오는 어른스럽기는 해도 솔직한 애였으니까, 처음에 만나봐서 동생하고 마음이 안 맞는다는 걸 알면 자연스럽게 멀어졌을 거야."

실은 그때 나오코는 속으로 확신하고 있었다.

그 또래 여자애 둘이 길라시는 최대의 이유. 그것은 남자애다.

그 또래 여자애 둘이 여행 가서 할 이야기는 뻔하다. 연애 이야기, 남자 친구 이야기. 처음으로 함께 밤을 보내는 이복자매, 예쁘고 인기 있는 여자애들끼리 털어놓는 이야깃거리로도 어울린다.

눈앞에 있는 소년이 그 이유라면 어떨까? 나오코는 다소 심술궂은 눈으로 그를 봤다. 두 미소녀가 다투기에 부족함은 없을 것이다. 게다가 경쟁할 상대가 있으면 더욱 특별해 보이는 법. 두 소녀의 갈등은 얼마나 심각했을까?

서로에 대한 솔직한 예찬이 질투와 선망과 의심으로 변

해간다. 사춘기 무렵에는 자기 안에 생기는 추악한 감정을 인정하기가 쉽지 않다. 하물며 늘 남의 부러움을 사기만 했던 두 사람에게는 더욱 그러할 것이다. 승부의 결과는 처음부터 정해져 있었다. 쇼코는 이미 실패했고, 지금은 미사오가 게이스케의 애정을 차지하고 있다. 설령 두 사람이 동시에 스타트했더라도 게이스케 같은 타입의 소년은 역시 미사오를 택했을 것이다. 쇼코가 게이스케가 말하는 것 같은 성격이었다면, 미사오에 대한 애정이 미움으로 전환되었다 해도 이상할 게 없다.

문득 그렇게까지 거센 사랑과 갈등을 손에 넣은 두 사람이 부러워졌다. 완만하고 평온한 인생과 성실한 애정밖에 모르는 나오코에게, 고등학교 때 벌써 그런 드라마틱한 감정을 맛보는 삶은 미지의 것이었다.

"그 애들은 어디로 여행을 갔을까? 어디로 간다고 말 안 했어?"

"그러고 보니까 열차 시간표를 본 적이 있어."

기말고사가 끝나면 영화를 보러 가자고 약속했다.

시청 뒤에 있는 명화 상영관은 반 이상의 좌석을 대학생이나 자유업에 종사하는 듯한 중년 남자가 메우고 있었다. 고등학생은 미사오와 게이스케뿐인 듯했다.

미사오가 보고 싶다고 한 영화였다. 코가 근질근질해지는 프랑스어 대사를 듣던 게이스케는 전날 밤을 새워 벼락치기 공부를 한 탓도 있어 금세 잠들었다. 게이스케가 눈을 떴을 때, 커다란 화면 안에서는 입술이 두툼한 남자가 머리에 다이너마이트를 두르는 중이었다. 꼭 네모난 주황색 가면 같았다.

흘낏 미사오를 보니 그녀는 얼어붙은 것처럼 창백한 얼굴로 화면을 보고 있었다. 게이스케는 순식간에 잠이 깼다. 클라이맥스인가?

폭발음이 울리고, 절벽 위에서 연기가 피어오른다. 카메라는 그대로 절벽 아래 바다로 이동한다. 화면 가득한 낮은 수평선에 남녀의 속삭임. 자막이 나온다.

찾았다.

뭘?

영원을.

바다와 함께 녹아들어.

태양이.

영화가 끝나고 불이 들어왔다. 게이스케는 크게 기지개를 켰다. 미사오는 후우 한숨을 내쉬었다. 미사오의 굳은 표정이 마음에 걸렸으나 바깥의 밝은 빛을 보자 그것도 금세 잊어버렸다. 초여름의 토요일 오후, 거리는 느긋하게 조는 것 같았다.

"배고프네. 뭐 좀 먹자."

"난 라면 먹을래."

"날씨가 이렇게 따뜻한데? 할 수 없네. 난 그럼 중국냉면으로 하지 뭐."

두 사람은 번화가를 벗어난 곳에 있는 라면 가게에 들어갔다. 어중간한 시간이라 가게는 한산했다.

게이스케는 기록적인 속도로 돈코쓰라면을 해치우고 옆자리에 놓인 만화 잡지를 읽기 시작했다. 그러다 문득 미사오를 보자 묵묵히 중국냉면을 먹으며 휴대용 열차 시간표를 뒤적이고 있었다.

"뭐야, 미사오, 어디 가? 여유 있네, 수험생이면서."

하기야 미사오는 추천 입학으로 대학에 지원할 계획이라는 것은 들어 알고 있었다. 그녀의 우수한 성적이라면 합격은 약속된 것이나 다름없었다.

"그냥 한 이삼일. 중요한 여행이거든."

"중요한 여행? 누구랑 가는데?"

"가족이랑."

아무 일 아닌 것처럼 대꾸해 넘기긴 했지만, '가족'이라는 말을 듣고 그게 하야시 쇼코를 가리킨다는 것을 알 수 있었다. 어머니였다면 '엄마랑'이라고 대답했을 것이다.

"어디 가는데?"

게이스케는 컵에 든 물을 마시며 물었다. 이미 지난 일이라고는 해도 하야시 쇼코에 관한 화제는 역시 어색하고 불편했다.

"니가타."

"니가타? 거긴 또 왜?"

"소중한 사람을 만나러 가는 거야."

"소중한 사람이라니?"

미사오는 살짝 익살스러운 표정을 지었다.

"이미 이 세상 사람이 아니지만 말이야."

게이스케의 이야기를 듣던 나오코는 흠칫했다. 갑자기 현실적인 기분이 들었다.

그랬구나. 그런 거였구나. 어째서 지금까지 눈치채지 못했을까.

"왜 그래?"

나오코의 표정이 변한 것을 보고 게이스케가 이상한 듯 물었다.

"있잖아, 히로타, 너한테 이복형제가 있다고 해봐. 전혀 존재를 모르고 자라다가 오늘 처음 그 형제를 만났다고 치자고. 지금까지 쌓인 이야기를 하고, 근황을 알리고, 서로를 더 많이 이해하려 하겠지?"

게이스케는 어리둥절한 얼굴로 이야기를 듣고 있었다.

"그래서?"

"그다음 두 사람은 무슨 이야기를 할까?"

"그다음?"

"응. 처음엔 역시 경계심도 있겠지. 상대가 어떤 사람인지, 이해관계가 발생할 상대인지 아닌지 당분간은 서로 탐색할 거 아냐? 그런 시기가 지나고, '좋아, 괜찮겠어, 신뢰할 수 있는 상대야' 하고 서로 받아들여. 그다음 히로타 넌 형제하고 뭘 하겠어?"

"뭘 하다니……."

게이스케는 당혹한 표정이었다. 열심히 고개를 갸웃거리고 있다. 남자애는 이런 감각이 없을까. 나오코는 잠깐 자신감을 잃었다. 하지만 여자애라면 틀림없이 생각할 것이다.

"모르겠어? 그다음 화제에 오르는 건 두 사람의 아버지 아닐까?"

게이스케가 앗, 하고 소리쳤다.

"두 사람은 아버지가 같았어. 나름대로 생각하는 바도 있겠지. 그런데 그 아버지가 이미 이 세상 사람이 아니라면?"

이야기를 하다 보니 역시 그럴 것이라는 확신이 생겼다. 나오코는 몸을 내밀었다.

"미사오와 하야시는 둘이서 아버지 산소에 성묘를 간 거야."

피어오르는 구름처럼 활짝 핀 벚꽃이 춤추고 있었다.

"이것 봐, 미사오! 대단해, 정말로 꽃보라야!"

이른 아침 맑게 갠 하늘 아래, 제방의 벚나무들은 지금 한

창때를 맞이하고 있었다.

"와아, 굉장해. 우리가 독차지했네! 아이, 좋아라!"

쇼코는 달려가 제방 위로 쏟아지는 하얀 꽃잎을 손으로 받았다.

투명한 아침 공기 속에서 벚나무를 올려다보는 쇼코는 마치 한 폭의 그림 같았다.

"응, 내 예측이 옳았어. 오늘쯤 만개할 거라고 예상했거든."

미사오는 주위가 새하얗게 덮일 만큼 흩날리는 꽃잎들을 손으로 헤치며 천천히 쇼코를 향해 걸어갔다. 두 사람은 올해 첫 벚꽃 구경을 위해 등교 전 이른 아침에 만나 시내 벚꽃 명소인 강변에 함께 왔다. 가족을 동반한 행락객이나 취객에게 이 경치가 더럽혀지기 전에.

쇼코가 우연한 기회에 이야기해 준 적이 있었다.

새로 산 하얀 원피스를 자신의 첫 피로 더럽혔던 날의 일을.

난 용서 못 해. 일부러 그날을 위해 아껴뒀던 원피스를 더럽힌 나 자신을 절대로 용서할 수 없어.

바람이 가볍게 불었다. 벚꽃이 엄청난 기세로 떨어졌다.

흥분한 쇼코의 뒷모습을 눈으로 좇던 미사오는 한순간 방향 감각을 잃었다.

뭐지, 이 하얀 공간은? 난 지금 어디에 있는 걸까? 지금 대체 어디까지 와 있는 걸까?

미사오는 얼굴을 덮는 머리카락을 걷었다. 앞쪽으로 날리는 자신의 긴 머리카락에 꽃잎이 점점이 붙는다.

이건…… 눈?

그날로 돌아간 걸까. 처음 쇼코를 만났던 그 3월로.

안녕, 하야시 쇼코.

흩날리는 눈. 아니, 이건 벚꽃이다. 난 쇼코와 벚꽃 구경을 하는 중이다. 피를 나눈 동생과 봄날의 제방을 걷고 있다.

뭘까, 이 술렁술렁하는 감각은. 마치 딴 세상에 온 것처럼 아름다운 이 풍경은.

"미사오!"

멀리서 동생이 손을 흔들고 있다. 저 만면에 띤 아름다운 웃음은 나를 향한 것이다. 어째서 저 애는 나 같은 인간에게 미소 짓는 걸까?

뭐지? 이렇게 아름다운 풍경이 있을 리 없어. 내가 이렇게 행복할 리 없어. 아니면 난 이미 아무것도 모르게 된 걸까?

"있잖아, 여름방학에 꼭 산소에 가자."

미사오가 따라오기를 기다리던 쇼코는 미사오에게 꼭 달라붙어 팔짱을 꼈다.

"응."

미사오의 어머니는 아버지 이야기를 거의 하지 않았다. 사진도 거의 남아 있지 않다. 헤어질 때 어머니는 상당히 상처를 받은 것 같았다. 지금도 어머니는 아버지를 미워한다. 그리고 지금도 어머니는 아버지를 잊지 못한다. 그러나 미사오는 오랜 시간을 들여 아무도 모르게 아버지의 본가 주소와 묘가 있는 절의 주소를 찾아냈다. 어머니의 주소록과 친척에게 온 엽서 그리고 어머니의 전화 내용에서. 어머니는 자신이 아버지에 관해 조사하는 줄 꿈에도 모를 것이다.

어깨에 기댄 쇼코의 머리카락에서 샴푸 냄새가 났다.

새하얗다. 새하얀 어둠이다. 출구는 있을까?

두 소녀는 천천히 제방 위의 길을 멀어져 간다.

"나 미사오가 어딜 갔었는지 알 것 같아."

게이스케가 느닷없이 말했다.

"응?"

나오코는 어리둥절했다.

"갑자기 무슨 소리야?"

"응, 말하다 보니까 점점 생각이 나더라고."

게이스케는 흥분한 듯했다.

"11월 연휴에 도쿄에서 모의고사를 봤거든. 그때 미사오네 집에서 열차 시간표를 빌렸는데 그러고 못 돌려줬어. 내 방에 그 시간표 아직 있을걸."

"그래서?"

나오코는 게이스케가 무슨 말을 하려는 건지 알 수 없어서 이야기를 재촉했다. 이번에는 게이스케가 몸을 내밀 차례였다.

"나 봤단 말이야, 시간표에 미사오의 메모가 끼워져 있던 걸. 거기에 주소가 쓰여 있었다고. 니가타현이네, 하고 생각했던 기억이 있어."

겨울 바다는 해방감이 없다.
드디어 바다로 나왔나 싶어도 어쩐지 찌뿌드드하고 묵직하게 일렁이는 데다가 풍경에 검은색이 섞여 있어 탁하다.
나오코와 게이스케는 시종 말이 없었다. 모처럼 하는 여행이니까 겨울 바다를 보며 가자고 생각했건만, 하늘은 두터운 구름으로 뒤덮였고 그 아래에서 바다가 기분 나쁜 듯 몸부림쳤다.
원래 나오코는 혼자 갈 생각이었다. 그런데 게이스케가 '주소를 알 수 있었던 건 내 덕'이라며 함께 가겠다고 우겼다.
일요일 이른 아침. 사고가 있고 3주가 지났다. 바깥은 칠흑 같은 어둠이고 아침 첫차에는 아직 난방이 들어오기 전이라, 두 사람은 코트를 입은 채 좌석에 앉아 뜨거운 캔 커피를 땄다.
우리가 어떻게 보일까? 남매로 보이려나?
편의점에서 산 주먹밥을 나누며 나오코는 예상치 못한 상황에 당황했다.
미사오가 아버지 산소에 성묘를 간 것을 알았다고 해서 뭐가 어떻게 된다는 건가.

딱히 어떻게도 되지 않는다.

그 정도는 두 사람 다 잘 알고 있었다. 그런데도 두 사람은 지금 이렇게 열차에 타고 있다.

게이스케도 턱을 괴고 가만히 창밖을 내다보고 있었다. 무슨 생각을 할까. 미사오 생각? 아니면 괜히 이런 곳까지 왔다고 후회하고 있을까?

회색으로 거품이 이는 바다가 이윽고 시야에서 사라졌다.

목적지 역에 도착한 두 사람은 텅 빈 작은 로터리에 서서 주위를 둘러봤다. 마치 어디서 미사오가 나타나지 않을까 하는 것처럼.

버스 정류장을 찾아봤지만 다음 버스는 한 시간 이상 기다려야 한다기에 큰맘 먹고 역 앞에 달랑 한 대 서 있던 택시를 타기로 했다. 여기까지 오는 데 한나절이나 걸린 터라 시간이 아쉬웠다.

택시에 올라타 미사오의 메모에 있던 절 이름을 댔다.

추수를 마친 논에 눈이 살짝 쌓여 있었다.

"오늘 눈이 올걸요, 손님."

이렇게 뼛속까지 시리도록 추울 만도 했다.

논 사이에 숲으로 둘러싸인 작은 절이 있었다.

"저, 여기서 잠시 기다려주실 수 있으세요?"

나오코는 택시 기사에게 부탁했다. 돌아갈 차를 찾기도

쉽지 않을 것 같았다.

철도 아니고 날씨도 나쁜 일요일이라 그런지 절은 인적이 없이 한산했다.

"아무도 없나 봐."

"어떻게 하지?"

불당도 잠겨 있는 듯했다. 주지는 다른 곳에 사는 모양이다. 여기에는 정말 아무도 없는 것 같았다.

절 뒤쪽에 자리한 묘지는 상당히 넓었다. 이 중에서 미사오의 아버지 묘를 찾아내기 쉽지 않을 것이다. 게다가 묘지에는 먼저 내린 눈이 상당히 남아 있는 데다 볕이 잘 들지 않는 탓에 바닥이 얼어 돌아다니기도 여의치 않았다.

두 사람은 얼굴을 마주 봤다. 여기에 온 게 후회됐다. 괜한 헛걸음이 되고 말았다. 어째서 일부러 이런 곳까지 왔는지 모르겠다.

할 말을 찾지 못한 채 두 사람은 한동안 꾸물댔다. 어딘가에 주지의 연락처가 있지 않을까 찾아봤지만 아무것도 없었다.

그렇지 않아도 숲 때문에 응달이 진 탓에 추워 견딜 수 없었다. 발을 동동 굴러봐도 발가락이 얼어붙을 것 같다.

굳은 각오로 여기까지 온 만큼 두 사람의 낙심은 컸다. 적어도 미사오가 여기에 왔다는 흔적만이라도 찾고 싶었는데.

"할 수 없지. 그만 가자."

나오코는 자신을 설득하듯 중얼거렸다. 게이스케도 말없이 마지막으로 한 번 더 주변을 둘러보고는 택시를 향해 걸음을 뗐다.

따뜻한 택시에 올라타자 피로가 불쑥 몰려왔다. 나오코는 다시 역으로 돌아가 달라고 짤막하게 부탁했다.

"성묘 온 건가?"

사람 좋아 보이는 기사가 심한 사투리 억양으로 물었다.

"네, 좀. 사실은 절에 계시는 분을 만나 뵙고 싶었는데요. 아저씨, 혹시 주지 스님 연락처 모르세요?"

"어이쿠, 저런, 조카 결혼식에 갔는데. 미리 말해줬으면 좋았을걸. 성묘만 하는 건가 생각했지 뭐야."

나오코는 실망했다. 결혼식에 갔다면 당장 연락을 취하기는 무리일 것이다.

"손님들은 어디서 왔나?"

"나가노에서요."

"친척이라도 있어?"

"아뇨, 친구 아는 분이……."

"아, 내리기 시작했네."

기사의 목소리를 따라 바깥을 보자 커다란 눈송이가 하늘하늘 바람에 날려가는 게 보였다. 살풍경한 논 위로 내리는 눈에 허탈감이 한층 커졌다.

"누구 성묘를 온 건가?"

"이나가키 시로 씨란 분의 묘를 찾아왔는데요."

백미러로 보이는 기사의 눈이 조금 크게 벌어진 듯했다.

"……손님은 그 사람 친척인가?"

소박한 목소리가 낮아졌다.

"아뇨, 얼굴도 모르고 친척은 아닌데요."

"그래, 그럼 괜찮지만 이 근방에선 그 이름을 말하지 않는 게 좋아. 아직 이곳에 사는 친척도 있으니까."

꼼짝 않고 시트에 몸을 파묻고 있던 게이스케가 움찔했다. 나오코와 마주 봤다.

"무슨 말씀이세요?"

나오코가 앞좌석 시트에 손을 얹으며 물었다.

"정말 모르는 건가? 아무것도?"

택시 기사가 의심스레 말했다.

나오코와 게이스케가 어리둥절한 얼굴로 마주 보는 모습을 백미러로 보고 나서야 정말이라 생각한 모양이었다. 낮은 목소리로 이야기하기 시작했다.

"당시엔 정말 난리가 났었지."

이나가키 시로는 원래 큰 장사꾼 집안의 셋째 아들이었으나, 예술가 기질이 있어 대학 때부터 도쿄로 올라가 그래픽디자이너를 목표로 했다. 상당히 센스도 있었던 듯 재능 있는 디자이너로 주목을 모았던 것 같다. 외모도 훤칠하고 잘생겨서 어렸을 때부터 여자들에게 인기가 있었다고 한다. 항상 자신감에 가득 찬 모습이 타인을 매료해 인망도 있었다. 그러나 동시에 감정의 기복이 심한 탓에 한번 우울감에 빠지면 주변 사람들을 거부했다.

디자이너로서 어느 정도 지위를 쌓았지만 우울감에 빠지는 시기가 길어지면서 그 시기에는 일도 뒷전으로 밀리는 탓에 서서히 평판을 잃기 시작했다. 필연적으로 가정 문제도 잘 풀리지 않았다. 두 차례의 결혼 생활에 마침표를 찍고 아직 삼십 대 후반이었던 그는 고향으로 돌아왔다.

집에 돌아온 뒤로도 그의 내향적인 성격은 점점 심해질 뿐이었다. 거의 두문불출하다시피 하며 세상을 버린 사람처럼 살았다. 걱정이 된 부모가 여러 번 일자리를 구해줘도 전혀 관심을 보이지 않고 날이면 날마다 방 안에만 있었다고 한다. 곧 가족도 그를 버겁게 여기게 됐고, 아무도 그에게 신경을 쓰지 않게 됐다.

사건이 일어난 것은 어느 한여름의 이른 오후였다.

그때 도대체 그에게 무슨 일이 있었는지 이제 영원히 아무도 모를 것이다.

오후 1시가 지났을 무렵, 그는 아무도 없는 집에서 홀쩍 빠져나와 찌는 듯이 무더운 하얀 길을 천천히 걸어갔다. 바람 한 점 없었다.

왜 그 집을 선택했는지는 알 수 없다. 툇마루의 커다란 바구니에 생후 2주 된 갓난아기가 뉘어져 있었다. 아기의 울음소리에 이끌려 다가갔는지도 모르겠다.

어쨌거나 그는 자갈길을 가로지르고 대나무를 엮은 울타리를 넘어 그 집 마당에 훌쩍 들어갔다. 툇마루에 앉아 얼마 동안 갓난아기를 바라보다가 이윽고 살며시 아기를 들어 올려서는 하늘을 향해 높이 쳐들었다가 툇마루로 올라서는 곳에 내동댕이쳤다. 아기는 즉사했다.

아기의 울음소리가 들리지 않게 된 것을 이상하게 여긴 젊은 어머니가 안쪽에서 데운 우유를 들고나왔다. 그녀는 적어도 아들의 시체를 보는 것만은 면했다.

정원에 서 있던 남자는 신발을 신은 채 툇마루로 올라가 집 안으로 들어갔다.

남자가 누구인지 물을 겨를도 없이, 젊은 어머니는 남자에게 얼굴을 알아볼 수 없을 정도로 구타당하고 강간당했다. 마지막으로 남자의 벨트로 목을 졸려 목숨을 잃었다.

고요한 오후였다. 기름매미가 요란하게 우는 것 말고는.

남자는 한동안 부엌 의자에 앉아 있었다. 한 시간 가까이 가만히 앉아 있었던 모양이다. 무슨 생각을 하며 뭘 기다리고 있었을까.

딸의 부모가 밭일을 끝내고 돌아왔다. 그들을 기다리고 있었던 것은 싱크대 밑에서 꺼낸 부엌칼을 들고 부엌에 앉아 있던 남자였다.

살육은 순식간에 끝났다. 피투성이가 된 부엌에서 나와 남자는 터벅터벅 밖으로 나갔다. 마침내 태양이 서쪽으로 뉘엿뉘엿 기울고, 하루 중 가장 더운 시간이 지나려 하고 있었다.

그런데도 남자의 머릿속은 펄펄 끓어오르고 있었다. 아니면 싸늘하고 불투명한 뭔가로 가득 차 있었는지도 모른다.

남자는 농삿길을 지나 가까운 집에 들어갔다. 그러고는 초인종을 눌러 처음에 나온 중년 여자를 찔렀다. 이어서 나온 할머니도 경동맥을 그었다. 두 사람 모두 몇 분도 되지 않아 사망했다.

마당에 있던 어린 여자애에게도 칼을 휘둘렀으나, 신고 있던 슬리퍼가 마당의 돌에 걸려 비틀대는 틈에 아이를 놓쳤다. 아이는 핏자국을 남기며 달아났지만 남자는 이미 흥미를 잃었다. 아이를 쫓아가려 하지도 않고 휘청휘청 논두렁길로 나섰다.

어깨에서 피를 흘리며 도망쳐 온 소녀를 보고 근처에서 밭일을 하던 남자가 110번에 신고했을 때는 이미 날이 저물어가고 있었다.

이어 지나가던 사람들을 몇 명 더 찌른 끝에 남자는 산으로 들어갔다.

대규모 수색 작업이 벌어졌다. 현 경찰에서도 100명이 넘는 인원이 동원됐다. 마을은 어수선하고 기이한 분위기에 휩싸였다.

이틀 뒤, 산속에서 나무에 목을 맨 남자가 변할 대로 변한 모습으로 발견됐다.

사건은 그것으로 끝나지 않았다. 남자에게 죽임을 당한 사람들의 장례식 자리에서, 아들의 장례도 치르지 못한 채 꿇어앉아 바닥에 닿을 듯 머리를 조아리고 사죄하던 남자의 부모에게 흥분한 유족이 처참한 폭력을 가했다. 경찰관이 달려왔을 때, 아내를 감싸듯 끌어안고 있던 남편은 이미 내장 파열로 사망한 뒤였고, 아내도 두개골 골절로 의식을 되찾지 못하고 그날로 죽었다.

참담한 사건이었다. 가해자의 가족도, 피해자의 관계자도 견디지 못하고 차례차례 마을을 떠났다.

창밖의 눈은 서서히 기세를 더해갔다.

나오코와 게이스케는 할 말을 잃었다. 온몸이 돌로 변해버린 것 같았다. 얼굴에서 핏기가 가셨다.

뭐지? 이건 뭐야? 아냐. 난 이런 이야기를 기다렸던 게 아냐.

나오코는 머릿속에서 온갖 말이 맴도는 것을 멈출 수 없었다. 갓난아기를 내동댕이치고. 젊은 어머니를 강간. 지나가는 사람을 찌르고. 그리고 그런 일을 한 사람이 미사오와 쇼코의 아버지였다.

그 사실을 깨닫고 나오코는 아연실색했다.

"그러고 보니 여름에도 나가노에서 왔다는 여자애를 태운 적이 있었어."

화제를 바꾸듯 택시 기사가 머뭇머뭇 말했다.

무슨 말을 들어도 그대로 반대쪽 귀로 빠져나가던 나오코도, 기사의 말에 담긴 중대성을 깨닫고 "네?" 하고 되물었다.

"둘 다 꽤 미인이었지. 아직 학생이라는 것 같았지만."

게이스케가 나오코의 얼굴을 봤다. 미사오와 쇼코다.

"혹시 그 두 사람도 아까 그 절에 갔나요?"

"그러고 보니 그랬군. 맞아, 거기 갔었어."

나오코는 머리를 얻어맞은 느낌이 들었다. 두 사람은 역시 이곳에 왔었다. 아버지의 산소에 성묘를 하러. 두 사람의 유대를 재인식하기 위한 로맨틱한 여행. 그 여행의 끝에서 기다린 것은······.

이게 대체 무슨 일이란 말인가. 등에 식은땀이 흘렀다. 두 사람의 세계는 순식간에 암전된 것이다. 꺼림칙한 피의 유대. 여행을 경계로 결탁한 두 사람. 틀림없다. 두 사람은 여기서 그 사실을 알게 된 것이다.

택시가 역 앞 로터리에 들어섰을 때, 하늘은 이미 고요한 함박눈으로 뒤덮여 있었다.

돌아오는 열차는 갈 때와는 또 다르게 숨이 막혔다. 바깥은 이미 칠흑 같은 어둠이 깔려 있었다.

이제 와서 생각하면 가는 길은 얼마나 마음이 가벼웠던가. 이렇게 무거운 기념품을 짊어지고 돌아가게 될 줄은 꿈에도 몰랐다.

"역시 하야시가 미사오를……."

죽였군, 이라는 말을 게이스케는 삼켰다. 그런 이야기를 듣고 나서 그 말을 쉽사리 쓸 수 없었다.

나오코의 머릿속에 노트 속 글자가 잇따라 떠올랐다 사라졌다. 일기에 서려 있던 무서울 정도의 긴장감이 겨우 절실하게 닥쳐왔다. 이 무슨 엄청난 상황인가. 흉보를 가져온 자는 죽여라. 옛날 몽골 군대에 그런 규율이 있었다고 한다. 아군에 불리한 정보를 가져온 병사는 그 자리에서 찔러 죽였다고 한다.

S는 나를 절대로 용서하지 않을 것이다.

흉보를 가져온 미사오를 쇼코는 틀림없이 격하게 증오했을 것이다. 그녀가 가져온 정보는 너무나 무참했다.

나오코는 두 눈을 질끈 감았다. 두 사람의 최후의 나날. 그것은 이미 죽음으로 둘러싸여 있었다.

돌아오는 열차에서 쇼코는 어리둥절해하고 있었다.

그녀는 사태의 중대함을 잘 이해하지 못한 것 같았다. 하얀 원피스를 입은 그녀는 천사처럼 순진무구했다.

그래도 헤어질 때, 미사오는 조그맣게 중얼거렸다.

미안해, 쇼코. 이렇게 돼버려서.

쇼코는 놀란 듯이 미사오의 얼굴을 봤다.

어째서 사과하는 거야?

미사오는 한순간 동생의 관대함에 감동할 뻔했다. 그다음 말을 듣기 전까지는.

그건 미사오네 아버지 묘잖아? 내 아버지가 아냐. 나한테는 아버지가 있으니까.

싸늘하게 식은 무거운 몸을 끌고 집에 도착한 것은 9시가 지나서였다.

나오코는 낮의 기억을 씻어 흘려보내려는 듯 오랫동안 욕조에 몸을 담갔다.

늦은 식사를 마치고 차를 마시고 있으려니 어머니가 맞은편에 앉았다.

농구부인 남동생과 고등학교 교사라 일찍 일어나야 하는 아버지는 이미 코를 골며 자고 있었다.

"미사오의 묘에 가봐야겠어요. 엄마, 어디 있는지 알아요?"

나오코와 게이스케는 이 사건을 어떤 식으로 수습해야 할지 알 수 없게 됐다. 역에서 헤어질 때, 미사오의 묘를 찾아가는 것으로 자신들의 감정을 정리하기로 의견을 모았다.

어머니는 주저했다. 포트의 물을 찻주전자에 따랐다.

"시노다 선생님 말이야, 아직 봉안을 안 했대."

"네?"

몸집이 자그마한 어머니는 성격이 시원시원하고 유능한 인상을 주는 여자였다. 어머니가 말끝을 흐리는 것을 나오코는 본 적이 별로 없었다. 그런 어머니가 웬일로 감상적인 기분인 듯했다.

찻잔을 양손으로 감싸 쥔 채, 고개를 약간 숙이고 띄엄띄엄 이야기했다.

"늘 유골을 들고 다니나 봐. 저번에도 아침에 교내로 들어가다가 차에서 내리는 시노다 선생님하고 마주쳤는데, 조수석에 유골함이 있더라고. 내가 알아챈 걸 보고 아하하 웃더라. '살아 있을 땐 별로 같이 있어주지 못했으니까 적어도 이제부터는 말이지' 하고 웃는 거야. 아무 말도 할 수 없었어."

나오코는 가슴이 뭉클해졌다. 희끗희끗 백발이 섞인 웨이브 머리에 안경을 쓴, 언제나 호쾌하던 미사오의 어머니를 생각했다. 미사오는 이제 세상에 없다. 하지만 남겨진 어머니는 홀로 살아가야 하는 것이다.

"마음이 우울하구나. 게다가 그런 찜찜한 이야기를 들었으니 말이야."

어머니가 턱을 치켜들며 얼굴을 찌푸렸다. 뼈가 앙상한 어머니의 목덜미를 보고 나오코는 움찔했다. 언제나 활달하게 돌아다니는 어머니도 확실하게 나이가 들었다.

"뭐예요? 찜찜한 이야기라니."

나오코가 묻자 어머니는 내뱉듯 말했다.

"얼마 동안 벼랑에 매달려 있었대."

"네?"

"미사오하고 또 한 여자애 말이야. 미사오가 먼저 떨어졌는데, 바로 추락한 게 아니라 또 한 여자애가 얼마 동안 미사오를 끌어올리려고 애쓴 흔적이 있다는 거야. 그 애 손바닥이 난간에 슨 녹으로 뻘겋게 되고 피가 났다더라. 둘이서 얼마 동안 벼랑에 매달려 있었는데도 아무도 눈치챈 사람이 없어서, 결국 힘이 빠져 두 애 다 떨어졌다나 봐. 너무 마음이 안됐어. 누구한테 화를 내면 좋을지 모르겠고. 또 한 여자애네 부모는 시를 상대로 소송을 건다더라. 위험한 난간을 오랫동안 방치한 책임이 있다고."

어? 나오코는 생각했다. 쇼코는 미사오를 죽이려고 한 게 아닌가? 미사오를 구하려 했다고? 역시 그것은 사고였다는 뜻인가?

게이스케는 복도를 달리고 있었다. 복도에서 뛰면 안 됩니다. 엿이나 먹으라지.

머릿속에는 어젯밤 전화로 들은 나오코의 목소리가 맴돌고 있다.

두 사람은 얼마 동안 벼랑에 매달려 있었다. 미사오가 먼저. 쇼코는 나중. 쇼코는 미사오를 구하려고 했다…….

그 의미를 수업 중 줄곧 생각하고 있었다. 쇼코는 난간이 위험하다는 것을 알고 있었다. 그러니 미사오를 난간에 기대서게만 하면 됐다. 그럼 미사오는? 미사오는 어땠을까? 노트에서 쇼코에 대한 경계심이 느껴졌다. 머리 좋고 눈치도 빠른 미사오가 쇼코의 살의를 알아차리지 못했을 리 없다.

성터 공원의 난간은 위험하다.

공원 근처에 있는 서고의 운동부 학생들은 누구나 알고 있다. 미사오는 누구에게 그 이야기를 들었을까? 운동부 학생에게. 미사오는 나와 사귀기 전에는 서고 남학생과 사귄 적이 없었다. 내가 아니면 누구란 말이지?

있잖아, 나 다음 미사오와 사귄 남자. 행복의 절정에서 연인을 잃은 남자.

"간자키! 간자키 있어?"

게이스케는 쉬는 시간에 북적이는 교실의 문을 난폭하게 열어젖히고 이름을 불렀다. 간자키는 경식 테니스부 다음 부장이다.

놀라는 학생들을 무시하고 게이스케는 이쪽을 돌아본 하얀 얼굴의 소년에게 달려갔다.

"좀 보자."

"뭔데?"

"일단 나와. 중요한 얘기야."

소년은 혼란스러운 표정으로 게이스케의 기세에 눌린 듯

자리에서 일어섰다. 게이스케는 소년의 팔을 움켜잡고 복도 한구석으로 데려갔다.

소년의 얼굴도 핼쑥했다. 이 녀석도 느닷없이 미사오를 잃고 힘들었을 테지.

그러나 서로를 위로하는 것은 이 이야기가 끝난 다음이다.

"너 시노다 미사오하고 사귀고 있었지?"

게이스케는 단도직입으로 물었다. 소년은 동요했다. 눈에 그늘이 졌다.

"나도 사귀었어, 너보다 먼저. 나도 미사오를 좋아했어. 그건 지금 아무래도 상관없지만. 가르쳐줘. 너 시노다 미사오하고 성터 공원에 간 적 있어?"

소년은 어리둥절했다. 게이스케의 질문이 뜬금없게 여겨졌을 것이다.

"잘 생각해 봐. 중요한 일이란 말이야."

게이스케의 표정에서 진지한 이야기라는 것을 안 모양이다. 코에 주먹을 대고 생각에 잠겼다.

"응, 있어. 시노다 선배가 사고를 당하기 2주쯤 전이었나? 선배가 가자고 했어."

미사오는 남에게 과시하는 데이트를 싫어했다. 그런 미사오가 먼저 가자고 말을 꺼냈다. 어째서?

"그때 난간 이야기를 했어?"

"난간?"

"그 위험한 난간 말이야."

"아아, 응, 했어. 여자애하고 거기 가면 누구라도 그 이야기를 할걸."

역시 미사오도 알고 있었다. 아니, 잠깐. 간자키와 공원에 가기 전까지 미사오는 난간에 관해 몰랐다. 어째서 일부러 공원에 가려고 했을까.

미사오는 조심성이 많다. 미사오는 쓸데없는 일은 하지 않는다.

갑자기 게이스케의 머릿속에 번뜩이는 것이 있었다.

알았다. 사전 답사다. 미사오는 사전 답사를 하러 공원에 간 것이다.

> 미사오, 오랜만에 만나서 느긋하게 이야기하고 싶어.
> 11월 ○○일 3시에 성터 공원에서 기다릴게. 미사오의 생일이지?
> 둘이서 축하하고 싶으니까 꼭 와줘.

편지를 받았을 때, 미사오는 올 것이 왔다고 생각했다.

쇼코는 날 죽이려고 하겠지. 지금의 그녀에게 나는 약점을 알고 있는 적일 뿐 아니라, 지기 싫어하는 그녀에게 평생 이어질 '패배'를 가져온 역귀다. 그녀는 틀림없이 나란 존재를 말살해 자신의 '패배'를 잊고 싶을 것이다. 쇼코는 자신에게 불리한 일은 모조리 잊을 수 있는 성격이다. 애초에 그 강함에 끌린 것이지만.

약속 시간까지 얼마 남지 않았다. 미사오는 시계를 확인하고는 코트를 입고 일어섰다.

도서관을 나서자 따스한 초겨울 햇볕이 볼을 어루만졌다.

게이스케는 잘 지낼까.

처음 그와 이야기를 나누었던 날이 생각났다.

하필이면 그런 날에 만나다니. 얄궂은 일이지.

걱정스러운 듯한 게이스케, 영화관에서 자는 게이스케, 거짓말이라고 부르짖는 게이스케, 상처받은 얼굴의 게이스케.

게이스케라면 얼마든지 좋은 여자애를 만날 수 있을 것이다. 멋진 청년이 되어, 남들이 부러워하는 사랑을 하고, 그 운 좋은 여자를 행복하게 해줄 것이다. 그때쯤이면 고교 시절의 쓰라린 추억 따위는 완전히 기억 한구석으로 밀려나 있을 것이다.

완만하게 경사진 인도를 올라가던 미사오는 퍼뜩 생각나 도서관 입구까지 돌아갔다. 빨간 우체통으로 다가가 가방에서 갈색 봉투를 꺼냈다.

노가미 나오코 귀하. 받는 이의 이름과 주소를 확인하고 우체통에 넣었다. 달칵하고 봉투가 떨어지는 소리를 들으니 마음이 조금 가벼워진 것 같았다.

나오코 선생님, 부탁해요. 미사오는 잠시 우체통을 향해 빌었다.

나오코 선생님은 정이 많고 끈기도 있다. 분명 이해해 줄 것이다. 이런 언짢은 역할이라 면목이 없지만 나오코 선생님 밖에 부탁할 사람이 없었다.

미사오는 이번에야말로 편안한 표정으로 언덕길을 올라갔다.

인적이 없는 돌층계 길을 올라가며 미사오는 쇼코가 그 난간 앞에서 기다리고 있을 것을 확신했다.

편지를 받은 뒤, 간자키와 함께 공원에 가봤다. 쇼코가 어떤 식으로 자신을 죽이려고 할지 흥미를 느꼈기 때문이다. 처음에는 짐작도 되지 않았지만 간자키의 말을 듣고 바로 알았다. 쇼코는 여기서 나를 떨어뜨릴 작정이다.

완만하지만 긴 언덕길을, 미사오는 가볍게 숨을 몰아쉬며 무심히 걸었다.

갑자기 시야가 트였다.

높다란 겨울 하늘이 미사오를 맞이했다. 어디선가 들은 속삭임이 미사오의 머릿속에 떠올랐다.

찾았다.

뭘?

영원을.

순간 그녀는 또다시 새하얀 어둠 속에 있었다. 여기는 어디지? 그 3월의 눈 속?

안녕, 하야시 쇼코.

"미사오."

친숙한 목소리가 들려와 미사오는 움찔했다.

쇼코가 그곳에 서 있었다. 그녀가 상상했던 난간 앞, 바로 그 위치에.

게이스케는 나오코와 함께 오랜만에 찾은 집 앞에 서 있었다.

이제 그 창 너머에 미사오는 없다.

"저런, 나오코가 와줬구나, 고마워. 어머, 게이스케도 같이 왔어?"

문을 열어준 시노다 미사코는 기억 속 그녀와 별로 달라진 것이 없어 보였다.

그러나 식탁 위에 있는 갈색 액체가 든 록 글라스와 꽁초가 빼곡히 쌓인 재떨이가 삭막한 분위기를 자아냈다. 또 식탁 위에는 깨끗한 천으로 싼 유골이 아무렇게나 놓여 있었다.

새 불단에는 사진도 없고 아무것도 없었다.

"미사오는 그런 청승맞은 걸 싫어할 것 같아서. 애초에 난 아직 미사오가 죽었다는 것도 믿기지 않고."

그래도 두 사람은 향을 피웠다.

불단을 향해 절을 하며 게이스케는 마음속으로 중얼거렸다.

있잖아, 미사오도 마지막까지 날 좋아했던 거지? 착각도 유분수라느니 뭐니 한 소리 들을 것 같지만. 미사오는 내가 슬퍼하는 게 싫었던 거지? 내가 미사오를 미워하게 하려고 간자키하고 사귄 거지?

지금은 미사오가 자살했다는 확신이 있었다. 간자키를 이용해 게이스케가 미사오를 미워하게 하려고 했듯이, 쇼코를 이용해 자살한 것이다.

시노다 미사코는 부엌 의자에 앉아 우두커니 담배를 피우고 있었다.

거기에는 메마른 허무감만이 있었다.

"아줌마, 이거요."

나오코는 미사오에게 받은 봉투를 꺼냈다.

"미사오한테서 온 거예요. 역시 아줌마한테 드리는 게 좋을 것 같아서요."

"미사오한테서?"

미사코가 돌아봤다. 나오코는 봉투에서 노트를 꺼냈다.

그때 속에서 작은 종잇조각이 팔랑 떨어졌다. 봉투 바닥에 들어 있어 지금까지 몰랐던 것이다.

"앗."

나오코와 미사코는 동시에 종잇조각 위로 몸을 굽혔다.

자기가 무슨 일을 했는지 알고 있어?

쇼코가 한 걸음 앞으로 발을 내디뎠다. 미사오는 반사적으로 뒤로 물러났다. 등이 녹슨 난간에 부딪혔다.

그렇게 내가 샘이 났어?

바야흐로 쇼코의 뒤로 하얗게 타오르는 불꽃이 보이는 듯했다.

너무해. 아무리 그래도 있지도 않은 아버지 묘를 보여주다니. 날 속이려고 해도 그렇게는 안 될걸.

말도 안 돼. 그런 남자가 아버지면 내 인생이 엉망이 될 거 아냐. 살인자의 딸? 취직도, 결혼도 못 하게 되잖아. 자기가 그걸 짊어지기 싫으니까 나한테 떠넘기려고 한 거지?

지금 아빠가 날 얼마나 예뻐해 주는지 모르지? 아니, 틀림없이 그걸 알고서 부러워진 거야. 자기한텐 없으니까.

쇼코는 한 발 한 발 다가왔다. 미사오는 자신의 체중이 난간에 실리는 것을 느꼈다. 기분 나쁜 삐걱 소리가 났다.

그러나, 그래도, 왜 그런지 미사오는 마음이 편안했다.

긴 세월이었다.

나는 줄곧 기다렸던 것이다. 이런 식으로 나를 태워줄 불꽃을.

나 혼자만으로는 불가능했다. 내게는 그런 힘이 없었다.

하지만 그날. 처음으로 쇼코를 본 순간, 알았다. 그녀가 그 불꽃이라고.

그녀라면 나를 태워줄 게 틀림없다고.

그녀는 완벽한 소녀로 있기 위해 늘 발버둥 치고 있었다. 한순간이라도 방심하면, 지금 내가 떨어지려는 나락에 자신이 순식간에 삼켜지리라는 것을 그녀는 본능적으로 알고 있었다. 그것을 알면서 나는 쇼코의 세계를 더럽혔다. 그녀가 나를 벌해주길 나는 줄곧 기다렸던 것이다…….

이거 봐, 듣고 있어? 시큰둥한 얼굴을 하고, 어쩔 셈이야? 너도 그 아버지처럼 벌써 이상해진 거 아냐? 너만, 너만 없었으면. 너만 내 앞에 나타나지 않았으면.

미사오의 체중을 받치고 있던 난간은 이미 한계를 넘은 듯했다. 삐걱삐걱 소리가 점점 커졌다.

너만.

쇼코가 그렇게 말한 것과 빠직 소리가 나면서 난간이 부러진 것은 거의 동시였다.

바닥에 떨어진 종잇조각은 신문 기사를 복사해 오려낸 것이었다.

> 대낮, 악몽의 묻지 마 살인, 여섯 명 사망, 네 명 중경상
> 이나가키 시로 용의자를 전국 지명수배

아무도 움직이지 않았다.
세 사람은 얼어붙은 듯 작은 종잇조각을 바라봤다.

나오코와 게이스케의 머릿속에 온갖 광경이 스쳤다.

복사기 앞에 쭈그리고 있던 미사오. 그녀가 펼치고 있었던 것은 신문 축쇄판이었다.

고등학교 입학 당시, 부주의한 친척이 누설한 것은 이복자매에 관한 이야기만이 아니었던 것이다. 아버지의 범죄를 암시하는 말에 내내 의혹을 품고 있었을 것이다. 그러다 그날. 미사오는 그때 처음으로 자신의 아버지가 저지른 범죄와 맞닥뜨린 것이다. 몸이 안 좋아질 만도 했다.

그리고 그 뒤, 그녀는 고민 끝에 자신의 이복자매를 만나러 갔다. 살인자를 아버지로 둔, 피를 나눈 자신의 동생을.

처음에 미사오는 어떻게 할 생각이었을까?

아무래도 참을 수가 없어서 S를 만나러 기다.

한번 보고 싶었던 걸까. 이 숙명을 짊어진 사람이 자신만은 아니라고 확인하고 싶었을까.

다시 한번 처음으로 돌아간다 해도 나는 역시 S를 만나러 갔을 것이다. 우리는 돌이킬 수 없다.

미사오가 쇼코를 만나러 간 그날부터 톱니바퀴는 돌기 시작했다. 한 번도 쉬지 않고, 냉엄한 소리를 내며.

나는 S를 지옥의 길동무로 삼아버렸다. 후회되지 않는 게 이상하다.

아니면 미사오는 처음부터 계획적으로 쇼코를 괴롭힐 작정이었을까? 혼자만 고통받기 괴로웠을지도 모른다.

"알고 있었구나."

미사코는 중얼거리더니 조용히 일어나 유골 앞에 주저앉았다.

눈은 꼼짝 않고 앞을 향하고 있었지만 아무것도 보고 있지 않았다.

나오코도 게이스케도 대답할 수 없었다.

느닷없이 미사코가 식탁을 주먹으로 탕 내리쳤다. 담배꽁초가 흩어지고 글라스가 튀어 올랐다.

우오오. 짐승의 포효 같은 비명이 터져 나와 나오코는 저도 모르게 엉거주춤 일어섰다.

"미사오는 내 애야. 그 자식 애가 아냐. 그 자식, 늘 무표정한 얼굴로 날 무시했어, 나 같은 건 세상에 존재하지 않는 것처럼. 그게 얼마나 잔인한 짓인지 알면서. 쓸쓸하고 분해서, 어디의 누군지 이름도 모르는 남자하고 사이에 생긴 애야. 그 자식, 그 자식, 내가 다른 남자 애를 뱄다는 걸 알면서도 눈썹 하나 까딱하지 않았어. 제길. 제길. 미사오는 그런 남자 애가 아냐. 그런 살인자의 피 따위 한 방울도 섞이지 않았어. 그 자식 딸하고 같은 핏줄 따위가 아니야. 미사오는 내 애야. 나만의 애야. 그런데 그 애는 자기가 그 자식 애라고 믿었구나. 그 자식 피가 흐른다고 생각한 거야. 살인자. 나쁜 자식, 어디까지 날 괴롭혀야 속이 시원한 거지? 뒈진 지 십몇 년도 더 지났는데 아직까지 나한테 소중한 걸 빼앗으려는 거야?"

미사코는 절규했다. 발을 탕탕 굴렀다. 식탁에서 글라스가 떨어져 쨍그랑 깨지면서 안에 들어 있던 술과 얼음이 흘러나왔다. 미사코는 식탁 위 유골을 부둥켜안았다. 품에 안고 목청 높여 울었다. 미사오. 돌아와 줘. 미사오…….

그때 불현듯 나오코의 머릿속에, 미사오와 장래의 꿈에 관해 이야기했을 때 그다음 이어졌던 대화가 되살아났다.

"괜찮아요, 그냥 꿈이니까."

입을 뾰로통하게 내민 미사오는 문득 정색했다.

"있잖아요, 나오코 선생님, 부탁이 있어요."

"뭔데?"

미사오는 책상 위로 시선을 떨어뜨렸다. 손을 머뭇머뭇 깍지 꼈다.

"들어줄래요?"

나오코는 웃었다.

"물론이지. 뭐야?"

미사오는 결심한 듯 고개를 들었다.

"나, 언젠가 꼭 쓸 거예요. 반드시 써요. 하지만……."

"하지만?"

"혹시 뭔가 이유가 있어서 내가 못 쓰면 나오코 선생님이 대신 써줘요."

"어, 내가? 음, 내가 쓸 수 있으려나?"

"약속이에요."

"응, 그럼 미사오가 못 썼을 때만이야."

두 사람은 새끼손가락을 걸었다.

대신, 써줘요.

그 말이 섬광처럼 나오코를 꿰뚫었다.

그리고 나오코는 이해했다. 어째서 미사오가 노트를 자신에게 맡겼는지. 미사오는 모든 것을 나오코를 위해 남겼다. 노트. 신문 기사 카피. 에이코에게 맡긴 '무지개와 구름과 새와'의 메시지. 난간 이야기. 게이스케에게 넘긴 열차 시간표. 나오코가 게이스케와 만날 것을 예상해 메모를 끼워둔 것도 그 때문이었다.

어깨에 손이 닿았다. 게이스케가 바깥을 가리켰다. 일단 나가자고 재촉하는 것이다.

바깥은 개어 있었다.

"여기서 잠깐 기다려. 우리 엄마를 부르자. 전화하고 올게."

이걸로 끝이라고 생각했는데 누가 미사오의 팔을 잡고 있었다.

발밑에는 아무것도 없었다. 저 멀리 아래쪽에 울퉁불퉁한 바위가 늘어선 강이 보였다.

문득 위를 보니 새파랗게 질린 쇼코가 미사오의 손을 붙들고 있었다.

난간은 부러져 공중에 늘어져 있었다. 쇼코는 아직 지상에 남아 있는 난간을 잡고 미사오를 지탱하고 있었다.

우주를 이 한순간에 응축한 것 같은 비현실적인 시간이었다. 지금 이 순간에도 세계가 존재하고 있다는 게 믿기지 않았다.

쇼코는 구슬땀을 흘리고 있었다. 미사오에 대한 살의와 역시 죽일 수 없다는 망설임이 그녀의 마음속에서 비명을 지르며 다투는 모습이 보이는 듯했다.

난간을 잡은 쇼코의 손이 무게를 견디지 못해 베이면서 피가 왈칵 솟았다. 남은 난간도 삐걱대고 있었다. 쇼코의 전신이 와들와들 떨렸다.

손을 놔, 쇼코.

야단치는 듯한 미사오의 목소리에 쇼코는 눈을 크게 떴다.

두 사람의 눈이 한순간 마주쳤다.

미안. 고마워. 안녕.

미사오가 재빨리 속삭였다.

그 순간, 뭔가가 쇼코를 꺾었다. 갈색 눈이 축축하게 젖더니 눈물이 흘러넘쳤다. 얼굴이 일그러지고 입술이 바르르 떨렸다. 힘이 다해 더는 위를 올려다볼 수 없게 된 미사오는 몸에서 힘을 빼고 눈을 감았다.

우우. 신음이 쇼코의 입술에서 흘러나왔다. 그녀는 눈을 감고 이를 악물었다.

언니.

그 너무나도 작은 중얼거림이 미사오의 귀에 닿았는지 아닌지는 알 수 없었다.

다음 순간, 쇼코는 하늘을 우러렀다. 구름 한 점 없는 하늘.

쇼코는 하늘을 올려다본 채 의기양양하게 여신 같은 웃음을 지었다.

그리고 난간을 붙잡고 있던 손을 놓았다.

양손으로 미사오의 손을 붙들고 쇼코는 춤추듯 미사오 위로 몸을 숙였다.

수화기를 내려놓고 게이스케가 있는 곳으로 돌아가며 나오코는 예감했다.

나는 언젠가 쓸 테지.

그것은 막연한 예감이었다. 뜰에 심은 씨앗 중 하나쯤은 언젠가 꽃이 피지 않을까 하는 그런 작은 예감이었다.

나오코는 천천히 발치를 보며 걸었다.

언제가 될지는 모르지만, 분명히.

자신이 책상 앞에 앉아 펜을 든 모습이 눈앞에 떠올랐다.

조용한 집 안이었다. 하늘이 투명하게 맑아지기 시작하는 저물녘, 하얀 커튼이 창가에서 흔들리고 있다. 나오코는 주황색 램프를 켜고 책상 위에 종이를 편다.

그때의 기분을 손에 잡듯 알 수 있었다. 완만하고 잔잔한 시간. 인생에서 잠시 찾아왔다 사라지는, 조수가 고요히 밀려드는 것 같은 순간.

차가운 바람에 나오코는 몸서리를 쳤다.

문득 하늘을 올려다보자, 태양을 가린 구름 틈새로 몇 가닥 빛의 화살이 뻗어 나오고 있었다.

그래, 이런 기분. 이런 순간.

나오코는 걸음을 서둘렀다. 길 저편에 게이스케의 모습이 보였다.

나는 언젠가 쓸 테지. 서툰 사랑의 말을 글로 남기기 위해. 하지 못했던 말을 소리 내어 하기 위해. 해 질 녘 비 갠 하늘, 구름 사이로 비치는 빛에 두려움을 느낄 때마다. 미소만을 남기고 사라진 소녀들을 대신해서.

예감은 확신이 됐다.

언젠가 그날은 올 것이다. 아무것도 쓰여 있지 않은 텅 빈 흰 종이에 불안을 느끼면서도 첫 페이지를 펼 것이다. 그 이야기는 언젠가 반드시 마지막 페이지까지 다다를 것이다. 이야기되어야 할 이야기로서.

그해 겨울 본격적인 첫 추위를 기록한, 11월도 끝나가는 어느 아침이었다.

인구 15만이 안 되는 성하 도시의 높은 곳에 있는 성터 공원은 여느 때처럼 고요한 아침을 맞이하고 있었다.

청아한 새 울음소리. 이미 나뭇잎을 떨어뜨리고 깨끗한 가지를 하늘에 펼친 나무들.

공원은 인적이 없었다. 지나가는 바람도 없고 공기는 투명하다.

어제와 다른 점이라면 낭떠러지에 면한 공원의 난간 일부가 떨어져 나갔다는 것뿐이었다.

공원에는 아무도 없다. 찾아오는 사람도 없다.

유일하게 움직이는 것은 빛뿐이었다. 하늘은 빛으로 가득했다. 엷게 낀 구름 틈새로, 오늘의 맑은 하늘을 약속하는 빛의 다발이 벼랑 아래 펼쳐진 시가지 위에 평온하게 내리쬘 뿐이었다.

4장

회전목마

나는 어렸을 때부터 회전목마가 싫었다. 어린 마음에도 가짜 말에 올라타 한곳을 빙글빙글 돌기만 하는 행위가 몹시 굴욕적으로 여겨졌다. 도대체 어디가 재미있다는 걸까? 그것에 올라타 원 밖에서 기다리는 가족을 볼 때 드는 그 한심한 기분이란! 대체 어떤 표정을 지으면 좋을지 모르겠다.

그런 생각을 하는 것은 나뿐이고, 보아하니 세상 사람들은 어른이고 아이고 그 탈것을 좋아하는 것 같다. 나는 그저 자의식 과잉인 아이였나 보다. 하지만 한편으로 나는 오브제로서는 그 탈것을 높이 평가했다. 정체는 알 수 없지만 아무래도 뭔가를 상징한다는 생각이 들었다. 영원히 바깥쪽에서 바라보는 탈것. 내게는 그것이 회전목마였던 것이다.

이런 시작은 어떨까. 제목이 '회전목마'니까 이러면 일단 제목이 〈회전목마〉가 되기 위한 의무는 다한 셈이다.

소설 제목을 짓기는 쉽지 않다. 일설에는 소설이 6할, 제목이 4할의 비율로 소설 전체를 결정한다고도 한다.

아닌 게 아니라 제목이 깔끔하게 정해지면 마음이 놓인다. 《삼월은 붉은 구렁을》은 제목이 먼저 생긴 소설인데, 원래 계획했던 소설은 지금 쓰는 것과 전혀 딴판이었다. 제목이 처음 생각난 것은 몇 년 전으로, 기억에 따르면 당초 예정으로는 환상의 학원 제국에서 펼쳐지는 악몽 같은 세계에 살고 있는 사람들이 수수께끼 같은 모험을 하는 이야기였다. 이게 어디에서 영향을 받았는지는 스스로도 알고 있다. 예전에 미우치 스즈에의 만화 중에 〈성 앨리스 제국〉이라는 게 있었다. 여왕을 정점으로 하는 군주제 국가인 학원 제국을 무대로 펼쳐지는 모험 이야기였다. 잡지에 실린 1화는 '이게 바로 새로운 엔터테인먼트다' 싶어 흥분될 만큼 훌륭했고, 작가가 뭘 하려는 건지 분명하게 알 수 있었다. 그런데 의외로 이야기가 이어지지 않아(작가도 쓰면서 놀라지 않았을까) 본의 아니게 어정쩡하게 연재가 끝난 기억이 있다.

시리즈 첫 회는 즐겁다. 이제부터 벌어질 파란만장에 대한 예감, 커다란 이야기에 대한 기대, 뭐가 기다리고 있을까 하는 긴장과 불안. 〈성 앨리스 제국〉 1화를 읽고 난 다음, 작가와 독자가 그리고 있었던 전체상은 아마 그리 다르지 않았을 것이다. 그 행복한 예상도가 언젠가 실현시키고 싶은 것으로 내 안에 남아 있었는지도 모르겠다.

4부작 형식에 대한 동경은 로렌스 더럴의 《알렉산드리아 사중주》라는 훌륭한 4부작의 영향이다. 말 그대로 이집트 알렉산드리아를 무대로 운명이 뒤얽히는 네 남녀의 이야기를 각자의 시점에서 그리는 이 소설은 지금까지 수없이 많은 사람들을 매료해 왔다. 그윽한 향기에 매혹되어 마지막까지 읽고 나면, 실은 치밀하고 빈틈없는 계산에 의해 구축된 세계라는 것을 알게 되는 구성이다.

《삼월은 붉은 구렁을》을 쓸 때, 먼저 '바깥쪽' 이야기 네 편과 '안쪽' 이야기 네 편을 생각했다. 『삼월은 붉은 구렁을』이라는 수수께끼의 4부작 소설을 둘러싼 이야기이니 '안쪽' 이야기가 재미없으면 안 되겠지 싶었다. 그래서 전부터 쓰고 싶었던 진짜 소설의 줄거리를 그대로 사용하기로 했다. 자, 그렇다면 '바깥쪽'은 어떻게 할까 하다가 어느 정도 '안쪽' 4부작과 중첩되도록 하자고 생각한 것까지는 좋은데, 그대로 겹치기만 해서는 재미없을 것 같아 고민했다. 당시 극중극, 액자소설 같은 형식이 대유행이라 쑥스러웠던 탓도 있다. 이 소설을 집필하는 동안 읽은 책 중에도 발상이 비슷한 추리소설이 두 편이나 있어 읽으면서 식은땀을 흘렸다. 막연히 생각했던 기획은, 1장 〈기다리는 사람들〉에서는 《삼월은 붉은 구렁을》이라는 소설이 존재하지 않고, 2장 〈이즈모 야상곡〉에서는 실제로 존재하며, 3장 〈무지개와 구름과 새와〉에서는 앞으로 쓰일 것이고, 4장 〈회전목마〉에서는 작가가 지금 바로 이 순간 쓰려 하고 있다는 것이었다. 일단 3장까지는 기획대로 진행됐는데 4장을 어떻게 끝내야 할지 전혀 생각나지 않는다. 〈회전목마〉라는 제목만 정해져 있었던 터라, 제목에서 예상되는 대로 내가 《삼월은 붉은 구렁을》을 구상하는 데서 시작해 1장 〈기다리는 사람들〉을 쓰기 시작하는 데서 끝낸다는 안이한 방법도 생각해 봤다. 하지만 아무리 그래도 그건 너무한 것 같아 그만뒀다.

천장 쪽에서 모뎀을 통해 전화 회선으로 상대를 불러내는 독특한 소리가 들렸다.

이 연립주택 어느 집에서 피시통신을 하나 보다. 그 소리를 들을 때마다 뭔가와 비슷하다 싶었는데 최근 겨우 알았다. 야마노테선 어느 역에서 이것과 비슷한 음악을 방송한다. 승객이 문 닫히기 직전 승차하는 것을 방지하기 위해 벨 대신 도입한 모양인데, 하루 종일 같은 멜로디를 들어야 하는 JR 직원에게는 거의 고문이 아닐까.

워드프로세서는 편리한 기계라고 생각하지만, 최근 들어 어처구니없을 만큼 글씨가 지저분해졌고 한자를 못 쓰게 됐다. 워드프로세서 키보드를 두들기는 속도로 글자가 나오는 데에 익숙해지면 손으로 써도 같은 속도로 쓸 수 있을 듯한 착각에 빠지는 것이다. 손으로 글씨를 쓰고 있노라면 한 글자를 쓰는 데 필요한 시간이 제각각이라 조바심이 난다.

워드프로세서는 이상한 기계다. 워드프로세서 앞에 앉아 있으면 생각지도 않던 것을 쓰게 된다. 어렴풋한 그림자였을 뿐이었던 것이 유난스레 뚜렷한 형태를 띠게 된다. 워드프로세서는 거짓말을 하는 것이다. 워드프로세서는 그런 의미에서 허구에 어울린다.

> 어렸을 때 방에서 장난으로 뱅뱅 돌며 뛰어다니면, '다른 사람 주변을 돌면 못써요' 하고 야단맞았다.
> 한가운데 기둥을 세우고 그 주변을 돈다는 것은 옛날부터 세계 곳곳에서 행해져 온, 신에 대한 행위다. 그렇다면 세계 곳곳에서 빙글빙글 돌고 있는 회전목마는 어쩌면 신에 가까이 가기 위한 어떤 제의祭儀가 기원일지도 모르겠다. 날이면 날마다 화려하게 돌고 있는 회전목마는 신에게 어떤 소원(혹은 저주)을 빌고 있는 것인지도 모른다.
> 아닌 게 아니라 빙글빙글 원을 그리고 있으면 그 중심은 진공이 되어 그때까지 보이지 않던 뭔가가 그곳에 나타날 것 같다. 윤무가 됐든, 손수건 돌리기가 됐든, 자동차 경주가 됐든, 돈다는 행위는 사람에게 모종의 황홀감을 준다.

이런 시작은 어떨까.

소설 제목에는 쓸 만한 것과 쓸 만하지 않은 것이 있다. 단편에는 가능해도 장편에는 이제 더는 쓸 수 없는 것도 있다. 이제 더는 쓸 수 없는 제목이라고 하면 늘 맨 먼저 생각나는 것은 '여행의 끝'이라는 제목이다. 번역된 영화 제목이나 유럽 및 미국 단편소설에서 자주 접하는데, 참으로 진부하면서도 그렇다고 마땅히 대신할 것도 생각나지 않는 빈틈없는 제목이다. '회전목마'도 그와 비슷한 뭔가가 있다고 생각하는데, 꼭 한번 써보고 싶었다.

나는 장편소설을 쓰기 전에 영화 포스터 같은 예고편을 쓴다. 정식으로 레터링해서 제목을 쓰고, 일러스트를 그리고, 카피를 쓰고, 줄거리를 쓴다. 이것을 쓸 때가 가장 즐겁고 가슴 설렌다. 예고편을 쓰고 있노라면 늘 요시하라 사치코의 시 한 구절이 떠오른다. "쓰기 시작하면 쓸 수 없는데 쓰기 전이면 써지려 한다." 딱 이런 심경이다.

어렸을 때 이와나미쇼텐에서 나온 아동문학 카탈로그를 매우 좋아했다. 줄줄이 나열된 온갖 책들의 제목과 표지 사진을 보며 내용을 상상하는 게 낙이었다. 그중에서도 《사과나무 과수원이 있는 땅》이라는 제목에 한층 끌려, 끌리다 못해 부모를 졸라 책을 샀다. 하지만 《모래》 등의 명작으로 유명한 영국 아동문학 작가 윌리엄 메인이 쓴 이 작품은 너무 어려워서 도무지 내용을 이해할 수 없었다. 아동문학 제목에는 여러 추억이 있는데, 특히 인상에 남아 있는 것은 안데르

센의 《그림 없는 그림책》이다. 안데르센의 이야기는 하나같이 무섭지만, 그중에서도 나는 어쩐지 이 제목이 견딜 수 없이 무서웠다. 전집의 책을 폈을 때, 2단으로 된 페이지의 오른쪽 위 구석에 '그림 없는 그림책'이라는 굵은 글자가 늘어선 것을 보면 늘 소름이 돋았다.

마쓰에는 찌는 듯이 무더웠고 하늘은 시커멨다. 언제 비가 쏟아져도 이상할 것 없다.

그녀는 역에서 나와 어두운 하늘을 올려다봤다. 이 역에 내린 것은 두 번째다. 하룻밤 꼬박 열차를 탄 탓에 바닥이 아직도 흔들리는 느낌이었다.

어디서든 잘 수 있다고 자신하는 그녀에게도 침대차는 녹록지 않은 상대였다. 여간 흔들리는 게 아니었기 때문이다. 하지만 일대 발견이 있었다. 누워서 독서를 하기에는 좋은 환경이었던 것이다. 베개의 단단함과 높이 그리고 독서 램프의 위치가 더없이 완벽했다. 누워서 책을 읽는다는 것은 상당히 어려운 일이다. 책을 읽는 데 필요한 밝기를 확보하기 위해서는 피치 못하게 불편한 자세를 취할 수밖에 없다. 엎드려도, 옆으로 누워도 어깨가 결린다. 뿐만 아니라 금세 잠이 들고 만다. 어느새 엎드린 채 잠들었다가 호흡곤란을 일으켜 악몽을 꾸다가 깨는 일도 종종 있다. 그런데 침대차는 이런 난관들을 모조리 해결해 준다. 흔들림이 심해 쉽게 잠이 안 온다는 것도 이 경우 유리하게 작용한다. 그녀는 데버라 크롬비의《다 잘될 것이다》를 읽으며 침대차에서 외국 미스터리소설을 읽는 멋에 사로잡혀 행복한 밤을 보냈다.

그녀는 비행기를 타본 적이 없다. 비행기라는 물건은 인간의 예지叡智와 신의 영역 사이에 자리하는 게 아닐까. 어째 인간의 영역을 한 발짝 벗어난 것 같아 무서워서 못 타겠다. 그 때문에 그녀는 외국에도 가본 적이 없다. 차에도 그다지 관심이 없다. 어렸을 때 차멀미가 심했기 때문인지도 모르겠다. 세상 사람들은 어째서 그렇게 차를 좋아할까? 해마다 일본 사람을 1만 명이나 죽이는데. 하루에 서른 명 가까이 죽이는데 왜 아무도 금지하지 않는 걸까. 그녀는 매일 아침 길을 걸을 때마다 맞은편에서 달려오는 차를 보며 '지금 저 차 운전자가 핸들을 조금만 잘못 꺾으면 난 죽는 거지' 하고 생각한다.

그녀는 기차와 산책을 좋아한다. 둘 다 이동하는 풍경을 바라보며 머리를 비우고 두둥실 떠오르는 이미지를 좇는 게 즐겁다. 언젠가 비행기 탑승이라는 벽을 넘어 외국에 가게 된다면 대륙 횡단 열차와 알래스카 철도를 타는 게 꿈이다. 그때는 대체 어떤 이미지가 머리에 떠오를까?

작년 이즈모에 갔을 때는 한여름이었다. 갈 때도 올 때도 열차에서 친구와 술판을 벌였고 게다가 형편없이 더웠던 탓에 두 사람 다 녹초가 되어 뿔이 잔뜩 나서 돌아왔다. 올해는 혼자만의 여행이다. 원래는 또 다른 친구와 올 계획이었는데 착각으로 인해 두 사람의 일정이 일주일 어긋났다.

그런데도 거금을 들여가며 이즈모 여행을 결행한 것은, 지금 그녀가 쓰고 있는 4부작 소설 2장의 무대가 이즈모로 가는 야간열차 안이기 때문이다. 작년에 여행했을 때 경험했던 야간열차 특유의 불가사의한 분위기가 잊히지 않아서 이 장에서는 꼭 그 분위기를 쓸 작정이었다. 그녀는 평소 생활의 태반을 회사에서 보내는지라 취재할 수 있는 시간도, 대상도 한정되어 있다. 금요일 밤 도쿄를 출발해 야간열차로 마쓰에에 갔다가 일요일 밤 열차로 돌아와 다음 날 아침 회사로 직행한다는 고된 스케줄이지만, 그래도 원고를 쓰기 전 한 번 더 그 분위기를 꼭 맛보고 싶었다.

역 관광안내소에서 지도를 받은 다음, 그녀는 버스 터미널로 향했다. 흐린 하늘 아래에서도 유달리 선명한 빨간색 버스가 그곳에 서 있었다. 시내 관광을 위한 유람 버스다. 그녀는 종종걸음으로 버스를 향해 걸어갔다.

헨리 다거라는 사람이 있었다.

미국인이었나 영국인이었나, 한평생 병원에서 잡일을 한 평범하고 눈에 띄지 않는 남자였다. 다소 지적장애가 있었던 것 같다. 죽은 뒤 그가 생전에 썼던 엄청난 그림소설이 발견됐다.

그것은 아이들의 나라. 많은 아이가 참혹한 피투성이 전쟁을 벌이는 나라 이야기로, 그 세계에서 헨리 다거는 아이들을 구출하는 구세주였던 듯하다. 커다란 갱지 같은 종이에 색칠한, 그림 연극에 어울리는 그림이 이야기의 진행에 맞춰 그려져 있는데, 미술관에서 그 그림을 보고 강한 충격을 받았다.

내장이 파헤쳐지고 손발이 떨어져 나간 아이들의 시체, 시체. 그러나 그림책 같은 산뜻한 동화풍 배경 속에서 그 시체는 묘하게 깨끗하고 정연하게 보였다. 미술을 공부한 적이 없는 그는 광고와 그림책, 잡지 그림을 베끼고 조합해 이 그로테스크하고 영원히 끝나지 않는 세계를 밤이면 밤마다 홀로 앉아 그렸다. 죽 나열된 그림들에서 그가 완전히 그 세계에서 살고 있었음을 알 수 있었으며, 대담한 이미지와 흡인력에 보는 나마저 빨려들 것 같았다. 그는 설마 자신이 그린 그림이 일본의 미술관에 전시되어 내게 충격을 주리라고는 예상하지 못했을 것이다. 자신을 위해 그린 그림이니까.

'아웃사이더 아트'라는 테마로 정신질환을 앓는 이들의 창작 표현을 모아놓은 전시회였다. 누구에게 보여주기 위한 게 아니라 어디까지나 자기 내면의 필연에 쫓겨 분출시킨 것. 그 파워는 어마어마하고, 이형적이며, 게다가 어딘가 떳떳지 못한 느낌이 있었다. 그 느낌은 틀림없이 인간의 '부負'의 부분에서 뿜어져 나오고 있었다. 내가 변변치 않으나마

글쟁이가 되어 당혹하는 게 그 점이었다. 아무리 해도 소설을 쓴다는 행위의 떳떳지 못한 느낌에서 벗어날 수 없는 것이다.

소설을 쓴다는 말을 극히 소수의 친구에게만 한 것도 이 떳떳지 못한 기분이 큰 원인이다. 나를 술 좋아하고 데면데면한 사무직으로 알고 있는 회사 상사와, 대학에서 할 말 안 할 말 가리지 않고 가족처럼 지냈던 패거리에게 "사실은 저 소설 쓰거든요"라고 말하는 장면을 상상만 해도 얼굴에서 불이 날 것처럼 부끄럽고 식은땀이 난다. 회사에 들키지 않을 수만 있다면 그 어떤 거짓말이라도 할 각오가 되어 있다. 지금까지 줄곧 사진을 내지 않은 것도 조심하기 위해서였다. 그런데 각 출판사 편집자들이 다들 신경 써주었음에도 불구하고 모 출판사 잡지에 사진이 실린 적이 있었다. 그것도 잡지가 나오고 나서 다른 출판사 편집자에게 듣고 알았다. 항의하는 게 좋겠다고 여러 사람이 충고해 주었지만, 낮에 회사 밖으로 나와 항의 전화를 걸 생각을 하니 귀찮아서 아직 하지 않았다. 하지만 분명히 말해서 나는 원한을 두고두고 오래 간직하는 여자다. 이 일은 절대로 잊지 않겠다고 다짐했는데 그 잡지가 폐간됐다. 내 사진을 실은 탓이라고 지금도 믿고 있다.

어둡고 낮게 깔린 구름으로 닫힌 하늘 아래, 빨간 버스는

탁한 강물 위를 건넌다.

유서 있는 지방 도시를 찾았을 때 느끼는 기묘한 감각은 언제나 그녀를 매료시킨다.

각각의 장소를 덮고 있는 이질적인 공기. 흐르는 시간의 미묘한 어긋남. 그곳에 뭔가가 숨어 있을 것 같은, 눈에 보이는 모습과는 다른 이야기가 있을 것 같은, 어딘가에 전혀 다른 세계가 열려 있을 것 같은 예감에 영화를 보는 기분이 든다.

그녀에게 중요한 지극히 개인적인 테마는 바로 '노스텔지어'다. 온갖 의미에서의 그리움. 그것은 기분 좋게 애달픈 감정이면서 동시에 같은 정도의 꺼림칙함을 지닌다. 그녀는 어렸을 때부터 세계라는 것에 대해 막연한 향수를 품고 있었다. 향수라는 말이 오해를 불러일으킨다면, 세계라는 것이 빙글빙글 커다란 원을 그리면서 시간적으로 또 공간적으로 순환하고 있다는 감촉이라 해도 좋다. 기시감과는 조금 다른데, 그런 감각이 유년기의 그녀를 상당 부분 지배했다. 이제는 그런 감각이 일상생활에서 차지하는 비율이 작아지기는 했어도 가끔 그런 감각이 왈칵 밀려들면 패닉에 빠진다. 그 감각을 어떻게든 눈에 보이는 것으로 표현하기 위해 그녀는 워드프로세서 앞에 앉아 악전고투하는 것이다.

목적지에 다다랐다. 정류장에 선 버스에서 내린 사람은 그녀가 유일했다.

어쩌면 이렇게 무더울까.

시커먼 구름 틈새로 가끔씩 뜨거운 햇살이 흘러나왔다.

겨드랑이에 땀이 흥건했다. 모자 밑 머리카락은 이미 머리에 철썩 달라붙었다. 그녀는 한순간 그곳에 우두커니 섰다.

눈앞을 검은 그림자가 사뿐히 가로질렀다.

커다란 검은색 나비였다. 날개를 거의 움직이지 않은 채 하늘을 부유하고 있다.

'제비나비'라는 단어가 떠올랐지만 맞는지 아닌지는 알 수 없었다.

좁은 방 안에서는 글을 쓰다 막혀도 도망갈 곳이 없다.

이번에는 어느 집이지 커플이 싸우기 시작했다. 꽤 요란하게 악쓴다. 요새 들어 매일 밤 저 모양이다. 얼른 헤어져버리지? 뭘 꾸물대.

이런 때 담배를 피울 수 있으면 좋겠다 싶지만 나는 담배 냄새를 몹시 싫어한다. 심야에 홀로 초조하게 조바심치며 워드프로세서 앞에 앉아 있기란 그리 기분 좋은 일이 아니다. 일반적으로 일에 열중하는 여성은 아름답지만 소설을 쓰고 있는 여자는 추하다고 생각한다. 잡지 마감을 앞두고 밤중에 거울로 자신의 얼굴을 보면 언제나 흠칫 놀란다. 말 그대로 머리는 헝클어졌고 퀭한 눈을 슴벅거리고 있다. 미용과 건강에 좋지 않은 직업이다. 그래, 어차피 나 같은 거 재능도 없거든, 하며 책상에 풀썩 엎드려 보다가도, 그렇다고 위로해 줄 사람이 있는 것도 아닌데 시간 낭비일 뿐이라고 바보 같은 기분이 들어 몸을 일으키곤 한다.

소설을 쓰는 일에 현기증이 날 만큼 기쁨을 느낀다는 부럽기 짝이 없는 사람도 있지만 내 경우에는 대부분 고통이다. 쓰기 시작하면 꽤 재미있기도 하지만 열의가 지속되는 것은 얼마 안 되는 시간뿐이다. 게다가 밤중에 쓴 편지와 마찬가지로 기분이 고조돼 있을 때 쓴 글치고 써먹을 수 있는 게 거의 없다. 다음 날 다시 읽어보면 어찌나 엉망인지 기운이 다 빠질 지경이다. 일단 쓴 소설은 한마디도 고치지 않는다는 야마다 에이미의 이야기를 듣고 '말도 안 돼' 하고 부르짖는다.

무서운 직업이지만 흥미로운 직업이기도 하다. 완전한 기술직이라 생각할 때가 있으면 완전한 즉흥이라 생각할 때도 있다. 가끔 자동 기술記述 상태가 될 때가 있는데 그때의 감각이 꽤 재미있다. 완전히 소설 속 장면에 빠져들어 있으면서도 그와 중첩되어 워드프로세서 키보드를 치는 자신의 의식 바깥쪽에 있는 듯한 기분이다. 오락실에서 게임을 하는 사람 뒤에 서서 화면을 들여다보는 감각에 가깝다. 쓰고 있는 자신을 보며 어딘가 재미있어하고 있는 자신이 있는 것이다.

영화 속 회전목마는 언제나 꿈결처럼 아름답고, 황혼처럼 서글프며, 아득한 메아리처럼 애달팠다. 내 머릿속에서 도는 회전목마에는 늘 사람이 없다. 아무도 탄 사람 없는 목마들이 해 질 녘 시 외곽에서 흔들흔들 돌고 있다.

틀림없이 세계 어딘가에 자기 집 정원에 회전목마를 둔 노인이 있을 것이다.

그는 회사를 여러 개 가진 부자다. 손질이 잘된 널따란 잔디밭 한가운데에 회전목마가 덩그러니 놓여 있다. 맑게 갠 날 해 질 녘에 그는 정원에 하얀 테이블을 놓고 홀로 자리에 앉는다. 집사가 다가와 그의 잔에 와인을 따른다. 그가 신호를 보내면 회전목마의 조명에 불이 들어오고 사람 없는 목마가 빙글빙글 돌기 시작한다. 그는 떨어져 있는 테이블에서 그것을 꼼짝 않고 바라본다.

이런 시작은 어떨까.

좀 너무 달짝지근할지도 모르겠다.

시작 부분을 쓰고 나면 이 이야기가 재미있을지 재미없을지 대개 알 수 있다. 다른 사람 작품도 마찬가지다. 읽기 시작한 순간 재미있어질지 재미없어질지 알게 된다.

《삼월은 붉은 구렁을》도 드디어 마지막 장. 어떤 식으로 이야기를 진행하면 좋을까. '안쪽'.『삼월은 붉은 구렁을』과 호응하면서도 미묘하게 어긋나는 내용. 작가가 주인공이 된다는 방침은 정해졌지만 '회전목마'라는 제목만이 눈앞에 툭

던져져 있다. 자, 이건 어떤 이야기일까. 어떤 이야기를 찾아내야 하는 걸까.

그녀는 무서운 게 여러 가지 있는데 석등롱도 그중 하나다.

버스 정류장에서 신호등을 건너 중학교를 끼고 외길을 걸어가면 겟쇼지라는 절이 있다. 수국이 유명한 절인 모양인데 철이 아닌 탓인지 사람이 없다.

이곳에는 후마이 공*을 비롯해 마쓰다이라 가문 대대의 묘가 있는데, 그 밖에 에도 시대의 역사力士인 라이덴의 비석이 있는가 하면 거대한 거북이 석상도 있는 등 하여간 상당히 지조가 없는 절이다. 그런 이 절에 여봐란듯이 석등롱이 죽 늘어서 있다. 이런 영묘를 무슨 양식이라 하는지, 묘 예닐곱 기에 각각 바깥문이 있고 범자로 쓴 간판이 걸려 있다. 그리고 그 주위를 석등롱이 에워싸고 있다.

그녀는 무서운 게 여러 가지 있다. 심한 고소공포증인 데다, 핑크하우스의 옷을 입은 여자도 무섭다. 깡통에 든 하얀 아스파라거스도 무섭고, 백화점 화장품 매장도 무섭다. 그렇지만 왜 석등롱이 무서운 걸까? 이유는 모르겠다. 석등롱을 보면 다리가 얼어붙는다. 그게 두둥실 떠올라 자기 위에 떨어질 것 같다.

---

* 에도 시대 후기 이즈모 마쓰에의 번주인 마쓰다이라 하루사토.

걷다가 문득 이유를 깨달았다.

초등학교 때 읽었던 야마다 미네코의 만화였다. 〈사신들의 하얀 밤〉이라는 작품은 당시 그녀에게 상당한 충격을 주었다. 야마다 미네코는 반짝반짝 빛나는 눈이 얼굴 절반을 차지하는 더없이 순정 만화다운 그림을 그리는 사람이지만, 이 이야기는 정말 무서웠다.

주인공은 평범한 여자애다. 어느 날, 좋아하는 남학생이 떨어뜨린 정기권 케이스를 주워 그를 쫓아가다가 낯선 숲속에 발을 들여놓는다. 숲속에는 커다란 저택이 있다. 주인공은 저택 정원에서 섬뜩한 자장가를 부르는 미친 여자를 만나 그녀에게 쫓기게 된다. 여자에게서 도망치다 간 저택에서 이번에는 창문을 통해 앞이 안 보이는 미소녀가 아버지를 독살하는 장면을 목격한다. 그러다가 들키는 바람에 미소녀가 주인공을 쫓아와 죽이려 한다. 그때 미소녀가 사용한 수단이 석등롱이었다. 주인공 위에 석등롱이 막 떨어지려는 찰나, 아까 자장가를 부르던 미친 여자가 나타나 주인공 대신 석등롱에 깔려 죽는다. 간신히 도망쳐 돌아온 주인공은 어머니에게 자신이 목격한 일을 알리고 경찰에 신고하려 하지만, 어머니는 '그건 꿈이에요'라며 소녀가 전화를 걸지 못하게 한다. 사실 어머니는 옛날 그 저택에서 고용인으로 일한 적이 있었고, 갓 태어난, 앞을 보지 못하는 자신의 아기를 주인마님의 아기와 바꿔치기했다. 석등롱에 깔린 여자는 소녀의 친

어머니였다. 길러준 부모를 죽인 미소녀는 이제 저택의 주인이 되고, 주인공 소녀는 일본식 조리복을 입은 길러준 어머니에게 목을 졸려 죽임을 당한다. 마지막 장면은 고통스러운 표정으로 죽어가는 소녀를 클로즈업, 배경에는 그녀의 친어머니가 흥얼거리던 섬뜩한 자장가가 흐른다는 충격적인 장면이었다. 지금 생각해도 굉장한 이야기다.

절 안은 축적된 시간으로 정체되어 있었다. 신사나 불당을 찾았을 때 어쩐지 주눅이 드는 것은 상상을 초월하는 길이의 시간이 흐르기 때문이다.

수국은 생명력이 강한 식물이라더니, 군생하는 꽃 뭉텅이는 그녀의 키를 가볍게 넘었고, 절 안을 마치 자기 것인 양 가득 메우며 포석이 깔린 통로까지도 뒤덮었다. 그러데이션되는 아름다운 색채는 간데없이 오로지 공격적이고 흉포한 힘이 느껴질 뿐이다. 초목은 신이며 구세주이지만 한편으로는 잔인한 침략자이기도 하다.

바깥 세계에서 신선한 자극을 받기 때문일까, 여행의 재미는 이런저런 기억과 이미지가 선명한 형태로 꼬리에 꼬리를 물고 떠오른다는 점에 있다. 그녀는 문득 대학 시절을 보낸 동아리방 뒤편이 생각났다. 오랜 세월 재개발이 유보된 채 방치된 그곳은 언덕에 폐가가 늘어서 있고 자랄 대로 자란 잡초가 엉켜 있어 요기가 감돌았다. 과거에 일본군이 그 일대에서 인체 실험과 화학병기 연구를 했다는 소문도 있고, 하여튼 그냥 보기에도 기괴한 곳이었다. 일본은 원래 초목이 풍요로운 나라라 잠깐만 눈을 떼면 금세 밀림으로 변한다.

기억은 구슬을 꿰듯 온갖 것을 불러일으킨다.

밀림이라 하면 연상되는 영화가 있다. 〈야곱의 사다리〉는 베트남전쟁에서 병사들의 전의를 불태우기 위해 개발 중인 마약이 대량으로 투여됐다는 소문을 바탕으로 만든 영화다. 그 영화에서 본 밀림의 공포, 흉포한, 제어불능의 압도적인 밀림 속에 저격병들이 숨어 있다는 공포는 가히 엄청난 것이었다. 미국이 어째서 고엽제를 살포했는지 알 것 같았다.

증식하는 수국이 석등롱 무리를 삼켜버릴 것만 같다. 공기는 찌는 듯이 무더우면서도 어딘지 모르게 섬뜩할 정도로 차갑다. 그녀는 공기를 헤치며 한 걸음 한 걸음 힘주어 돌층계를 올라간다.

그녀는 베트남전쟁에 관심이 있다. 언젠가 정식으로 처음부터 끝까지, 자기 나름대로 조사하고 전체를 조망해 보고 싶다고 생각한다. 그것은 어딘지 모르게 이질적인 전쟁이었다. 그리고 무책임한 말이라는 것은 알지만, 어딘가 가짜 같은, SF적이고 신비적인 전쟁이었다. 그녀는 루셔스 셰퍼드의 《전시戰時 생활》이라는 소설을 떠올린다. 컴퓨터와 마약이 지배하는 근미래의 중남미에서 벌어지는 진흙탕 같은 전쟁을 무대로 하는 소설은 극채색의 꿈을 잇따라 꾸는 듯한 불가사의한 매력이 있다. 등장인물들이 마약의 영향으로 본 환상과 현실 묘사가 아무렇지도 않게 이어져 있어 읽는 이에게 현기증을 일으킨다.

세계는 중층적이고 수수께끼로 가득 차 있다. 수십억이나 되는 사람들의 환상이 어디에서는 겹치고 어디에서는 어긋나면서 무한히 이어진다. 그런 세계 한구석에서 수국으로 뒤덮인 절을 걸으며, 막대한 양의 이미지 중에서 자신의 환상을 골라내 이어나가는 행위의 불가사의함에 그녀는 두려움을 느낀다.

미즈노 리세는 꿈을 꾸고 있었다.

자신이 이 학원을 떠나는 꿈이다. 자신을 부르는 목소리가 들린다. 아는 목소리가 몇몇 있는 것 같지만 누군지는 생각나지 않는다.

꿈속에서 그녀는 뒤를 돌아보고 있었다. 창문 밖으로 소녀들이 고개를 내밀고 그녀에게 손을 흔들었다.

아아, 나는 여기를 떠나는구나. 온갖 사건들과 말로 표현할 수 없는 마음을 남기고.

손에는 그 가죽 트렁크를 들고 있다.

몸이 덜컹 흔들려 리세는 놀라 잠이 깼다.

나는 지금 무슨 꿈을 꾸고 있었던 거지? 미래의 꿈?

낯설고 어두운 역에 도착해 있었다. 열차 안이 어찌나 추운지 리세는 무의식중에 팔을 문질렀다. 더듬더듬 트렁크를 찾았다. 머릿속이 맑아지면서 기차를 갈아탈 때 자신이 트렁크를 두고 왔다는 사실이 생각났다. 이유가 뭘까. 어째서 나는 그렇게 아끼던 트렁크를 두고 와버렸을까.

열차는 꼼짝도 하지 않았다. 역의 석조 플랫폼을 코트를 입은 승객들이 줄지어 걸어가는 모습을 보고 리세는 비로소 그곳이 종점이라는 것을 깨달았다.

내려야 돼.

리세는 서둘러 머플러를 두르고 숄더백을 집어 들어 플랫폼에 내렸다. 공기는 차갑고, 하늘은 흐렸다. 검고 넓적한 목조 역사의 개표구에는 이미 아무도 보이지 않았다. 어디서 나지막이 속삭이는 파두* 같은 멜로디가 흘러나오고 있었다. 라디오일까.

마중 나온 사람이 있을 텐데.

불안이 치밀었다. 낯선 땅에 왔다는 실감이 슬금슬금 등에 스며들었다.

문득 로터리 끝에 있는 검은 차가 눈에 들어왔다. 몸집이 다부진 초로의 남자가 조용히 서 있었다. 아무래도 그가 마중 나온 사람인 듯했다.

남자를 본 순간 리세는 깨달았다. 자신이 일부러 트렁크를 두고 왔다는 것을. 나는 그때 눈앞에 있는 트렁크를 봤다.

---

* 포르투갈의 대중 가곡.

하지만 그때 나는 그것이 필요 없다고 생각했다. 내 과거가 빼곡히 들어찬 그 트렁크가.

리세가 머리 숙여 인사하자 남자는 천천히 고개를 끄덕이고 차 문을 열었다.

아까와 같은 나비인지 아닌지, 그녀의 눈앞을 검은 날개가 둥실 가로질렀다.

돌층계를 다 올라가자, 빽빽이 늘어선 석등롱이 맞거울에 비치는 상처럼 조금씩 어긋나게 겹쳐 보였다. 석등롱 옆면에는 하나같이 구멍이 나 있었다. 자세히 보니 모양이 조금씩 달랐다. 보름달부터 초승달까지 이지러져 가는 달의 모양을 연속 사진처럼 나타내는 것이다.

그녀는 흠칫 놀랐다. 저도 모르게 하늘을 올려다봤다.

그렇구나. 그런 거였구나.

겟쇼지月照寺라는 이름의 의미를 알 듯했다.

순간 주변 풍경이 어둠 속에 빠져든 것 같은 착각이 들었다.

밤이 되면 석등롱에 일제히 불을 밝히는 것이다. 그때 이곳에 서면 찼다가 이지러져 가는 달의 운행을 한눈에 볼 수 있는 것이다. 머리 위에는 진짜 달. 달이 비치는 절 안으로 우주가 쑥 들어온다. 그 중심에 서는 인간. 그는 우주를 손에 넣었다고 생각했을까. 아니면 우주에게 뭔가를 기원하고 싶었던 걸까.

그녀는 그 광경을 뇌리에 그리며 인접한 저택을 향해 걸어갔다. 그곳의 멋진 정원에서 말차를 마실 수 있다.

열어젖힌 덧문에 의해 직사각형으로 잘린 훌륭한 정원. 참깨맛이 나는 맛있는 일본 과자를 곁들여 말차를 마시는 사치. 일상의 숨 가쁜 시간의 흐름에서는 상상도 할 수 없을 만큼 느긋한 시간이다.

짧은 만남, 긴 기다림. 시간의 배腹는 주름상자입니다.

어디 나오는 구절이었더라. 그녀는 생각해 봤지만 기억나지 않았다.

그대로 훌쩍 시내로 나섰다.

수로가 있고 물이 있는 거리는 물가에서 휴식을 취할 공간이 곳곳에 있어 좋다. 세월을 담은 어두운 강물, 포석을 깐 기슭에 그녀는 털썩 주저앉았다.

황매화 비슷한 노란 꽃이 물가에 쏟아질 듯 흐드러지게 피어 그녀는 더없이 행복했다. 이런 행복감을 언제 마지막으로 느껴봤는지 생각나지 않을 정도다. 온갖 예감으로 가득한 풍경 속을, 떠올랐다 사라지는 이미지에 몸을 맡기고 마음껏 걷는 행복. 일상생활과는 반전된 시간. 과거에 친숙했던 '향수'가 오랜만에 왈칵 밀려들었다.

언젠가 집어삼켜질지도 모른다고 그녀는 생각한다. 굽이돌며 겹치며 순환하는 세계의 틈바구니에, 꿈꾸는 사이 잘못 발을 들여놓을지도 모른다.

그녀는 물가에서 태아처럼 몸을 웅크리고 있다. 노란 꽃잎이 물 위에 떨어진다.

차 안에는 둔중한 엔진 소리가 나지막이 울릴 뿐 주변은 매우 조용했다.

앞만 보며 운전하는 남자 뒤에서 리세는 멍하니 창밖을 바라봤다.

시내를 빠져나오니 곧 황량한 들판이 펼쳐졌다. 가끔씩 들새 떼가 풀숲에서 날아오르는 것 말고는 살아 있는 생물의 기척이 없었다. 평탄한 습원이 내내 이어졌다. 그 끝에는 낮게 그림자처럼 겹쳐진 산들이 멀리 어슴푸레 보일 뿐이었다. 하늘은 낮게 드리워져 있고, 잔뜩 흐린 구름에서는 당장이라도 눈이 흩날릴 듯했다. 두꺼운 유리창 너머에서 들판을 건너는 바람 소리가 신경질적인 피리 소리가 되어 하늘을 뒤덮고 있었다.

세상에 나 혼자뿐인 것 같아.

리세는 조심조심 백미러를 들여다봤다. 운전하는 남자가 어느새 마네킹 인형 같은 것으로 뒤바뀌지는 않았을까 하는 근거 없는 불안이 덮쳐왔기 때문이다.

남자와 눈이 마주쳤다. 무표정한 회색 눈동자.

리세는 저도 모르게 눈길을 돌렸다.

"……이 습원에는 검은 토끼가 산다고 합니다."

남자가 자신에게 말을 시켰다는 것을 리세는 조금 지나서 깨달았다.

"토끼요? 산토끼인가요?"

"그래요. 대부분은 갈색 산토끼지만 검은 토끼가 좀 있죠. 경계심이 강한 녀석들이라 모습을 잘 드러내지 않아요. 검은 토끼를 보면 좋은 일이 생긴다는 것 같더군요."

목소리는 무뚝뚝했지만 리세의 긴장을 풀어주기 위한 이야기라는 것을 깨달았다. 리세는 조금 기분이 밝아졌다.

그때, 지금까지 들린 바람 소리와는 다른 소리가 들려왔다.

누가 노래를 부르는 것 같은 목소리가. 누군가 부르는 것 같은 목소리가.

"저 소리는 뭐죠?"

리세는 겁에 질린 목소리로 물었다.

"아, 저건 말이죠, '파란 언덕'이 가까워지고 있다는 표시예요."

"'파란 언덕'?"

"그래요, 학생이 지금 가는 곳이에요. 습원을 불어오는 바람이 언덕에 부딪혀서 언덕 위 숲을 통과하면 저런 소리가 난답니다."

그때 앞쪽에 뭔가가 보이기 시작했다.

리세는 저도 모르게 몸을 앞으로 내밀었다.

지평선에 튀어나온 파란 혹. 낮은 하늘 밑에 기다리고 있는 기념물. 습원의 바다에 뜬 돛단배.

그것은 서서히 모습을 드러냈다. 부쩍부쩍 커졌다.

리세는 눈앞에 펼쳐진 광경에 매료되었다. 흡사 하나의 생명체 같았다.

정말 파랗다. 언덕 전체가, 숲도 건물도, 중세 회화처럼 파란색을 띠고 있었다.

군데군데 불이 밝혀져 주황색 불빛이 숨 쉬는 듯 보였다.

순식간에 시야가 파란색으로 가득 찼다. 산기슭을 메운 울창한 숲과 하늘을 찌를 듯이 우뚝 솟은 고딕양식의 첨탑, 언덕을 휘감듯 이어지는 회랑 등이 눈에 들어왔다.

이 얼마나 대단한 존재감인가. 얼마나 대단한 세계인가.

마음이 형태 없는 두려움에 전율했다.

거의 다 온 것처럼 보였는데도, 좀처럼 언덕 기슭에 다다르지 못했다. 파란 언덕은 커다란 늪 가운데 우뚝 솟아 있다. 늪 바로 앞에는 갈대숲이 군데군데 웅크리고 있고, 부연 시냇물이 몇 가닥 줄기를 이루어 졸졸 흐르며 직선 모양을 그렸다. 길도 오제*처럼 판자를 얹은 길로 변해, 차는 어느새 길게 연결된 여러 다리 위를 달리고 있었다.

리세는 눈에 보이는 모든 것에서 눈을 뗄 수 없었다.

여기는 그야말로 하나의 제국이다.

---

* 일본 최대의 고층 습원.

밤공기는 새큼달큼했다.

소년은 어둠 속에서 살며시 일어나 앉아 가만히 귀를 기울였다. 이 집에서 깨어 있는 사람은 소년 한 사람뿐. 그 외에는 시냇물 흐르듯 자그만 졸졸 소리를 묵묵히 되풀이하고 있는 부엌 냉장고뿐이다.

침대 밑에 숨겨두었던 스니커를 꺼냈다.

달빛이 아주 환했다. 이렇게 밝다니 운이 좋았다.

소년은 재빨리 옷을 입었다. 아키라와 다른 애들은 벌써 집에서 나왔을까?

어둠 속에서 시계의 녹색 문자가 자신을 비난하는 듯 보였다.

평소와 다른 시간에 움직이는 것뿐인데 어째서 이렇게 가슴이 조마조마할까?

소년은 작은 배낭을 메고 창문을 열었다. 안에 든 준비물은 여러 번 확인했다. 모험에 필요한 물건은 모두 들어 있을 것이다.

오늘이야말로 소년은 신비한 유원지의 비밀을 파헤칠 생각이었다.

어느 날 갑자기 시 외곽 산에 출현한 거대한 유원지, 매지컬 마운틴.

아키라는 정말로 밤중에 회전목마가 저절로 돌기 시작하는 것을 봤을까.

소년은 아주 조금 의심하고 있었다. 아키라는 뭐든 부풀려 말하는 버릇이 있기 때문이다.

이런 시작은 어떨까.

여기서부터 어떻게 『삼월은 붉은 구렁을』과 연결시킬 수 있을까? 전혀 무관한 것처럼 보이게 했다가, 마지막에 이 이야기가 《삼월은 붉은 구렁을》을 침식하고 있었다는 것을 알 수 있게 하면 어떨까? 그렇게 하면 '안쪽' 이야기와 중첩시키는 것도 가능하다.

겨우 조용해졌다. 이웃 주민들은 잠들었나 보다. 하지만 내 밤은 아직 길다.

또다시 생각이 벽에 부닥쳤다.

뭐가 없나 하고 방 안을 두리번두리번 둘러봤다. 벽에는 내가 한 개씩 모으고 있는 작은 나무 액자들이 걸려 있다. 안에는 좋아하는 사진 및 엽서가 들었다. 부모님 사진, 영주권을 취득해 뉴욕에 사는 친구 사진, 친구가 그린 그림, 앤드루 와이어스의 '헬가' 시리즈 엽서, 앤설 애덤스의 흑백사진 엽서 등등. 솔직히 말하면 이 중 몇 개는 이미 단편의 소재로 써먹었다. 내가 생각해도 참 발상이 빈곤하다.

하는 수 없이 잡지도 보고 요리책도 보고 그림책이나 사진집을 보며 기분 전환을 한다. 그러다 그만 기분 전환이 길어지고 만다. 특히 어렸을 때부터 가지고 있던 책 같은 것을 보면 어느새 홀딱 빠져버린다.

　최초의 강렬한 독서 체험이라 하면 로알드 달의 《찰리와 초콜릿 공장》이다. 말 그대로 저녁 먹는 것도 잊고 열중해서 읽었다. 로알드 달은 뛰어난 단편소설들로 골수 팬을 거느린 미스터리 작가인데, 이 책은 그가 자기 아이에게 들려주기 위해 지은 이야기로, 그 밖에도 《제임스와 슈퍼 복숭아》 등의 작품이 있다. 내가 처음으로 작가 이름을 기억했다는 점에서도 기념비적인 작품인지도 모르겠다. 그때까지 나는 누군가가 이야기를 쓴다는 사실을 인식하지 못한 탓에 그림책 표지에 쓰인 '글·누구누구'가 뭘까 하고 고개를 갸웃하고는 했다. 《찰리와 초콜릿 공장》은 그 정도로 강렬한 책이었다. 게다가 번역은 다무라 류이치다. 지금 다시 읽어도 가슴이 마구 설레는 굉장한 번역이다.

　줄거리는 이렇다. 주인공 소년 찰리의 집은 매우 가난하다. 아버지는 치약 공장에서 튜브에 뚜껑을 씌우는 일을 해 노인 네 명과 처자식을 먹여 살린다. 그들은 매일 양배추수프와 빵으로 허기를 달래고 있다. 한편 찰리의 집 근처에는 세상에서 가장 맛있고 세상에서 가장 신기한 과자를 만드는 윌리 윙커 씨의 수수께끼 같은 큰 공장이 있다. 어째서 수수께끼냐 하면 누가 어떻게 과자를 만드는지 오랫동안 비밀에 부쳐져 왔기 때문이다. 거대한 공장의 문은 언제나 닫혀 있고, 직원은 한 사람도 드나든 적이 없다. 찰리 소년에게는 생일날 웡커의 판때기 초콜릿 한 개를 받는 게 최고의 사치다.

그런데 어느 날, 웡커 씨가 자신의 공장을 다섯 아이에게 견학시켜 주겠다고 신문에 광고를 싣는다. 뿐만 아니라 죽을 때까지 먹어도 다 못 먹을 양의 과자를 선물로 준다고 한다. 아이를 어떻게 선택하느냐 하면, 전 세계에서 판매되는 판때기 초콜릿에 금빛 초대권이 딱 다섯 장 들어 있다는 것이다. 자, 큰일이다. 세계 곳곳에서 사람들이 초콜릿을 닥치는 대로 사들이고, 초대권을 손에 넣으려는 대소동이 벌어진다…….

이게 꽤 재미있다. 물론 우리의 주인공 찰리는 막대한 돈을 들여 딱지를 손에 넣은 버르장머리 없는 부잣집 아이들 넷이 모이고 나서 무사히 다섯 번째 아이가 되는데, 여기서 중요한 것은 찰리의 집은 1년에 한 번밖에 판때기 초콜릿을 살 수 없을 만큼 가난하다는 사실이다. 그렇게 가난한 찰리가 어떻게 금빛 딱지를 손에 넣을 수 있을까? 여기에서 스릴과 서스펜스가 생겨나는 것이다. 더욱이 하필 이때 치약 공장이 문을 닫는 바람에 찰리의 아버지가 일자리를 잃는 위기까지 닥친다. 찰리, 위기일발! 찰리가 다섯 번째 아이가 되기까지 우여곡절을 풀어내는 달의 스토리텔링 솜씨는 지금도 혀를 내두를 정도다. 살짝 잔인하면서 스마트하고, 살짝 유머러스하면서 서글픈 그의 독특한 맛이 충분히 발휘된다.

어린애에게 이야기를 들려준다는 것은 꽤 훌륭한 수단이

다. 아이가 한눈팔지 않도록 계속 끌고 나가기 위해서는 상당히 재미있는 이야기여야 할 것이다. 아동문학은 아이를 낳았을 때의 수행을 위해 남겨두기로 하자.

누가 보고 있어.

리세는 긴장했다. 누가 날 보고 있어.

남자의 뒤를 따라 긴 회랑을 걸으며 리세는 살그머니 주변을 둘러봤다.

회랑은 언덕 비탈을 완만하게 올라가며 숲 안쪽에 있는 벽돌 저택으로 이어졌다.

숲속에는 작은 천사 석상이 군데군데 늘어서 있었다. 상당히 많다. 꼭 오백나한 같다.

리세는 문득 천사들의 얼굴이 하나같이 부서졌다는 사실을 깨달았다.

원래 없었을까?

리세는 자세히 살펴봤다. 그러나 어느 것을 봐도 부자연스러운 모양으로 머리가 부서져 있다. 역시 누가 일부러 깨뜨렸다고 생각할 수밖에 없었다.

리세는 어쩐지 섬뜩해졌다. 여전히 누가 보고 있다는 느낌이 온몸에 들러붙어 있었다.

회랑 모퉁이에 큰 원형 거울이 걸려 있었다. 소용돌이 문양의 청동 테를 두른 거대한 골동품 거울이다.

어째서 이런 곳에 있을까.

리세는 무심코 거울을 들여다봤다. 문득 거울 속 숲에 검은 그림자가 보여 흠칫했다.

한 소년이 나무 뒤에 숨듯이 서 있었다. 길고 검은 머리, 검은 눈동자. 매우 아름다운데 무표정하게 이쪽을 보고 있었다.

여기 학생일까? 새로 보는 얼굴이 신기해서 그럴까?

리세는 눈치채지 못한 척 그대로 회랑을 올라갔다. 등에 들러붙는 시선을 따갑게 느끼면서.

"여기서부터는 혼자 가야 합니다. 현관 정면 복도를 끝까지 따라가면 나오는 방이 교감 선생님 방이에요. 문을 노크해요."

남자는 또다시 그림자처럼 사라졌다.

리세는 싸늘한 복도를 따라가 그 방에 들어갔다.

천장이 높은 거실이다. 커다란 창문을 가린 중량감 있는 진한 녹색 커튼에 압도됐다.

초로의 아름다운 여자가 커다란 책상 뒤에 앉아 있었다.

리세는 가슴이 철렁했다. 아는 여자 같다는 생각이 들었다.

"미즈노 리세지? 들어오렴. 거기 앉고."

의외로 시원시원한 말투였다.

"넌 여기서는 리세란다. 그냥 리세. 여기서 성은 필요 없거든. 얼른 이곳 생활에 익숙해지렴. 여기 학생들은 잘하고 있어. 대부분이 자주관리지. 넌 성적도 우수한 것 같더구나.

교과과정은 원하는 대로 짤 수 있어. 하고 싶은 게 있으면 강사도 불러줄게. 룸메이트를 모집해야겠네. 너희 학년은 2인실이야. 희망하면 반년에 한 번 방을 바꿀 수도 있어."

교감은 거기까지 단숨에 말하더니 입을 다물었다.

리세는 책상 위에 있는 토끼 봉제 인형에 정신이 팔려 있었다.

검은 토끼. 하지만 어딘가 이상했다. 표면이 울뚝불뚝했다.

교감은 안경을 벗고 리세를 향해 조금 몸을 내밀었다.

"넌 인기가 많을 거야. 너와 룸메이트가 되고 싶어 하는 애들이 많겠어. 큰일이겠네."

속삭이는 듯한 목소리는 마치 무녀 같은 느낌이 있었다. 리세는 저도 모르게 물었다.

"큰일이라고요? 어째서죠?"

"네가 2월 마지막 날에 왔기 때문이야."

리세는 어리둥절했다. 그래, 오늘은 2월 28일이다. 그게 어떻다는 거지?

"그건 말이지, 여기서는 큰일이거든. 모두들 이러쿵저러쿵 말이 많을 거야. 하지만 괜찮아. 내가 인정했으니까. 그녀도."

"그녀?"

교감은 흠칫했다. 헛기침을 하고는 고쳐 앉았다.

"자, 이제 가봐. 자세한 건 '패밀리' 아이들이 가르쳐줄 거야. 중앙 홀의 학생실로 가렴. 거기서 '패밀리'가 기다리고 있을 테니까."

리세는 당혹스러운 기분으로 자리에서 일어섰다. 인사를 하고 문으로 향했다.

"저, 중앙 홀은 어떻게 가면 될까요?"

문득 생각나서 뒤를 돌아보자, 교감이 서랍에서 검은 머리가 달린 시침핀을 꺼내는 모습이 보였다.

"회랑을 내려가서 왼쪽이야."

교감은 리세를 보지도 않고 대답하고는 핀을 아무렇게나 검은 토끼 인형에 꽂았다.

문을 닫고 나서 리세는 토끼의 온몸에 검은 시침핀이 꽂혀 있었다는 것을 깨달았다.

그녀는 하얀 서양식 저택 2층에서 시가지를 내려다보고 있다.

저택은 마쓰에성 근처에 위치했다. 줄줄이 마쓰에성으로 가는 관광객들이 보인다. 이쪽으로 발걸음을 옮기는 사람은 많지 않았다.

2층 한가운데에 있는 방에서 그녀는 멍하니 의자에 앉아 있었다.

인기척이 없는 플로어에 선풍기가 나른하게 돌고 있다.

오후가 되어 날이 갠 것은 좋았지만 더위가 한층 심해졌다. 그녀는 원래 더위가 질색이다.

'난간에 기대지 마십시오'라고 쓴 종이가 붙어 있었다. 아닌 게 아니라 난간은 형편없이 낡아 보였다. 자칫 잘못 걸으면 발코니 바닥에 구멍이 날 듯했다.

곳곳에 커다란 창이 활짝 열려 있었다. 창 너머로 보이는 푸른 숲이 눈부시다.

그녀는 건축에도 관심이 있었다. 학술적인 의미에서가 아니라 건축물이 지니는 분위기에 관심이 있다. 오래된 건물이며 집에는 그 장소가 가진 에너지가 담겨 있다. 거기에는 온갖 이야기가 빼곡히 들어찬 듯 보인다. 이 창, 이 난간, 이 칠이 벗겨진 발코니, 삐걱거리는 계단. 거기에서 어떤 음모와 수수께끼를 발견할 수 있을 것 같다. 커튼 뒤에서 누가 울고 있지는 않을까? 유리문이 달린 책장에는 비밀 연애편지가 숨겨져 있지는 않을까? 시공을 넘은 메시지가 천장에서 떨어지는 것은 아닐까?

그녀는 힘겹게 일어섰다. 다음 목적지로 가야 한다.

마쓰에성을 지나 그녀는 나무들 사이로 묵묵히 걸어간다.

숲을 지나 나오는 고이즈미 야쿠모 기념관으로 가는 것이다. 아담하고 좋은 기념관이다.

고이즈미 야쿠모는 요새는 그다지 언급되지 않지만 사실은 상당히 중요하고 현대적인 의미가 있는 사람이라고 그녀는 생각한다. 이번에 두 번째로 기념관을 찾아와서 그런 생각은 더욱 강해졌다.

그는 아일랜드 사람이다. 그가 일본의 옛날이야기와 괴담에 관심을 갖게 된 것도 켈트신화와의 공통성을 느꼈기 때문인 듯하다. 몸집이 작은 그는 한쪽 눈이 의안이었으며 다른 한쪽도 시력이 매우 나빴다고 한다. 그가 차분하게 눈을 내리깔고 있는 초상화나 아이를 사이에 두고 부인과 선 측면 사진 등은 묘하게 일본적이다. 그는 그 지역의 파장에 공명할 수 있는 안테나를 갖추고 있었던 모양이다.

그녀는 전시 코너에서 어느 그림 앞에 멈춰 섰다.

여행작가였던 그가 챙 넓은 모자를 쓰고 커다란 가죽 트렁크를 양손에 들고 걷는 뒷모습을 그린 그림이다. 아동문학의 삽화 같은 그림.

그녀는 그 그림을 매우 좋아했다. 그 그림이 든 기념품 책갈피도 두 세트나 샀다. '이제부터 이야기에 들어가려는 참'이라는 느낌이 들어서다.

지금 쓰는 4부작에 고이즈미 야쿠모를 출연시킨다는 기획은 2장의 설정을 정했을 때부터 염두에 있었다. 각 장 어딘가에 슬쩍 등장시키는 것이다. 새로운 신화와 이야기를 찾아 커다란 트렁크를 들고 영원히 여행하는 남자. 그녀가 쓰는 세계 곳곳에서 그와 조우할 수 있기를.

어렸을 때 처음 쓴 이야기는 아마 이것일 것이다. 제목도 기억한다. '출세한 토끼'였다. 어째서 그 이야기를 썼는지도 기억하고 있다. 가와바타 야스나리가 가스 자살을 했기 때문이다. 당시 큰 소동이 벌어졌는데, '노벨 문학상을 받은 훌륭한 사람이 어째서'라는 보도 방식이 인상적이었다. 초등학생이 지갑을 주워 가와바타 선생님 집에 가져다주었더니 그는 굉장히 상냥한 사람이었고 지갑에서 수고비를 꺼내주더라는 기사를 잡지에서 읽었다. 그게 어디서 어떻게 연결된 건지는 잘 모르겠지만, 아무튼 이 '출세한 토끼'는 평범한 토끼가 이유도 없이 노벨상을 받는 이야기였다. 부모님과 오빠가 그것을 읽고 배꼽을 잡고 굴러다니며 웃은 기억이 있다.

'공주님' 시리즈라는 것도 있었다. 곱슬머리를 돌돌 만 천하태평 공주님이 무모한 모험을 벌이는 이야기다. 몇 편인가 썼는데, 뒷이야기가 생각나지 않으면 "공주님은 자기로 했습니다", "다음 날도 잤습니다" 하고 주인공을 줄곧 잠만 재웠다. 당시 스케치북을 찢고 반으로 접어 책을 만들었는데, 후반부는 공주님이 침대에서 자는 그림만 계속 이어졌다.

좌우지간 영향을 받기 쉬운 성격이었다. 《비밀의 화원》을 읽으면 일주일은 머릿속에서 황야에 부는 윙윙 바람 소리가 들려왔고, 《엘머의 모험》을 읽으면 하루 종일 오렌지섬 비스름한 것의 지도를 낙서처럼 그렸다. NHK의 소년 드라마 시리즈를 보고는 〈시간을 달리는 소녀〉를 흉내 낸 것을 쓰고, 텔레비전에서 〈대탈주〉를 보고는 어디가 동맹국인지도 모르는 주제에 땅굴을 파 다들 도망가는 이야기를 썼다.

유년기의 영향이란 재미있다. 같은 세대 사람이 만든 것은 어디서 영향을 받았는지 대체로 알 수 있다. 드라마나 만화 등 시각매체의 영향은 특히 크다. 디지털 세대인 요새 아이들이 자라나면 뭘 만들지 매우 궁금하다. 게임의 세계에 영향을 받은 그들은 어떤 꿈을 꿀까? 그들이 만들어내는 허구는 우리와 얼마나 다를까?

현대에는 대량의 스토리가 소비되고 있지만, 결국 게임 속 허구는 하나의 테마로 통합되고 있다. 영웅 전설 또는 영웅이 되기 위한 성장 이야기다. 다시 말해 가장 고전적인 테마로 회귀하려 하고 있다는 말이다. 게임 제작자라는 음유시인이 고전적인 스토리에서 파생시켜 만들어내는 다양한 버전을 각각의 게임기를 통해 플레이어가 듣고 있다. 그들이 듣고 싶어 하는 이야기는 옛날이나 다를 바가 없다. 디지털적인 시각화 시대 다음에는 뭐가 올까. 나는 어쩐지 그림이 없는 세계가 올 것 같다. 뇌에 직접 영상이 전달되거나, 아니면 거꾸로 귀를 통해 듣는 이야기가 부활하는 것은 아닐까. 모두가 똑같은 영상을 본다는 것을 꺼리는 시대가 올지도 모른다. 육성으로 책 읽기가 유행하고, 자기 머릿속만의 이미지를 즐기는 것을 신선하고 세련됐다고 하는 날이 찾아올지도 모른다.

날씨가 멋진 토요일인데도 해변 공원에는 사람 그림자도

보이지 않았다.

목조 정자에 벌렁 드러누워 빛나는 바다를 바라본 다음, 그녀는 시가지로 휘청휘청 걸어왔다. 하지만 몸속 수분을 모조리 쥐어짜낼 듯한 더위에 갈증이 나 숙소에 들어가기 전에 잠시 쉬고 싶어졌다.

마쓰에역 바로 근처에 있는 가게였다.

오래된 도시에는 반드시 전후 베이비붐 세대가 경영하는 재즈 다방이 있다. 낯선 지방에 갔을 때 이게 꽤 의지가 된다. 주인의 성격을 가늠할 수 있는 데다가 혼자 들어가도 어색한 기분을 맛보지 않아도 되기 때문이다. 물론 오디오 기기도 좋은 것으로 구비되어 있어 평소에는 헤드폰으로밖에 들을 수 없는 곡을 커다란 음량으로 들을 수 있다는 즐거움도 있다. 게다가 술을 마실 수 있다.

가이드북에 나오는 곳은 아니었지만 입구와 간판을 보고 그녀는 저도 모르게 빨려들듯 발을 들여놓았다. 작은 천창이 있고 검은색으로 실내장식을 한 가게 내부가 첫눈에 마음에 들었다. 카운터 안에 있던 통통한 미녀와도 마음이 맞는다는 것을 금세 알았다. 때마침 낮 시간대와 밤 시간대 손님의 틈새 시간이었나 보다. 전세를 낸 것 같은 가게에서 마침 잘됐다 싶어 좀처럼 CD로 나오지 않는 필 우즈의 〈송 포 시지푸스〉를 신청했다.

창밖은 아직 밝았다. 어둠 속에서 찬 맥주를 마시고 있으려니 피로는 금세 풀리고 기분은 황홀했다.

그녀는 창밖 거리에 내리쬐는 빛을 가만히 바라봤다. 빛은 언제나 뭔가의 방아쇠가 된다.

동백나무를 심은 중정에서 커다란 나무 테이블을 둘러싸고 호기심 넘치는 표정의 소년 소녀가 제각기 다른 포즈로 리세를 기다리고 있었다.

리세는 순간 주눅이 들었다.

그들은 어른스러웠고 다들 무척 세련됐다. 이렇게 바깥 세상과 차단된 곳인데도 리세는 자신이 촌에서 온 아이 같은 기분이 들었다.

여기까지 안내해 준 미쓰코가 리세를 돌아보며 설명했다.

"원래 '패밀리'는 열두 명이야. 하지만 우리 '패밀리'는 깍두기거든. 다른 '패밀리'들을 꾸린 다음에 각 학년에서 남은 애들을 모아놨으니까. 그래서 절반인 여섯 명밖에 없어. 네 덕분에 겨우 일곱 명이 됐네."

리세는 학생실에서 자신을 기다리고 있던 미쓰코의 황갈색 머리에 눈이 팔려 있었다. 이국적인 용모도 그렇고 틀림없이 혼혈아일 것이다. 5학년이라는데 상당히 어른스럽다.

쉽게 말해서 '패밀리'라는 것은 중등부와 고등부를 합해 여섯 학년에 있는 학생들을 수직으로 나눈 반인 듯했다. 여학생을 수직으로 여섯 명, 남학생을 수직으로 여섯 명, 합해서 열두 명이 하나의 공동체를 만드는 모양이다.

"어서 와."

"어서 와, 리세."

"어서 와, 2월의 마지막에."

"놀랐지 뭐야."

저마다 재미있어하는 듯한 목소리로 인사했다. 리세는 어색한 미소를 지었다.

너는 2월 마지막 날에 찾아왔어.

교감 선생님의 목소리가 뇌리에 되살아났다. 무슨 뜻일까?

곧바로 구김살 없고 명랑한 수다가 시작됐다. 리세는 소개받은 멤버와 각각 몇 마디씩 주고받았다. 나이가 가장 많은 리더 역할의 소년, 히지리. 숫자에 매우 강하다고 한다. 사촌 남매지간이라는 장난기 가득한 슌이치와 가오루는 확실히 같은 핏줄이라고 느껴질 만큼 닮았다. 사이좋은 귀여운 남매라고 해도 통할 것 같다. 크고 다부진 체격의 호방한 히로시. 그리고······.

"레이지, 너도 인사해야지."

모두의 시선이 테이블 한구석에서 턱을 괴고 묵묵히 커피를 마시는 소년을 향했다. 리세도 소년을 봤다.

머리는 자라 덥수룩했지만 뭣보다도 날카로운 눈동자가 인상적이었다. 건드리면 베일 것 같은, 도전적으로 응시하는 눈길. 느슨하게 늦춘 옷깃과 삐져나온 소맷부리에서 틀에 맞춰지고 싶지 않다는 그의 주장이 엿보였다.

"······어째서 이런 시기에 이곳에 왔어?"

레이지는 나직하게 말을 던졌다. 다른 멤버들이 순간 긴장하는 것을 알 수 있었다.

"'이런 시기에'라니?"

리세는 당혹한 목소리로 대답했다. 레이지는 불만스레 훙 코웃음을 쳤다.

"잘 모르는 모양이군. 뭐, 어차피 돈만 잔뜩 있는 부모나 친척이 갖다 넣었겠지. 여긴 한번 들어오면 쉽게 나갈 수 없어. 여긴 3월의 나라니까, 모두 영원히 졸업할 수 없어. 어째서 우리 '패밀리'가 이것밖에 없는지 가르쳐줄까? 없어져서 그런 거라고."

"레이지."

히지리가 날카로운 목소리로 가로막았다. 손을 뻗어 레이지의 팔을 움켜쥐었다.

"전학생한테 너무하잖아. 자기소개도 안 했으면서."

낮은 목소리로 달래듯 말하며 레이지를 응시했다.

교차하는 두 사람의 시선에 뭔가 복잡한 것이 어른거리더니 이내 레이지가 눈을 내리깔았다.

"이거 놔. 그 말, 레이코한테도 들려주고 싶은걸."

레이지는 내뱉듯 말하고는 주머니에 손을 찔러 넣고 중정에서 나갔다.

어색한 침묵이 테이블 위를 지배했다.

"리세, 미안해. 놀랐지? 직설적이긴 해도 나쁜 녀석은 아니야."

히지리가 미소를 지었다. 그러나 리세의 머릿속에는 레이지의 말만이 메아리치고 있었다.

여기는 3월의 나라.

나는 '잘 짜인 이야기'에 마음이 끌린다.

영화를 볼 때도 배우나 감독 이름에는 그다지 관심이 없었다. 깔끔하게 복선이 깔려 있고 마지막에 확실하게 대단원을 맞이하는, 카타르시스가 있는 것. 그런 것이 좋았다. 《엘머의 모험》에 끌렸던 것도, 엘머가 오렌지섬에 갖고 가는, 언뜻 보면 무의미해 보이는 물건들이 가는 곳마다 사자며 악어를 물리치는 데 공헌하는 것을 보고 감명받았기 때문이다. 그런 게 바로 '복선'이다.

어째서 인간은 '잘 짜인 이야기'에 감명을 받을까. 이야기 내용에 감동하는 것은 이해가 된다. 부모자식 간의 애정, 생과 사의 갈등, 대가 없는 사랑. 자신을 주인공 입장에 놓으며 감정이입한다. 그것은 알겠다. 하지만 '잘 짜인 이야기'에 대한 감동은 그와는 조금 다른 것 같다. 그 감동은 모든 게 제자리에 들어맞았다는 쾌감이다. 어째서 쾌감일까. 그리고 '잘 짜인 이야기'를 다 듣고 나면, 그 이야기를 아주 오래전부터 알고 있었던 것처럼 착각이 드는 것은 어째서일까.

아마도 인류에게 몇 종류의 이야기가 입력되어 있는 것이리라. 입력된 이야기와 일치하면 빙고(!) 상태가 된다. 어째서? 픽션을 추구하는 것은 인간에게 제4의 욕망인지도 모른다. 무엇 때문에? 아마도 상상력이라는, 다른 동물에게는 없는 재능 때문이리라. 픽션을 추구함으로써 우리는 다른 동물들과 다른 길을 걷게 된 것이다. 우리가 어디로 향하고 있는지, 최종적으로 무엇이 기다리는지도 알 수 없지만, 그날부터 우리는 고독하고 복잡하며 불안정한 길을 걷기 시작했다.

기숙사 맨 안쪽 방이 리세의 방이었다.

옷장과 책장, 책상과 의자와 침대. 비어 있는 옆 침대를 슬쩍 봤다.

대체 어떤 애가 올까.

기대되는 것 같기도 하고, 겁나는 것 같기도 했다.

퇴창 너머로 끝없이 이어지는 습원이 내다보였다.

참 을씨년스러운 전망이다.

살풍경한 지평선이 어둡게 저녁노을 속으로 가라앉기 시작했다.

리세는 얼마 동안 창가에 팔을 얹고 그 우울한 풍경을 멍하니 바라봤다.

희미하게 휘익 소리가 났다.

어디선가 바람이 들었다.

리세는 퇴창의 천장을 올려다봤다. 바람은 거기서 들어오는 듯했다.

무심코 천장 널빤지에 손을 대자 덜컹 움직였다.

뭐가 있다.

널빤지 한 장이 들려 올라갔다. 그 위에 뭔가가 놓여 있다는 것을 알아차렸다.

책인 것 같았다.

그때, 누가 난폭하게 쾅쾅 문을 두드렸다. 심장이 덜컥 내려앉은 리세는 얼른 널빤지를 원래대로 돌려놓았다.

"네?"

"문 연다."

문이 벌컥 열렸다.

키가 훌쩍 큰 아름다운 소녀가 서 있었다. 리세는 눈을 깜빡거렸다.

"어머나. 뭐야, 한창 집 생각 중이었던 거야?"

짧은 머리. 반짝반짝 빛나는 눈과 붉은 입술은 아이돌 가수라고 해도 될 만큼 화사했다. 그러나 입술에서 흘러나오는 목소리는 화사한 용모와는 상당히 거리가 있었다.

"넌 누구야?"

리세는 당황하면서도 물었다.

"어머, 미안. 난 유리憂理야. 도리를 우려하다. 좋은 이름이지? 난 4학년. 잘 부탁해, 리세."

유리라고 이름을 밝힌 소녀는 짐을 침대 위에 던지고 손을 내밀었다.

"어떻게 내 이름을······."

"다들 알고 있어. 워낙 한가들 하거든. 이 안을 걸을 땐 조심해야 해, 낮말은 새가 듣고 밤말은 쥐가 듣는다, 알지?"

"저기, 그 짐은?"

짐을 풀기 시작한 유리에게 리세는 머뭇머뭇 물었다.

"응? 보면 알잖아. 여기서 사는 거야. 내가 네 룸메이트. 불만 있어?"

"아냐, 그런 게 아니라. 교감 선생님은 이제부터 모집한다고 하셨는데."

"아, 그 꼬챙이 여자 말이야? 봤어, 그 토끼? 맛이 간 거야. 뭐, 이런 곳에서 몇십 년 있었으니 이상해질 만도 하지. 나도 여기 반년 있었는데 머리가 돌아버릴 것 같아. 너도 들었지, 반년에 한 번 방을 바꿀 수 있다는 이야기? 하지만 그렇게 오래 기다릴 수 없는걸. 지금 나랑 같은 방 쓰는 애를 보여주고 싶을 정도야. 그거 알아? 하루에 두 번 코가 삐뚤어질 것 같은 향을 피운다고. 됐어, 네 룸메이트는 나로 결정, 끝."

유리는 침대에 털썩 앉았다.

리세는 아연하면서도 눈앞의 소녀에게 호감을 느꼈다.

"잘됐네. 잘 부탁해, 유리."

유리는 갑자기 겸연쩍은 표정을 지었다.

"아까 방에 들어왔을 때 깜짝 놀랐어. 거기 창문에서 뛰어내리는 게 아닌가 해서."

"어머, 그렇게 보였어?"

"응, 이 방, 전에도 뛰어내린 학생이 있거든. 그때도 전학 온 첫날에 말이야. 이 방은 모퉁이 방이라 습원이 보이잖아. 게다가 보고 있으면 세상의 종말처럼 우울해지는 경치니까 마음 약한 1학년이 뛰어내릴 만도 하지."

천장 위에 숨겨져 있던 책.

아까 널빤지 위의 묵직한 물체가 생각났다. 설마 그 학생이?

"……리세, 이곳에 익숙해지면 안 돼."

유리는 정색하고 목소리를 낮추었다.

"뭐?"

"이곳에 익숙해져서 폐인이 된 애들이 많아. 그야 겉으로 보면 혜택 받은 곳이지. 공부할 생각이 있으면 뭐든 구해다 줘. 네가 호궁을 배우고 싶다고 하면 내일이라도 당장 중국에서 강사를 데려올걸. 하지만 말이지, 여기는 역시 이상해. 어딘가 비뚤어진 세계야. 뭔가 기묘한 게 살고 있어. 붙들리면 끝장이야. 하긴 여기에 애를 집어넣는 인간들은 자식이 여기서 영영 나오지 않길 바라지만. 알겠니, 리세? 조심하는 거야. 편안한 환경에 안주하면 안 돼."

어디서 뎅뎅 느긋한 종소리가 들려왔다.

"어머, 저녁식사를 알리는 소리야. 가자, 리세. 여기 식사는 꽤 괜찮아. 그거 하나는 꽤 쓸 만해."

리세는 문득 한기를 느꼈다. 날이 저문 탓만은 아니었다.

그녀는 여관 텔레비전으로 교진 대 한신 경기를 보고 있었다.

어렸을 때는 프로야구 탓에 〈형사 콜롬보〉도 못 보고 다른 프로그램도 뒷전으로 밀려나는 터라 전혀 재미를 느낄 수 없었다. 그런데 직장에 다니게 되면서 어째서 그렇게 프로야구가 사랑받는지 이해하게 됐다. 쓸데없는 일은 생각하지 않아도 되지, 화면에 별다른 자극도 없지, 틀어두면 어쩐지 안심이 되는 것이다. 감독의 배치와 선수의 선택을 무책임하게 욕하다 보면 낮 동안 무능했던 자기 자신을 잊을 수 있다는 이점도 있다.

시간을 들여 느긋하게 식사를 마치고 마크 맥셰인의 《비 오는 오후의 강령회》를 읽고 있으려니, 상을 치우러 온 종업원이 마쓰에성의 야간 조명 장식을 보러 가지 그러느냐고 권했다.

그녀는 얼근하게 취해 밖으로 나왔다.

마쓰에의 어둠은 짙었다. 어딘가에 물의 기척이 느껴졌다.

그러나 어디에도 성의 기척은 느껴지지 않았다. 칠흑 같은 어둠뿐이다.

그녀는 어둠 속에 홀로 동그마니 서 있었다.

미로 같은 도서관이었다.

독립된 도서관이 있다는 것도 놀라웠지만 뭣보다도 리세는 장서의 양에 압도됐다. 학생 수가 600명이 채 안 되는 학교 같지 않았다.

천장까지 꽉 들어찬 낡은 책들. 외국 것까지 포함된 최신 잡지와 신문. 미술 관련 호화 장정본과 자연과학 분야 자료도 충실히 갖추어져 있었다. 여기에 있으면 싫증 날 일은 없을 듯했다.

리세는 신나서 서가와 서가 사이를 누비고 다녔다. 곳곳에 에어포켓 같은 장소가 있어 열람용 책상이 놓여 있고 작은 조명등까지 설치되어 있었다. 나중에 마음에 드는 곳을 찾아 죽치고 있어야겠다. 여기서 많은 시간을 보내게 될 것 같다.

걸음을 옮기던 리세는 뭔가 번득 빛나는 것을 발견했다.

거울이다. 서가 곳곳에 마름모꼴 거울이 걸려 있었다.

리세는 무심코 거울을 들여다봤다.

검은 눈동자.

리세는 흠칫 놀랐다.

거울 속에 또 그 소년이 있었다.

검은 머리카락, 검은 눈동자, 창백하고 단정한 얼굴. 리세 뒤에 있는 서가들 사이에서 그녀를 엿보고 있다.

리세는 느닷없이 무서워졌다.

누구지? 왜 나를 보고 있는 거지?

리세는 몸을 움츠리며 천천히 그곳을 벗어났다.

저도 모르게 걸음이 빨라졌다. 도망쳐야 돼.

서가 반대편에서 검은 그림자가 움직인 듯한 기분이 들었다. 공포가 파열됐다.

도망쳐. 그림자한테 붙들리기 전에.

낡은 책들의 무리, 무리. 미로 같은 방이 이어진다.

누군가와 부딪혔다. 리세는 조그맣게 비명을 질렀다.

"왜 그래, 리세? 뭘 그렇게 당황하는 거야?"

퉁명스러운 목소리가 머리 위에서 들려왔다.

고개를 들자 레이지의 날카로운 눈과 마주쳤다. 어쩐지 마음이 놓였다. 책을 여러 권 들고 있다. 무라야마 가이타, 무로우 사이세이.* 얘가 이런 걸 읽는다고? 순간 그런 생각이 머리를 스쳤다.

"도와줘! 이상한 사람이 있어."

"뭐?"

리세의 새파랗게 질린 얼굴을 보고 레이지는 즉각 판단

---

* 모두 20세기 초 일본 작가.

을 내렸다.

"이리 와."

나지막이 소곤거리더니 리세의 손을 잡고 종종걸음으로 이동하기 시작했다. 밖으로 나가나 했더니 레이지는 안으로, 더 안으로 들어갔다. 백과사전이 꽂힌 서가 안쪽에 작은 나선계단이 있었다. 레이지는 계단을 재빨리 올라갔다.

계단을 올라가자 작은 공간이 나왔다. 기름한 퇴창 옆에 다다미 반 장 넓이의 공간이 있었다. 도서관 안쪽으로 약간 내민 발코니의 난간 사이로 아래층 플로어가 내려다보였다. 두 사람은 찬찬히 아래를 살펴봤다. 쥐 죽은 듯 고요한 도서관. 수많은 서가의 미로에 사람의 모습은 없었다.

"아무도 없는데."

레이지가 중얼거렸다.

"그럴 리가."

"어떤 녀석이었어?"

"어떤 녀석이라니…… 남자애야, 내 또래. 얼굴이 창백하고 검은 머리가 어깨만큼 내려오는 애였어."

레이지의 눈이 움직였다. 생각에 잠기는 표정으로 변했다.

"아는 애야?"

"아니. 하지만 설마."

입속으로 중얼거렸다.

"여기는 뭐 하는 공간이야?"

리세는 자기가 앉아 있는 곳을 둘러보며 물었다.

"글쎄. 자투리 공간이겠지. 내 비밀 장소니까 아무한테도 말하지 마."

레이지는 퇴창에 몸을 기대며 발을 난간 위에 올렸다.

"정말 고마워."

리세는 머뭇머뭇 인사했다.

"어서 여기서 나가."

이번에도 또다시 퉁명스러운 목소리였다.

"유리랑 똑같은 말을 하네."

"유리? 아, 그 무서운 녀석 말이군? 그 녀석도 위험해. 얼마 안 가서 솎아내질지도 몰라."

"솎아내진다고?"

"응. 이 3월의 나라의 취지에 어긋나는 학생은 어느새 사라져 버리거든."

"설마 그럴 리가."

"정말이야. 부모한테 돌아갔다느니 전학 갔다느니 하지만 난 안 믿어."

"사라지면 어떻게 되는 거야? 어디로 가는 거야?"

"그건 별로 말하고 싶지 않아."

창문이 덜컹거렸다. 바람이 세진 듯했다. 하늘에는 여전히 어두운 구름이 흘러가고 있었다. 두 사람은 창밖을 내다봤다.

"날씨가 내내 이러네."

"겨울엔 늘 그래. 하지만 봄에서 여름까지는 꽤 아름답다고. 습원에 연보라색 꽃이 일제히 피거든. 여기는 싫지만 습원의 풍경 자체는 그렇게 싫지 않아."

"레이코가 누구야?"

레이지가 순간 망설였다. 리세는 하면 안 되는 말을 했나 싶어 당황했다.

"우리 '패밀리'에 있던 애야. 작년 말에 사라졌어."

"사라졌다고?"

"여기는 육지의 외딴섬이야. 우리는 여기서 그렇게 쉽게 빠져나갈 수 없어."

"걸어서 나가면 되지 않나?"

"습원을 걸어본 적 있어?"

"아니."

"보기보다 훨씬 무섭다고. 여기엔 무수히 많은 눈이 있거든."

"눈?"

"물이 괸 깊은 구멍을 말하는 거야. 붙잡을 곳도 없지, 빠지면 그걸로 끝장이야. 빠져나오는 건 불가능해. 깊이가 20미터쯤 되는 눈도 있다더라. 트럭도 차도 얼마든지 집어삼켜."

"그렇게 깊어?"

리세는 등골이 오싹했다. 소리도 없이 습원에 빠져드는

소녀를 연상했다.

"난 이 습원에 아주 많은 사람이 빠졌다고 생각해."

"누가 그런 일을 하는 건데?"

"글쎄. 그걸 모르겠다는 점이 이상해. 다들 홀연히 사라져 버리거든. 나중에 선생이 아무개는 어디어디에 갔다고 하면 그걸로 끝이고. 무서운 일은 말이지, 다들 없어지는 일에 점점 익숙해진다는 거야. 그냥 대수롭지 않은 일처럼 무심히 넘겨버려."

리세는 눈 아래 펼쳐지는 습원을 기분 나쁜 듯 내려다봤다.

"어째서 2월에 오면 큰일이야?"

레이지가 재미있어하는 눈빛으로 쳐다봤다. 따스함이 어린 갈색 눈이라는 것을 깨달았다.

"온순한 것처럼 보여도 의외로 궁금한 게 많은걸."

"그렇지만……."

"이 학교는 말이야, 3월에만 학생을 받아."

"그게 무슨 뜻이야?"

"들어오는 것도 3월, 나가는 것도 3월. 그게 이곳 규칙이야."

"어째서?"

"내가 알 게 뭐야. 다만 여기에 3월 아닌 다른 시기에 들어오는 사람이 있으면, 그 인간이 학교를 파멸로 이끌 거라고들 하거든."

"뭐?"

리세는 저도 모르게 부르짖었다. 레이지는 코웃음을 쳤다.
"그냥 소문일 뿐이니까 신경 쓰지 마."
바람이 덜컹덜컹 유리창을 흔들었다.

지금 내 눈앞에는 그림 한 장이 있다.

아무 특징이 없는 평범한 스케치북 종이 한 장.

그리다 만 데생. 작은 회전목마. 한구석에 조그만 붉은 얼룩이 있다.

이게 무슨 얼룩인지는 차차 이야기할 생각이다. 그 전에 나는 이 그림을 그린 남자 이야기를 해야 한다. 이 그림이 어째서 그려졌으며 어째서 내가 갖고 있는지 당신에게 설명해야 한다. 그것은 우연이었을지도 모르고, 어쩌면 예로부터 정해져 있었던 일인지도 모른다. 당신에게 어디서부터 이야기를 시작할지 나는 지금 조금 망설이고 있다. 이 이야기를 하려면 한 권의 책에 관한 이야기에서부터 시작해야 하기 때문이다.

이런 시작은 어떨까.

꽤 괜찮을지도 모르겠다. 4장은 일인칭으로 쓸 생각이기도 하고.

어떤 수수께끼의 사건이 날실. 그리고 어떤 책 한 권의 운명(물론 『삼월은 붉은 구렁을』이다)이 씨실. 이 둘을 담담하게 이야기하는 '나'의 의식이 마지막에 가서 지금까지 쓴 세 장 전체(물론 '바깥쪽'이다)를 감싸는 듯한 구성으로 만들 수 있다면 효과가 있을지도 모르겠다. 완전히 독립된 미스터리처럼 보이게 하면서 지금까지 써온 부분을 삼켜버리게 하려면 어떻게 하면 좋을까.

우선 날실이 되는 사건은 어떻게 할까? 회전목마를 둘러싼 미스터리. 살인사건? 아니면 사람이 감쪽같이 사라져 버리는 사건?

기묘하고 섬뜩한 사건이 좋겠다. 씨실은 물론 '내'가 『삼월은 붉은 구렁을』을 쓰는 이야기다. 작품의 완성과 사건이 언뜻 보면 무관한 것처럼 보이게 하면서 서서히 얽히게 하면 어떨까? 단순한 미스터리로는 이야기가 작아진다. 그렇지만 일단은 미스터리로서 회전목마 사건도 해결되게 하고 싶다. 뭐든지 해결되게 하고 싶어지는 것은 미스터리 팬의 천성이다.

나는 일인칭소설이 질색이다. 쓰다 보면 마음이 아주 불편하다. 철저하게 주인공의 성격이 되어 주인공의 시점만으로 움직인다는 게 견딜 수 없이 괴롭다. 독백에서 등장인물이 되는 것은 가능해도 이야기의 틀로서 등장인물이 되는 것은 고통스럽다. 예전에 글쟁이로 데뷔했을 무렵, 일기와 병행해 나 자신의 일상생활을 토대로 당시의 나에게 장차 내가 쓸 소설의 등장인물이 찾아오는 소설을 얼마 동안 쓴 적이 있다. 일기를 쓰고 그 소설을 쓰고 하느라 매일 시간이 두 배씩 걸리는 바람에 도중에 좌절하고 말았지만, 지금 다시 읽어보면 그때 상황이 생생하게 기억나 재미있다. 앞으로 그런 등장인물들이 등장하는 소설을 썼을 때 읽어보면 재미있겠다고 생각해서 썼으니 나도 참 한가한 인간이다. 언젠가 나머지를 쓸 수도 있다.

가든 파티는 평화롭고 유쾌한 분위기 속에 진행되고 있었다. 오랜만에 파란 하늘이 보이고 기온도 오르기 시작했다. 리세는 편안한 마음으로 파티를 즐기고 있었다. 한가로운 음악이 흐르고, 웃고 떠드는 소녀들의 목소리가 울려 퍼진다.

그나저나 정말 훌륭한 프랑스식 정원이다. 이런 곳에 이렇게 큰 정원이 있다니. '파란 언덕'에는 대체 정원이 몇 개나 있는 걸까.

언덕 자체가 수수께끼였다. 여기저기에 느닷없이 높다란 벽이 나타나는 것이다. 방향 감각을 교란하려 한다는 생각이 들 만큼 구불구불 굽이진 길과, 손질을 포기한 것 같은 덤불이 사방에 있다. 언덕의 크기에 비해 발을 들여놓을 수 없는 공간이 많은 것 같다.

'장미의 미로'라는 이름이 붙은 산울타리는 말끔한 기하학적 모양을 그리고 있었다.

위에서 보면 재미있겠네.

파티의 떠들썩한 분위기에 지친 리세는 천천히 장미 울타리로 둘러싸인 미로 쪽으로 걸어갔다. 장미는 아직 반도 피지 않았지만 기온이 오른 탓인지 화사한 향기가 감돌기 시작했다.

향기 좋아라.

리세는 눈을 감고 흰 장미 향기를 한껏 들이쉬었다.

그때, 리세는 문득 장미 벽으로 둘러싸인 길 안쪽에 뭔가 하얀 게 튀어나와 있다는 것을 깨달았다.

저게 뭐지?

리세는 의아한 표정으로 다가갔다.

물체를 보고 리세는 놀란 나머지 숨이 멎었다.

하얀 팔이었다. 피로 범벅된 하얀 손목이 장미 울타리 속에서 밖으로 축 늘어져 있었다.

"앗."

리세는 두 손으로 입을 막았다.

부스럭하는 발소리가 울타리 반대편에서 들려왔다. 리세는 얼어붙었다. 이 벽 너머에 누가 있어. 관자놀이에서 식은 땀이 솟았다.

그러자 사삭 소리와 함께 피투성이 팔은 울타리 반대편으로 빨려 들어가 사라져 버렸다. 누가 잡아당긴 것 같다. 질질, 질질. 뭔가 무거운 물체를 끌고 가는 소리가 났다.

어쩌면 좋지?

리세는 주술에 걸린 듯 꼼짝할 수 없었다. 이 너머에 누가 있어. 다친 사람(그 가냘픈 손가락을 보면 여자애다)과 아마도, 다치게 한 사람이.

장미 향기가 점점 진해졌다. 리세는 갑자기 숨이 막혔다.

이건 장미 향? 아니면 피?

울타리에서 나가려고 뒤를 돌아본 순간, 소년이 들어오는 게 보였다.

검은 머리 소년.

어째서 이런 곳에.

겁에 질린 리세는 몸을 돌려 달리기 시작했다. 장미 미로의 중심을 향해. 리세는 자신이 실수를 저질렀다는 것을 깨달았지만 소년이 있는 쪽으로 달려갈 용기는 없었다. 소년도 이쪽으로 오고 있다.

장미 향, 장미 벽, 끝도 없이 계속되는 녹색 벽. 어디를 어떻게 뛰었는지 모르겠다.

어느새 안쪽 깊숙한 곳까지 들어온 리세는 완전히 길을 잃고 말았다. 벽은 리세보다 키가 큰 탓에 지금 어디에 있는지 확인할 길도 없었다.

자신의 심장 고동 소리가 온몸을 뒤흔들었다. 거친 호흡이 점점 혼란을 부추겼다.

소년은 지금 어디에 있지? 아니면 그 애를 붙잡아 이유를 따져야 하나?

그러나 이미 어느 쪽이 출구인지 알 수 없었다.

아아, 난 바보야. 그때 바로 나갔으면 좋잖아. 비명을 지르면 될까? 누군가 눈치채 줄까? 유리가 날 찾으러 와주지 않으려나?

리세는 귀를 곤두세우고 한 걸음 한 걸음 소리 죽여 걸었다.

공중에서 새가 춤추었다.

아아, 지금 내가 저기서 이곳을 내려볼 수만 있다면.

그러자 순식간에 새가 급강하해 왔다. 검은 새. 까마귀다.

푸다닥 거센 소리를 내며 까마귀가 울타리 너머로 날아드는 게 보였다.

리세는 조심조심 다음 울타리가 끊기는 곳에서 모퉁이를 돌았다.

이번에야말로 비명이 터져 나왔다.

그곳은 정원의 중심이었다. 물이 마른 원형 분수에 한 소녀가 누워 있었다. 피범벅이 된 가슴에 나이프가 꽂혀 있다. 유리알 같은 눈이 허공을 바라보고 있다. 거미줄처럼 퍼져나간 피가 물 대신 분수를 적셨다.

까마귀가 소녀 위에 내려앉아 소녀의 머리를 톡 쪼았다.

리세는 뒷걸음을 쳤다. 비명을 지르며 산울타리 미로 속을 무턱대고 달렸다.

장미가, 장미가 쫓아와. 장미 향기가 날 질식시켜. 거짓말이야, 빨간 피 같은 건 못 봤어. 내가 본 건 흰 장미뿐이야. 까마귀가 쪼고 있던 건 뭐지? 거짓말이야, 난 까마귀 같은 건 못 봤어. 내가 본 건 갓 피기 시작한 하얀 장미꽃뿐이야. 그 소녀는 누구지? 이름도 모르는 소녀. 하지만 본 적이 있어. 그 신경질적인, 노이로제 기미가 있던 애야. 아직 어린데.

달리고 또 달리고. 무작정 달렸다.

"리세! 리세, 어디 있니?"

흠칫 놀랐다. 유리 목소리다. 의외로 가까운 곳에서 들려 마음이 놓였다.

"유리!"

목소리에 의지해 앞으로 나아갔다. 눈에 익은 입구가 보였다.

"왜 그래, 리세?"

어리둥절한 유리의 얼굴을 보고 리세는 비실비실 주저앉았다.

다음 날 아침도 쾌청한 날씨였다. 오늘도 더울 것 같다.

여관에서 나온 그녀는 터벅터벅 걸어 이치바타 전철역으로 향했다.

역 플랫폼에 들어온 열차가 너무나도 구식이라 깜짝 놀랐고, 이어서 감동했다.

목제 열차다. 바닥에는 마루를 깔았고 창문도 목제. 가마솥 뚜껑을 상상하면 된다. 손잡이가 달린 널빤지를 올렸다 내렸다 하는 것이다. 의자도 천을 댄 나무 의자다. 그녀는 신이 나 일인용 좌석에서 해죽해죽 웃었다. 현대식 신형 열차도 도입되어 있는 것 같지만, 바라건대 다음에도 이 열차에 탈 수 있으면 좋겠다.

바람을 맞으며 덜컹덜컹 흔들리는 완행열차에 몸을 맡기는 기분이 또 최고다.

신지 호수를 끼고 달리는 노선이라 경치도 훌륭했다.

그녀의 머릿속에서 비누거품처럼 온갖 장면이 떠올랐다 사라진다. 되풀이해서 떠오르는 장면이 있는가 하면 쓱 가로지르듯 지나가고 마는 것도 있다. 매번 똑같은 장면이 선명하게, 때로는 영상과 문장이 세트로 토씨 하나 틀리지 않고 뚜렷하게 머릿속에 들려오는 일도 있다. 글을 쓸 때 그것을 그대로 옮겨 쓰면 되지만, 되레 방해가 되는 경우도 있다. 어떤 장면이 너무나도 강렬하면 앞뒤 장면과 낙차가 커서 매끄럽게 이어지지 않기 때문이다.

그녀가 소설을 쓰는 방법은 엉성하기 짝이 없다. '분위기는 이러이러하고, 읽으면 이러이러한 기분이 드는 것을 쓰고 싶다'는 아이디어가 맨 먼저 있고, 그다음 '이러이러한 장면을 쓰고 싶다' 하는 게 몇 개 있다. 그래서 그런 장면들을 이어 붙이는 게 작업의 중심이다. 뿔뿔이 흩어져 있는 장면들에서 전체상을 발굴해 가는 일은 즐거움인 동시에 고생스러운 작업이다. 전체가 이미 한눈에 그려지면 쓰면서 재미가 없다. 그런데 어느 정도 나아가면 이번에는 종착점까지 내다보이지 않는 게 불안하다. 글을 쓴다는 일은 언제나 미지의 세계다. 마지막까지 아무도 알 수 없다.

그녀는 멍하니 바람을 맞고 있다.

열차는 이즈모를 향해 짙푸른 전원 속을 달린다.

"가보자."

"하지만 유리, 범인이 아직 안에 있을지도 모르잖아."

정원에 발을 들여놓는 유리 뒤에서 리세는 울먹였다.

"괜찮아. 아직까지 근처를 얼쩡대고 있을 리 없어."

유리는 성큼성큼 정원 안으로 걸어 들어갔다. 리세는 마지못해 그녀의 뒤를 따랐다.

의연하게 발걸음을 옮기는 유리를 따라 걷고 있으려니, 그렇게 흉흉하고 그렇게 압도적으로 보이던 장미 울타리가 별것 아닌 것처럼 느껴졌다.

유리는 망설임 없이 미로의 중심을 향해 곧장 나아갔다.

"어떻게 방향을 그렇게 잘 잡아?"

리세는 이상해하며 물었다.

"응? 아, 저거야."

유리는 정면으로 보이는 언덕 위에 유달리 높다랗게 솟은 세 개의 첨탑을 고갯짓으로 가리켰다.

"저 탑이 뭐?"

리세는 머리가 셋 달린 용처럼 생긴 오래된 탑을 봤다.

"도깨비 굴뚝이야. 혹시 모르니? 옛날에 도쿄에 있었던 건데. 보는 위치에 따라서 굴뚝 네 개가 둘로도 보이고 하나로도 보이고 그랬대. 그거랑 똑같아. 저 세 탑의 위치관계가 일정하게 보이도록 걸어가면 방향을 안 헷갈려."

"그런 거야? 난 봐도 모르겠는데."

선천적으로 방향감각을 타고났는지 유리는 총총히 녹색 벽 안을 걸었다.

쉽사리 중심에 다다랐다.

"앗."

리세는 소리를 질렀다.

아무것도 없었다. 시체도, 피도, 아무것도 없다. 물이 없는 분수만 있을 뿐.

"이럴 수가."

리세는 분수를 향해 달려갔다.

"여기 있었단 말이야, 칼에 찔린 시체가. 그 애야, 저번에 복도에서 울부짖던 1학년 여자애. 머리카락이 솜사탕 같은."

유리는 아무 말도 하지 않고 리세를 따라 분수로 다가왔다.

물이 마른 분수. 핏자국도, 그것을 씻어낸 흔적도 없었다.

리세는 발밑이 물렁하게 꺼지는 기분이 들었다.

내가, 내가 이상해진 걸까? 그건 내 환각이었을까?

"리세."

"유리, 믿어줘. 거짓말 아냐. 나 정말 봤단 말이야. 여기에 바로 몇 분 전까지 쓰러져 있었어."

"리세, 봐. 저기야."

유리는 침착한 목소리로 분수 반대쪽을 가리켰다.

리세는 유리가 가리키는 곳을 봤다.

모래 위에 바큇자국이 남아 있었다.

바큇자국은 분수에서 시작해서 계속 이어졌다.

"수레…… 아마 일륜차겠지. 뭔가 무거운 걸 실어 날랐어. 봐, 한쪽 자국은 얕잖아? 그런데 이쪽 자국은 훨씬 깊어."

유리의 눈빛이 날카로워졌다.

두 사람은 말없이 바큇자국을 따라갔다.

바큇자국은 굽이굽이 돌며 완만하게 이어졌다.

이윽고 바큇자국은 미로 한구석에 산울타리로 막힌 곳에서 끊겼다.

"막다른 길이네."

리세는 까치발을 하고 울타리 너머를 들여다봤다. 거기서부터는 울창한 숲이었다. 유리는 얼마 동안 울타리 속에 손을 찔러 넣고 뭔가를 찾더니 "있다" 하고 작은 목소리로 부르짖었다. 자세히 보니 울타리에 나무를 얽어 교묘하게 감춘 작은 문손잡이가 나타났다.

"비밀의 화원이네. 열쇠는 어디 있지?"

유리는 휘파람을 휙 불었다. 문이 잠겨 있어 손잡이를 찰칵찰칵 돌려봐도 열리지 않았다.

그녀는 이즈모역에서 버스를 탔다.

전국 어디에서나 볼 수 있는 풍경이다. 전원 속을 달리는 도로. 물이 담긴 수로. 하얀 헬멧을 쓰고 자전거를 타는 중학생. 교외의 네모난 대형 쇼핑몰, 분양 단독주택, 간판이 종종 보이는 주유소. 흔하디흔한 풍경이다.

그러나 그녀는 늘 속고 있는 기분이 든다. 겉모습만의 도시, 겉모습만의 거리. 진짜 모습은 이렇지 않다. 그저 지나가는 사람에 불과한 내게 진짜 얼굴을 보여줄 리 없다. 어딘가 진짜 모습이 있을 것이다. 낯선 목소리, 낯선 얼굴, 낯선 이야기가.

그녀는 어딘가에 보이지 않는 세계의 꼬리가 삐져나와 있지 않을까 늘 신경이 쓰인다. 어딘가에 진짜 세계의 자투리가 떨어져 있지는 않을까 창밖 풍경을 유심히 본다. 지금까지 발견한 적은 한 번도 없지만.

금요일 저녁, 폭풍이 다가오고 있었다.

'패밀리'는 따분함을 주체하지 못했다.

'패밀리'는 2주일에 한 번 모이게 되어 있다.

사방에서 어두운 황야를 건너온 바람이 미친 듯이 불어온다.

학생관 한 방에서 그들은 각자 마음 내키는 대로 시간을 보내고 있었다. 상공에서 엄청난 기세로 구름이 움직이는 것을 알 수 있었다. 가끔씩 빗줄기가 쏴 하고 창을 때렸다.

그들은 그 시간을 '강제 가족 놀이'라고 불렀다. 근황 보고를 한 뒤 테이블을 둘러싸고 함께 시간을 보내야 한다.

슌이치와 가오루는 종이에 오목을 두고 있다. 점점 열중하는 듯 노트 위 바둑판이 점점 늘어간다. 미쓰코는 잡지에 몰두하고, 히로시와 히지리는 최근 읽은 외국 미스터리소설의 감상을 나직하게 이야기하고 있었다. 레이지는 늘 그러하듯 조금 떨어진 곳에서 《율리시스》를 읽고 있다. 리세는 그림을 그리고 있었다. 기억을 되살려 학원의 겨냥도를 그리는 것이다. 이상하게도 이곳에는 학원을 전체적으로 조망할 수 있는 평면도가 어디에도 없었다.

"리세, 홍차라도 끓이지 않을래? 우리 할머니가 쿠키를 보내주셨거든."

미쓰코가 잡지를 덮으며 말했다. 리세는 고개를 끄덕이고 일어섰다.

"뭔가 게임을 할까? 가끔은 그런 것도 좋잖아."

슌이치가 기지개를 켜며 둘러봤다.

마침 다들 그런 기분이었는지 레이지를 빼고 모두가 찬성했다.

"트럼프는 어때? 아니면 우노?"

"히지리, 뭔가 생각해 봐. 요즘 히트작이 뜸하잖아."

히로시가 재촉했다. 히지리는 게임을 고안하는 재주가 있어서 시판되는 보드게임도 룰을 변경해 스릴 넘치는 게임으로 바꿔놓는다. 때로는 다른 '패밀리'까지 끌어들여 와자지껄하게 게임 대회를 벌이기도 한다.

"그러게."

잠시 생각하던 히지리는 테 없는 안경 너머로 살짝 장난스럽게 웃었다.

"그럼 가끔은 정신이 번쩍 드는 걸 해볼까. 때마침 폭풍 부는 밤이기도 하고. 다들 비밀을 고백하기에 안성맞춤인 기회일지도 모르겠군. 평소에 대충대충 지내는 우리한테 한번 활력을 불어넣어 보자고. 그렇지만 일곱 명은 위태로운 숫자인데. 사람이 좀 더 있으면 좋을 텐데 말이야. 경우에 따라선 너무 원색적일 수도 있거든."

"뭐래?"

"꽤나 변죽을 울리잖아."

머그잔을 들고 모두 테이블로 모여들었다. 천장에 달린 조명이 여섯 명의 얼굴을 주황색으로 비추었다.

"레이지, 너도 와. 다 같이 참가해야 재미있지."

히지리가 손짓하자 웬일로 레이지도 테이블로 왔다.

"가오루, 바둑돌을 갖고 와서 애들한테 흑백 한 개씩 나눠줘."

"뭔데 그래?"

가오루가 방 한구석의 장식장에서 바둑돌을 가져왔다.

그때 문이 벌컥 열리더니 유리가 들어왔다.

"리세 있어? 리세, 드라이어 어디 있니? 미안, 내 거가 영 신통치 않네."

"아, 마침 잘됐다. 유리, 잠깐 들렀다 가지 않을래? 입회인이 좀 되어주면 좋겠는데."

히지리가 잘됐다는 듯 유리를 불렀다.

"입회인? 싫어."

유리는 얼굴을 찡그렸다.

"에이, 그러지 말고. 재밌을 수도 있는데."

싫다면서도 유리는 결국 안으로 들어와 앉았다. 어느새 쿠키까지 집어 먹고 있다.

"그럼 우선 다들 여기다 질문을 하나씩 써줘. 평소 다른 애들한테 물어보고 싶었던 걸로."

"이름 쓰는 거야?"

"안 써도 돼."

"누구 개인한테 묻는 거라도 괜찮아?"

"그건 안 돼. 모두가 예스나 노로 대답할 수 있어야 해."

"흐음. 수수한 게임이군."

"그래서 어떻게 하는 건데?"

다들 중얼중얼하면서도 히지리가 나눠준 단어 카드에 사

각사각 질문을 썼다.

"다 썼으면 이 깡통에 넣어줘."

히지리가 내민 쿠키 깡통에 모두 카드를 넣었다.

"미쓰코, 거기 빨간 타월 좀 집어줄래?"

히지리는 타월을 테이블 한가운데에 놓았다. 모두를 빙 둘러본다.

다들 흥미진진한 표정으로 히지리의 얼굴을 바라봤다. 유리는 의자를 조금 뒤로 빼고 한 발자국 물러난 위치에서 지켜보고 있었다.

"지금부터 유리가 질문을 읽을 테니까 다들 정직하게 대답하도록. 예스가 흰 바둑돌, 노가 검은 바둑돌. 자기 답에 해당하는 돌을 타월 밑에 넣는 거야. 그럼 유리가 타월 밑에서 바둑돌을 섞은 다음 타월을 걷어."

담담하게 규칙을 설명하는 히지리의 말에 모두 흠칫 놀란 표정을 지었다. 무심코 서로 얼굴을 마주 봤다. 히지리는 히죽 웃었다.

"어때, 수수하지만 꽤 스릴 있을 것 같지?"

"재미있겠는데. 그런 거라면 읽고말고. 우리 '패밀리'에서도 해볼까."

유리가 눈을 빛내며 몸을 불쑥 앞으로 내밀었다.

"그럼 유리, 카드를 섞고 읽어줘."

"오케이."

유리는 깡통에서 카드 한 장을 꺼냈다.

"'나는 다른 패밀리에 가고 싶다'."

와, 하고 웃음이 터졌다.

"초장부터 이거라니."

"아픈 데를 찌르네."

"자, 다들 돌을 넣어."

모두 서로의 얼굴을 보며 한 사람씩 손안에 숨긴 바둑돌을 타월 밑에 넣었다.

유리가 손을 뻗어 타월 밑에서 섞고 타월을 획 치켜들었다.

검정이 일곱 개.

오오, 하고 환성이 터졌다. "장하다." "마음에도 없는 말을 하면 안 되지." "처음이고 하니까." 각각 큰 소리로 흥분한 듯 떠들었다. 히지리가 유리를 재촉했다.

"다음."

"'나는 졸업할 때 여기 없을 것이다'."

유리가 퉁명스럽게 카드를 읽었다.

재빠른 눈짓이 스쳐 지나간 듯한 느낌이 들었다. 달그락달그락 바둑돌을 타월 밑에 넣는다.

다들 아닌 척하면서 타월을 주목하는 것을 알 수 있었다. 태연한 척하지만 실은 진지하다는 게 느껴졌다.

타월을 걷었다.

흰색이 셋, 검정이 넷. 테이블이 술렁거렸다.

히지리의 표정은 변하지 않았다. 유리가 망설이듯 히지리의 얼굴을 보고는 다음 카드를 꺼냈다.

"'레이지는 리세를 좋아해'."

이번에는 안심한 듯한 명랑한 웃음소리가 터졌다. 저도 모르게 얼굴을 붉힌 리세는 레이지의 분개한 눈과 마주치는 바람에 허둥지둥 눈길을 돌렸다.

장난스러운 표정으로 신나서 바둑돌을 넣었다. 타월을 치웠다.

"아."

흰색이 다섯, 검정이 둘.

"이 둘은 누구야.""너희 둘, 솔직해져야지. 안 그러면 못써.""모르는 일이야, 둘 중 누군가가 흰색일지도 모르고, 둘 다 흰색일지도 모르잖아."

"자, 다음."

신이 나 떠들어대는 모두를 가로막듯 히지리가 유리의 얼굴을 봤다.

유리가 무표정하게 카드를 읽었다.

"'나는 이곳을 나가도 마중 나와 줄 가족이 없다'."

모두가 동요했다. 그리고 동요했다는 것을 곧바로 부정했다. 리세도 테이블을 내려다봤다. 여기서 가족 이야기는 금기였다. 대다수 학생이 가족이 자기를 원치 않는다는 수치심을 갖고 있기 때문이다. 모두 짐짓 삐딱한 태도를 취하거나 허세를 부려도 가족에 대해 내심 부끄럽게 여기고 있었다.

다들 머뭇머뭇 바둑돌을 넣었다. 겁에 질린 눈들이 타월을 주시했다.

흰색이 둘, 검정이 다섯.

그들은 바둑돌에서 순간 자신들의 허세와 체념을 봤다. 자신이 불필요한 아이라는 것을 인정하고 싶지 않다. 그럴 리 없다. 그렇지만 결국 자신은 버려진 아이다. 두 마음이 바둑돌 위에서 교차하고 있었다.

"다음으로 갈게."

입을 다물어버린 소년 소녀에게 힘을 북돋워 주듯 유리가 다음 카드를 꺼냈다.

그런데 카드를 보자 표정이 얼어붙었다.

"유리, 읽어."

히지리가 메마른 목소리로 독촉했다. 그래도 유리는 입을 열지 않았다.

"왜 그래, 유리?"

리세는 불안한 목소리로 물었다. 유리가 당혹한 눈빛으로 그에 답했다.

"괜찮으니까 어서 읽어."

히지리가 단호하게 재촉했다. 모두 마른침을 삼키며 유리를 지켜보는 가운데, 유리는 입을 열었다.

"……'이 중에 레이코를 죽인 범인이 있다'."

그때, 빗발이 거세게 유리창을 때렸다.

여덟 사람이 온몸을 부르르 떨었다. 시선이 일제히 창문을 향했다.

"……비가 엄청나게 쏟아지네."

파랗게 질린 얼굴로 미쓰코가 중얼거렸다.

"그만두자, 이런 질문."

가오루가 다른 사람들을 둘러보며 겁에 질린 목소리로 말했다. 불안에 찬 표정이 히지리를 향했다. 히지리는 여전히 무표정한 얼굴로 한 명 한 명을 보며 천천히 중얼거렸다.

"안 돼, 모두 바둑돌을 넣어."

공포에 질린 표정으로 다들 천천히 바둑돌을 넣었다.

마지막 한 사람이 넣었던 손을 움츠리듯 빼자 책상 위에는 빨간 타월만이 남았다.

거북한 침묵이 흘렀다.

사납게 휘몰아치는 비바람 소리가 팽팽하게 긴장된 분위기를 자극했다.

결심이 선 듯 유리가 타월을 획 걷었다.

시선이 책상에 못 박혔다.

흰색이 하나. 검정이 다섯.

"바둑돌을 안 넣은 녀석이 있어."

히지리가 나지막이 부르짖었다.

유유히 나아가는 버스 앞으로 풍요로운 삼림이 펼쳐졌다.

그녀는 눈앞에 밀려드는 푸른 산의 존재감을 즐기고 있었다.

부드러운 숲이 점점 다가온다. 느긋하고 완만한 산을 뒤덮는 숲이.

아닌 게 아니라 신들의 거처로 어울리는 곳이었다. 신들이 벌렁 드러누워 낮잠이라도 자고 있을 듯 보였다. 동시에 그녀는 바다를 느꼈다. 저 산 너머에 분명 바다가 있을 것이다.

> 회전목마와 한 권의 책. 대체 어떤 관계가 있느냐고 당신은 말할지도 모른다. 그러나 서둘러서는 안 된다. 나는 이 이야기를 천천히 진행할 생각이다. 태엽 풀린 오르골이 밤하늘에 빛나는 수많은 별들 같은 최후의 속삭임을 소곤거리듯이. 기울어진 그릇에서 천천히 그레이비소스가 흘러 떨어지듯이. 재촉해서는 안 된다. 나는 당신이 이해해 주었으면 한다. 나와 그가 어떻게 만나 실이 한 가닥으로 꼬이듯이 서로에게 끌렸는지.

이런 식이면 어떨까. 이것이라면 뒤를 이어나갈 수 있을 것 같다.

너무 느림보 걸음이려나? 그렇지만 스티븐 킹이라면 이보다 훨씬 심할 거라고.

문득 창문을 두들기는 빗소리가 들려왔다.

비가 오기 시작한 모양이다. 밤비는 싫지 않다.

이럭저럭 돌파구를 뚫은 모양이다. 나는 조금 마음이 놓여 의자에 앉은 채 기지개를 켰다.

이런 식으로 차츰 길을 터나가는 밤. 이런 밤을 지금까지 몇 번이나 보냈을까. 앞으로 몇 번이나 보내게 될까.

어깨를 주무르며 층층이 쌓인 책등을 멍하니 바라봤다.

팥죽색 책등이 눈에 띄었다.

책방에서 그 책을 손에 들었을 때의 기억은 지금도 생생하게 남아 있다.

초등학교 5학년 때였을 것이다. 서가에 늘어선 수많은 책등 중에서 그 팥죽색 표지가 유달리 선명하게 보였다.

한 권 사줄 테니 골라보라는 어머니의 말에 그 책을 골랐을 때, 어머니가 얼굴을 찌푸린 기억이 있다.

그게 우에쿠사 진이치의 《비 오는데 미스터리라도 공부하자》였다.

《비 오는데 미스터리라도 공부하자》는 그가 읽은 외국 소설의 감상을 모은 책인데, 특별히 재미있는 책은 아니었다. 우에쿠사 진이치의 문장은 결코 읽기 쉽다고 말할 수는 없었거니와, 개성이 너무 강해 적응하는 데 요령이 조금 필요하다.

그렇지만 왜 그런지 그 책은 강렬한 인상을 남겼다. 책 속에서 온갖 냄새가 났다. 망막하게 펼쳐지는 복잡한 소설 세계의 냄새. 뉴욕 한구석 책방에 쌓여 있는, 먼지를 잔뜩 뒤집어쓴 페이퍼백의 냄새. 그것이 내게 어떤 지도가 된 것은 틀림없다.

그리고 그 책에서 소개한 수많은 작품 중 유난히 인상에 남았던 책이 존 파울즈의 《컬렉터》였다. 파울즈는 내가 가장 존경하는 작가 중 한 사람이다. 《컬렉터》는 고등학생이 되고 나서 읽었는데, 직접 작품을 읽은 뒤로도 우에쿠사 진이치의 문장을 통해 이 소설을 기억할 정도로 그의 소개는 인상적이었다.

《컬렉터》는 제목 그대로, 나비를 수집하던 수수하고 눈에 띄지 않는 남자가 남몰래 동경하던 여자까지 '수집'하려고 납치하는 이야기다. 소설은 남자의 시점과 여자의 시점을 오가며 그려진다. 여자는 컬렉션의 일부로 자신이 한낱 '물건'이 되는 데에 거세게 저항한다. 여자의 저항에 놀라 당혹하는 남자. 그녀가 감금되어 있는 동안에도 두 사람의 관계는 시시각각 변화한다. 때로는 가해자와 피해자가 뒤바뀌고, 때로는 공범자가 되며, 때로는 모자관계가 된다. 숨 막히는 갈등에 질질 끌려가듯 읽다 보면 어느새 이야기는 클라이맥스를 맞이한다.

납치됐을 때부터 감기 기운이 있던 여자는 거듭되는 극한 상황의 긴장으로 병세가 서서히 악화되어 이내 고열로 앓아눕는다. 《비 오는데 미스터리라도 공부하자》에서는 이 부분을 짤막하게 소개한다. 비 내리는 밤, 의사를 부르러 달려가는 남자. 그 영상이 고열에 시달리면서도 어떻게 해서든 이 상황에서 놓여나기 위해 수단을 강구하는 여자의 모놀로그와 교차한다.

《컬렉터》를 생각하면 늘 우에쿠사 진이치가 소개한 이 장면이 생각난다. 그와 동시에 모노크롬의, 끝도 없이 이어지는 소설의 세계 입구에서 주저하고 있는 자신이.

그녀는 아연했다.

그동안 지나온 곳들의 신화적인 분위기에 비해, 이즈모 대사 안은 놀라울 만큼 현실적인 장소였다. 마치 도쿄의 업무지구를 걷는 듯한 현실성이 있었다.

하지만 생각해 보면 당연한 일이었다. 이 정도로 신화적인 공간을 유지하려면 상당한 경영 수완이 필요하다. 자금 동원 능력, 통솔 능력, 관리 능력, 권력과 술수. 거기에 신앙이 더해진다 해도 노동력과 돈이 든다는 사실은 변함이 없다. 그곳은 현대 기업 그 자체였다.

대강 참배를 마치고 액막이 부적을 산 다음 그녀는 신사에서 나왔다.

여전히 공기가 후텁지근했다.

국도는 신들도 날려버릴 것처럼 교통량이 엄청나게 많았다. 주인공들을 걷게 하기엔 너무 시끄러울지도 모르겠다.

그러나 국도를 벗어나 주택가로 한 걸음 들어서니 그곳은 명백히 신들의 시대의 템포로 시간이 흐르고 있었다. 차도, 사람도 좀처럼 지나가지 않았다. 이층집도 별로 없다. 낡은 기와집이 묵묵히 계속됐다. 소리가 없는 세계.

그녀는 상상했다.

이곳에서 뭐가 일어난다면 무슨 일일까. 저 모퉁이에서 뭐가 튀어나온다고 한다면 그건 무엇일까.

그녀는 두리번두리번 주위를 둘러봤다.

아무 일도 일어나지 않아. 나 같은 한낱 여행자를 상대로 이 오랜 역사의 땅이 실수할 리 없어.

은밀한 안도감을 느끼며 그녀는 더위를 거스르지 않도록 천천히 걸어갔다.

졸음이 올 듯한 거리 저편에 회색으로 빛나는 수평선이 보였다.

나는 어렸을 때부터 회전목마가 싫었다. 어린 마음에도 가짜 말에 올라타 한곳을 빙글빙글 돌기만 하는 행위가 몹시 굴욕적으로 여겨졌다. 도대체 어디가 재미있다는 걸까? 그것에 올라타 원 밖에서 기다리는 가족을 볼 때 드는 고독감. 그 고독은 뭐였을까. 가족은 자애 어린 눈빛으로 멀리서 나를 지켜보고 있다. 너는 혼자란다, 하고. 너를 사랑하지만 너는 혼자란다, 하고. 홀로 회전목마를 타는 아이들은 가슴에 사무칠 만큼 고독한데도 왜 다들 웃는 걸까. 아이들은 가족을 향해 웃어 보여야 한다는 것을 본능적으로 알고 있다. 자신이 고독을 알아차리기 시작했고 그게 이제부터 살게 될 긴 인생의 반려라는 사실을 눈치챘다는 것을 모두에게 보여주기 위해.

방파제에 걸터앉아 그녀는 아이스 코코아캔을 땄다.

빛의 양이 너무 많다. 눈이 부셔 도저히 눈을 뜨고 있을 수 없다.

수평선은 고요히 졸고 있었다.

물가에서 노는 아이들, 서프보드를 타며 흥겨워하는 젊은 이들.

그녀는 언젠가 나라와 교토를 배경으로 하는 소설을 써보고 싶다고 생각한다. 역사소설도 아니고, 연애소설도 아니고, 여행 미스터리도 아닌 소설을. 그녀는 고전도, 역사도 젬병이었다. 그런 시점에서가 아니라 뭔가 기묘한 이야기를 써보고 싶다.

일본은 좁은 땅덩어리지만 재미있는 곳들이 아직 남아 있다. 장소마다 다양한 것을 감추고 있다. 그녀는 어렸을 때부터 몇몇 지방 도시에서 살았는데 모두 다른 분위기, 다른 표정을 가지고 있었다. 표면상으로는 공통되는 부분을 가지고 있으면서도 결코 무시할 수 없는 별개의 얼굴을 지니고 있었다. 감추어진 세계, 낯선 세계는 얼마든지 있다.

유리는 발소리를 죽이며 어두운 회랑을 걷고 있었다.

회랑 곳곳에 붙은 작은 조명을 제외하면 주변은 칠흑처럼 어두웠다.

달이 없는 하늘이다. 부옇게 흐린 하늘에 세 개의 첨탑이 악몽처럼 떠 있었다.

자기 그림자조차 보이지 않았다.

유리는 손안의 편지를 꼭 쥐었다.

이건 아무리 봐도 레이코 글씨야. 레이코는 습원에 빠진 게 아니었어? 도대체 누가 이런 장난을 치는 거야?

유리는 신경을 집중시켜 뭔가가 몰래 다가오지 않는지 경계하며 걸었다.

언덕은 고요히 잠들어 있고 살아 있는 생물의 기척은 없었다.

탑 위에서 1시에.

탑 위라면 종루가 있는 가운데 탑밖에 없다.

어둑어둑한 불빛이 좁다란 나선계단 입구를 어슴푸레 비추었다.

유리는 입구 앞에서 걸음을 멈추고 위쪽 기척을 살폈다. 쥐 죽은 듯 고요했다. 아무 소리도 나지 않았다.

얼마 동안 망설이던 유리는 이윽고 용기를 쥐어짜 계단

을 오르기 시작했다.

돌계단을 130까지 세었을 때 누가 밑에서 올라오고 있다는 것을 깨달았다.

자박, 자박. 천천히 돌계단을 올라오는 소리가 점점 가까워졌다.

유리는 벽에 귀를 갖다 댔다.

꿈이 아니야. 분명히 누가 오고 있어.

유리는 망설였다.

어떻게 하지?

유리는 그 자리에 얼어붙었다. 흡사 주술에 걸린 것 같았다.

발소리는 점점 가까워졌다.

온몸이 식은땀으로 흠뻑 젖었다.

도망쳐야 돼.

검은 그림자가 계단 위에 비쳤다.

"넌."

유리는 저도 모르게 큰 소리로 부르짖었다.

회전목마는 계속 돈다. 끝나지 않는 꿈을 싣고 경쾌하게 시공을 넘는다.

나는 어렸을 때부터 세계에 대해 막연한 향수를 느꼈다.

이 세계가 시간적으로도 공간적으로도 영원히 순환하고

있다는 느낌에 줄곧 지배되어 왔다.

그건 누구의 꿈이었을까. 색채가 있는 현기증. 오후 4시부터 시작하는 〈로하이드〉의 재방송. 일본 알프스의 낙조.

그건 나의 꿈. 어렸을 때부터 줄곧 꾸어온, 과거로 돌아가는 여행.

대체 어떻게 된 거지?

리세는 안절부절못하고 벌떡 일어섰다.

좁은 방의 천장이 바싹 다가붙고, 자신의 그림자가 벽에 일그러진 모양을 만들었다.

책상 위 빨간색 일기장을 돌아봤다.

이건 여기 아닌가.

펼쳐진 책장이 팔랑 넘어갔다.

허브티 향기가 천천히 방 안에 퍼졌다.

이건 이 세계가 아닌가.

리세는 도망갈 곳을 찾듯 방 안을 둘러봤다.

이건 뭐지?『삼월은 붉은 구렁을』?

대체 누가 쓴 소설일까. 퇴창 천장 위에 숨겨져 있던 소설. 습원에 둘러싸여 바깥세상으로부터 고립된 기묘한 학원도시. 전설과 음모로 가득 찬 학교생활. 등 뒤에서 꿈틀거리는 불길한 그림자. 천사상 옆에 우두커니 선, 머리끝부터 발끝까지 검은색인 소년. 이건 여기가 아닌가.

소설의 결말은 어떻게 되는 걸까. 일기장에 손을 뻗으려 했는데 유난히 멀게 느껴졌다. 손이 2미터 앞에 있는 것처럼 보였다. 세상에, 말도 안 돼. 손이 닿지 않아. 바로 이 앞에 있는데.

리세는 몸이 좋지 않다는 것을 깨달았다.

물. 물 마시고 싶어. 목이 말라.

리세는 휘청휘청 방을 나섰다. 벽이 늘어났다 줄어들었다 했다. 천장이 부쩍부쩍 멀어졌다 머리 위까지 바싹 들이닥쳤다 했다.

유리는 어디 있지? 어제저녁부터 돌아오지 않는다.

리세는 힘겹게 계단을 내려가 식당으로 갔다. 점심시간일 텐데 어째서 이렇게 조용할까.

오한과 싸우면서도 리세는 이변을 감지했다.

쾅 소리를 내며 식당 문을 열어젖혔다.

순간 뭔가 시큼한 냄새가 났다.

무슨 냄새지?

조용한 식당. 사람이 없지는 않았다. 많은 사람이 있었다. 그러나 움직이는 이는 없었다.

발에 뭐가 닿았다. 리세는 발치를 내려다봤다.

눈을 부릅뜬 얼굴이 그녀를 올려다보고 있었다.

리세는 꺅 소리를 지르며 뒤로 펄쩍 물러났다. 식당 문에 등을 부딪혔다.

리세는 그때 처음으로 이 방에서 살아 있는 사람이 자기뿐이라는 것을 깨달았다.

많은 사람들이 죽어 있었다. 먹다 만 음식들이 흩어져 있다.

테이블 위에 엎드린 자, 바닥에 쓰러진 자. 입에서 피를 흘리며 고통으로 일그러진 표정을 띤 채로.

리세는 소리 없는 비명을 질렀다. 비명을 지르고 또 질렀다. 식당에서 나가고 싶은데 발이 움직이지 않았다. 도망치려는 상반신에 발이 따라가지 못해 리세는 그 자리에서 허우적대다가 쓰러졌다.

쓰러져 있는 학생의 머리카락이 발에 닿았다. 리세는 찢어질 것처럼 비명을 지르며 식당에서 기어 나왔다. 복도 벽에 등을 기대고 앉아 흐느껴 울었다.

다들 어디 있어? 유리는? 레이지는?

그때 리세는 복도 반대편에 누가 있다는 것을 깨달았다. 머뭇머뭇 그쪽을 바라봤다.

그곳에는 수십 명의 학생이 한데 뭉쳐 서 있었다. 리세를 응시하고 있다.

파랗게 질린 얼굴, 핏발이 선 눈. 노여움과 공포에 찬 눈.

리세는 눈물을 닦으며 그제야 살기가 자신을 향하고 있다는 것을 깨달았다.

무슨 일이 벌어지고 있는 거지?

"네가……."

한가운데 있던 소녀가 입을 열었다.

"네가 여기 오면서부터야. 불길한 일이 계속해서 일어나기 시작한 건."

그것을 신호로 함성이 터져 나왔다. 단숨에 불이 붙은 원한과 저주의 에너지가 리세라는 표적을 얻어 무서운 기세로 분출됐다.

"맞아, 네가 2월에 왔기 때문이야."

"넌 누구야."

"뭐 하러 온 거야."

"나가."

"쫓아버려."

"죽여."

"죽여, 죽여버려."

리세는 줄이 끊긴 꼭두각시 인형 같은 얼굴로 몰려오는 학생들을 쳐다봤다.

마침내 태양이 서쪽으로 기울기 시작했다.

그녀는 지친 다리를 끌며 언덕길을 내려갔다. 온몸이 땀투성이다.

참 많이도 걸은 하루였다. 이즈모에서 기다리는 야간열차를 타고 돌아갈 시간이 다가오고 있었다. 올 때는 JR 이즈모역에서 버스를 탔는데, 갈 때는 이치바타덴샤 이즈모 대사 입구역에서 전철을 탈 생각이다.

재미있는 여행이었다. 자기 안에서 여러 가지를 발견했다. 덕분에 계획 중인 2장도 이럭저럭 쓸 수 있을 것 같다.

모자를 벗으니 땀에 젖은 머리카락이 머리에 달라붙어 있었다.

도리이가 있는 언덕길 도중에 있는 이즈모 대사 입구역은 언뜻 교회처럼 보인다. 천장이 높고 스테인드글라스 창이 있는 복고적 분위기의 역이다.

아아, 겨우 그늘에 들어가네.

그녀는 한숨을 휴 쉬었다.

대기실에 발을 들여놓자 역광으로 인해 순간 어둠에 싸였다.

어둠에 눈이 익숙해지니 나무 벤치에 승객 몇 명이 앉아 있는 것을 알 수 있었다.

서늘한 공기에 겨우 살아난 기분이 들었다.

문득 커다란 가방이 눈에 띄었다.

벤치 옆에 조용히 놓여 있다.

그녀는 의아한 표정을 지었다. 어디서 본 것 같은데.

모자로 부채질하며 그녀는 가방 주인을 찾았다.

고개를 들자 어둑한 대합실에 한 남자가 앉아 있는 모습이 보였다.

순간, 시간이 멈춘 듯했다.

그녀는 남자를 응시했다.

남자는 그녀에게 등을 돌리고 앉아 있었다. 부드럽고 챙이 넓은 모자를 쓰고.

말도 안 돼.

등에 흐르던 땀이 순식간에 차게 식어버렸다. 심장이 쿵쿵 세차게 뛰었다.

그럴 리가. 그런 일이 있을 리가.

그녀는 저도 모르게 한 걸음 한 걸음 남자에게 다가갔다.

목소리가 나오지 않았다.

남자의 얼굴은 보이지 않았다. 가만히 그곳에 앉아 있다.

남자는 한 번도 이쪽을 돌아보지 않았다. 그러나 그는 그녀의 존재를 깨닫고 있었다.

모자 밑으로 턱선이 보였다. 남자는 천천히 고개를 들었다. 부드러운 콧수염. 모자 밑에서 차분한 표정의 의안이 그녀를 올려다봤다.

"왔군."

남자는 고개를 까딱 숙였다.

"그럼 갈까."

주변은 온통 풀 바다. 이것은 나의 꿈.

태양은 커다랗게 기울고 있다.

사람은 없다. 아무도 없는 파란 벼의 바다가 어디까지고 일직선으로 계속된다.

바람이 그 위를 불어간다. 회색 그림자가 파란 바다에 그림을 그린다.

어린 날의 기억 중에 이런 풍경 속에서 열차가 오도 가도 못하고 서 있었던 적이 있었다.

열차는 주위를 메운 벼 이삭 바다 한가운데에 멈춰 섰다. 창도, 문도 활짝 열어젖혔다.

나는 좌석에서 일어나 열려 있는 문을 통해 바깥을 내다봤다.

환한 오후였다. 세계는 빛과 정적에 싸여 있었다.

그때 나는 혼자였다. 나밖에 없었다.

파란 바다는 끝없이 이어졌다. 나는 문득 그 가능성을 깨달았다.

혹시 세계는 어디까지고 끝없이 이어지는 걸까?

그때까지 생각도 해본 적 없었다.

혹시 내가 지금 보는 곳보다도 훨씬, 훨씬 먼 곳까지 세계는 이어지고 있을까?

하얀 바람이 파란 바다를 건너가고, 쏴쏴 소리와 함께 잔물결이 멀어져 간다.

어쩌면 내가 지금 여기 있지 않아도 이 세계는 언제까지고 이렇게 여기에 있을까?

거대한 태양이 가라앉으려 하고 있었다.

부옇게 번진 붉은 태양이 습원에 가라앉는다.

리세는 몽롱한 의식으로 조금씩 태양을 향해 나아갔다.

뒤에서 욕설이 날아와 등을 푹푹 찔렀다.

오늘 태양은 어쩌면 이렇게 클까. 온 세상을 태워버릴 것 같다.

팔에 뭔가가 철퍽 맞았다. 어깨와 머리에도 차가운 것이 날아왔다. 학생들이 진창을 던지는 것이다.

발이 진창에 푹 빠졌다. 신발 속에 미적지근한 물이 스며들었다.

균형을 잃은 리세는 순간 그 자리에 멈춰 섰다.

"바보 자식, 누가 서랬어."

"얼른 앞으로 가지 못해. 멈춰 서지 마."

금세 고함이 터져 나왔다.

리세는 힘없이 몸을 일으켰다.

시야에 다 들어오지도 않을 만큼 망망한 황야가 눈앞에 펼쳐져 있었다.

습원에 괸 물 표면에 붉은 태양이 비쳤다.

아름답다. 지금 처음으로 이 습원이 아름답다는 생각이 들었다.

어디까지 갈 수 있을까. 걸음을 멈추는 것, 다시 돌아가는 것은 용납되지 않는다. 어디에 눈이 있을까. 어디서 태양이

나를 집어삼키는 걸까.

    이번에는 무릎까지 진창에 빠졌다. 리세는 쓰러졌다. 진창은 따뜻했다. 그대로 잠들어 버릴 것 같았다. 철벅철벅 뒤에서 걸어오는 소리가 나더니 퍽 소리와 함께 등에 충격이 느껴졌다. 등을 걷어차인 것이다. 쓰러지면서 얼굴부터 진창에 박았다. 리세는 부드러운 진창에 손을 짚으며 고개를 들었다. 입에서 시큼한 맛이 났다.

    "멈추지 마! 그대로 기어서 앞으로 가."

    눈앞이 새빨갛게 변했다. 거대한 태양이.

    그때 어디서 기이한 웅성거림이 들려왔다.

    뭐지? 난 아직 집어삼켜지지 않았나?

    비명이 들렸다.

    리세는 아무도 자신에게 주의를 기울이지 않는다는 것을 깨달았다.

    느릿느릿 뒤를 돌아봤다.

    학생들이 위를 가리키며 뿔뿔이 흩어져 달아나는 모습이 보였다.

    무슨 일이 일어난 거지? 리세는 얼굴을 들었다.

    불길이 치솟고 있었다.

    '파란 언덕'이 불타고 있었다. 귀를 기울이면 탁탁 타는 소리가 들릴 듯했다.

    "리세!"

달려가는 학생들 사이를 거슬러 올라오듯 누가 이쪽으로 뛰어왔다.

"리세! 괜찮아?"

레이지가 안색이 변해서 달려왔다. 진창을 튀기며 리세에게 다가와 팔을 붙잡고 일으켜 세워주었다.

"난 괜찮아. 무슨 일이 일어난 거야?"

리세는 얼굴에 묻은 진창을 닦으며 레이지를 붙들고 일어섰다. 두 사람은 불타는 언덕을 올려다봤다.

"모르겠어. 누가 숲에 불을 지른 것 같아. 뭘 수 있겠어? 습원으로는 빠져나갈 수 없어. 위험하긴 하지만 학교 건물을 통과하는 수밖에 없어."

"알았어."

두 사람은 종종걸음으로 언덕을 지나는 길을 향해 달리기 시작했다.

눈을 감으면 정다운 기억이 되살아난다. 이것도 나의 꿈.

해 질 녘 들판 한가운데를 걸어가는 기억. 주황색 빛 속을 나는 어디까지고 걷고 있다. 옆에는 누군가가 있다. 누구였을까?

청명한 겨울 하늘. 목조가옥 2층에서 뜰에 핀 하얀 매화꽃을 내려다보는 기억.

그때도 옆에 누가 있었다. 다른 사람이었을까?

몇몇 기억. 세계는 순환한다. 역사도, 공간도. 돌고 또 도는 세계의 틈새로 섞여 들어간다. 나도 언젠가 기억 속 세계로 돌아간다.

출퇴근길 도중에, 홀로 먹는 저녁식사의 밥공기 속에, 영화관에서 나와 추위에 떨며 집으로 돌아가는 길 지하철역 입구에, 문득 잊고 있던 그리운 이의 그림자가 보이는 것 같다.

어떻게 하면 좋을까. 나는 거기서 무엇을 발견해야 될까.

따스한 어둠 속에서 나는 눈을 감고 생각한다.

레이지가 분수에서 양동이로 물을 부어 진창을 씻어주었다. 레이지 자신도 물을 뒤집어쓴 다음, 두 사람은 연기가 자욱한 회랑을 달리기 시작했다.

그때 리세는 퍼뜩 생각났다. 일기장.

리세가 멈춰 선 것을 깨닫고 레이지가 초조한 얼굴로 봤다.

"방에 돌아가야겠어. 그것만은 꼭 갖고 와야 돼."

"바보, 목숨하고 어느 게 더 소중해? 한 군데만 불난 게 아니란 말이야. 바람에 불길이 점점 번지고 있어. 불이 없어도 연기에 말려들면 끝장이라고."

레이지가 부르짖었다. 그러나 리세는 어떻게든 일기장을 가지러 돌아갈 생각이었다.

"알았어, 내가 가져올게. 네 방이 어딘지 가르쳐줘."

"아냐, 같이 가."

"안 돼."

"그렇지만."

옥신각신 실랑이하던 리세는 레이지의 어깨 너머를 보고 깜짝 놀랐다.

"아, 저 애."

리세의 시선을 깨닫고 레이지도 뒤를 돌아봤다.

"저 녀석은."

회랑 건너편에 그가 서 있었다.

검은 머리카락, 검은 눈동자. 교복을 입은 소년이 연기에 휩싸인 첨탑을 배경으로 서 있다.

마치 소년 자신이 타오르는 듯 보였다.

"……레이코."

레이지가 나지막이 중얼거렸다.

리세는 귀를 의심했다. 저 애가 레이코라고? 아무리 봐도 소년인데.

리세는 의문을 담아 레이지를 올려다봤다.

"레이코, 살아 있었구나."

레이지가 소년을 향해 다가가려 한 그때, 소년은 품에서 뭔가를 꺼냈다.

흐릿하게 빛나는 나이프.

레이지와 리세는 움찔했다. 소년의 눈에 기이한 빛이 서려 있었다.

"레이코, 너……."

"안 돼! 그러면 안 돼, 레이코! 레이지야, 네가 좋아하던 레이지. 기억 안 나?"

누가 정원을 가로질러 단숨에 달려왔다.

"유리!"

리세가 부르짖었다.

유리가 돌아봤다. 순간 너무나도 애처롭고 쓸쓸한 미소가 유리의 얼굴에 떠올라 리세는 가슴 언저리가 옥죄었다. 유리에게서 처음 보는 표정이었다.

"리세, 너한테 충고했으면서 내가 먼저 집어삼켜지고 말았어."

유리는 자학적인 미소를 띠며 소년 옆에 섰다.

"그 애…… 여자애야?"

스스로 생각해도 멍청한 질문 같았지만 그렇게 물어볼 수밖에 없었다.

"이 애는, 레이코는, 남자애로 길러졌어. 외아들을 잃은 돈 많은 여자가 다른 집에서 데려온 레이코를 아들 대신으로 키운 거야. 얼마나 이기적이고 잔인한 짓이니. 레이코도 쭉 자기가 남자라고 생각했대. 그때부터 계속 이런 차림새야."

유리는 애정을 담아 소년의, 레이코의 어깨에 손을 얹었다. 몹시 다정한 몸짓이었다.

리세는 깨달았다. 유리는 그녀를 좋아하는 것이다.

그러나 레이코는 아무런 반응도 보이지 않았다. 유리의 얼굴조차 알아보지 못하는 듯했다.

"난 레이코를 사랑했어. 소년인 레이코가 아니라 소녀 레이코를. 난 이 애를 뒤따라 여기에 온 거야. 가능하면 데리고 돌아갈 생각이었는데 너무 늦고 말았어. 레이코는 이미 이 나라 사람이 돼 있었어. 게다가 이 애는 레이코로서 레이지를 좋아하게 됐어."

유리는 레이지에게 시선을 돌렸다. 레이지는 눈을 내리깔았다.

"난…… 나도……."

작은 목소리로 중얼거렸다.

유리는 희미하게 웃었다.

"레이지도 레이코를 좋아했지? 하지만 넌 소년인 이 애를 좋아했던 거야. 레이코는 그걸 알아차리고 있었어. 레이코는 소녀의 마음으로 널 좋아했는데 넌 그렇지 않았어. 그게 점점 레이코의 마음을 갈가리 찢었어."

유리는 손을 들었다.

"앗!"

빨간 일기장이 쥐어져 있다.

"내가 네 방에 쳐들어간 건 이게 목적이었어. 그 방은 원래 레이코가 살던 방이었으니까. 이 애가 균형을 잃기 시작하고 손을 피로 물들이게 됐을 때부터 뭔가 기록하고 있다는 건 알고 있었거든. 무슨 수를 써서라도 그걸 빼내야 된다고 생각했어."

빠직빠직 큰 소리가 나면서 첨탑이 무너져 내리는 게 보였다.

어느새 불길이 가까운 곳까지 닥쳐와 있었다.

"유리, 알았으니까 아무튼 어서 도망치자. 여긴 위험해."

리세는 필사적으로 부르짖었다. 유리가 체념한 표정을 짓고 있다는 게 마음에 걸렸다.

"내가 불을 질렀어. 여기엔 비밀의 정원이 많이 있거든. 아편을 만드는 양귀비랑 독을 채집하는 식물을 키우는 곳. 지하엔 아편 때문에 폐인이 된 학생들이 갇혀 있어. 부모들이 돈을 듬뿍 내고 내보내지 말라고 부탁한 학생들 말이야. 내 손도 이미 더러워지고 말았어. 정원에 불을 질러 그 애들을 태워 죽였어……."

유리는 두 손을 내려다봤다.

느닷없이 레이코가 웃었다. 꽃처럼 순진한 미소를 띠고 유리에게 매달렸다.

유리의 입에서 신음이 흘러나왔다.

레이코가 손에 쥔 나이프가 유리의 등을 찌르고 있었다.

"유리!"

리세는 비명을 질렀다.

"오지 마!"

유리가 가까이 다가가려는 리세를 제지했다. 리세는 움찔했다.

이쪽을 노려보던 유리의 표정이 문득 평온함을 띠었다.

"넌 여기를 나가. 넌 졸업하는 거야, 이 3월의 나라를."

순식간에 유리의 발치에 피 웅덩이가 생겼다.

"레이지, 리세를 부탁해. 난 레이코와 같이 가겠어."

고통으로 얼굴을 일그러뜨리며 유리는 레이코를 끌어안고 정원을 향해 휘청휘청 걸음을 뗐다. 레이코는 갓난아기 같은 천진한 표정을 띠고 유리와 바싹 붙어 걷기 시작했다.

"유리!"

"리세, 그쪽으로 가면 안 돼."

레이지가 리세를 붙들었다. 감정이 담기지 않은 목소리였다.

"그렇지만 유리가……."

울며 몸을 비트는 리세를 레이지는 이를 악물고 끌고 갔다.

연기 속에서 유리가 비틀비틀 돌아봤다.

"리세, 난 모르겠어. 이건 혹시 레이코의 세계가 아닐까. 우린 정말로 여기에 있는 걸까. 우린 레이코가 만든 이 빨간 일기장 속 세계에서 살고 있는 게 아닐까. 리세, 어쩌면 우린 어디선가 다시 만날 수 있을지도 몰라. 또 다른 세계에서, 또 다른 3월의 나라에서……."

그게 정말로 유리가 한 말이었는지는 알 수 없었다. 마지막 부분은 누가 직접 리세의 머릿속에서 말하는 듯한 느낌이었다.

유리와 레이코는 이미 하얀 연기로 뒤덮인 숲속으로 사라진 다음이었기 때문이다.

누가 한 말이었을까.

곳곳에서 불이 맹위를 떨치고 있었다. 모든 게 불에 타 무너졌다.

리세는 그 모든 것을 똑똑히 봐두고 싶었다. 이 기묘한 세계가 붕괴해 가는 과정을. 소녀의 계절이 맞이한 종말을. 레이지도 아마 마찬가지였을 것이다.

마지막까지 남아 있던 첨탑이 굉음과 함께 무너져 내리기 시작했다.

불과 연기가 언덕에 남아 있는 것을 전부 집어삼켜 갔다.

지금 나는 어떤 4부작 소설을 쓰기 시작하려고 한다.

아주 오래전부터 꿈꾸던 소설. 언젠가 써보고 싶던 소설. 내가 아주 좋아하는 로렌스 더럴의 《알렉산드리아 사중주》 같은 4부작.

그것은 영원한 꿈이다. 책을 덮고 나서도 책 밖에 지평선이 펼쳐지고, 어디까지고 바람이 불어갈 것 같은 이야기. 눈을 감으면 모자이크 같은 반짝반짝 빛나는 편린들이 뇌리에 잔상처럼 되살아나는 이야기. 사랑과 인생의 수수께끼가 숨어 있는, 손에 든 순간 묵직하게 무게가 느껴지는 열매 같은 이야기.

그 4부작의 제목은 이렇다.

『삼월은 붉은 구렁을』.

그것은 이런 식으로 시작된다…….

숲이 살아 있다는 말은 거짓말이다.

아니, 거짓말이라기보다는 옳지 않다고 해야 할까.

숲은 죽은 자들로 가득하다. 숲을 본 순간 밀려드는 어딘지 술렁술렁한 감촉은 죽은 자들의 속삭임이다.

숲속에는 산 자와 죽은 자가 혼재한다. 발치에는 죽은 자가 퇴적되고, 나뭇가지 끝에서 갓난아기의 웃음소리가 비 내리듯 내린다. 숲속에는 온갖 시간이 흐르고, 침체하고, 소용돌이를 그리고, 때로는 역류를 되풀이하며 언제나 뒤섞이고 있다. 수없이 많은 죽은 자들. 바꿔 말하면, 정신이 까마득해질 듯한 시간의 축적을 보며 우리는 숲에 압도되어 두려움을 느끼는 것이다.

멀리서 처음 그 숲을 봤을 때, 무로타 리에코는 오래된 어느 속임수 그림이 생각났다. 여자의 옆모습이 젊은 여자로 보이기도 하고 노파로 보이기도 하는, 바로 그 친숙한 그림이다. 밀레의 그림처럼 짙은 어둠을 내포한 숲 덩어리가 시야에 들어온 순간, 자기 안에 오랜 세월 가라앉아 있던 것이 생각지도 못한 속도로 스튜의 거품 찌꺼기처럼 순식간에 떠올라 불길한 모양을 그렸다.

기묘한 이번 여행(아키히코는 '안락의자 탐정 기행'이라고 명명했다)으로 인해 네 사람의 과거에 앙금처럼 가라앉아 있던 것이 표면으로 떠오르리라는 예감이 머릿속을 계속 따끔따끔 찔렀다.

그래, 이것이 4부작의 막을 여는 1부의 시작.

1부의 제목을 듀크 엘링턴의 명곡에서 따와 이렇게 짓기로 하자.「흑과 다의 환상」이라고.

자.

이런 시작은, 어떨까?

역자 후기

사랑할 수밖에 없는 이야기, 그 원점과의 해후

권영주(번역가)

책을 좋아하는 사람이라면 누구나 반할 책이라는 소개 글을 인터넷에서 우연히 봤다. 당시만 해도 책은 좀 좋아한다고 자부하던 터라 덥석 미끼를 물었다가 완벽하게 '낚였다'. 《삼월은 붉은 구렁을》은 정말로 책을, 그리고 이야기를 사랑하는 사람을 위한 소설이었다. 일본에서 문고본이 나온 2001년 무렵의 이야기다. 이번에 새로 작업하면서 또다시 그걸 실감했다. 번역 작업을 하는 사람 입장에서 더없이 반가운 재회였다.

사실 똑같이 책을 사랑한다고 해도 의미는 여러 가지다. 책이라는 물체 자체를 사랑해 책이 빽빽이 꽂힌 서가를 보며 흐뭇해할 수도 있고, 책을 읽는 체험에서 기쁨을 얻을 수도 있다. 개인적으로는 도서관의 서가 사이를 누비고 다니는 시간이 좋았다. 먼지내일까, 곰팡내일까, 설레는 기분으로 그곳의 독특한 공기를 마시고 있노라면 늘 배가 싸하게 아파온 기억이 있다. 그게 또 좋았다. 비 냄새(정확히는 비에 젖은 흙냄새인 모양인데 비 냄새라고 우긴다), 풋풋한 토마토 잎사귀 냄새와 더불어 도서관 냄새가 개인적으로 좋아하는 냄새 베스트 3에 들어간다.

《삼월은 붉은 구렁을》이라는 소설을 읽는 느낌은 이 '도서관 시간'을 닮았다. 서가들 사이를 돌아다닐 때 느끼는 것은 뭔가를 만나게 되리라는 예감이고 기대감인데,《삼월은 붉은 구렁을》을 읽으면서 그와 비슷한 것을 느끼게 된다. 만남의 예감, '이야기'의 저 앞에서 기다리고 있을 것에 대한 기대감에 이만큼 가슴을 두근거리게 하는 소설이 또 있을까. 우리가 앞으로 읽게 될 이야기의 예감이 그야말로 석류 열매에 빼곡히 들어찬 씨앗들만큼이나 가득하다.

그건 단순히《삼월은 붉은 구렁을》이란 한 권의 소설만으로 끝나지 않는다. 이 책에 등장하는 갖은 이미지들, 작가가 뿌린 여러 씨앗 혹은 '떡밥'은 그 뒤 다수의 작품으로 등장해 우리를 매료해 왔다. 숲을 여행하는 네 남녀의 이야기는《흑과 다의 환상》으로, 실종된 남자를 찾는 이야기는《한낮의 달을 쫓다》로. 4장 〈회전목마〉에 띄엄띄엄 등장한 미즈노 리세는 어느새 '리세 시리즈'라 불리는 여러 장편과 단편의 주인공이 됐다.《삼월은 붉은 구렁을》에서 잠깐 언급되고 지나간 에피소드며 이미지가 후에 매력적인 소설이 되어 거듭 돌아오기도 했다. 등장인물들의 불꽃 튀는 대화(또는 대결)도, 아름답고 총명한(그리고 결코 만만치 않은) 소년 소녀나 모호한 성정체성도 말하자면 이 작가의 세계에서 빠뜨릴 수 없는 요소다. 그 정도로 '온다 리쿠의 세계'가 이 책 안에 꽉꽉 들어차 있다. 그런 의미에서 작가의 원점이 되는 작품은 《삼월은 붉은 구렁을》이 아닐까 생각한다. 실제 데뷔작은 몇 년 앞서 발표된 《여섯 번째 사요코》지만, 그 뒤로 30년 가까이 무한히 확장되어 온 작가의 세계로 이어지는 문은 《삼월은 붉은 구렁을》에서 본격적으로 열리는 것이다.

예감으로 가득한 특별한 이야기. 작가 온다 리쿠의 '원풍경'이 담긴 소설. 그게 《삼월은 붉은 구렁을》이다.

삼월은 붉은 구렁을

초판 1쇄 인쇄 2025년 8월 14일
초판 1쇄 발행 2025년 9월 4일

지은이   온다 리쿠
옮긴이   권영주

책임편집   홍은선
디자인   정정은
책임마케팅   최혜령, 박지수, 도우리
마케팅   콘텐츠 IP 사업본부
해외사업   한승빈, 박고은
경영지원   백선희, 권영환, 이기경, 최민선
제작   재영P&B

펴낸이   서현동
펴낸곳   ㈜오팬하우스
출판등록   2024년 5월 16일 제2024-000141호
주소   서울시 강남구 테헤란로 419, 11층 (삼성동, 강남파이낸스플라자)
이메일   info@ofh.co.kr

ⓒ 온다 리쿠

ISBN 979-11-94930-77-8 (03830)

반타는 ㈜오팬하우스의 출판브랜드입니다.

- 이 책은 저작권법에 따라 보호받는 저작물이므로 무단전재와 무단복제를 금지하며, 이 책 내용의 전부 또는 일부를 이용하려면 반드시 저작권자와 ㈜오팬하우스의 서면동의를 받아야 합니다.
- 책값은 뒤표지에 표시되어 있습니다.
- 잘못된 책은 구입하신 서점에서 바꿔드립니다.